AF201899

MAINTOD

Anja Mäderer wurde 1991 in Gunzenhausen geboren. Sie studierte Germanistik und Geschichte in Würzburg und veröffentlichte dabei ihren ersten Krimi. Sie schmiedet neue Mordpläne, während sie mit ihrem kleinen Sohn auf dem Friedhof spielt. Als Anja Stapor schreibt sie auch Thriller.
www.anja-maederer.de

ANJA MÄDERER

MAINTOD

Franken Krimi

emons:

Bibliografische Information der Deutschen Nationalbibliothek
Die Deutsche Nationalbibliothek verzeichnet diese Publikation
in der Deutschen Nationalbibliografie; detaillierte bibliografische
Daten sind im Internet über http://dnb.d-nb.de abrufbar.

© Emons Verlag GmbH
Alle Rechte vorbehalten
Umschlagmotiv: stock.adobe.com/rudi1976
Umschlaggestaltung: Nina Schäfer, nach einem Konzept
von Leonardo Magrelli und Nina Schäfer
Umsetzung: Tobias Doetsch
Gestaltung Innenteil: DÜDE Satz und Grafik, Odenthal
Lektorat: Dr. Marion Heister
Druck und Bindung: CPI – Clausen & Bosse, Leck
Printed in Germany 2023
ISBN 978-3-7408-1748-0
Franken Krimi
Originalausgabe

Unser Newsletter informiert Sie
regelmäßig über Neues von emons:
Kostenlos bestellen unter
www.emons-verlag.de

Dieser Roman wurde vermittelt durch die
Verlagsagentur Lianne Kolf, München.

Die Andern sind das weite Meer.
Du aber bist der Hafen.
So glaube mir: kannst ruhig schlafen,
Ich steure immer wieder her.

Denn all die Stürme, die mich trafen,
Sie ließen meine Segel leer.
Die Andern sind das bunte Meer,
Du aber bist der Hafen.

Du bist der Leuchtturm. Letztes Ziel.
Kannst, Liebster, ruhig schlafen.
Die Andern ... das ist Wellen-Spiel,

Du aber bist der Hafen.

Mascha Kaléko

Prolog

Die Sonne schien so hell, dass Emilio guten Gewissens seine Sonnenbrille aufsetzen konnte, ohne dass es nach Posing ausgesehen hätte. Er stand auf den jahrhundertealten Pflastersteinen der Alten Mainbrücke und stützte die Beine von Anastasia, die voller Enthusiasmus den heiligen Kilian bestieg. Gerade umwickelte sie dessen steinernen Hals mit einer silbrigen Weihnachtsgirlande und summte etwas vor sich hin, das verdächtig nach »All I want for Christmas« klang. Wahrscheinlich war ihr die Julihitze zu Kopf gestiegen.

Emilio zwang sich zu einem Lächeln. Dass er bei diesem Date nichts zu sehen bekam als Anastasias Hosenboden und sich womöglich noch einen Wirbel ausrenkte, wenn er weiter so nach oben starrte, war so nicht geplant gewesen. Emilio warf einen verstohlenen Blick auf seinen Rucksack. Er würde sie sich noch etwas austoben lassen und dann vorschlagen, das Beweisfoto zu schießen und sich ins Gemütliche zurückzuziehen. Zu viele Menschen hier, da konnte er weder seine Zitate effektvoll anbringen noch den italienischen Songtext, den er sich mit Google Translate mühevoll zusammengebaut hatte. Romantik konnte er. Nur mit Namen, da hatte er es nicht so. Vorhin hatte er sie aus Versehen Annalena genannt, das durfte ihm nicht noch einmal passieren.

»Anastasia«, wisperte er, »Anastasia, Anastasia.«

»Gib mir doch mal den Schlapphut!«, kommandierte ebendiese. Sie stand auf dem Sockel und hielt sich am Schwert des Brückenheiligen fest. Ihr rotes Haar leuchtete mit dem Gold der Klinge um die Wette.

Emilio angelte mit einer Hand nach dem Hut, um ihre Beine nicht loslassen zu müssen, und reichte ihn ihr nach oben. Sie summte fröhlich vor sich hin, und Emilio nutzte den Moment, um das Gesicht in den Wind zu drehen und sich den Schweiß auf der Stirn etwas kühlen zu lassen. Eigentlich musste er der

Dating-App dankbar sein, dass sie Anastasia und ihn in dieser Hitze nicht zu einer Wanderung geschickt hatte. Dagegen war es beinahe harmlos, die Statue des heiligen Kilian kreativ zu dekorieren, vor allem, wenn sein Date freiwillig die ganze Arbeit machte. Außerdem musste er schon mal nicht den Bauch einziehen, solange sie da oben war und ihn nicht sehen konnte. Zufrieden ließ Emilio den Blick schweifen. Er glaubte, das Aroma des Frankenweins in den unzähligen Gläsern der Touristen und Einheimischen, die plaudernd herumstanden oder Fotos schossen, riechen zu können. Vielleicht sollte er Anastasia nach bestandener Challenge noch auf einen Schoppen einladen.

Da bemerkte er etwas Seltsames. Eine wandelnde Weinflasche stand auf der anderen Seite der Mainbrücke, die grün verhüllten Arme lässig auf die Balustrade gestützt. Emilio hatte das Gefühl, dass sie zu ihm herübersah. Irritiert musterte er das ungewöhnliche Ganzkörperkostüm, das den Namen einer bekannten Würzburger Weinkelterei trug. Der aufgeblasene Flaschenrumpf war mit Luft gefüllt, ebenso wie der Flaschenhals, der steil nach oben ragte und mit einem Plastikkorken verschlossen war. Gesicht und Körper des Trägers waren komplett hinter der Verkleidung verborgen, der musste auch ordentlich schwitzen heute.

»Kili, jetzt bist du der attraktivste Kerl hier auf der Brücke!«, rief Anastasia plötzlich und klatschte in die Hände.

»Abgesehen von mir, meinst du wohl«, murmelte Emilio.

Mit großen Augen sah sie zu ihm herunter und brach dann in Lachen aus. »Du bist so witzig, Emilio!«

Na also, das lief doch. Zufrieden reichte Emilio ihr noch eine Aktentasche hinauf, die sie Kilian um den Arm wickeln konnte, und ein altes Hemd, das er sich als Schärpe vorstellte.

Jetzt trat eine Touristengruppe auf die wandelnde Flasche zu und forderte sie auf, ihr Selfie zu komplementieren. Die Flasche stellte sich in Position, legte die Ärmchen um zwei besonders hübsche Touristinnen und ließ sich von allen Seiten ablichten.

Emilio schüttelte grinsend den Kopf. Der Typ genoss seinen

Job auch. Als hätte er Emilios Gedanken gelesen, ließ die Flasche die Touristen ziehen, watschelte zu Emilio herüber und knuffte ihn in die Seite.

»Cooles Kostüm«, sagte Emilio und kam sich sofort blöd vor.

Keine Antwort.

Er pikste mit dem Zeigefinger in die nachgiebige Plastikhülle.

Keine Reaktion.

Er glaubte, den Atem des Typs da drinnen hören zu können. Ein tiefes, bedrohliches Geräusch mitten im Lärm der Passanten um sie herum. Er beobachtete ihn, ganz sicher, doch Emilio fand nicht einmal einen noch so kleinen Sehschlitz, durch den er zurückstarren konnte. Er wollte von ihm abrücken, doch da rief Anastasia von oben: »Ich bin fast fertig! Oh, wen haben wir denn da?«

Die Flasche hob den Arm und winkte Anastasia zu, als sie ihm ein Luftküsschen zuwarf. Emilio blickte ebenfalls zu ihr hoch. Da spürte er plötzlich einen stechenden Schmerz am Bauch. Er schrie auf und sackte zusammen.

»Was ist los?« Anastasia klammerte sich am steinernen Gewand des heiligen Kilian fest und ließ sich vom Sockel heruntergleiten. Dann sprang sie auf Emilio zu. Dieser blickte auf Knien der wandelnden Flasche hinterher, die sich langsam und mit stolz erhobenem Korken zwischen den Menschen hindurchschob. Für einen Moment verdeckte der Flaschenhals eine der Brückenstatuen, sodass nur deren hochgerecktes Attribut sichtbar war und im Sonnenlicht aufblitzte. Ein Kreuz, ein schlichtes, unverkennbares, unheilverkündendes Kreuz.

Emilio spürte den Schweiß auf seiner Stirn perlen. Er rieb sich den Bauch. »Da muss mich was gestochen haben. Muss mindestens eine Hornisse gewesen sein, so wie das brennt.«

Anastasia lachte erleichtert auf. »Ach so. Dann ist es ja nicht so schlimm, oder?«

Emilio biss die Zähne zusammen. Feinfühlig wie ein Ackergaul, diese Frau. Das würde definitiv ihr letztes Date bleiben.

Teil I

1

Nadja / Samstag, 01.07., Hofgarten

»Was machen Sie da eigentlich die ganze Zeit?« Nadja warf einen schrägen Seitenblick auf Lars Nauke, der so sehr in sein Handy vertieft war, dass er nicht bemerkte, wie sein Heidelbeereis vor sich hin tropfte und hübsche bunte Flecken auf seinem hellgrauen Kurzarmhemd hinterließ.

»Was wohl? Er liest bestimmt Fachliteratur«, vermutete Peter, während er sein eigenes Vanilleeis genießerisch verzehrte. »›Schaum vor dem Mund – Tollwut oder doch wieder eine Wasserleiche? Hunderteins todsichere Wege, als Rechtsmediziner des Jahres ausgezeichnet zu werden‹ oder ›Warum verweste Schneewittchen eigentlich nicht in ihrem Glassarg?‹.«

Lars Nauke blickte verwirrt auf. »Verzeihung, Verehrteste … das ist absolut unhöflich Ihnen beiden gegenüber, ich weiß. Leider dringende Angelegenheit, es geht sozusagen um Leben und Tod, Moment noch.« Er verstummte wieder und tippte auf dem Handy weiter.

Nadja lehnte sich auf der Bank im Hofgarten der Würzburger Residenz zurück und schloss die Augen, um die Sonnenstrahlen aufzusaugen. Würzburg Anfang Juli war wie immer ein Traum an Sonne und Wärme. Die Weintrauben würden nur so platzen vor Fülle diesen Herbst. Sie sollte ihre Kollegen zu einer Weinwanderung überreden. Immerhin war die heutige spontane Zusammenkunft an einem Samstagnachmittag auch sehr nett. Nadja hatte Wettschulden eingelöst und sich, Peter und Lars Nauke in der Innenstadt je ein großes Eis mit extra Streuseln gekauft, das sie jetzt im Residenzgarten verzehrten. Wobei eigentlich nur Peter schlemmte. Nadja war längst fertig, und von Lars Nauke verrieten die eifrigen Tippgeräusche, dass er noch immer mit seinem Handy beschäftigt war. Das passte so gar nicht zu ihm, da er sonst immer auf gute

Manieren Wert legte. Nadja öffnete die Augen und musterte ihn nachdenklich.

Peter beugte sich sogar neugierig hinüber und schirmte seine Augen gegen die Sonne ab. »Ha!«, rief er gleich darauf. »Main-Schatz, das ist doch diese neue Dating-App! Von wegen Leben und Tod! Herz und Hoden wohl eher!«

Endlich blickte der Rechtsmediziner auf. Nadja hatte fast das Gefühl, dass er etwas errötete. Es war jedoch schwer zu sagen, da sein Kopf in der Sonne grundsätzlich immer rot anlief. »Ihre Wortwahl ist absolut skandalös! Das hier ist Verabreden mit Niveau, da findet man Gleichgesinnte, man unternimmt etwas zusammen, lernt die Heimat auf eine ganz neue Weise kennen …«

Nadja lachte. »Mit Heimat meinen Sie Würzburg? Nicht etwa Ihre sturmumtoste, schafsbesetzte nordische Hallig?«

Lars Nauke warf ihr einen bösen Blick zu. »Ich bin hier durchaus heimisch geworden über die Jahre. Assimilation nennt man das, Verehrteste!«

»Und trotzdem sind und bleiben Sie mein liebstes Nord-licht.« Nadja legte ihm versöhnlich eine Hand auf die Schulter.

Lars Nauke strahlte sie an und tätschelte ihre Hand. Dann wandte er sich Peter zu. »Sehen Sie das? Die Damen mögen mich einfach. Sie haben hier keine Chance mehr, mein Bester!«

Peter schnappte sich das Handy. »Dann muss ich mich wohl stattdessen mal auf Ihrer Seite tummeln. Zeigen Sie doch mal her. Friesenknabe, das sind wohl Sie?« Er begann, laut vorzu-lesen.

»›Suche Partnerin mit Herz und Hirn. Als Freund niveau-voller Vergnügungen bin ich gleichzeitig auch dem Abenteuer nicht abgeneigt. Obwohl mein Humor manchmal über Leichen geht, bin ich auch der Richtige für Abende bei sanfter Klavier-musik und einem guten Roastbeef. Stolz bin ich auf meine Fähigkeit zur stilvollen Konversation. Durch meine Profession, die Leidenschaft und Berufung gleichermaßen ist, kann ich in Ihr Innerstes sehen wie niemand sonst!‹«

Nadja unterdrückte ein Lachen.

Peter sah vom Handy auf. »Professor, ich bin enttäuscht. Von allen Wortspielen, die Ihnen zum Thema Rechtsmedizin und Liebe zur Verfügung standen, haben Sie das wichtigste vergessen.«

»So, welches denn?«

»Lernen Sie mich kennen, damit ich ein Auge auf Sie werfen kann. Oder eine Niere.«

»Stopp, Hilfe!« Nadja hielt sich die Ohren zu. »Jetzt habe ich auf ewig dieses furchtbare Bild im Kopf!«

»Sie nehmen die Sache nicht ernst genug.« Um einen Rest Würde bemüht, entwand Lars Nauke Peter das Handy. »Wissen Sie eigentlich, wie viel ich arbeite? Da bleibt wenig Zeit, sich in Discos herumzutreiben oder Konzerte zu besuchen, um jemanden kennenzulernen. Und im Institut laufe ich Frau Aphrodite auch nicht so einfach über den Weg. Studentinnen sind tabu. Was bleibt mir denn noch, als online mein Glück zu versuchen?«

Nadja tauschte einen Blick mit Peter. So offen hatte Lars Nauke noch nie über sein Privatleben gesprochen.

»Also ich finde das mutig«, sagte sie. »Wirklich. Und ich wünsche Ihnen alles Glück dieser Erde!«

»Ich auch«, stimmte Peter ein. »Und vor allem haben Sie meine Hochachtung, dass Sie diese neue App ausprobieren. Das ist doch gar nicht so ohne mit diesen Challenges, oder?«

»Challenges?« Irritiert blickte Nadja zwischen ihren Begleitern hin und her.

Lars Nauke seufzte. »Wenn man eine Weile hin- und hergeschrieben hat und sich treffen möchte, kann man sich auf normale Art in einem Café oder zu einem Spaziergang verabreden, man kann aber auch die App einen Ort wählen lassen, der mit einer Herausforderung verbunden ist. Dann bekommt man eine Aufgabe, die man gemeinsam erledigen muss, und zum Schluss kann man von der bestandenen Challenge ein Foto posten.«

Er entsperrte sein Handy wieder und hielt es vor Nadja, um ihr seine Fotogalerie zu zeigen. »Hier sehen Sie mich mit meiner siegreichen Badeente, nachdem ich mit einem Date ein Enten-Wettschwimmen auf dem Main veranstaltet habe. War gar nicht so einfach, sie wieder einzufangen. Also die Ente, nicht die Frau. Und hier bin ich, während ich versuche, dem Horn des Nachtwächters einen Ton zu entlocken, das war eine spannende nächtliche Führung, aber ich habe zwanzig Minuten auf den guten Mann einreden und ihm ein Scheinchen in die Hand drücken müssen, damit ich mal in sein Horn blasen durfte.«

»Das ist ja toll!« Peter klang sehnsüchtig. »Ich hab schon viel davon gehört und würde das liebend gerne ausprobieren, aber Rebekka wäre bestimmt nicht so angetan, wenn ich mir eine Dating-App installieren würde.«

»Nein, vermutlich wäre sie das nicht. Aber das Konzept klingt tatsächlich … interessant.« Nadja würde zwar niemals freiwillig ein Selfie von sich auf Social Media hochladen, aber die Verlockung des Abenteuers konnte sie nachvollziehen. Wahrscheinlich war es angenehm, beim ersten Date gleich eine gemeinsame Herausforderung und damit ein Gesprächsthema zu haben. So kam die Gefahr gar nicht auf, dass man sich über zwei Pastateller hinweg anschwieg oder gemeinsam einen Fragenkatalog durchackerte.

»Leicht ist es nicht.« Lars Nauke seufzte. »Einen Mediziner finden sie ja alle attraktiv, aber sobald ich meine richtige Profession erwähne, spüre ich Vorbehalte aufseiten der Damen.«

»Vielleicht sollten Sie nicht zu sehr ins Detail gehen«, schlug Nadja vor.

»Ich will mich aber auch nicht verstellen. Außerdem bringt mein Beruf so viel Poetisches mit sich. Dass das Herz mein Lieblingsorgan ist, zum Beispiel, und dass dieser sagenumwobene Muskel so eine unfassbare Schönheit birgt, wenn man ihn vor sich liegen sieht.«

»Das habe ich tatsächlich noch gar nicht so wahrgenommen«, entgegnete Nadja vorsichtig.

»Sehen Sie, und so geht es den meisten.« Kummervoll schleckte Lars Nauke Heidelbeersoße von seiner Waffel.

Peter stand auf und warf seine Serviette in den Mülleimer. »Gehen wir noch ein Stück? Und können Sie mir die bisherigen Date-Challenges aufschreiben, Professor? Ich könnte sie dann ja heimlich ausprobieren, auch ohne offizielle Aufgabenstellung.«

Zu dritt schlenderten sie über den riesigen Parkplatz vor der Residenz, der möglicherweise irgendwann einer Grünanlage weichen würde. Nadja ging in der Mitte und genoss die Sonne im Gesicht und das entspannte Geplauder ihrer Begleiter. Es war eine gute Idee gewesen, hierherzukommen. Als ihr ehemaliger Chef, Karlheinz Bär, sich aus gesundheitlichen Gründen vorzeitig in den Ruhestand verabschiedet hatte, waren es Lars Nauke und Peter gewesen, die gewettet hatten, dass Nadja seine Nachfolge antreten würde. Nadja hatte eher damit gerechnet, dass die Polizeidirektorin Bully jemanden von außerhalb ins Team holen würde, doch das war zu ihrer Überraschung nicht geschehen. Nun war sie mit Ende dreißig eine der jüngsten Hauptkommissarinnen Bayerns.

Sie überquerten die Balthasar-Neumann-Promenade und die Theaterstraße. Dann kamen sie am Mainfranken Theater vorbei. Nadjas Blick wanderte über die moderne, frisch renovierte Fassade und die Plakate, die mit zukünftigen Veranstaltungen warben. Wieder einmal dachte sie mit Bedauern daran, wie wohl das alte Stadttheater vor dem Krieg ausgesehen hatte, bevor es in der Würzburger Bombennacht in Flammen aufging.

Ein ungewöhnliches Wort sprang Nadjas Unterbewusstsein an, und sie brauchte einen Moment, um zu dem Plakat zurückzufinden, das dort aushing. »Die Wunder des menschlichen Geistes, präsentiert durch eine international erfolgreiche Gedächtniskünstlerin«. Anscheinend sollte eine Live-Show unter Beteiligung des Publikums stattfinden. Dazu versprach das Plakat eine Sammlung von unterschiedlichsten literarischen Texten passend zum Thema des Abends, die von Schauspielern vorgetragen wurden. Unter der fett gedruckten Überschrift war das Bild eines blau erglühenden Gehirns abgedruckt, in dessen Windungen an unterschiedlichen Stellen Lichter glommen. Nadja ließ die Darstellung auf sich wirken.

Das menschliche Gehirn, ähnlich unerforscht wie die Geheimnisse der Tiefsee. Ein blinder Fleck auf der Karte der Wissenschaft oder zumindest ein Bereich, der noch echte Überraschungen bereithielt. Aus dem Meer tauchten bisweilen unentdeckte Kreaturen auf und aus den Untiefen des Gehirns Erinnerungen oder Fähigkeiten, die man nicht für möglich gehalten hätte. Es gab Berichte von Menschen, die über Nacht eine neue Sprache lernten, nach einem Unfall eine völlig neue Identität annahmen oder Träume von Ereignissen hatten, die dann tatsächlich eintraten. Ein Großonkel von Nadja hatte nach einer Kopfverletzung im Krieg über Monate hinweg im Schlaf Kirchenlieder und seitenweise Bibelzitate aufgesagt. Seine Fähigkeit sprach sich in der Gegend herum, und seine Familie wollte schon Geld verlangen von all den unangemeldeten Besuchern, die plötzlich neugierig vor der Tür standen. Sogar über eine Seligsprechung nach seinem Tod wurde gemunkelt. Doch dann stolperte Gregori eines Nachts betrunken gegen eine Kuh und war wieder der Alte – zum Bedauern seiner Frau und seiner Kinder.

Ob die Gedächtniskünstlerin wohl ähnliche Kunststücke beherrschte?

Nadja musste grinsen, als sie daran dachte, dass diese Veranstaltung eine spannende Date-Challenge ergeben könnte. *Besucht den Auftritt einer Gedächtniskünstlerin im Mainfranken Theater und bringt sie dazu, euch gemeinsam mit auf die Bühne zu holen.*

Das wäre doch auch etwas für Lars Nauke. Wenn die Gedächtniskünstlerin ihn bat, ihr möglichst viele Fachbegriffe aus seinem Berufsleben zu nennen, die sie dann memorieren konnte, und er würde mit Leichenflecken, lagebedingtem Ersticken und Adenosintriphosphat aufwarten. Das Publikum wäre begeistert!

»Warum grinsen Sie denn so, liebe Nadja?«

»Ach, nichts, gar nichts. Ich war nur so in Gedanken.« Sie riss den Blick von dem Plakat los und hakte sich bei Peter und Lars Nauke unter. »Habt ihr schon mal überlegt, was in eurem Gehirn so alles verborgen sein könnte?«

Lars Nauke zwinkerte ihr zu. »Wir könne gerne mal nachsehen, wenn Ihnen so viel daran liegt!«

Peter / Samstag, 01.07., Theaterstraße

Peter hatte noch immer den sahnigen Geschmack des Vanilleeises auf der Zunge. Er roch die Abgase eines vorbeiknatternden Rollers und den Anflug von Grillkohle von irgendeinem Balkon in der Nähe. Er spürte Nadjas Hand an seinem Arm. Sie gingen im Gleichschritt, stellte er fest, während Lars Nauke leise vor sich hin summte: »*Put me up, put me down / Put my feet back on the ground / Put me up, take my heart and make me happy.*«

Sommerabend in der Stadt.

Vielleicht konnte er Mariechen und Rebekka morgen ins Freibad entführen. Und zu einer Portion durchweichter Schwimmbadpommes mit Ketchup einladen. Er würde Mariechen mit der Sonnenmilch einen Smiley auf den Bauch malen, Rebekka ein Herzchen auf den Rücken und dabei insgeheim den Duft nach Creme und Chlor genießen. Die beiden würden im Wasser planschen, Peter ein Buch aus der Tasche ziehen und hinter den Seiten versteckt die Augen schließen. Dann wäre es ein wirklich perfekter Sonntag.

Der schrille Klang einer Sirene riss ihn aus seinen Träumen. Ein Streifenwagen brauste an ihnen vorbei und hielt etwa zweihundert Meter entfernt vor einer Pizzeria an. Unwillkürlich beschleunigte Peter seinen Schritt.

Nadja hielt ihn zurück. »Das geht uns nichts an.«

In diesem Moment begann ihr Handy zu klingeln. Stirnrunzelnd zog sie es aus dem Rucksack, war jedoch nicht schnell genug, als auch Peters Telefon zu dudeln begann: »*Wer hat an der Uhr gedreht? Ist es wirklich schon so spät?*«

»Mariechen hört das Lied so gerne«, sagte er entschuldigend und ging ran. »Ach … wirklich?« Er warf einen Blick auf den

Straßennamen und die Hausnummer. »Wir beamen uns. Frau Gontscharowa brauchen Sie nicht mehr extra anzurufen.«

»Geht uns doch was an«, sagte er und schob das Handy zurück in die Hosentasche.

»Mich auch?« Lars Nauke stopfte den Rest seiner Waffel in den Mund und versuchte vergeblich, mit der winzigen Serviette die Flecken von seinem Hemd zu wischen.

»Ja. Wahrscheinlich schadet es nicht, wenn Sie mitkommen.« Peter sah den blinkenden Lichtern entgegen. Sommer in der Stadt.

Schweigend schloss Nadja zu ihm auf. Ihre Schritte waren aus dem Takt geraten. Als sie näher kamen, sahen sie, dass nicht nur ein Streifenwagen vor der Tür parkte, sondern schon Krankenwagen und Notarzt auf dem Bürgersteig standen. Die neu angekommenen Kollegen des Kriminaldauerdienstes versuchten offenbar, die Menschenmenge zu zerstreuen, die sich vor der Tür der Pizzeria drängte. Mehrere Fenster waren gekippt, und drinnen hörte man eine Frau schreien.

»Was ist denn mit ihm? Was hat er denn? Tun Sie doch was! Emiliooooo!«

Peter ging voran auf den Menschenauflauf zu, Nadja und Lars Nauke im Schlepptau. »Lassen Sie uns mal durch bitte?«

In der kleinen Pizzeria wehte noch der Duft nach frisch gebackenem Brot durch die Luft, ziellos und langsam verschwindend gegen den alarmierenden Geruch von ausgelöschten Kerzen und Menschen in Aufruhr. Die Hitze war hier noch deutlicher zu spüren als draußen. Ventilatoren kämpften gegen die Schwüle an, walzten sie um und trieben sie von einer Ecke des Raumes in die andere.

Peter spürte das Bedürfnis, noch einmal umzukehren, einen Schritt nach draußen zu machen und tief Luft zu holen. Aber da waren die Schreie nach einem Emilio. Eine junge Rothaarige mit eng anliegender Hose und einem glitzernden Top versuchte immer wieder, durch einen schmalen hölzernen Torbogen zu gelangen, der von zwei Polizisten versperrt wurde und wohl ins Hinterzimmer führte. Der Alptraum einer Spurenlage. Eigentlich sollte hier längst alles abgesperrt sein. Ganz automatisch wollte Peter die Kollegen unterstützen. Doch Lars Nauke war schneller. Er versuchte nicht, die Frau abzuwehren, sondern streckte ihr seine Hand entgegen.

»Guten Abend. Ich bin Professor Lars Nauke.«

Es dauerte sicher eine Minute, in der ihn ein wütendes, verschwitztes, in Auflösung begriffenes Gesicht anstarrte. Dann aber verstummte die Frau. Lars Nauke stand gutmütig abwartend da und zog die Hand nicht zurück, hielt diese lange Minute aus, bis die Frau sie doch noch ergriff.

»Anastasia Scheuerlein.« Ihre Stimme war noch immer zu laut, so als hätte sie Schwierigkeiten, nach dem Schreien eine angemessene Lautstärke zu wählen.

»Angenehm.« Lars Nauke nahm ihre Hände in seine. Peter bemerkte, dass er seine Daumen auf den Innenseiten ihrer Handgelenke ruhen ließ und sie unverwandt ansah.

»Niemand sagt mir, was mit Emilio passiert ist. Warum sagt denn keiner was?« Sie schluchzte auf.

»Es wird sich alles klären. Eins nach dem anderen.« Lars Nauke bugsierte sie sanft ein wenig zur Seite und gab Peter mit einer Kopfbewegung zu verstehen, die Chance zu ergreifen. Peter nickte ihm dankbar zu und schlängelte sich an Nadjas Seite zwischen den uniformierten Kollegen hindurch.

Auf den ersten Blick sah Peter, warum die junge Frau allen Grund hatte, so verzweifelt nach Emilio zu schreien.

Im Hinterzimmer lag ein Toter. Sein kurzärmeliges ultramarinfarbenes Hemd war etwas zu kurz und über den Bauch hochgerutscht, sodass es einen von Speckröllchen umgebenen Nabel mit einer blauen Baumwollfluse darin enthüllte. Obwohl der Mann frisch rasiert schien, konnte Peter bereits einen dunklen Schatten auf den Wangen erahnen. Anscheinend hatte der Tote einen starken Bartwuchs gehabt.

Peter dachte an die Legende, dass bei manchen Menschen die Nägel und Haare nach dem Tod weiterwachsen. Als Kind hatte ihn diese Vorstellung gleichermaßen fasziniert wie gegruselt. Wie oft war er über den Friedhof geschlichen und hatte sich all die Toten vorgestellt, die unter seinen Füßen ruhten und deren weiße Bärte, blonde Locken oder dunkle Strähnen nach Jahrzehnten den ganzen wurmstichigen Sarg ausfüllten. Mittlerweile hatte er gelernt, dass bei einer Leiche nach und nach die Gesichtshaut schrumpft, weshalb irgendwann Barthaare zum Vorschein kommen. Ebenso wachsen nicht die Nägel, sondern die Haut an den Fingern zieht sich zurück und fällt in sich zusammen, was die Täuschung hervorruft.

Er betrachtete diesen Emilio, von dem er noch nichts wusste, außer dass sein schönes blaues Hemd fusselte und er es offenbar im Todeskampf aufgerissen hatte, im Ringen nach Luft, die sein Körper nicht mehr aufnehmen konnte. Ein Knopf hing an einem einzelnen Faden und berührte beinahe den Boden.

Eine Gestalt im weißen Ganzkörperoverall kniete neben ihm und schoss fortwährend Fotos. Das weiße Plastik konnte die lange Schlaksigkeit von Widukind Bruggner, dem Chef der Spurensicherung, nicht verbergen. Er benötigte Anzüge in Sondermaßen, da bei nahezu zwei Metern Körpergröße sonst immer ein Stück Widukind uneingepackt blieb.

Nadja legte ihm für einen kurzen Moment die Hand auf die Schulter. Er lächelte zu ihr hoch.

»Ihr wart schnell.« Er reichte ihnen Füßlinge und Handschuhe.

Nadja und Peter streiften sie über.

»Der sechste Sinn, der uns aus dem Hofgarten hierhergeführt hat. Wir waren Eis essen, Peter, Professor Nauke und ich.« Nadja seufzte. »Was ist mit ihm passiert?«

»Zuerst sah es nach Herz-Kreislauf-Versagen aus. Der Tote heißt laut Ausweis Emilio Colombo. Die Besitzerin der Pizzeria hat den Notruf gewählt, weil er kollabiert ist. Aber dann hat seine Begleitung etwas Seltsames erzählt, von einem Anschlag auf ihn auf der Alten Mainbrücke heute Nachmittag, davon hat der Tote wohl in den letzten Minuten ständig geredet. Irgendjemand scheint ihm mit einem unbekannten Werkzeug ins Bauchfett gestochen zu haben, durch das Hemd durch. Danach hatte er Schmerzen an der Stelle, und nach einiger Zeit kamen unterschiedlichste Symptome dazu: Übelkeit, Muskelkrämpfe, Kopfschmerzen, Herzrasen. Das hat sich wohl alles sehr schnell gesteigert. Als sie hier ankamen, hat er anfangs nur nach einer Ibu gefragt, kurz darauf wollte er sichtlich angeschlagen auf die Toilette und ist zusammengebrochen.«

Peter starrte den Toten an. Anscheinend hatte dieser in seinen letzten Stunden einiges mitgemacht. Der Tathergang klang jetzt schon furchtbar verworren. Er tauschte einen besorgten Blick mit Nadja.

»Komische Geschichte«, sagte nun auch Widukind. »Auch von der Spurenlage her problematisch. Hier ist er ja nur gestorben. Wir müssen außerdem den Tatort absuchen, und das wird wirklich eine Herausforderung. Wisst ihr, wie viele Touristen täglich über diese Brücke laufen?«

»Ist das denn wirklich passiert? Also dieser Überfall auf der Mainbrücke? Ist das schon klar?«, fragte seine Kollegin. »Oder haben die beiden das vielleicht erfunden, weil sie in Wahrheit Drogen konsumiert haben?«

Widukind wiegte den Kopf hin und her. »Es ist tatsächlich eine minimale Einstichwunde am Bauch sichtbar, wie von einer handelsüblichen Spritze. Natürlich sagt das noch nichts darüber aus, ob er sich das vielleicht auch selbst zugefügt haben könnte. Oder seine Begleiterin. Also hat der Notarzt gleich noch die Polizei informiert, nachdem er den Tod festgestellt hat, der KDD kam angerauscht, und die haben mich gleich mitgebracht. Zum Glück, so konnte ich wenigstens die Spuren rund um den Herrn hier vor Verunreinigung schützen. Draußen ist ja das absolute Chaos. Und dann haben die Kollegen als Nächstes euch angerufen.«

Nadja beugte sich dichter an den Toten heran und schien die leicht bläulich verfärbte Stelle auf der käsigen Haut neben dem Flusen-Bauchnabel zu mustern. »Wir brauchen Lars Nauke.«

»Höre ich da meinen klangvollen Namen?« Lars Nauke wehte um die Ecke. »Ist meine Expertise gefragt?«

»Ja, wir benötigen einen Anhaltspunkt, womit wir es hier

zu tun haben könnten. Eine Rauschgiftgeschichte? Ein Unfall? Mord?« Nadja sah nachdenklich auf den Toten hinab.

Lars Nauke stupste Widukind an. »Bist du fertig, darf ich ihn mal anschauen?«

Widukind Brugger nickte und stand auf, um dem Rechtsmediziner Platz zu machen. »Sagt mir Bescheid, wenn ich das ganze Team zur Mainbrücke abkommandieren soll.«

Sie beobachteten eine Weile still, wie Professor Nauke, der sich ebenfalls einen Anzug der Spurensicherung übergestreift hatte, den Toten nach und nach entkleidete, noch einmal die Lebenszeichen überprüfte und in Mund, Nase und Ohren spähte. Er murmelte verärgert vor sich hin, dass er seine Tasche nicht dabeihatte, und unterbrach die Untersuchung für einen Moment, um seine Kollegen anzurufen.

»Was ist ihm da gespritzt worden?«, fragte Nadja schließlich. »Haben Sie eine Idee?«

Lars Nauke schob seine Brille zurecht. »Da gibt es eine Fülle von Möglichkeiten. Offenbar war es etwas, das ein Herz-Kreislauf-Versagen ausgelöst hat. Vielleicht sind auch weitere Organe betroffen. Spekulieren will ich nicht, mehr erfahrt ihr bei der Obduktion. Wir brauchen definitiv ein ChemTox.«

Peter verkniff sich ein Seufzen. Bei der Obduktion entnahmen die Rechtsmediziner beispielsweise Proben von Gewebe, Blut und Mageninhalt, um sie ins Labor zu schicken, wenn der Verdacht auf Drogen oder Gifte nahelag. Doch leider dauerte die Auswertung dieser Proben meist mehrere Wochen.

Widukind streckte seine langen Glieder. »Ich werde zusätzlich den Hemdstoff in unser Labor schicken. Vielleicht haben wir ja Glück, und daran ist auch was von dem Zeug hängen geblieben. Immerhin hat der Täter oder die Täterin laut Aussage des Opfers da durchgestochen.«

Nadja nickte. »Gute Idee. Wenn das stimmt, spricht das auch gegen eine Selbstbeibringung. Jeder normale Mensch würde sein Oberteil doch hochziehen, wenn er sich Drogen spritzt.«

Lars Nauke sah sie nachdenklich an. »Tatsächlich sind Spritzen in den Bauch gar nicht so ungewöhnlich. Denken Sie nur an Diabetiker oder an Menschen, die sich nach einer OP spritzen müssen, damit sie keine Thrombose bekommen. Aber auch die ziehen ihre T-Shirts vorher aus. Vermutlich war es also wirklich eine Fremdbeibringung.«

»Vielleicht findet ihr hier einen Hinweis.« Widukind reichte Nadja einen Beutel. Peter sah, dass ein winziges Büchlein darin steckte. »Hier, das war in seiner Hosentasche. Ihr dürft es euch anschauen, aber vorsichtig, bitte.«

Das Buch war nicht einmal so groß wie ein Handy, der schwarze Kunstledereinband verschlissen. Ein Bleistiftstummel war mit einem Gummiband daran befestigt.

Während Lars Nauke sich wieder der Leiche zuwandte, nahm Nadja es vorsichtig aus der Tüte, las und blätterte weiter. Peter sah, wie sich ihr Gesichtsausdruck von Überraschung hin zu Ärger und dann zu Belustigung wandelte.

»Schaut euch das an!«

Nadja hielt ihm das Buch vor die Nase. Eine Seite in der Mitte war aufgeschlagen. Er sah eine fein säuberlich angelegte Tabelle mit mehreren Spalten. Die linke war am breitesten, dort stand: »Constanze, Heidi, Zainab, Ann-Cathrin, Praise«. Frauennamen. In der nächsten Spalte je ein Datum und eine Uhrzeit. Dann zwei weitere schmale Spalten. Peter entzifferte mit Mühe die Buchstabenkürzel darüber. »Attraktiv, interessant« und zuletzt »Ern. Treffen erwünscht«.

Ungläubig blickte er auf die Tabelle.

Nadja beugte sich zu ihm hinüber. »Heidi hat er letzte Woche getroffen. In puncto Attraktivität hat sie eine 7, dafür war das Gespräch mit ihr anscheinend nicht besonders interessant, denn da hat er ihr nur eine 5 gegeben. Trotzdem ist ein erneutes Treffen mit ihr erwünscht«, folgerte sie aus dem Haken in der letzten Spalte.

Peter blätterte vor und zurück. Namen über Namen. Der letzte Eintrag stammte von heute. »Anastasia, 01.07., Attraktivität 6.« Die zwei letzten Spalten waren noch nicht ausgefüllt. Anscheinend hatte Emilio Colombo irgendwann während des

Dates schon mal seinen ersten Eindruck festgehalten. Zum Gesamtfazit war er dann nicht mehr gekommen.

»In diesem Büchlein sind zig Mordmotive enthalten«, flüsterte Peter ehrfurchtsvoll. »Das ist ein Profi. Professor, der hat Ihnen noch einiges voraus.«

Lars Nauke warf ihm einen bösen Blick zu und murmelte etwas.

Nadja barg das Gesicht in den behandschuhten Händen. »Ist euch klar, was für eine Überprüfungsarbeit da vor uns liegt?«

»Die Kollegen werden begeistert sein, wenn wir all die Damen im K1 aufmarschieren lassen.« Peter musste grinsen, als er an Kurt Heideckert und Steffen Neumann dachte.

»Wie willst du Heidi und Co denn ausfindig machen, wenn wir nur den Vornamen und eine vage Attraktivitätsangabe haben?« Verzweifelt blätterte Nadja in dem Buch.

»Warte mal!« Peter legte den Finger auf eine Seite, die nur vier Namen umfasste. »Hier hat er einen Nachnamen notiert.«

»›Ojuna Ganbat‹«, las Nadja vor. »Oh, und sie hat eine 10 in der Kategorie ›interessant‹ bekommen und immerhin auch eine 6 in ›Attraktivität‹.«

»Trotzdem will er sie nicht wiedersehen.« Peter beäugte das energisch gezogene X in der letzten Spalte.

»Klingt interessant, dann fangen wir morgen mit ihr an!« Nadja wandte sich ab und zog ihr Handy aus der Handtasche. Peter wusste, dass sie nun den Staatsanwalt, Victor de Mancini, anrief, um ihn zu informieren. Er versuchte, den Geschmack von Vanille und den Duft von Schwimmbadpommes und Sonnencreme wieder in seinen Kopf zu rufen, obwohl er wusste, dass er auf beides weder heute noch morgen eine Chance haben würde.

Nadja / Samstag, 01.07., Altstadt

Nadja spürte die aufgestaute Hitze wie einen widerlich warmen Waschlappen auf der Haut. Emilio Colombo war gerade erst verstorben, und doch hatte sie das Gefühl, dass von ihm bereits ein Geruch ausging, der nichts mit dem Schweiß zu tun hatte, den sein Körper im Todeskampf ausgeschüttet hatte. So roch kein Lebender, so roch die Endgültigkeit.

Sie hätte gerne ein Fenster geöffnet, doch dann bestand die Gefahr, dass von draußen jemand mithörte. Gleichzeitig schienen die Temperaturen eine nervöse Anspannung in ihr auszulösen. Ihre Gedanken rasten, stellten Hypothesen auf und verwarfen sie sogleich. Immer wieder kam sie an den Punkt, dass sie viel zu wenig Infos hatten. Sie fühlte den Drang, sich zu bewegen, ihren Körper zu spüren, bis zur Erschöpfung zu rennen und anschließend in einen kühlen See zu tauchen. Abrupt wandte sie sich Peter zu.

»Lass uns mit Emilios Begleitung sprechen.«

Er nickte nur. Nadja dachte daran, dass zu Hause sicherlich Rebekka und Mariechen auf ihn warteten, und nahm sich vor, ihn heimzuschicken, sobald es möglich war.

»Seid lieb zu Anastasia Scheuerlein, das ist eine Nette«, rief Lars Nauke ihnen noch zu.

Nadja dachte an das Glitzertop und seufzte. Sie fanden Anastasia Scheuerlein alleine im Gastraum an die Bar gelehnt, wo sie ein Glas und eine Flasche Mineralwasser vor sich hatte und Wasserringe auf der Holzplatte mit dem Zeigefinger nachmalte. So wie sie dastand, wurden Ansätze von Cellulite unterhalb der Jeansshorts an ihren Oberschenkeln sichtbar. Nadja registrierte es, und ihre Laune hob sich etwas. Cellulite war normal, das betraf viele weibliche Körper. Endlich traute sich mal jemand, das auch zu zeigen. Nun verzieh sie ihr das Glitzertop schon viel eher.

»Frau Scheuerlein, fühlen Sie sich in der Lage, uns einige Fragen zu beantworten?«, fragte sie leise.

Der Mascara der Zeugin war verlaufen, die Pupillen groß, doch der Ausdruck in ihren Augen wach. Sie hatte lange Haare, die ihr pausbäckiges Gesicht umrahmten. Das ungewöhnlich stark ausgeprägte Natur-Rot der glatten Strähnen schien zu leuchten. Sie nickte, räusperte sich dann und bejahte noch einmal, deutlich ruhiger als noch vor wenigen Minuten. Anscheinend hatte Lars Nauke so einige Tricks auf Lager.

Peter zog sich einen der Barhocker heran, und Nadja, die sich zu unruhig zum Sitzen fühlte, blieb einfach stehen.

»Wie geht es Ihnen? Sie wirkten vorhin sehr aufgewühlt.«

»Dieser Arzt hat mir inzwischen gesagt, dass Emilio tot ist«, brachte Anastasia Scheuerlein nach weiterem Räuspern heraus.

»Das war es ja nur, was ich wissen wollte. Ich musste es wissen, verstehen Sie, damit ich sicher sein konnte, dass es nichts mehr für mich zu tun gibt. Solange ein Mensch lebt, kämpft man doch. Da hätte ich vielleicht für einen kompetenteren Arzt sorgen müssen oder irgendwelche Medikamente holen oder einen Rettungshubschrauber rufen …«

»Sie haben alles getan, was möglich war«, unterbrach Peter sie sanft. »Machen Sie sich keine Vorwürfe.«

»Ich hätte es früher merken sollen. Dann wäre vielleicht mehr Zeit gewesen. Die ganze Sache war so seltsam, mit den Schmerzen am Bauch und dann das Kopfweh und die Übelkeit. Ich dachte zuerst, dass er Migräne oder eine Bienenallergie haben könnte. Er hat so stark geschwitzt und kaum noch was gesagt. Aber ich habe nicht gefragt, ob alles in Ordnung ist. Vielleicht hätte ich gefragt, wenn er mir sympathischer gewesen wäre. Verstehen Sie?«

Nadja musterte die junge Frau. Nach dem, was sie in Emilio Colombos geheimem Büchlein gelesen hatte, konnte sie sich vorstellen, dass er nicht der angenehmste Zeitgenosse gewesen war. Aber sie hatte sich ja auch nicht mit ihm verabredet. »Warum waren Sie mit ihm hier, wenn Sie ihn nicht sympathisch fanden?«

»Es war ein Date. Wir haben uns zur Challenge auf der Alten Mainbrücke getroffen. Das hat mir Riesenspaß gemacht, obwohl Emilio sich offenbar meinen Namen nicht richtig merken konnte oder wollte. Er hat mich mehrfach falsch angesprochen, aber auch das fand ich eigentlich ganz witzig. Ich hab dann im Gegenzug angefangen, ihn Elmo zu nennen. Eigentlich war ich überrascht, als er vorschlug, noch hierherzukommen, obwohl er da schon ziemlich angeschlagen wirkte. Er meinte, dass ihn was gestochen hat und dass ihm der Bauch wehtut. Ich habe sogar gefragt, ob er sich nicht lieber daheim ausruhen sollte, aber das hat ihm gar nicht gepasst. Er ist stattdessen halb zusammengekrümmt neben mir hergehumpelt und hat weiter versucht, Scherze zu machen. Vielleicht wollte er nicht alleine sein. Er hat gesagt, dass er mich zum Essen einlädt. Und da dachte ich ...« Sie verstummte. Eine leichte Röte zog sich über ihr Gesicht.

»Ja?«

»Dass man das ja zumindest noch mitnehmen kann, wenn man eingeladen wird, auch wenn man vielleicht nicht so ganz auf einer Wellenlänge ist. Ich bin Studentin und jobbe nebenbei, um mir den Lebensunterhalt zu finanzieren, ich gehe eigentlich nicht so oft ins Restaurant.« Sie sagte es mit einem Unterton, der deutlich machte, dass sie sich gegen eine Moralpredigt zur Wehr setzen würde.

Peter lachte die Aggression weg. »Absolut nachvollziehbar. Ich habe in meiner Studentenzeit auch vier Tage die Woche Nudeln gekocht, weil es kaum ein günstigeres Essen gibt. Da freut man sich über etwas Abwechslung.«

Dankbar sah sie ihn an. »Genau.«

Nadja klopfte mit den Fingerknöcheln auf den Tisch, bis Peter sie sacht anstupste. »War Ihr Date im Rahmen dieser neuen Dating-App, weil Sie gerade eine Challenge erwähnt haben?« In ihrem Kopf formte sich eine Idee.

»Ja, genau. Wir haben uns über MainSchatz verabredet. Cool, dass Sie die App kennen.« Anastasia Scheuerlein versuchte sich an einer Erklärung. »Ich mag diese Aufgaben. Es sind oft Sachen dabei, die kein Geld kosten, das finde ich auch toll.«

»Und was mussten Sie auf der Alten Mainbrücke erledigen?«, fragte Nadja neugierig. Vielleicht hatte Emilio Colombo alle seine Dates über MainSchatz verabredet. Dann konnten sie den Anbieter ansprechen und mit Unterstützung des Staatsanwalts eine Liste aller Kontakte bekommen.

»Wir haben den heiligen Kilian dekoriert. Besser gesagt: Ich habe das gemacht. Emilio war so semi-engagiert. Und als ich da oben stand, kam der Bocksbeutel. Und hat Emilio umgebracht.«

Die Tränen begannen wieder zu laufen.

Nadja und Peter wechselten einen irritierten Blick.

Anastasia Scheuerlein schien zu begreifen, dass sie mehr ins Detail gehen musste, und fasste das Geschehen zusammen. »Er ist zwischendurch mal aufs Klo gegangen, um zu schauen, was da so wehtut, und als er zurückkam, hat er nur noch von diesem Bocksbeutel gesprochen, dass der ihn verletzt habe.«

Wahrscheinlich hatte Emilio Colombo zu diesem Zeitpunkt den Einstichpunkt auf der Haut entdeckt und geahnt, dass sein Unwohlsein daher rührte. Aber da war es offenbar schon zu spät gewesen.

»Können Sie den Täter beschreiben? Seine Verkleidung? Wie groß war er wohl? Frau oder Mann?«, fragte Nadja.

Die Studentin gab sich Mühe, ihnen einen Eindruck von der seltsamen Figur zu vermitteln. Am Ende hatten sie eine Beschreibung des Kostüms, doch keinerlei Hinweis darauf, wer darin gesteckt haben könnte.

»Hatten Sie den Eindruck, dass Emilio wusste, wer sich im Inneren verbarg?«

»Absolut nicht. Es schien ganz zufällig zu sein, dass der Bocksbeutel zu uns herüberkam. Ich habe gar nicht mitbekommen, was passiert ist, weil ich immer noch dort oben stand. Emilio hat es anfangs wohl auch nicht umrissen. Er hat was von einem Insektenstich gesagt und erst später damit angefangen, dass die Weinflasche ihn attackiert hat.«

»Danke für Ihre Mithilfe! Wir werden uns dann zeitnah noch einmal bei Ihnen melden, vielleicht sogar heute Abend oder morgen früh. Möglicherweise müssen wir die Geschehnisse auf der Mainbrücke genauer nachvollziehen oder sogar mit Statisten nachstellen. Die Kollegen nehmen noch Ihre Personalien auf, dann dürfen Sie gehen und sich ausruhen.« Nadja nickte der Studentin zu.

Peter lächelte sie noch einmal an. »Passen Sie auf sich auf. Das war ein großer Schock heute.«

Anastasia Scheuerlein schüttelte den Kopf. »Das ist es nicht, was mir zu schaffen macht. Wenn ich Emilio gemocht hätte, müsste ich wenigstens kein schlechtes Gewissen haben. Dann hätte ich ihn vielleicht überredet, vorsichtshalber zu einem Arzt zu gehen. Aber so werde ich immer das Gefühl haben, zu spät reagiert zu haben.« Sie klopfte auf den Tresen. »Tschüss, Elmo. Ruhe in Frieden, wenigstens das.«

Und mit einem letzten traurigen Blick auf das Nebenzimmer, in dem noch immer die Menschen herumwuselten, verließ sie das Restaurant.

2

Peter / Sonntag, 02.07., Kriminalpolizeiinspektion in der Zellerau

Peter saß entspannt vor seinem Kaffee und sah jedem seiner Kolleginnen und Kollegen, die nach und nach ins Besprechungszimmer eintrudelten, an, ob sie nachts gearbeitet hatten oder nicht. Lars Nauke wirkte derart aufgedreht, dass er einiges an Koffein intus haben musste. Er gestikulierte mit ausschweifenden Gesten und stieß dabei mehrfach beinahe den Teller mit Keksen um, den Gretchen so dicht wie möglich vor ihm abgestellt hatte. Die Sekretärin des K1, Gretchen Morungen, hatte eine Schwäche für Lars Naukes blumige Ausdrucksweise. Ihre Vorliebe für einen der Ermittler wechselte allerdings monatlich. Peter merkte immer dann, dass er der aktuelle Favorit war, wenn sie ungefragt in seinem Büro auftauchte, um ihm Essen oder Getränke zu kredenzen, und ihn in den Pausen vor den Frotzeleien der Kollegen verteidigte. Das war allerdings schon länger nicht mehr geschehen.

Sie hatte offenbar keine Nachtschicht hinter sich, denn sie sah ausgeruht aus und war besonders sorgfältig zurechtgemacht, trug sogar Rouge auf den Apfelbäckchen. Gerade war sie mit Kopfhörern über den eigentlich grau gelockten, neuerdings aber mit blonden Strähnchen aufgepeppten Haaren noch damit beschäftigt, etwas abzutippen, wahrscheinlich ein Verhörprotokoll. Peter bewunderte das pastellfarbene Twinset, das sie mit einer glitzernden Katzenbrosche trug. Wenn es eine Abstimmung gegeben hätte, wer optisch am allerwenigsten ins K1 passte, dann hätte Gretchen sicher haushoch gewonnen. Aber alle schätzten ihre Zuverlässigkeit und ihren unermüdlichen Arbeitseifer.

Neben ihr hatte Widukind Brugger seine Brille auf dem Tisch abgelegt und seinen Kopf auf die Arme gebettet, wie um noch ein paar Minuten Schlaf nachzuholen. Selbst sein Pferdeschwanz hing erschöpft über den Kragen des dunkelblauen T-Shirts hinunter. Peter schloss mit sich selbst eine Wette ab, dass Yoda vorne draufgedruckt war. Oder Gollum. Oder ein anderes Fabelwesen.

Elif Yilmaz zog sich den Stuhl neben Peter heran. Die stille Kommissarin mit der ausladenden Figur und der dunkelbraunen Haarmähne hatte letztes Jahr die interne Schützenmeisterschaft gewonnen. Sie war noch nicht lange im Team und ersetzte Maximilian Braun, der in das Kommissariat für Kinderpornografie abkommandiert worden war. Das K11 war neben dem Kommissariat für Cyberverbrechen das am schnellsten wachsende. Die Fälle und das zu sichtende Material hatten sich in den letzten Jahren vervielfacht. Etwas in Peter wurde immer sehr traurig, wenn er daran dachte. Seit Mariechen auf der Welt war, gab es Themen, die sich nur schwer aushalten ließen.

»Du warst gestern auch vor Ort, hab ich gehört.« Elif hatte Concealer unter ihren Augen aufgetragen, sah jedoch trotzdem alles andere als ausgeruht aus.

»Ja, aber nur kurz. Nadja hat mich heimgeschickt, nachdem wir uns ein erstes Bild verschafft hatten.«

Peter war erleichtert gewesen, der stickigen Pizzeria entkommen zu können. Zu Hause hatte er Mariechen und Rebekka ungewohnt fest umarmt und darauf bestanden, dass sie den unerwartet geschenkten Abend mit Bilderbüchern verbrachten.

Elif musterte ihn, und Peter war sich nicht sicher, was sie dachte. Sie hatte auch zwei Kinder daheim, hatte aber gestern offenbar noch lange gearbeitet. Doch sie sagte nichts dazu. »Als ich kam, war der Tote leider schon vom Bestatter abtransportiert. Professor Nauke wollte ihn unbedingt so schnell wie möglich im Institut haben.«

Lars Nauke, dem das Koffein offensichtlich das Gehör einer Fledermaus verlieh, wirbelte zu ihnen herum. »Man muss die Proben schnell entnehmen. Manche Gifte verflüchtigen sich, wenn man zu lange wartet!«

Elif starrte ihn an. »Dann haben Sie gestern tatsächlich noch die Obduktion durchgeführt?«

»Korrekt. Frau Gontscharowa und der verehrte Herr Staatsanwalt kamen gegen Mitternacht noch dazu. Da hatten wir eine nette kleine Runde.«

Peter zog nur die Augenbrauen hoch. »Gruselig.«

Er glaubte, eine kühle Präsenz hinter sich zu spüren, und drehte sich um. Der eben erwähnte Staatsanwalt Victor de Mancini hatte den Raum betreten. Wie immer war er penibel korrekt gekleidet. Er trug einen silbergrauen Sommeranzug, ein weißes Hemd und eine Krawatte, deren Knoten so fest gezogen war, dass er unangenehm gegen den Hals drücken musste. Mancini schien es nicht zu bemerken. Sein Blick überflog die Anwesenden, hier ein Nicken, dort ein Zusammenpressen der Lippen, das man für den Versuch eines Lächelns halten konnte. Erst als er bei Peter anlangte, hellten sich die aristokratischen Züge etwas auf.

Um Mancini gab es mehr Gerüchte als bekannte Tatsachen. Dass er der letzte Nachkomme einer italienischen Adelsfamilie war und nur zum Spaß arbeitete. Dass er nur ein einziges Mal geliebt hatte, die Frau ihn verlassen hatte und er sie Jahre später als Mordopfer wiedersah. Dass er nicht schlief, sondern in einem Sarg ruhte oder mit einem Stecker seine Batterien wieder auflud. Noch keiner im K1 hatte ihn jemals essen sehen. Weder bei Besprechungen noch in der Pause oder bei langen Einsätzen. Ihn um Mitternacht bei einer Obduktion zu treffen, schien absolut passend. Peter schnaubte ungehalten, da er sich nie an den Spekulationen über den Staatsanwalt beteiligte. Denn er mochte ihn und schätzte seinen trockenen Humor und seine Leidenschaft für mittelalterliche Geschichte, Literatur und Kunstschätze.

»Herr Steiner.« Mancini grüßte ihn als einzigen mit Namen und ließ sich auf Peters anderer Seite nieder.

Peter nahm einen flüchtigen Geruch nach Tabak und altem Papier wahr. Auch er hatte sicherlich eine kurze Nacht gehabt, doch Peter traute ihm ohne Weiteres zu, dass er einer der Menschen war, die nie mehr als fünf Stunden pro Nacht schliefen und trotzdem ganz normal funktionierten.

Nadja war währenddessen vorne bereits damit beschäftigt, die Technik aufzubauen und ihren Laptop mit dem großen Fernsehbildschirm zu verbinden. Sie trug einen dunkelblauen, ärmellosen Jumpsuit. In der Taille gebunden betonte er ihre athletische Figur. Wie immer hatte sie die Haare in einer komplizierten Flechtfrisur frisiert und hochgesteckt. Peter fragte sich nicht zum ersten Mal, ob das der einzige Hinweis darauf war, dass auch Nadja Gontscharowa eine Kindheit gehabt hatte. Ob ihr die Haare früher von den geschickten Händen einer russischen Großmutter geflochten worden waren und sie auf dem Schulhof Springseil gehüpft war, während die Zöpfe flogen. Das einzige Relikt aus der Kindheit, das sie über die Jahre beim Erwachsenwerden begleitet hatte. Und das sie noch immer nicht aufgab.

In diesem Moment blickte Nadja auf. Ihre Blicke kreuzten sich, und sie verzog die schmalen Lippen spöttisch, als sie Mancini neben Peter sitzen sah. Sie hatte sich schon oft über die Männerfreundschaft lustig gemacht.

Peter grinste zurück und wandte sich demonstrativ an Mancini. »Eine nächtliche Obduktion, da agiert Professor Nauke ja fast in der Nachfolge Frankensteins.«

»Bloß war der nicht in Würzburg, sondern in der alten Anatomie in Ingolstadt tätig.« Mancini verzog keine Miene.

»Wirklich?« Der Kollege Kurt Heideckert sah vor seinem Notizbuch auf. Er hatte die letzten Minuten gedankenversunken durch frühere Fälle geblättert, die er dort in seiner winzigen Schrift festgehalten hatte. Seine Wangen hingen etwas hinunter, und die Tränensäcke nahmen über die Jahre immer weiter an Umfang zu, was ihm ein stets trauriges Aussehen verlieh.

Peter konnte den Duft nach Kräutertee riechen, der seiner Tasse entstieg. Der dienstälteste Kommissar liebte es, sich vor der täglichen Besprechung in aller Ruhe einen Teeaufguss mit Kamille, Lindenblüten oder Himbeerblättern zuzubereiten. Meistens verwendete er dafür sogar selbst gesammelte Kräuter, die er von seinen Streifzügen im Gramschatzer Wald mit nach Hause brachte.

Mancini nickte. »Wirklich. Die Autorin, Mary Shelley, ließ ihren Victor Frankenstein zum Medizinstudium nach Ingolstadt reisen. Dort gab es schon im 18. Jahrhundert ein Experimentiergebäude für die Mediziner und Naturwissenschaftler. Das hat ihre Phantasie wohl beflügelt.«

Heideckert schwieg beeindruckt. Peter wusste, dass er gerne weiter nachgefragt hätte, sich Mancini gegenüber aber nicht recht traute. Wahrscheinlich würde er daheim weiter recherchieren. Das Arbeitsfeld der Rechtsmedizin interessierte ihn sehr.

Währenddessen blickte Nadja immer wieder auf die Uhr und tigerte vor dem Fernsehbildschirm hin und her. Peter wusste, auf wen sie wartete.

»Ich sag ihr Bescheid, dass wir so weit sind«, sagte sie schließlich und verließ unter den mitleidigen Blicken der Anwesenden den Raum.

Nadja / Sonntag, 02.07., Kriminalpolizeiinspektion in der Zellerau

Nadja ging in Richtung der Treppen. Sie hasste es, untätig herumzustehen, vor allem, wenn sie diejenige war, auf die alle Augen gerichtet waren. Da holte sie die Kriminaldirektorin lieber selbst ab, vielleicht hatte sie den Termin ja vergessen.

Als Nadja um die Flurecke bog, sah sie eine bekannte Gestalt mit geschmeidigen Schritten vor sich laufen. Ein Lächeln stahl sich auf ihre Lippen, als sie auf Zehenspitzen hinter dem Mann herschlich. Sie hielt sich dicht an der Wand, weil es dort weniger hallte. Er schien nichts zu bemerken. Das weiße T-Shirt bildete einen leuchtenden Kontrast zu seiner dunklen Haut. Dazu trug er Jeans und weiche Bastschuhe. Nadja betrachtete beim Näherkommen die Struktur seiner wuscheligen schwarzen Haare. Sie wusste genau, wie sich die wilden Kräusel unter ihren Händen anfühlten. Den letzten Meter überwand sie mit einem Satz. Sie umschlang ihn von hinten mit den Händen und drückte einen Kuss auf seinen Nacken.

Mukki, der eigentlich Nepomuk hieß, zuckte zusammen und blieb dann wie erstarrt stehen. »Wer Sie auch sind, ich muss Sie warnen: Meine Freundin arbeitet hier, und sie hat eine Dienstwaffe im Spind!«

Nadja lachte. »Richtige Antwort.«

Sie warf verstohlene Blicke um sich, doch alle Türen waren geschlossen. Also drehte sie Mukkis Gesicht zu sich, um ihn noch einmal richtig zu küssen. Als sie ihn losließ, rieb er die Nase liebevoll an ihrer Wange.

»Ich sollte öfter hier im Präsidium vorbeischauen. Das lohnt sich ja richtig.«

»Hast du einen Termin oben?« Nadja hielt Mukkis Hände in ihren und drückte sie.

»Ja, das K11 will mich als Sachverständigen bei einer Verhandlung dazuholen. Das wäre mein erster Auftritt vor Gericht.« Dr. Nepomuk Kamil-Chechem arbeitete wie Lars Nauke als Rechtsmediziner. Nadja hatte ihn im Sektionssaal kennengelernt, umwirbelt von den Takten französischer Chansons. Danach hatte Lars Nauke ihn einmal nach Feierabend bei Nadja vorbeigeschickt, um Obduktionsergebnisse mit ihr zu besprechen – sie wusste bis heute nicht, mit welchen Hintergedanken. Mukki hatte Federweißen mitgebracht und sich sein Hemd mit der undichten Flasche durchnässt, sie hatten Pizza gegessen, und zum unpassendsten Zeitpunkt war Nadjas ehemaliger Chef aufgetaucht, mit dem sie weit mehr verbunden hatte als die dienstliche Zusammenarbeit. Das hatte die Stimmung derart wirkungsvoll versaut, dass Nadja danach eigentlich überhaupt keinen Mann mehr sehen wollte.

Erst nach Abschluss des Falls hatten sie sich zufällig in einem Restaurant wiedergetroffen, und an diesem Abend war dann alles sehr schnell gegangen. Nadja schmunzelte bei dem Gedanken. Mukki war der freundlichste und gutmütigste Mensch, den

Nadja kannte. Vielleicht auch der attraktivste. Verstohlen ließ sie einen Finger unter sein T-Shirt gleiten und strich über die Bauchdecke. Seine Figur machte seinem Spitznamen alle Ehre.

Mukki räusperte sich. »Magst du heute Abend vielleicht kommen – zu mir kommen, meine ich?«

»Beides.« Nadja grinste.

Er strich ihr über die Wange, und Nadja spürte der vertrauten Wärme seiner Finger nach, als er die Hand sinken ließ. »Gut, dann koche ich uns was. Vielleicht eine asiatische Bowl? Oder deinen Lieblingssalat mit Pinienkernen und getrockneten Tomaten?« Mukki aß vegetarisch. Seit Nadja mit ihm zusammen war, ernährte sie sich auch weitgehend fleischlos, was schon damit zusammenhing, dass Mukki wesentlich besser kochte als sie.

Da fiel Nadja ein, dass sie noch gar nicht wusste, was der Tag an Ermittlungsaufgaben bringen würde und wann sie überhaupt Schluss machen konnte. »Es reicht was ganz Einfaches, du musst nicht extra einkaufen.«

»Das mache ich gerne. Ich freu mich auf einen schönen Abend!«

»Na ja, wir haben doch einen neuen Fall und …« Sie verstummte.

»Ist es stressig? Dann bekommst du als Allererstes eine Massage.«

»Das klingt natürlich verlockend.«

Mukki sah sie so hoffnungsvoll an, dass Nadja nicht weitersprach. Sie hielt es für möglich, dass sie heute Abend lieber mit einer Tiefkühlpizza in Reichweite in Ermittlungsakten schmökern wollte, bis sie darüber einschlief, als an einem schön gedeckten Tisch zu sitzen und sich verwöhnen zu lassen. Würde er das verstehen? Sie streckte die Hand nach ihm aus.

Ein dumpfes Stampfen von der Treppe her ließ Nadja zurückzucken. Die Kriminaldirektorin kam auf sie zu und bedachte sie mit einem scharfen Blick.

»Frau Gontscharowa! Sollten Sie nicht langsam mit der Besprechung starten?«

»Ist alles vorbereitet, ich wollte nur noch kurz …«

»Gut, dann können wir ja zusammen gehen.«

»Natürlich. Auf Wiedersehen, Dr. Kamil-Chechem«, sagte Nadja.

Er sah sie mit hochgezogenen Augenbrauen an, nickte dann aber. Nadja hatte es bisher vermieden, ihre Beziehung öffentlich zu machen. Sie hasste es, private Dinge mit der Arbeit zu vermischen. Peter wusste natürlich Bescheid, und auch Lars Nauke schien mehr oder weniger im Bilde zu sein. Aber allen anderen Kollegen hatte sie es verschwiegen, schon deshalb, weil alle ihn kannten und jeder schon mal mit ihm zusammengearbeitet hatte. Nadja wusste, dass Mukki über ihre Zurückhaltung nicht gerade glücklich war und am liebsten jedem von ihnen erzählt hätte. Aber das fühlte sich für Nadja nicht richtig an.

Mukki wandte sich ab und ging davon. Seine Schritte sahen weniger energiegeladen aus als noch vor wenigen Minuten. Nadja blickte ihm mit schlechtem Gewissen nach. Hoffentlich konnte sie heute Abend tatsächlich freimachen. Sonst wäre er sicher sehr enttäuscht.

Peter / Sonntag, 02.07., Kriminalpolizeiinspektion in der Zellerau

Der Geräuschpegel im Raum nahm immer weiter zu, bis die Tür endlich wieder aufging. Alle mit Ausnahme von Mancini schienen unwillkürlich die Köpfe einzuziehen, als stampfende Schritte an ihnen vorbeimarschierten. Peter sah, dass Heidekkert sein Notizbuch schloss, dass Widukind den Kopf hob und sich verstohlen die Augen rieb, dass Elif ihren Rücken gegen die Stuhllehne presste. Nur eine Person schaffte es, in einem mit Teppichboden ausgelegten Raum derart zu stampfen. Und das, obwohl sie die Zierlichste unter den Anwesenden war.

»Guten Morgen!« Dr. Waltraud Bullmann konnte einen normalen Gruß klingen lassen wie eine Gewehrsalve. Die

Kriminaldirektorin, hinter ihrem Rücken Bully genannt, ging gerne mit dem Kopf durch die Wand. Ihre Vorliebe für direkte Konfrontationen war legendär. Steffen Neumann hatte Peter einmal ein Video vorgespielt, auf dem ein Bullterrier mit einer giftigen Kobra kämpfte, um ein Baby zu beschützen. Seitdem sah er in Dr. Bullmanns lippenstiftgefärbten Mundwinkeln das Hochziehen von Lefzen und in ihren abrupten Bewegungen den Kampfeifer eines kraftvollen Tieres.

Nadja huschte hinter ihr herein.

»Bitte, Frau Gontscharowa, fangen Sie an.«

Nadja räusperte sich, begrüßte alle Anwesenden, verwies auf die gut gefüllten Tüten vom Bäcker, die sie mitgebracht hatte, und spielte ein Foto des toten Emilio Colombo ein. Sie berichtete, was am Vortag vorgefallen war, und legte die Situation so genau wie möglich dar. Dann bat sie Lars Nauke, die Ergebnisse der Obduktion zusammenzufassen.

Lars Nauke sprang auf, als habe er nur auf das Stichwort gewartet. »Frau Gontscharowa und Herr Mancini wissen ja aus erster Hand Bescheid. Ich habe unser Opfer gestern noch drangenommen, um die Proben entsprechend schnell ins Labor schicken zu können. Eine Injektion mit einer uns unbekannten Flüssigkeit ist kein guter Startpunkt für eine Ermittlung, finde ich, und nebenbei gesagt verflüchtigt sich das eine oder andere Gift relativ schnell. Jetzt dürfen Sie also alle Daumen drücken, dass das Labor uns priorisiert. Die normalen sechs bis acht Wochen wollen wir natürlich nicht warten.«

Peter warf einen Blick auf Bully, deren vorgeschobener Unterkiefer verriet, dass das Labor was zu hören bekommen würde, wenn die Ergebnisse in den nächsten Tagen nicht vorlagen.

Lars Nauke fuhr unbeirrt fort: »Was ich jetzt schon sagen kann: Emilio Colombo war kein Junkie. Weder weist sein Körper von außen besehen die typischen Anzeichen auf, noch ist mir bei der inneren Leichenschau etwas aufgefallen. Er hatte aber tatsächlich eine Herzvorerkrankung, hier hat sich Frau Scheuerleins Aussage also bestätigt. Vermutlich hat das den

Tod beschleunigt. Ich konnte jedoch nachvollziehen, dass auch andere Organe bereits betroffen waren. Also was auch immer Herrn Colombo da verabreicht worden ist, es war ein Teufelszeug.«

Er blieb noch einen Moment stehen, doch als Nadja sich bei ihm bedankte, ließ er sich auf den Stuhl zurücksinken.

»Der Mörder hat also in einer albernen Verkleidung auf der Mainbrücke gewartet und dem Nächstbesten eine Giftspritze in den Bauch gerammt?«, fragte Neumann ungläubig.

»Oder eben nicht dem Nächstbesten. Wenn wir der bisher einzigen Zeugin Glauben schenken, hat der Bocksbeutel Herrn Colombo zielgerichtet angesteuert.« Peter musste daran denken, wie sie gestern an der Bar gesessen hatten. Der Geruch von erloschenen Kerzen hing im Raum, und Anastasia Scheuerleins vom Weinen verquollene Augen sahen ihn an. Wie es ihr heute wohl ging?

»Und trug der Bocksbeutel das Kostüm, damit Colombo ihn nicht erkannte und fliehen konnte?«, fragte Neumann weiter.

»Damit Colombo ihn nicht erkannte und auch niemand sonst«, stellte Widukind fest, der sich bisher überhaupt nicht zu Wort gemeldet hatte.

»So eine bizarre Verkleidung fällt auf. Da schauen die Leute doch genauer hin«, wandte Elif ein.

Peter räusperte sich. »Sicherlich, aber sie bemerken alle nur den Teil, den sie bemerken sollen. Die Flasche und den Aufdruck. Nicht, wie diese sich bewegt oder welche Schuhe derjenige trägt, der unter dem Kostüm steckt. Das ist eigentlich ziemlich clever.«

Lars Nauke blickte nachdenklich vor sich hin. »Niemand achtet auf Details, weil die Verkleidung so bizarr ist, dass der erste Eindruck alles andere übertüncht.«

Nadja wandte sich an Heideckert. »Kurt, kannst du rauskriegen, wo dieses Kostüm her ist? Ob es einem Winzer gestohlen wurde oder wo man so etwas kaufen kann? Wir brauchen eine genaue Beschreibung, wie das aussah.«

Als Heideckert nickte, fuhr Nadja fort: »Ich fände es wichtig, dass wir das Geschehen auf der Alten Mainbrücke mit Hilfe von Anastasia Scheuerlein nachstellen. Das Ganze wirkt in der Erzählung so absurd, dass wir alle die Situation einmal bildlich vor Augen haben sollten. Außerdem hoffe ich, dass Frau Scheuerlein sich dann vielleicht an mehr Details vom Angreifer erinnert. Allerdings müssten wir dafür die Mainbrücke für die Bevölkerung von beiden Seiten sperren, am besten mit Sichtschutzwänden. Vielleicht für eine Stunde?« Nadja sah fragend zu Mancini und Bully. Beide signalisierten ihre Zustimmung.

»Gut, kannst du dich darum kümmern, Elif?«

Die Kollegin nickte.

»Steffen, dich bräuchte ich als Verbindungsmann zu unserer Pressesprecherin. Wir sind auf Hinweise aus der Bevölkerung angewiesen.«

»Okay. Sollen wir die Leute bitten, uns Fotos und Videos zu schicken, die sie zum fraglichen Zeitpunkt auf der Alten Mainbrücke gemacht haben?« Steffen Neumann zog sein Diensthandy aus der Tasche.

»Genau. Mach plus/minus eine Stunde, ausgehend vom Zeitpunkt, den Anastasia Scheuerlein genannt hat. Sie konnte es einigermaßen eingrenzen, aber wir wollen lieber sichergehen. Ihr müsst ein Portal einrichten, auf dem die Leute ihre Dateien hochladen können.«

Gretchen Morungen ließ die Tasten klappern.

»Dann wären aber eventuell auch die überregionalen Radiosender und Zeitungen nützlich«, meldete Elif sich zu Wort. »An einem Samstagnachmittag sind dort doch vor allem Touristen unterwegs.«

Peter stellte sich das übliche Gedränge vor. Fast jeder schoss ein Erinnerungsfoto, wenn es überhaupt bei einem blieb. Wie viele Menschen passierten die berühmte Brücke wohl pro Stunde?

»Richtig.« Mancinis heisere Stimme erhob sich über das einsetzende Gemurmel. »Und Sie müssen davon ausgehen, dass Sie mit Material überschwemmt werden. Das wird Herr Neumann nicht alleine bewältigen können.« Er beugte sich

zu Waltraud Bullinger hinüber und neigte höflich den Kopf.
»Können die Ermittler mit Unterstützung aus anderen Abteilungen rechnen?«

»Sicherlich. Ich werde ein paar Schutzpolizisten abkommandieren, wenn es so weit ist. Und Scarlett Miller wird bestimmt gerne den Kontakt zur Presse übernehmen, dafür ist sie schließlich da.« Bully rückte ihre randlose Brille zurecht. Ihr Lippenstift biss sich heute wieder ganz wunderbar mit dem künstlichen Mahagoniton ihrer Haare.

»Vielen Dank.« Nadja lächelte sie an und blickte dann auf ihre Präsentation. »Dann wäre das Nächste, dass wir eine Funkzellenabfrage machen müssen. Wir brauchen eine Aufstellung aller Handys, die rings um den Tatort eingeloggt waren. Da wir noch keinen Verdächtigen haben, können wir die Nummern zwar noch nicht abgleichen, aber lieber kümmern wir uns jetzt darum, als dann später länger warten zu müssen, wenn die Zeit drängt.«

Mancini strich sich über den Schnurrbart. »Selbstverständlich. Ich mache die Anordnung für die Mobilfunkanbieter fertig.«

»Kurt, gibst du das dann auch noch weiter?«

Heideckert nickte, kramte einen Goldstift aus seinem Mäppchen und notierte sich seine Aufträge. Peter war froh, dass er das nicht machen musste. Heideckert würde eine seitenlange Liste mit unbekannten Nummern bekommen und dann sämtlichen Verdächtigen hinterherlaufen müssen, damit er ihre Telefonnummern erfuhr und überprüfen konnte, ob ihr Handy zum fraglichen Zeitpunkt in der Nähe der Mainbrücke gewesen war. Wahrscheinlich gab es an der Mainbrücke sowieso mehrere sich überschneidende Funkzellen, das würde die Arbeit zusätzlich komplizierter machen.

»Diese Planungen sind ja alle schön und gut. Aber welche Ermittlungsansätze haben Sie denn überhaupt? Was war dieser Colombo für ein Typ? Hat er Vorstrafen? Wie sieht der soziale Hintergrund aus, gab es Streitereien in der Familie, irgendwelche Liebesproblematiken?« Bully schnaubte ungehalten.

»Vielleicht können wir uns einen allzu großen Aufwand sparen, wenn wir gleich die möglichen Täter eingrenzen.«

»Dazu wollte ich gerade kommen.« Nadja wandte sich zum Bildschirm um und drückte auf ihre Fernbedienung. »Elif und ich haben heute Nacht schon mal einen kurzen Background-check durchgeführt.« Ein Foto von Emilio Colombo vor einem Autohaus erschien, neben ihm eine silberglänzende Limousine, auf deren Heck er wie mit Besitzerstolz seine linke Hand gelegt hatte. »Er arbeitete für ein großes Autohaus in Schweinfurt. Anscheinend ist er täglich dorthin gependelt. Mit seinen Kollegen konnten wir größtenteils noch nicht sprechen. Es sind für heute Nachmittag einige einbestellt. Sein Chef sagte uns am Telefon, dass Colombo alleine lebte, Halbitaliener war und zuverlässig arbeitete, wenn er wohl auch nicht das große Verkaufsgenie war.«

Elif beugte sich nach vorne. »Mindestens das mit der italienischen Abstammung war aber gelogen. Die Kollegen in Leverkusen haben das Ehepaar Colombo besucht, um ihnen die Nachricht vom Tod des Sohnes zu überbringen. Danach konnten wir kurz mit beiden telefonieren. Sie haben ausgesagt, dass sie den Vornamen einfach schön fanden und er so gut zum Nachnamen passte. Familiäre Verbindungen nach Italien gibt es nicht. Davon abgesehen haben sie ihren Sohn über ein Jahr lang nicht gesehen. Er rief wohl auch nur selten an.«

»Was sagt das über einen Menschen aus?«, fragte Heideckert unerwartet. »Wenn er sich als Halbitaliener ausgibt, obwohl er keiner ist?«

Nadja zuckte mit den Schultern. »Vielleicht dachte er, dass das bei den Frauen gut ankommt? Und vielleicht auch bei den Kolleginnen und Kollegen? Eine gewisse Lässigkeit, Weltgewandtheit, Temperament, was man Italienern vielleicht unterstellt?«

Bully wedelt ungeduldig mit der Hand, und Nadja blickte wieder auf ihre Notizen. »Auch bei der Bank haben wir jetzt am Wochenende noch niemanden erreicht, um seine Finanzen können wir uns erst am Montag kümmern. Vorstrafen hatte er keine. Nur einige Bußgelder wegen Geschwindigkeitsübertretungen, und einmal hat er eine rote Ampel überfahren. Einen Hinweis auf eine eifersüchtige Freundin oder Ex-Freundin konnten die Eltern nicht liefern, dazu müssen wir aber auch erst sein weiteres Umfeld befragen. Das hat die Kürze der Zeit einfach noch nicht hergegeben. Dafür haben wir aber an anderer Stelle gearbeitet.«

Das Foto von Emilio verschwand und wurde von mehreren Aufnahmen einer kleinen Wohnung abgelöst. »Wir haben gestern Abend noch seine Wohnung versiegelt und das K7 mit reingenommen.«

Peter bekam langsam ein schlechtes Gewissen, dass er den Abend entspannt mit seiner Familie verbracht hatte, während seine Kolleginnen und Kollegen bis spät in die Nacht Infos zusammengetragen hatten. »Was für einen Eindruck hat das Apartment auf dich gemacht? Was für eine Art Mensch wohnte dort?«

»Also …« Nadja zögerte.

Peter wusste, dass sie es nicht mochte, vor der ganzen Gruppe über Eindrücke und Stimmungen zu sprechen. Aber für ihn war es wichtig. Gerade weil er das Gefühl hatte, schon zu viel in diesem Fall verpasst zu haben. Statt zu antworten, gab Nadja die Frage an Widukind Brugger weiter. Als dieser sich aufrichtete und nach Worten suchte, sah Peter das Bild eines grünen, verdrießlich aussehenden Kobolds auf seinem T-Shirt. Schade, dass er mit niemandem gewettet hatte.

»Künstlich. Da war alles irgendwie künstlich.« Er unterdrückte ein Gähnen. »Ihr wisst schon … äh, Sie wissen schon.« Er wurde rot, als er sich daran erinnerte, dass Mancini und Bully mit im Raum waren. »Entschuldigung.«

»Künstlich«, half Nadja ihm weiter.

Widukind starrte auf ein Foto, das eine schwarze Ledercouch mit einem gläsernen Tisch davor zeigte. »Ja, das ist einfach das richtige Wort. Süßliches Duftspray auf dem Klo, falsche immergrüne Pflanzen auf dem Fensterbrett. Ein groß ausgedrucktes Foto von Herrn Colombo selbst in einem Ferrari. Reiseführer aus allen möglichen Ländern ohne einen einzigen Knick im Einband und noch ein paar Buchattrappen dazu, wie es sie manchmal in Möbelhäusern gibt. Ein großer, glänzender Kaffeeautomat, der aber die übelste Billigplörre ausspuckt. So wie jemand seine Wohnung einrichtet, der mehr scheinen will, als er ist.«

»Es war alles sehr aufgeräumt«, ergänzte Nadja. »Vielleicht in dem Zusammenhang, dass er sich in Anschluss an das Date noch Damenbesuch erhoffte. Oder er war einfach so ein ordentlicher Mensch.«

»Ordentlich war er definitiv. Schließlich hat er sogar seine Dates in Tabellen eingetragen und bewertet.« Peter lachte, als er an das kleine Büchlein dachte.

»Ist das nicht der Normalfall?«, fragte Neumann.

Als sämtliche Köpfe im Raum sich ihm zuwandten, wurde er rot. »Es ist doch wirklich nicht leicht, da die Übersicht zu behalten«, verteidigte er sich. »Man schreibt ja mit mehreren Menschen parallel, und einige davon trifft man dann. Da braucht man fast irgendein System, um beim Date nichts durcheinanderzubringen. Wenn die Frau eine Laktoseintoleranz hat und man will sie spontan zu einem Eis einladen, dann sitzt man ja gleich im Fettnäpfchen, weil sie das garantiert mal geschrieben hatte, und man hat es sich nicht gemerkt. Da ist es doch besser, man fasst die wesentlichen Infos in einer Tabelle zusammen, liest sie vorab noch mal, und dann ist niemand gekränkt.«

Peter grinste in sich hinein. Er sah, dass Lars Nauke den Kollegen interessiert betrachtete und dass Gretchen Morungen zustimmend nickte.

»Gut, ja, das mag sein.« Nadja seufzte. »Emilio Colombo hatte aber ein etwas anderes System.« Sie zeigte mit dem Beamer ein Foto von einer der Seiten des Büchleins. Das schien nun alle Anwesenden zu interessieren. Erneut setzte Getuschel ein. »Gretchen, könntest du die Einträge für uns in eine Excel-Tabelle übertragen? Bisher haben wir abgesehen von Anastasia Scheuerlein nur einen einzigen Hinweis auf eine konkrete Person, das ist diese Ojuna Ganbat.« Sie hatte den Namen in der Präsentation rot markiert. »Peter und ich fahren jetzt dann im Anschluss zu ihr. Wenn die Tat mit seinen Datingaktivitäten in Zusammenhang steht, dann müssen wir das so schnell wie möglich herausfinden.«

Peter war froh, das zu hören. Er hatte schon darauf gewartet, welche Aufgabe ihm zugeteilt werden würde, und mit Nadja war er nach wie vor am liebsten unterwegs.

»Dann schlage ich vor, dass Sie die beiden bekannten Zeuginnen befragen, wie die Dates mit Herrn Colombo zustande kamen, und anschließend das Datingportal kontaktieren.«

Wie so oft klang Bully ungeduldig. Sie hatte ihre Arme fest vor der Brust verschränkt, sodass die dunkle Bluse erste Knitterfalten zeigte. Als Chefin der Würzburger Kripo trug sie immer sehr förmliche Kleidung. Sie stand einer der größten Kriminalpolizeidienststellen Bayerns vor. Hier im Haus wurden um die dreitausend Straftaten jährlich bearbeitet.

»Das machen wir.« Nadja schaffte es, dabei freundlich auszusehen.

»Ich kann das gleich mit übernehmen«, meldete Elif sich zu Wort. »Ich spreche ja eh mit Frau Scheuerlein wegen den Details des Überfalls auf der Mainbrücke.«

Mancini beugte sich etwas nach vorne und sah an Peter vorbei zu Elif hinüber. »Melden Sie sich, wenn die nicht kooperieren wollen. Wir finden Mittel und Wege.« Ein Lächeln enthüllte seine spitzen Eckzähne.

Elif starrte darauf. Peter hörte sie schlucken. »Klar, mach ich.«

Die Mitarbeiter des Datingportals taten ihm jetzt schon leid.

Als Nadja die Besprechung für beendet erklärte, blieb Peter noch einen Moment nachdenklich sitzen. Er sah Mancini hinterher, der mit einem kurzen Gruß den Raum verließ, und blickte dann zu seinen Kolleginnen und Kollegen, die sich eifrig diskutierend um die Bäckertüte scharten. Peter verspürte überhaupt keinen Hunger, eher eine leichte Übelkeit. Er fragte sich, ob der Täter gerade einen neuen Anschlag plante, während die Ermittler Croissantkrümel auf den Teppichboden verteilten. Colombos Auftreten als Dating-Casanova ließ eigentlich ein persönliches Motiv wie beispielsweise unerwiderte Liebe oder Rache vermuten, was einen Folgemord unwahrscheinlich machte. Aber die seltsamen Tatumstände lösten eine ungewohnte Unruhe in ihm aus. Sie mussten schnell sein diesmal, das spürte er.

3

Nadja / Sonntag, 02.07., Grombühl

Der Öffner summte. Peter drückte die Tür auf und ließ Nadja den Vortritt. Sie bedankte sich, als sie an ihm vorbeiging, registrierte den vertrauten Duft seines Rasierwassers und die kurzen grauen Haare, die sich an den Schläfen zunehmend unter die braunen mischten. Sein schiefes Lächeln zeigte die Fältchen um seine Augen, und Nadja dachte sich, dass Peter einer der Menschen war, die auf den ersten Blick schon sympathisch aussahen. Und es mit jeder Minute, die man zusammen verbrachte, noch mehr wurden.

»Alles in Ordnung? Du hast so einen rätselhaften Gesichtsausdruck drauf.«

»Ich habe nur gerade gedacht, dass du sehr attraktiv aussiehst. Die zunehmende Lebenserfahrung steht dir.«

Peter lachte überrascht auf. »Tja, dann sag ich mal danke.«

Mit einem Grinsen stieg Nadja die Treppe hinauf. Es knarzte unter ihren Füßen, und sie lief absichtlich genau in der Mitte, wo die Stufen am abgetretensten waren. Knarz. Knarz. Knarz. Dunkelblaue Kacheln säumten den Treppenaufgang, auf einer Stufe stand ein Farn, der im Luftzug eines offen stehenden Fensters die Zweige bewegte wie eine träge Unterwasserpflanze. Nadja fühlte sich in ein Schwimmbad versetzt.

Im ersten Stock war eine Tür nur angelehnt. Ein Paar schlammbespritzter Damenlaufschuhe stand davor.

»Frau Ganbat?« Sachte drückte Nadja die Tür auf.

Stille.

Nadja sah Peter an, der die Achseln zuckte. »Irgendwo muss sie sein. Sie hat doch den Öffner betätigt und die Wohnungstür aufgemacht.«

»Frau Ganbat?« Knarz, knarz, knarz. Auch im Inneren der Wohnung lag dieses wunderbare, alte, abgetretene Parkett. Die unterbrochenen Kreise und Schwünge zeigten, dass zwischendurch einige Stellen erneuert worden waren, ohne jede Rücksicht auf das ursprüngliche Muster. Nadja überlegte, ob sie die Schuhe hätten ausziehen sollen. Aber das hätte erst recht befremdlich gewirkt, falls die Bewohnerin unvermutet auftauchte.

Der Gang zeigte eine Mischung aus Chaos und Kreativität. Schuhe standen nach Farbe sortiert die Wand entlang, dafür lagen Staubflusen in der Ecke neben einem Kleiderschrank mit abgeplatzter weißer Farbe, was ebenso gut Vernachlässigung wie Absicht sein konnte. An der Garderobe hingen ein erdfarbener Trenchcoat und eine Jeansjacke sorgfältig an Bügeln. Doch weitere Jacken stapelten sich zu einem chaotischen Haufen darunter. Am silbergerahmten Spiegel hatte jemand Lippenabdrücke in unterschiedlichen Farbnuancen hinterlassen. Nadja fragte sich, ob man mit der Nasenspitze nicht gegen das Glas stieß, wenn man einen Spiegel abknutschte.

Auf einem niedrigen Tischchen direkt vor ihnen stand ein Glasschälchen mit einer giftig aussehenden grünen Masse darin. Daneben winkte eine solarbetriebene Figur der verstorbenen Queen königlich mit einer Hand.

Peter trat näher. Er steckte den Zeigefinger in die Masse und führte ihn an die Nase. Zu Nadjas Entsetzen steckte er den Zeigefinger danach in den Mund. »Wackelpudding«, erklärte er.

»Frau Ganbat? Wo sind Sie?«, rief Nadja erneut.

Sie meinte, ein Geräusch aus dem angrenzenden Zimmer zu hören, und öffnete die Tür.

Ein Schnarchen ertönte. Der zugehörige Schläfer hatte sich auf einem orangeroten Sofa drapiert. Einen Arm schlang er um die Lehne, ein Bein ruhte auf dem Couchtisch. Der Rest des Körpers schien auf magische Art und Weise auf dem Polster zu halten.

Eine Hornbrille war ihm halb von der Nase gerutscht. Trotz der Hitze im Zimmer trug er ein kariertes Hemd, einen gestrickten Pullunder in Brauntönen, und seine Haare waren derart mit Gel zugekleistert, dass die Armstütze des Sofas, an der sein Kopf ruhte, einen schmierigen Streifen davongetragen hatte.

»Das ist sie nicht«, kam es von Peter, der Nadja über die Schulter schaute.

Nadja schloss die Tür wieder. »Was ist hier los?«, flüsterte sie. »Wer ist der Typ?«

»Wir haben eine Zeitreise in die Siebziger gemacht. Damals waren Wackelpeter und Brillantine in den Haaren doch modern, oder?«

»Brillantine? Heißt das so?«

»Scheußliches Zeug.«

Aufs Geratewohl öffnete Nadja die nächste Tür an einer schrägen Wand, die wahrscheinlich erst nachträglich irgendwann eingezogen worden war. Bunte Steine rings um die Tür ließen etwas Licht vom Gang durch. Dennoch musste Nadja den Lichtschalter betätigen, um zu erkennen, dass es sich um das Badezimmer handelte.

Eine Bewegung in der Badewanne erregte ihre Aufmerksamkeit. Goldfische huschten von einer Rundung zur anderen. Schwimmkerzen in Form von Seerosen trieben träge auf dem Wasser herum. Nadja starrte auf das bizarre Szenario, dann begann sie zu lachen. Auf dem Spiegel war mit schwarzer Farbe ein überdimensionaler Schnurrbart im Stil von Salvador Dalí aufgemalt. Peter stellte sich in Position, sodass sein Kopf auf der richtigen Höhe war.

»Steht mir.«

»Ich nehme alles zurück, was ich unten an der Haustür gesagt habe«, warnte Nadja.

»In was für eine Wunderhöhle sind wir hier eigentlich hineingeraten?« Peter griff nach einer grauen Lockenperücke, die am Handtuchhalter baumelte. Nadja nahm sie ihm aus der Hand und hängte sie zurück, dann zog sie ihn wieder hinaus in den Gang.

Goldener Glanz lockte sie weiter in das nächste Zimmer hinein. Eine gemütliche Wohnküche lag vor ihr. Auf dem Herd standen mehrere riesige Töpfe, denen der Geruch nach Chili con Carne entstieg. Doch das Auffälligste war die gegenüberliegende Wand, die – offenbar frisch gestrichen – glänzte wie eine Kutsche am Hof des Sonnenkönigs. Das Parkett darunter hatte einige goldene Tropfen und Spritzer abbekommen, die wenigen untergelegten Zeitungsseiten hatten das offenbar nicht verhindern können. Zwei kleine Farbeimer, noch geöffnet und mit Pinseln darin, standen daneben.

Eine junge Frau saß von ihnen abgewandt an einem dunklen Holztisch, bewegungslos, als gehörte sie zum Stillleben. Sie hatte den Kopf in die rechte Hand gestützt, ihre Augen waren starr auf etwas vor ihr auf dem Tisch gerichtet. Nadja trat einen Schritt näher und sah, dass es Spielkarten waren, der Herz-Bube lag zuoberst auf, einen weiteren Stapel umschloss sie mit den Fingern der linken Hand. Die Frau trug ein orangerotes Top ohne Ärmel und einen kurzen Jeansrock. Ihr Haar war kinnlang, sehr dunkel und so dick, dass es ein Eigenleben zu führen schien und sich in alle Richtungen aus dem Gummiband, das es eigentlich zähmen sollte, herauswand und drehte.

»Frau Ganbat?«

Keine Reaktion.

»Was ist mir ihr?«, flüsterte Peter.

»Ich weiß nicht.«

Die Stille, die von der Frau ausging, alarmierte Nadja. Sie schien völlig bewegungslos, nicht einmal die leichte Erschütterung von Atemzügen dehnte ihren Brustkorb. Plötzlich hörte Nadja das Ticken der Küchenuhr überlaut. Der Duft nach Chili stieg erneut in ihre Nase und rief nun eine leichte Übelkeit hervor. Totes, gekochtes Fleisch. Dazu der stechende Glanz des Goldes, die reglose Frau.

»Ist sie …?«

Nadja antwortete nicht. Vorsichtig, mit dem Gefühl, einen großen Fehler zu machen, eine Gefahr zu ignorieren, setzte sie Schritt vor Schritt.

In diesem Moment ließ die Frau die Karten fallen. Peter zuckte so heftig zusammen, dass er gegen den Herd stieß und ein Schwall Chili auf die Platte schwappte. Nadja gab ein Keuchen von sich. Die Frau drehte sich zu ihnen um und schrie erschrocken auf. Sie fuhr von ihrem Stuhl hoch.

»Wer sind Sie?«, fragte sie sehr laut.

Nadja starrte sie an. Es dauerte einen Moment, bis sie antworten konnte, und auch danach sah die junge Frau sie aus sehr dunklen Augen nur irritiert an. Doch dann zog sie Airpods aus ihren Ohren.

»Entschuldigen Sie. Ich brauche das, um mich konzentrieren zu können. Jetzt noch mal.«

Nadja stellte Peter und sich erneut vor. Ojuna Ganbat war einen ganzen Kopf kleiner als Nadja, wirkte aber muskulös und sportlich. Ihr ärmelloses Top zeigte eine kräftige Schulterpartie. Sie musste aus der Mongolei stammen. Die Gesichtszüge waren unverwechselbar.

»Ich habe die Klingel gehört, dachte aber, dass nur jemand von den Partygästen gestern seine Jacke abholen wollte. Deshalb hab ich aufgemacht und mich gleich wieder an die Arbeit gesetzt.«

»Arbeit?« Peter trat näher an den Tisch und warf einen Blick auf das abgegriffene Kartendeck, das dort neben einer Stoppuhr lag.

Ein Lächeln erschien auf Ojuna Ganbats exotischen Zügen. »Nehmen Sie!« Sie drückte Peter den Kartenstapel in die Hand. »Halten Sie ihn so, dass ich die Vorderseite nicht sehen kann. Ich werde Ihnen auswendig die Reihenfolge aufsagen.« Peter tat wie geheißen.

»Herz-Bube«, begann sie. »Herz-Ass. Pik-Zwei.«

Nadja stellte sich neben Peter und sah, wie er eine Karte nach der anderen von vorne nach hinten sortierte.

»Kreuz-Dame. Karo-Neun. Karo-Bube.« Immer schneller rasselte Ojuna Ganbat die Kartenbenennungen herunter. Peter hatte alle Mühe, hinterherzukommen, und ließ sie schließlich eine nach der anderen auf den Boden fallen, wenn Ojuna sie korrekt benannt hatte. »Herz-Fünf. Kreuz-König. Pik-Zehn – und ... Karo-Sechs.«

Für einen Moment herrschte Stille im Raum. Sie hatte alle zweiundfünfzig Karten in der korrekten Reihenfolge benannt.

»Das ist ja Wahnsinn!«, brach es schließlich aus Peter heraus. »Wie funktioniert denn das?«

»Ich erkläre es Ihnen gerne. Aber zuerst würde mich doch interessieren, weshalb Sie hier sind.«

»Es gab gestern einen ungeklärten Todesfall. Wir überprüfen aktuell alle Kontakte des Toten. Sein Name ist Emilio Colombo.«

Ojuna Ganbat zog die dunklen Augenbrauen zusammen. »Emilio Heinrich Colombo. Geboren am 25. März 1991. Circa neunzig Kilo schwer, hundertachtzig Zentimeter groß. Fährt einen Audi A3. Als Kind ein Haustier, Mickey, der Goldhamster. Isst gerne frischen Grupften mit einer Brezel. Lieblingsfarbe dunkles Lila. Mag Filme mit Tom Cruise. Schuhgröße 42. Treffpunkt am 18. Juni um sechzehn Uhr fünfzehn an einer Straßenbahnhaltestelle in Grombühl.«

»Das ist gut möglich«, antwortete Nadja vorsichtig.

»Das müsste korrekt sein, falls er mich nicht angelogen hat. Bei der Körpergröße und der Automarke schummeln viele Männer.«

Nadja warf Peter einen ungläubigen Blick zu.

»Menschen und persönliche Daten sind meine Paradedisziplin. Da halte ich aktuell den Weltrekord. Mit den Karten habe ich es dagegen nicht ganz so.« Nachdenklich strich sie über die abgegriffene Pappe. »Emilio ist also tot. Das tut mir leid. Wenn Sie beide hier sind, war es dann Mord? Was ist passiert, falls Sie mir das sagen dürfen?«

»Leider können wir Ihnen dazu noch nichts mitteilen. Wir klären die Tatumstände noch.«

»Okay.« Ojuna Ganbat versuchte sich an einem Lächeln. »Ich wollte nicht neugierig erscheinen. Das passiert nur nicht alle Tage, dass jemand von der Kripo in die Wohnung kommt.« Sie ging dazu über, herumstehende Gläser einzusammeln, die Reste auszuschütten und in die Spülmaschine zu räumen.

»Sie sind also so was wie eine Gedächtniskünstlerin, oder? Wie funktioniert das? Wie merken Sie sich das alles?«, fragte Peter erneut.

Nadja dachte, dass sie sich vielleicht mehr auf den Mord konzentrieren sollten, aber auch sie war fasziniert von den Fähigkeiten der jungen Frau.

»Ich arbeite mit der Loci-Methode und erstelle mir im Kopf einen Gedächtnispalast.« Ojuna Ganbat verräumte ein letztes Glas, ging zum Küchentresen hinüber und stellte, ohne zu fragen, drei Kaffeetassen bereit. Während die Maschine das Wasser aufwärmte und dabei leise gluckerte, erklärte Ojuna ihre Arbeitsweise.

Die Idee dazu stammte aus der Antike. Einst war ein Philosoph zu einem Festessen in einem Tempel geladen. Anschließend wurde er von einem Boten hinausgerufen. Während er draußen mit dem Mann sprach, stürzte der Tempel ein, niemand überlebte und die Leichen waren durch die schweren Verletzungen teils unkenntlich. Doch der Philosoph verließ sich auf sein Gedächtnis, versetzte sich mental zurück zum Festmahl und schritt im Geiste den Raum ab, um herauszufinden, wer wo gesessen hatte. So konnte er bei der Identifizierung helfen, und jeder Tote wurde unter seinem korrekten Namen begraben. Daraus entstand die Idee, einen sogenannten Gedächtnispalast als Mnemotechnik zu nutzen.

»Man stellt sich einen großen Raum vor oder eine Wohnung oder ein Haus. Hauptsache, es ist ein vertrauter Ort, an dem man sich blind zurechtfinden würde. Wenn man sich nun etwas merken möchte – ganz egal, ob Kartensymbole, Geschichtsdaten, Namen oder Fakten –, so braucht man im Kopf eine Entsprechung dafür.« Ojuna Ganbat sammelte die Karten auf und blätterte sie vor ihren Augen durch. »Die Zahl zwei könnte von der Form her zum Beispiel einen Schwan darstellen, die acht erinnert an eine Brille, die sechs ist ein Mensch mit einem dicken Bauch. Will ich mir jetzt also die Zahl 826 merken, dann platziere ich eine Brille, einen Schwan und einen dicken Mann an auffälligen Stellen in meinem Gedächtnispalast. Wenn ich das Ganze wieder abrufen möchte, spaziere ich im Geiste durch diese Wohnung und sehe dann, dass ich die Klinke zur Küchentür zunächst nicht drücken kann, weil eine Brille mit

Schnur darauf festgebunden ist, im Waschbecken brütet ein Schwan auf dem schmutzigen Geschirr und ein dicker Mann versucht gerade vergeblich, meine Kochschürze umzubinden. Diese Bilder kann ich dann wieder in die ursprünglichen Zahlen rückübersetzen.«

»Und für welche Zahl stehen Goldfische in der Badewanne?«

Für einen Moment starrte Ojuna Ganbat Peter irritiert an. »Die sind noch da?«, rief sie dann. »Maggus? Maggus!« Sie stieß die Tür zu dem Zimmer auf, in dem der Brillantine-Typ schlief. »Ich hab dir gesagt, dass du rechtzeitig abhauen sollst. Ich muss arbeiten! Wenn Eldor dich hier erwischt, krieg ich's auf den Deckel. Und nimm deine Fische wieder mit!«

Ein schläfriges Gemurmel antwortete ihr.

»Wenn du dich in fünf Minuten noch nicht auf die Socken gemacht hast, kriegst du einen glitschigen Goldfisch in deinen Pullunderausschnitt!«

Ojuna knallte die Tür wieder zu. Sie kehrte zurück in die Küche, stellte die erste Tasse unter die Kaffeemaschine und drückte auf den Knopf. Ratternd floss Kaffee hinein. Ojuna seufzte.

»Ich habe gestern eine Nerd-Party veranstaltet. War eine super Sache. So viele Leggings und Jogginghosen mit scheußlichen Printmustern hab ich noch nie auf einen Fleck gesehen. Aber jetzt habe ich nicht allzu viel geschlafen, und das merke ich dann immer beim Training.« Schuldbewusst schielte sie auf den Kartenstapel. »Meine Zeit war heute früh ganz mies.«

»Wie oft haben Sie Emilio Colombo getroffen?«

»Nur das eine Mal. Es war nett, aber auch nicht mehr. Ich fand Emilio etwas … na ja, selbstverliebt. Zum Glück sind auch so durchschnittliche Dates keine Zeitverschwendung, immerhin kann ich sie zum Training nutzen. Und ich komme mal ein bisschen unter Leute. Die unterschiedlichen Challenges finde ich besonders toll, dafür zahle ich gerne den Jahresbeitrag. Im Vergleich mit anderen Datingseiten ist es ja sogar eher günstig, und ich kann es außerdem von der Steuer absetzen.«

»Eignet sich das denn wirklich so gut für Ihr Training?«, fragte Peter ungläubig.

Ojuna nickte. »Bei den Wettkämpfen ist es tatsächlich so, dass Menschen auf die Bühne kommen und ihre Adressen, Telefonnummern, Autokennzeichen, Namen von Verwandten und Bekannten, Hobbys, Lebensumstände und so was nennen. Das muss man sich dann merken und der richtigen Person zugeordnet wiedergeben können. Genau das simuliert ein erstes Date ja ganz wunderbar.« Sie stellte die erste Tasse vor Nadja ab. Dann wechselte sie das Kaffeepad und platzierte die nächste darunter. »Das hört sich übel an, oder? So, als würde ich die Männer ausnutzen?«

»Das haben jetzt Sie gesagt.«

»Die meisten freuen sich eigentlich, dass ich ihnen so genau zuhöre. Und ich bin immer nett und höflich, manchen erzähle ich sogar, was ich beruflich mache. Aber nicht allen. Vielen ist das unheimlich. Zuerst lachen sie darüber, aber wenn ich ihnen dann die Speisekarte auswendig vorsage, dann halten sie mich für eine Hexe.« Ojuna Ganbat seufzte.

Nadja musste lachen. »Wenn Sie mit Hilfe dieser App trainieren: Wie viele Dates haben Sie dann so normalerweise in der Woche?«

»Oh, gar nicht so viele. Zwei bis drei reale Treffen durchschnittlich, ansonsten lerne ich auch einfach online die Profile auswendig. Ich muss ja auch die anderen Kategorien üben, mich auf Auftritte vorbereiten, für die anstehenden Wettbewerbe trainieren, Pressearbeit machen, mit meinen Sponsoren verhandeln und so weiter.« Sie verstummte verlegen. »Entschuldigung. Ich rede viel zu viel von mir. Sie wollen sicher ganz andere Dinge wissen.«

Nun erhielt auch Peter seinen Kaffee. Und Ojuna stellte die letzte Tasse bereit.

»Können Sie uns sagen, was Sie gestern Nachmittag und Abend gemacht haben?«

»Nach dem Mittagessen habe ich eingekauft und die Party vorbereitet. Wackelpudding gekocht und das Chili aufgesetzt, dekoriert und so. Gegen neunzehn Uhr kamen dann die ersten Gäste. Wir haben gefeiert bis ungefähr halb drei, danach habe ich aufgeräumt, so gut es ging. Die letzten Gäste gingen so um ... Moment, nein, er ist ja immer noch da. Maggus!«

Als hätte er nur auf sein Stichwort gewartet, näherten sich Schritte. Knarz, knarz, knarz. Der verschlafene Nerd steckte seinen Kopf zur Tür rein. Seine Haare standen nun wie ein Hahnenkamm spitz nach oben. In der Hand hielt er eine Plastiktüte, in der die orange leuchtenden Fische herumschwammen.

»Ich geh dann mal. War witzig gestern, schade, dass du dich schon umgezogen hast.« Er gähnte. »Oh, Kaffee!« Plötzlich war er viel wacher aus. »Kann ich eine Tasse? Und ist noch Chili übrig?«

»Du hast den halben Topf gestern alleine gegessen. Verdau besser erst mal die Ladung Bohnen, bevor du dich wieder unter Leute wagst.« Ojuna stand auf und schob ihn zur Tür hinaus. »Wir sehen uns übermorgen bei meinem Auftritt, oder?«

»Klar, ich komm ins Theater, schon etwas früher, wenn ich es schaffe, dann kann ich dir noch das Händchen halten, falls Eldor zu beschäftigt ist.« Gutmütig lachend schritt der Goldfischbesitzer von dannen.

»Ich habe Dienstagabend eine Show hier in Würzburg, bei der ich ein paar Spielereien vorführe. Falls Sie das interessiert, können Sie gerne kommen. Es gibt noch Karten, glaube ich.« Sie verdrehte die Augen in komischer Verzweiflung Richtung Decke. »Der Prophet ist im eigenen Land nichts wert oder wie man da sagt. Bei meinen Auftritten in Las Vegas oder London war immer die Bude voll, hier habe ich Mühe, überhaupt einen Hund hinter dem Ofen hervorzulocken.«

»Das Mainfranken Theater ist aber ja nicht gerade klein«, merkte Peter an.

Ojuna nippte an ihrem Kaffee. »Das stimmt natürlich. Ich jammere auf hohem Niveau, entschuldigen Sie. Eigentlich freue ich mich tatsächlich über jeden einzelnen Zuschauer. Vor allem, wenn Kinder dabei sind. Manchmal habe ich auch Auftritte an Schulen und mache Übungen mit den Kids. Ein erstes Reinschnuppern in den Gedächtnissport. Das macht mir am meisten Spaß. Und normalerweise stehe ich auch gerne auf der Bühne, ist sogar schöner als in den Fernsehshows, dort sind die Kameras so viel präsenter als das eigentliche Publikum.«

»Klingt spannend!« Peter strahlte Ojuna Ganbat an.

Nadja musste lächeln. Die Begeisterungsfähigkeit ihres Kollegen war einfach schön, einer der Gründe, weshalb sie ihn so gerne bei Verhören mit dabeihatte. Die Zeugen entspannten sich oft in seiner Anwesenheit. Sie drehte ihre Tasse in den Händen. Der Kaffee war gut, trotz der grünen Tasse mit einem Frosch, der die Lippen zum Kuss vorwölbte.

Die Gedächtniskünstlerin kam von selbst zum eigentlichen Thema zurück. »Brauchen Sie die Nachweise von mir, wo ich wann war? Also, ich könnte Ihnen eine Gästeliste von gestern Abend geben. Und hoffentlich habe ich die Einkaufszettel aufgehoben, die kann ich Ihnen dann auch vorlegen, da müsste ja die Uhrzeit draufstehen.«

»Machen Sie das, danke. Melden Sie sich unter der Nummer, wenn Sie fertig sind, ja? Dann können Sie die Unterlagen per Mail schicken.« Nadja schob ihr eine ihrer Visitenkarten über den Tisch.

Ojuna Ganbat nahm sie vorsichtig in die Hand. »Erste Kriminalhauptkommissarin«, las sie murmelnd vor. »Toll, dass eine Frau hier das Sagen hat.«

Plötzlich gab das Parkett abermals seine knarrenden Warnlaute von sich. Doch diesmal klangen die Schritte anders, zügiger, bestimmter. Nadja lauschte. Hektisch sprang Ojuna auf.

»Oh nein, er ist schon da. Ich hab noch nicht fertig aufgeräumt.«

Wahllos öffnete sie Küchenschränke und schob die Chilitöpfe hinein. Über das schmutzige Geschirr in der Spüle warf sie ein Handtuch. Die Farbeimer schob sie mitsamt der Zeitung unter den Tisch und rückte einen Stuhl zurecht, damit man sie nicht mehr sah.

»Ojuna? Was hast du hier eigentlich veranstaltet? Wir wollen heute mit den Karten üben, ja?«

Ein Mann erschien im Türrahmen. Auch er war nicht besonders groß, sah aber sehnig und durchtrainiert aus. Der Dreitage-bart konnte die Aknenarben auf seinen Wangen nicht gänzlich verbergen. Er trug ein gestreiftes Poloshirt in gedeckten Farben und eine Jeans. In der Hand hielt er ein iPad. Für einen Moment starrte er auf die goldene Wand. Dann blickte er misstrauisch zwischen Ojuna, Nadja und Peter hin und her.

»Du weißt doch, die Party gestern. Aber ich bin gleich so weit, Eldor.« Ojunas Stimme klang höher als zuvor. »Die bei-den Kommissare sind hier, um mich zu einem Verbrechen zu befragen, da musste ich meine Übungseinheit kurz unterbre-chen.« Sie warf Nadja einen bittenden Blick zu.

»Wir haben Frau Ganbat ein paar Routinefragen gestellt und sie dabei – fürchte ich – aus ihrer Konzentration gerissen. Aber vorerst haben wir alles herausgefunden, was wir wissen woll-ten. Danke für den Kaffee.« Nadja erhob sich, um ihre Tasse in die Spüle zu stellen. Der Frosch schien ihr zuzuzwinkern.

Peter tat es ihr gleich. »Und Sie sind …?«, fragte er im Hin-ausgehen.

»Eldor Ganbat. Ojunas Cousin sowie ihr Trainer und Ma-nager. Ich bereite sie auf die Wettkämpfe vor, kümmere mich um Verträge, Reisen, Shows und Auftritte. Und natürlich um die Finanzen, damit Ojuna das nicht machen muss. Sie hat eine intensive Zeit vor sich, die Weltmeisterschaft in Peking steht an. Da braucht sie viel Ruhe und strikte Routine.« Seine dunklen Augen fixierten Peter. Der erwiderte den Blick ungerührt.

»Danke für Ihren Besuch.« Ojuna Ganbat winkte zaghaft hinter dem Rücken ihres Trainers hervor. »Also, ich hoffe, ich konnte Ihnen weiterhelfen.«

»Danke. Wir melden uns.«

Das Knarzen der Dielenbretter begleitete sie hinaus. Im Treppenhaus fiel Nadjas Blick erneut auf die farnartige Pflanze, die auch am Meeresgrund gut aufgehoben wäre. Sie musste an das Plakat am Mainfranken Theater denken. Die Wunder des menschlichen Geistes, damit wurde also für Ojunas Künste geworben. Doch Nadja interessierten nicht die hellen Leucht-punkte im Gehirn, sondern vielmehr die Bereiche, die im Dunkeln lagen. Genauso wie Menschen davon besessen waren, mit U-Booten in die Schwärze der Tiefsee hinabzutauchen, um ein einziges Mal einen winzigen Teil davon zu erhellen. Sie taten es, obwohl niemand wusste, was sie dort erwartete. Ob man die Arbeit eines Polizisten in der Abteilung Tötungsdelikte damit vergleichen konnte?

Keiner der beiden sagte etwas, bis sie das Treppenhaus hinter sich gelassen hatten und die Haustür ins Schloss fiel. »Interessant, oder?«, sagte Peter dann.

Nadja vergewisserte sich, dass in Hörweite kein Fenster offen stand. »Ich habe ungefähr zehn verschiedene Ansatzpunkte, was du mit *interessant* meinen könntest: die Partyüberreste, die Frau, die Gedächtniskunststücke, das löchrige Alibi am Nachmittag, MainSchatz als Trainingsmethode ...«

»Eigentlich fand ich es interessant, wie Ojuna sich verändert hat, als ihr Trainer dazukam. Fast, als hätte sie Angst vor ihm.«

»Er ist auch kein besonders charmanter Zeitgenosse«, stellte Nadja fest.

Sie blickte noch einmal an der Hausfassade empor und erwartete fast, in Eldors schwarze Augen zu sehen. Sie hatte noch immer das Bild von Ojuna im Kopf, wie sie bewegungslos am Tisch saß. Der Schreck, der Nadja durchfahren hatte, saß irgendwo in ihrem Körper und sorgte für eine konstante Irritation. Für einen kurzen Moment hatte die junge Frau wirklich ausgesehen wie eine Tote.

Peter / Montag, 03.07., Alte Mainbrücke

Leichter Sprühregen hüllte die Alte Mainbrücke in ein unwirkliches Flimmern. Peter spürte die feinen Tropfen auf seinen Unterarmen, wandte den Blick nach unten und sah, wie der Regen den grauen Boden und den Staub der letzten heißen Tage dunkel sprenkelte. Für einen Moment schloss er die Augen und atmete tief ein. Der Fluss brachte frische Luft mit sich, und der Regen auf dem noch warmen Pflaster setzte Düfte frei, die Peter an lang zurückliegende Gewitterabende denken ließ, an denen er als Kind mit seiner Schwester im Regen getanzt hatte. Spontan, ungeplant, das waren die besten Abenteuer. Planung … der Fall …

»Genießt du den Petrichor?«, fragte jemand neben ihm.

Peter öffnete die Augen. Er befand sich auf Sichthöhe mit einem Drachen, der sich über ein violettes T-Shirt ringelte. In dem T-Shirt steckte Widukind Brugger, der Chef der Spurensicherung, der auf ihn herunterblickte. »Petrichor?«

»So heißt dieser typische Geruch von Sommerregen. Angeblich ist das einer der Düfte, die Menschen als besonders angenehm empfinden. Manche behaupten, er mache glücklich.«

»Er hat mich tatsächlich glücklich gemacht, aber jetzt, wo du sagst, dass alle diesen Geruch mögen, fühlt es sich nach Betrug an.« Peter schnaubte ungehalten durch die Nase.

»Keinesfalls. Willst du wissen, wie er zustande kommt? Das ist nämlich interessant. Also ein Bestandteil davon, die erdige Komponente, ist Geosmin, das produzieren Bakterien im Boden. Und der andere Teil …«

Peter hob abwehrend die Hände an die Ohren. »Wie unromantisch kann man eigentlich sein? Du bist ja noch schlimmer als Lars Nauke.«

»Ach so, ich wusste nicht, dass du Romantik von mir erwartest.« Widukind zwinkerte ihm zu. »Dann lasse ich dich noch etwas träumen.«

»Danke.« Missmutig drehte Peter den Kopf in Richtung Main. Woran hatte er gerade gedacht? Es war wichtig gewesen. Da spürte er eine leichte, kühle Hand auf seiner Schulter. »Peter, kannst du mir kurz helfen?«

Nadja lächelte ihn an. Auch sie trug keine Jacke. Ein Wassertropfen perlte ihre Schläfe hinab. Peter folgte ihr zur Statue des heiligen Kilian, der stoisch im Nieselregen stand, den Zeigefinger drohend erhoben. Anastasia Scheuerlein klammerte sich an seinem steinernen Gewand fest. Heute trug sie eine bunt geblümte Stoffhose und ein weißes T-Shirt mit einer Jeansjacke darüber, aber ihr Gesichtsausdruck strafte das fröhliche Outfit Lügen.

»Stehen Sie ungefähr so wie vorgestern?«, fragte Nadja.

»Ungefähr, ja.« Unbehaglich blickte Anastasia zu ihnen hinunter. Ihr rotes Haar ringelte sich in der Luftfeuchtigkeit. Auf den Schultern der Jeansjacke sah Peter dunkle Wasserflecken vom Regen.

Nadja nickte ihr zu. »Gut, dann dürfen Sie noch mal kurz absteigen und gerne unter dem Schirm warten. Wir machen hier alles fertig, und ich gebe Ihnen ein Signal, wenn wir beginnen, damit Sie noch mal hochklettern. Die Kollegen helfen Ihnen.«

Nadja führte Peter weiter stadtauswärts über die Brücke, an mehreren Heiligen vorbei, auf denen Tauben saßen. »Du spielst heute die wichtigste Rolle von allen.«

Argwöhnisch folgte er ihr. »Was hast du vor?«

Soweit er wusste, war nur eine Nachstellung der Tatszenerie geplant. Nach dem gestrigen Gespräch mit Ojuna Ganbat waren Nadja und Peter ins K1 zurückgekehrt und hatten den Rest des Tages Arbeitskollegen, Nachbarn und Bekannte von Emilio Colombo befragt. Peter hatte erstaunt festgestellt, dass ihm ungewöhnlich viele der Befragten nicht übermäßig sympathisch waren. Es hatte keine Überraschungen gegeben, dadurch aber auch keine neuen Anhaltspunkte. Die Nachbarn wussten so gut wie gar nichts über ihn zu sagen, außer dass er grüßte, wenn man sich im Treppenhaus begegnete, und einmal negativ aufgefallen war, weil er seinen Müll nicht richtig trennte. Seine Bankdaten hatten sie mittlerweile erhalten, auch dort gab es keine Auffälligkeiten.

Alle Kollegen Colombos wussten von den Aktivitäten auf MainSchatz, anscheinend waren die Challenges und die Erlebnisse bei den Dates eines seiner Lieblingsgesprächsthemen gewesen. Das Büchlein mit der Liste hatte er ihnen aber nie gezeigt. Von der Herzerkrankung berichtete zumindest die Hälfte, weil Colombo immer wieder darauf angespielt hatte, wenn er eine Pause einlegte.

Einige Kumpels, mit denen er manchmal zu den Fußballspielen der Würzburger Kickers gegangen war, hatten sie auch gefunden. Einer von ihnen hatte tatsächlich sehr traurig gewirkt, als sie ihn vernommen hatten. Doch dann war herausgekommen, dass der Mann auf Einladung Emilios manchmal Probefahrten mit den neuen Automodellen unternommen hatte und diese praktische Bekanntschaft nun vermisste.

Wie es schien, hatte Ojuna Ganbat alles Wissenswerte über Emilio im Kopf gespeichert. Mehr als seine Schuhgröße und den Namen seines früheren Haustiers gab es nicht über ihn herauszufinden. Und das fand Peter ziemlich traurig.

Elif hatte währenddessen die Nachstellung des Anschlags auf der Mainbrücke organisiert. Ihr hatten sie es zu verdanken, dass die Zugänge zur Brücke nun mit Sichtschutzwänden dicht gemacht waren und Polizisten davorstanden, die die Fußgänger vertrösteten. Sie hatte auch Anastasia Scheuerlein dazugeholt. Widukind war mit dabei, weil er sehen wollte, wo der Attentäter herumgewandert war. Vielleicht fielen ihm dabei noch Möglichkeiten auf, Spuren zu sichern, die noch nicht von den unzähligen Touristen zerstört worden waren. Während sie hier versuchten, die Tat nachzuvollziehen, wurden zum ersten Mal die Aufrufe zur Mithilfe der Bevölkerung gesendet, dass sie Foto- und Videomaterial benötigten. Außerdem sollte es mittlerweile in der Zeitung zu lesen sein. Einige Würzburger hatten sich bereits unten auf der Straße, die am Main entlanglief, versammelt und starrten neugierig herauf.

»Da sind wir schon.« Nadja hielt direkt hinter der Statue des heiligen Carolus Borromäus an. Dort stand ein Kleiderständer, mit einer Plastikplane mehrlagig umwickelt. Und darunter …

»Oh nein!« Peter wich zurück. »Dazu kriegst du mich nicht!«

»Ach komm.« Nadja schien sich ein Lachen zu verkneifen. »Wen soll ich denn sonst fragen? Du wirst das super machen, ich weiß es! Wir haben Glück, dass Kurt so kurzfristig ein ähnliches Kostüm besorgen konnte.« Sie schwang die Plane zur Seite und hielt Peter ein Bocksbeutelkostüm aus dunkelgrünem Plüsch entgegen.

»Ich hab was gut bei dir! Hundert Packungen Schokobons, mindestens!«

Schimpfend nahm Peter das Ungetüm näher in Augenschein. Der Regen hatte aufgehört und war einer umso strahlenderen Sonne gewichen. Wenigstens blieb es ihm erspart, in einem patschnassen Kostüm herumzulaufen. Das Riesenteil aus Plüsch und Plastik wog jetzt sicher schon um die fünf Kilogramm. Wenn sich der Stoff zusätzlich mit Wasser vollsaugte, schleppte man vermutlich das Doppelte mit sich herum.

Nadja half ihm, in das Kostüm zu schlüpfen. Peter verspürte Widerwillen, als er seine Hände in die grünen Ärmel mit den angenähten weißen Handschuhen fädelte. Seine Beine steckten bis zum Knie in schlauchartigen grünen Hosen, darunter wölbten sich groteske braune Stoffschuhe. Er schob den Kopf in den Flaschenhals und spürte, wie Nadja den Reißverschluss an seinem Rücken zuzog. Grünliches Licht umgab ihn, und die Wärme stieg fast unmittelbar an, sodass Peter sich fühlte wie in einem Dschungel. Auf Höhe seines Gesichtes gab es eine Aussparung im Plastik, das die Flasche von innen stabilisierte, und der Stoff war dünner, sodass er die Außenwelt sehen konnte.

»Kannst du mich hören?« Nadja wedelte mit ihrer Hand vor ihm herum.

Statt einer Antwort streckte Peter die Ärmchen aus, ging auf sie zu und umarmte Nadja, so gut er konnte. So zusammengekuschelt standen sie einen Moment da, bis Nadja mit dumpfer Stimme sagte: »Ich hab Plüsch im Mund.«

»Was soll ich erst sagen?« Peter ließ sie los. »Das hier ist garantiert der Tiefpunkt meiner Polizeikarriere.«

»Was hast du gesagt? Ich höre nur Gemurmel. Ist vielleicht gut so.«

Sie begann, Peter in Richtung der Kollegen zu schieben. Widerwillig trottete er mit.

Neumann lachte lauthals, als er Peter kommen sah, Widukind verbarg sein Grinsen hinter seinen langen Haaren, aber zumindest Elif sah gebührend beeindruckt aus. »Kann ich dich für den nächsten Kindergeburtstag mieten?«

»Dieser Vorschlag ist mit der UN-Menschenrechtskonvention nicht vereinbar«, brummte Peter.

»Wie bitte?« Elif sah ihn fragend an.

»Ihr tut nur so, als würdet ihr mich nicht verstehen, oder? Ihr verarscht mich doch?«

»Diese Flasche nuschelt«, sagte Widukind zu Nadja. »Du solltest einen Logopädie-Termin vereinbaren.«

»Ich nuschle überhaupt nicht!«

»Armer Bocksi.« Neumann streichelte über den grünen Plüsch. »Niemand versteht dich.«

»Finger weg von meinen Kurven!« Peter schlug ihm auf die Hand.

Neumann rieb sich die Finger. »Typisch. Vielversprechendes Äußeres, aber der Inhalt lässt zu wünschen übrig.«

»Der Inhalt gibt dir gleich eins auf die Nase!«

»Ach stimmt, du bist ja ein *Box*beutel.« Neumann musste sich an Heideckert festhalten, um nicht vor Lachen in die Knie zu gehen.

Peter streckte drohend den Zeigefinger aus. »Ich wusste doch, dass ihr mich hört!«

»Ab jetzt sollst du eh die Klappe halten. Wir legen nämlich gleich los.«

Nadja koordinierte die Aufstellung. Sie stellte Heideckert als Opfer ab, positionierte in Absprache mit der Zeugin Steffen Neumann, Elif und sich selbst als Touristen mitten auf dem Weg und schickte Peter an die Brückenbrüstung, die flussabwärts lag. Er erinnerte sich an die Aussage von Anastasia und bemühte sich um eine lässige Haltung am Geländer, während ihm der Schweiß über den Rücken lief. Die Luftfeuchtigkeit im Inneren des Kostüms schien mit jedem Atemzug zuzunehmen.

Als alle ihre Plätze eingenommen hatten und Heideckert Anastasia einen Schal nach oben reichte, ging Peter los. Er spürte Anastasias Blick auf sich, bemühte sich aber, nur auf Heideckert zu sehen. Normalerweise hätte er sich jetzt erst einen Weg zwischen Menschenmassen hindurchbahnen müssen, die Simulation ließ hier zu wünschen übrig. Er setzte Fuß vor Fuß. Die drei Touristen gerieten ihm in den Weg und forderten ein Selfie. Peter schob sich zwischen sie und spürte, dass er in Richtung des Handys automatisch ein Lächeln aufsetzte, obwohl das niemand sehen konnte. Die Spritze in seiner Hand verbarg er dabei, so gut er konnte. Die Touristen lachten und zeigten ihm Daumen hoch. Peter reagierte nicht. Erst in seiner Hülle merkte er, wie lächerlich all diese Dinge da draußen waren. Wie albern Menschen sich verhielten. Er sah plötzlich so viel klarer, obwohl seine Sicht eingeschränkt war. Mit denen da draußen hatte er nichts gemein.

Er ging weiter, auf Heideckert zu, der ihm besorgt entgegenblickte. Peter trug eine Rüstung, ihm konnte nichts geschehen. Niemand wusste, was er vorhatte. Die Menschen sahen nur, was sie sehen wollten. Durch den dünnen Stoff konnte er keine Einzelheiten erkennen, aber alles, was er benötigte, um seinen Plan auszuführen. Peter sah Heideckerts Mund, der sich öffnete, ohne dass ein Laut hervorgedrungen wäre. Er fixierte Heideckerts Oberschenkel in den beigefarbenen Stoffhosen. Dann den Bauchansatz, der sich über den Gürtel wölbte. Verletzliches Fleisch, wie geschaffen für einen Angriff. Er ließ die Spritze durch die Faust rutschen, sodass die Nadel zwischen den Fingern hindurchblitzte. Er schob sich näher an sein Opfer heran, wollte sich nach vorne beugen, was in dem starren Kostüm schwierig war, hob den Arm und …

»Nein!« Ein Schrei von oben unterbrach ihn. »Nein, da stimmt etwas nicht. Irgendwas ist anders.«

Peter hielt inne. Er neigte den Kopf so weit wie möglich, um überhaupt nach oben blicken zu können. Anastasia liefen Tränen über das Gesicht. Erschöpft wischte sie sie mit dem Handrücken ab. Nadja half ihr von der Statue herunter und reichte ihr ein Taschentuch und eine Flasche Wasser.

»Das Kostüm ist ähnlich, aber er hat sich ganz anders verhalten. Er hat mir zugewinkt, als er neben Emilio stand. Und er ist mehr so gewatschelt, es sah etwas tollpatschig aus. Also der Bocksbeutel von gestern war irgendwie netter, freundlicher. Der hier wirkt viel bedrohlicher.«

»Könnte dieser Eindruck nicht getrübt sein?«, fragte Nadja sanft. »Diesmal wussten Sie ja von Anfang an, dass ein Attentäter im Kostüm steckt.«

»Nein, das ist es nicht.«

Als Peter auf sie zugehen wollte, wich sie zurück. »Können Sie das ausziehen, bitte?«

Er überlegte einen Moment, schälte sich dann aber vor ihren Augen aus dem Bocksbeutel. Anastasia beobachtete ihn. Ihre Atemzüge wurden ruhiger, als Peters Kopf sichtbar wurde.

»Ich glaube, Ihr Kollege ist größer als der andere«, sagte sie plötzlich an Nadja gewandt. »Als der hier neben den Leuten stand, um das Selfie zu machen, da hat er sie überragt. Der Bocksbeutel gestern war eher auf einer Höhe mit ihnen. Und wie gesagt, er hatte irgendwie eine andere Ausstrahlung. Ich weiß, das klingt lächerlich, aber ich kann es nicht anders benennen.« Unglücklich knautschte sie das Taschentuch in der Hand.

Peter und Nadja wechselten einen Blick. Sie würden Anastasias Aussage später in Ruhe durchsprechen. Nadja rief den anderen zu, dass sie zusammenpacken konnten, und ging vor zur Absperrung, um es auch den Beamten dort zu sagen. In diesem Moment klingelte ihr Handy, das wohl wie immer vorne in ihrem Rucksack steckte. Nadja drehte sich um und signalisierte Peter, dass er rangehen sollte, solange sie mit den Kollegen sprach.

»Neuigkeiten!« Lore Braun von der Spurensicherung sprach ungewohnt laut und schnell. Sie war die jüngere Schwester von Maximilian Braun, der bis vor Kurzem noch im K1 gearbeitet hatte, und piesackte ihn jedes Mal, wenn die Geschwister bei einem Fall aufeinandertrafen.

»Was ist los?«, fragte Peter.

»Widukind geht gerade nicht an sein Handy, aber du kannst es ihm ja weitersagen. Du erinnerst dich, dass wir ein Stück des T-Shirts von Emilio Colombo ins Labor geschickt haben, oder? Besser gesagt, das Stück T-Shirt, durch das der Mörder diese Spritze gestochen hat. Wir wollten wissen, ob vielleicht etwas von der Substanz am Stoff hängen geblieben ist. Es hat sich herausgestellt, dass tatsächlich etwas dran war.« Lore Braun klang unglücklich. »Es ist Rizin.«

Nadja / Montag, 03.07., Institut für Rechtsmedizin

»Rizin?« Lars Nauke starrte sie an. »Rizin.« Seine Augen hinter den Brillengläsern leuchteten auf. »Parenterale Intoxikation. Diabolisch!«

Er ging mit schnellen Schritten, die Aufregung verrieten, in seinem Büro hin und her. Nadja lehnte an der Wand direkt neben der Tür. Sie hatte es für sinnvoller gehalten, den Professor direkt zu der neuen Entwicklung zu befragen, und war deshalb zum rechtsmedizinischen Institut in der Versbacher Straße gefahren. Insgeheim hatte sie vielleicht auch auf eine kurze Begegnung mit Mukki gehofft.

»Also das ist ein ziemlicher Hammer. Rizin ist aus der Rizinuspflanze herstellbar und so richtig gemein, da es kein Gegengift gibt. Bei einer Intoxikation kann man also nicht viel machen, außer den Patienten zu überwachen, zu versuchen, auftretende Symptome zu behandeln und zu hoffen, dass er nicht zu viel von dem Zeug erwischt hat. Sagt Ihnen der sogenannte Regenschirm-Mord etwas?«

Nadja dachte nach. Ein Attentat mit einem Regenschirm, daran erinnerte sie sich tatsächlich. Es war als einer der spektakulärsten Kriminalfälle der siebziger Jahre Beispiel auf einer Fortbildung gewesen. Die Dozentin hatte die Situation sehr eindringlich geschildert, fast als wäre sie dabei gewesen und persönlich betroffen.

Georgi Markow hatte auf der Waterloo Bridge gestanden, die von den Londonern auch Ladies Bridge genannt wurde, da sie während des Zweiten Weltkriegs größtenteils von Frauen gebaut worden war. Die Brücke leuchtete fast weiß gegen das Grau der Themse und des Septemberhimmels. Markow war Journalist und Schriftsteller. Vielleicht flogen ihm dort oben auf der Brücke Wörter zu, Sätze, einprägsame Formulierungen, die er nutzen wollte.

Denn Markow war auf dem Weg zur BBC, wo er seit Jahren Radiosendungen mitgestaltete. Unermüdlich arbeitete er gegen das totalitäre Regime in seinem Heimatland und vor allem gegen den bulgarischen Staatschef Todor Schiwkow.

Schiwkow feierte an diesem Tag seinen siebenundsechzigsten Geburtstag, und Markow wusste nicht, dass der Diktator sich von seinem Geheimdienst ein ganz besonderes Geschenk gewünscht hatte.

Deshalb blieb Markow ruhig an der Bushaltestelle stehen, als Schritte durch den Nebel erklangen. Vielleicht beobachtete er ein Boot dort unten zwischen den Wellen. Vielleicht sog er die kalte Luft in seine Lungen. Vielleicht dachte er daran, was er heute im Radio sagen wollte. Und vielleicht dachte er auch an Schiwkows Geburtstag, der in Bulgarien groß gefeiert wurde. Ein Gedanke, der Bitterkeit auslösen mochte, ein Gefühl, das so gut in diesen trüben Nachmittag passte.

Die Schritte kamen näher, und dann überkam Markow ein plötzlicher, heftiger Schmerz im rechten Oberschenkel. Vielleicht zuckte er zusammen. Vielleicht hielt das Brückengeländer ihn aufrecht, vielleicht schrie er reflexartig auf. Vielleicht war für einen Moment die Erkenntnis da, dass der Tod ihn gefunden hatte. Aber dann trat ein Mann vor und hob einen Regenschirm auf, der auf dem Boden lag. Höflich entschuldigte er sich und ging davon. Markow rieb sein Bein. Dann fuhr er wie geplant zur BBC und sprach seine Sendung ein.

Anderthalb Tage später lag Markow in der Notaufnahme des St. James Hospital. Fieber jagte durch seinen Körper. Da begriff er, welche Rolle er als Geburtstagsgeschenk gespielt hatte. Und er flüsterte dem Arzt die Worte zu, die später um die Welt gingen: »Ich bin vom KGB vergiftet worden. Ich werde sterben. Es gibt nichts, was Sie dagegen tun können.«

Lars Nauke sah Nadja nachdenklich an. »Die Ärzte fanden später, während der Obduktion, ein mit Rizin gefülltes Kügelchen in Markows Oberschenkel. Es war mit Zuckerguss verschlossen, sodass erst die Körperwärme nach der Injektion den Zucker schmelzen ließ und das Gift freisetzte. Lange Zeit ging man davon aus, dass der Attentäter die Kugel mit einem zur Mordwaffe umgewandelten Regenschirm in Markows Bein stach. Daher kommt der Begriff Regenschirm-Mord. Die genauen Vorgänge konnten aber nie ganz geklärt werden. Wahrscheinlich ist auf jeden Fall, dass es kein Einzeltäter war, sondern ein ganzes Attentatsteam unterwegs war.«

Nadja ballte die Faust. »So ein Kügelchen haben Sie bei Colombo aber nicht gefunden, oder?«

»Nein. Und ich habe die Einstichstelle genau untersucht.« Lars Nauke klopfte ihr beruhigend auf den Oberarm. »Interessant ist, dass der Tod bei Colombo so schnell eintrat, normalerweise dauert das länger. Ich vermute deshalb, dass es mit seiner Herzvorerkrankung zusammenhängt.«

Nadja hätte am liebsten ihre Stirn an seine Schulter gelehnt und sich für einen Moment tätscheln lassen. Wie ein krankes Pferd oder ein schüchternes Kaninchen, das danach mit neuem Mut weiterhoppelt. Leider waren die Hände des Rechtsmediziners nicht so magisch, wie er immer zu glauben schien. Da hatte sein Assistent ihm etwas voraus. Aber dessen Künste hatten gestern auch nicht gegen die Flut an Gedanken helfen können, die mit einem neuen Fall unweigerlich in Nadjas Gehirn einzogen. Und jetzt auch noch das Rizin. Die Befürchtungen und möglichen Konsequenzen rollten ungehindert durch Nadjas Kopf.

»Damals steckte vermutlich der bulgarische Geheimdienst in Zusammenarbeit mit dem KGB hinter dem Attentat.« Lars Nauke sah sie bedeutungsvoll an. »Sie können sich also auf so einiges gefasst machen.«

»Inwiefern?« Nadja starrte ihn an. »Weil Sie denken, hier ist ein Nachahmungstäter unterwegs? Sie wollen mir doch nicht erzählen, dass Sie wirklich vermuten, das könnte eine Geheimdienstsache sein?«

»Es ist auf jeden Fall interessant, dass der Anschlag damals

auf der Waterloo Bridge passierte und wir jetzt die Alte Mainbrücke als Schauplatz haben. Einmal ein manipulierter Regenschirm, einmal eine in der Hand verborgene Spritze. Fast wie
eine Neuinterpretation des Ganzen, oder?«

Nadja spürte, wie ihr Herzschlag sich beschleunigte. Eine
Neuinterpretation eines berühmten Mordfalls. Ein Mörder, der
einen Anschlag nachstellte. Fast wie eine Kunstperformance.
Sie wollte ihre Überlegung gerade mit Lars Nauke teilen, als
ihr Handy klingelte. Schon wieder.

»Was ist heute bloß für ein verrückter Tag?«

Sie blickte auf das Display. Elif. Als Nadja den Anruf an-
nahm, hatte sie für einen winzigen, kurzen Moment die Hoffnung, dass Elif ihr sagen würde, dass der Mörder sich selbst
gestellt hatte und reuevoll im K1 auf sein Verhör wartete. Dass
es doch kein Rizin gewesen war. Oder dass ein bekannter Gift-
mörder vor Kurzem aus dem Gefängnis entlassen worden war
und sich in Würzburg aufhielt.

Stattdessen sagte Elif: »Der Anschlag auf Emilio Colombo
war möglicherweise nicht der erste.«

Nadja schloss die Augen. Ein Serienattentäter. Das durfte
nicht wahr sein.

»Gerade hat eine Frau Markwart angerufen. Vor einigen
Tagen wurde ihr Sohn auf offener Straße mit einer Spritze attackiert. Die Nadel brach dabei aber anscheinend ab, und ihm
ist nichts weiter passiert. Das Bocksbeutelkostüm kam auch
wieder zum Einsatz. Sie hat es heute in der Mainpost gelesen
und macht sich jetzt Sorgen um ihren Sohn.«

»Wie alt ist der denn, dass er nicht selbst anruft?«

Nadja hörte, dass Elif Papier durchblätterte. »Achtunddreißig«, antwortete diese schließlich.

Nadja barg das Gesicht in den Händen. Sie hörte, dass Lars
Nauke neben sie trat, und roch den Duft nach Kaffee.

»Wollen Sie heute mal einen Schuss Whisky hinein, Verehrteste?«

4

Nadja / Montag, 03.07., Sanderau

Der Achtunddreißigjährige war gerade im Begriff, in sein Auto zu steigen, in einem dunkelblauen Anzug mit polierten braunen Schuhen und dem passenden Gürtel. Sein blonder Schopf glänzte im Sonnenlicht.

»Das ist er, oder?«

Nadja hielt mitten vor der Ausfahrt, sodass Markwart nicht hinausfahren konnte. Sie betrachtete ihn für einen Moment. Dieser Mann war dem Rizin-Mörder also entkommen. Wenn der erste Anschlag derart fehlgeschlagen war, dann konnte kein Profi dahinterstecken, oder? Würde ein Geheimdienst so eine Schlappe hinnehmen und den Fehler dann nicht korrigieren? Nein, ganz bestimmt nicht. Nadja spürte, wie ein Teil der Sorgen leichter wurde. Seit sie die Information über das gefundene Rizin erhalten hatte, hatten sich düstere Ahnungen in ihrem Kopf gewitterwolkengleich getürmt.

Sie stieg aus, Heideckert folgte seinem fortgeschrittenen Alter entsprechend etwas langsamer, dafür aber direkt mit Stift und Notizbuch bewaffnet. Er hielt an seiner jahrzehntelangen Angewohnheit fest, alles auf Papier zu bannen. Seine winzigen Hieroglyphen konnte aber auch nur er entziffern.

»Hey! Da können Sie nicht stehen bleiben!«, rief der Mann am Auto.

Nadja reagierte gar nicht darauf. »Herr Markwart? Wir haben einige Fragen an Sie.« Sie zog ihren Ausweis und stellte Heideckert und sich vor.

Langsam stellte Markwart seinen Aktenkoffer ab, ließ die Autotür aber offen. Unter seinem Arm klemmte eine Zeitung. Der Ausdruck seiner Augen hinter den Brillengläsern mit durchsichtigem Rand wechselte von wütend zu vorsichtig.

Nadja entschied spontan, mitten in der Sonne stehen zu

bleiben. Ihm musste heiß sein in seinem Anzug und dem lang-ärmligen Hemd. Heideckert, heute in einem einfarbigen gelben T-Shirt, tupfte sich bereits einen Schweißtropfen von der Stirn.

»Ich muss eigentlich dringend los. Was gibt es?«

»Können Sie sich das nicht denken?« Nadja stellte die Frage so offen wie möglich.

Markwart setzte ein Lächeln auf, das wohl verbindlich aussehen sollte. Sein blonder Bart war sorgfältig gestutzt, er roch nach einem herben Parfüm und trug sogar Manschettenknöpfe. Anscheinend stand ein wichtiger Termin an. »Hab ich vielleicht falsch geparkt?«

»Da schicken wir normalerweise nicht die Kripo. Aber Sie dürfen gerne noch mal raten«, kam es hilfsbereit von Heideckert.

Nadja warf ihrem Kollegen einen amüsierten Blick zu.

»Vielleicht sollte ich besser meinen Anwalt anrufen.«

»Weshalb? Haben Sie das Gefühl, Sie brauchen einen?«

»Sagen Sie mir doch endlich, weshalb Sie da sind! Ich muss los! Habe in vierzig Minuten einen Vortrag vor der halben Führungsetage!«

»Die Damen und Herren werden sich kurz gedulden müssen.«

»Sie kommen bestimmt noch rechtzeitig, heute ist nicht viel Verkehr«, tröstete Heideckert.

Nadja war begeistert, dass sie ihren älteren Kollegen mitgenommen hatte. Seine Einwürfe schienen Markwart ganz wunderbar zu irritieren.

»Herr Markwart …«

»Dr. Markwart!«

»Herr Dr. Markwart, wir haben erfahren, dass Sie vergangene Woche am Donnerstag mit einer Spritze attackiert wurden.«

Schweigen. Er hielt den Blick so starr auf Nadja gerichtet, dass sie sicher war, er ging in seinem Kopf gerade hundert mögliche Antworten durch. Wie ein Schachspieler, der alle weiteren Züge vorauszusehen versucht. Er konnte nur scheitern.

»Herr Dr. Markwart?«

»Das ist Blödsinn. Wer behauptet denn so was?«

»Wenn ich meinen Kollegen nun also bitten würde, Sie auf Verletzungen abzusuchen, dann würde er nichts finden?«

Heideckert lächelte Markwart treuherzig an.

»Nein, zum Teufel!«

»Kurt, wärst du so freundlich, Herrn Dr. Markwart kurz ins Haus zu begleiten? Bis auf die Unterwäsche ausziehen genügt, du dokumentierst alle Auffälligkeiten bitte auf einer anatomischen Zeichnung, ich habe die Vorlage hier.«

Heideckert nickte, obwohl er natürlich wusste, dass dafür die Rechtsmedizin zuständig wäre. »Nach Ihnen …«

Höflich ließ er Markwart den Vortritt. Nadja tat, als wolle sie zum Auto zurückgehen, um die Papiere zu suchen.

»In Ordnung, in Ordnung! Da war irgend so eine Geistesgestörte unterwegs, die ist mit einer Spritze auf mich los.«

Nadja hielt inne. »Sie konnten die Täterin erkennen?«

»Nein, sie hat mich von hinten angegriffen und hatte außerdem so ein absurdes Kostüm an. So einen Ganzkörperanzug in Form einer Weinflasche.«

Heideckert räusperte sich. »Bocksbeutel meinen Sie, oder? Der Unterschied ist die Form, Sie wissen schon. Eine normale Weinflasche ist ja hoch und eher schmal, während der Bocksbeutel diese bauchige Gestalt aufweist.«

Markwart schnaubte nur.

»Wenn Sie, wie Sie sagen, den Attentäter gar nicht gesehen haben: Woher wissen Sie dann, dass es eine Frau war?«

Nadja ging einen Schritt zur Seite, sodass Markwart nun direkt ins Licht blinzelte. Wieder Schweigen. Die Sonne brannte auf Nadjas nackte Arme hinunter. Markwart wurde in seinem Anzug bestimmt gerade geröstet.

»Hab ich das gesagt?«, kam es schließlich von ihm.

»Oh ja, das haben Sie. Moment.« Heideckert zog sein Notizbuch zu Rate. »Zitat: ›Irgend so eine Geistesgestörte, die ist mit einer Spritze …‹«

Markwart unterbrach ihn abermals. »Es laufen doch genug verrückte Weiber in der Gegend rum.«

»Ach wirklich?« Nadja zog die Augenbrauen hoch. »Komisch, heute ist uns noch kein einziges verrücktes Weib begegnet, oder, Kurt?«

»Kein einziges«, bestätigte Heideckert.

»Ich weiß nicht, wer das gemacht hat! Ich war auf dem Weg zu einer Verabredung in der Alten Mainmühle. In der Nähe des Falkenhauses am Marktplatz bekam ich einen Stoß, stolperte, und während ich noch bemüht war, mein Gleichgewicht zu halten, spürte ich diesen heftigen Schmerz am Oberschenkel. Ich war komplett überrumpelt, wusste gar nicht, was los ist, und habe dann nur noch gesehen, wie diese Weinflasche in die nächste Straßenbahn sprang und davonfuhr. Einige Passanten haben mir hochgeholfen. Und dann habe ich auch gemerkt, dass eine abgebrochene Nadel in meinem Bein steckte. Ich bin sofort mit einem Taxi in die Notaufnahme gefahren, die haben die Nadel entfernt und mir auf mein Drängen hin ein HIV-Gegenmittel gegeben. Falls das ein Drogenjunkie war oder diese Irre mich absichtlich mit Aids anstecken wollte. So was hört man ja immer wieder.«

Und schon wieder sprach er von einer weiblichen Täterin. Nadja musterte ihn und fragte sich, was er verbarg. Warum hatte er keine Anzeige erstattet? Warum noch nicht einmal auf einem Polizeirevier vorgesprochen und sich über die Möglichkeiten informiert? Und bei ihm war es der Oberschenkel gewesen. Offenbar hatte der Täter nach diesem missglückten Attentat, das vielleicht durch den Regenschirm-Mord inspiriert war, beschlossen, es bei Colombo lieber an einer anderen Stelle zu versuchen.

»Warum haben Sie sich auf den Anschlag hin nicht bei uns gemeldet? Die Ärzte im Krankenhaus haben Ihnen doch bestimmt dazu geraten.«

»Es war ja nur ein kleiner Piks.«

»Ein kleiner Piks, wegen dem Sie Hals über Kopf in die Notaufnahme aufgebrochen sind und befürchtet haben, jemand könnte Sie absichtlich mit einer tödlichen Krankheit infizieren? Ihre Mutter sagte, dass Sie sehr aufgeregt waren und sogar geweint haben, als Sie in der Notaufnahme länger warten mussten.«

Dr. Markwart kniff die Lippen zusammen. Röte stieg ihm ins Gesicht. »Meine Mutter hat Sie also informiert. Aber sie übertreibt. Das war der Schock. Danach habe ich gemerkt, dass ja gar nicht wirklich was passiert ist.«

»Haben Sie die Zeitung gelesen, die Sie da unter dem Arm tragen?« Nadja wies auf die zusammengerollte Mainpost.

»Noch nicht, weshalb?«

»Das können Sie ja später nachholen. Eine letzte Frage noch: Mit wem waren Sie verabredet am Tag der Attacke?«

»Mit einer Rosalie aus Randersacker. Wir haben uns über eine Datingplattform verabredet. Leider musste ich ihr dann der Umstände wegen absagen.«

»Welche Plattform nutzen Sie da?«

Wieder schien Dr. Markwart länger zu überlegen, als nötig sein sollte. »MainSchatz«, antwortete er schließlich. »Kann ich jetzt endlich fahren?«

»Sie fahren heute gar nirgendshin. Wir bringen Sie unverzüglich in die Rechtsmedizin. Ich informiere die Kollegen, dass sie Sie untersuchen sollen, inklusive Blutproben und dem ganzen Kram. Wir brauchen außerdem das Protokoll des behandelnden Arztes in der Notaufnahme, sämtliche Informationen über Ihre bisherigen Dates und genaue Angaben über den Zeitpunkt und Ort des Anschlags.«

Heideckerts Stift sauste über das Papier, während Markwart wütend die Autotür zuwarf und lauthals schimpfte.

Nadja zog ihr Handy heraus und entfernte sich einige Schritte, um erst Mancini und dann Peter anzurufen.

Peter / Montag, 03.07., Kaiserstraße

Peter hielt auf eine Bäckerei zu. Ein Donut mit weißer Zuckerglasur und roten Herzchenstreuseln erschien ihm passend als

Wegzehrung, um die Chefin einer Dating-App zu befragen. Oder musste er sich erst Mut anessen?

Nadja hatte ihn angerufen und berichtet, dass auch das erste Opfer in einem Zusammenhang mit MainSchatz stand. Das machte die bevorstehende Befragung gleich noch mal interessanter. Sie hatte ihm auch mitgeteilt, dass der Täter es beim ersten Opfer beim Oberschenkel probiert hatte. Laut Professor Nauke machte es durchaus einen Unterschied, ob das Gift in Muskel oder Fettgewebe gespritzt wurde. Bei Colombo hatte der Bocksbeutel sich offenbar für die noch tödlichere Variante entschieden.

Peter spürte die klebrige Süße des Donuts in seinem Mund und fühlte sich in seine erste Woche bei der Kripo Würzburg zurückversetzt. Damals war er zu einer Befragung nach Ochsenfurt gefahren und hatte während der ganzen Autofahrt auf einem bunt glasierten Donut gesessen. Erst beim Aussteigen hatte er sein Missgeschick bemerkt. Die Mutter des Mordopfers hatte dann seine Hose ausgewaschen und ihm eine ihres Mannes geliehen. Was wohl aus der Familie Lember geworden war?

Peter mochte und fürchtete es zugleich, dass er in seinem Beruf so viele Menschen traf. Flüchtige Begegnungen meist, in Ausnahmesituationen, die das Beste oder das Schlechteste in manchen Leuten zum Vorschein brachten. Für die meisten war er die unerwünschte Begleitfigur einer Katastrophe, die ihr Leben in ein Davor und Danach einteilte. Menschen, die Opfer wurden, Menschen, die trauerten und verzweifelten, Menschen, die etwas Unverzeihliches getan hatten. Menschen, die weinten und schrien und viel zu oft einfach nur schwiegen.

Wahrscheinlich waren sie alle froh, wenn sie ihn nicht mehr zu Gesicht bekamen, verbannten ihn in die hinterste Ecke ihres Gedächtnisses. Peter versuchte das ebenso. Aber manchmal kamen Namen und Gesichter wieder hoch, auch nach Jahren. Tote, die er gesehen, Ehepartner, mit denen er gesprochen hatte. Und dann fragte er sich, wie er selbst reagieren würde, wenn einer seiner Kollegen eines Tages an Peters Tür klingeln würde.

Die Niederlassung von MainSchatz befand sich in der Kaiserstraße, die nicht mehr so kaiserlich anmutete wie früher vielleicht. Aktuell standen einige Geschäfte leer, andere wechselten so häufig den Inhaber, dass Peter den Überblick verloren hatte. Aber zumindest die Magnolien im Kaisergärtchen blühten jeden Frühling derart verschwenderisch, dass es bestimmt jedem Besucher Würzburgs im Gedächtnis blieb. Peter aß den Donut ganz auf, wischte Mund und Hände sorgfältig mit einer Serviette ab, warf diese in den Müll und berührte erst dann den Klingelknopf. Die Eingangstür öffnete sich sogleich automatisch, und Peter nahm die Treppe mit einigem Elan. Eine Agentur für Onlinedating, wie es dort wohl aussah? Seriös oder abenteuerlich? Erotisch gar? Vielleicht standen dort schwarze Ledersofas. Und rote Scheinwerfer strahlten Schattenrisse nackter Körper an. Oder hingen dort unzählige Danke-Fotos von glücklichen Pärchen, die sich gefunden hatten – ähnlich den Bildern von zerknitterten Neugeborenen in den Praxen von Gynäkologen?

Peter war etwas außer Atem von seinem Treppensprint und ließ sich an der Tür zur MainSchatz-Agentur einen Moment Zeit. Der Eingang sah schon mal wenig spektakulär aus. Einzig das Logo vom auf dem Main daherschwimmenden Herzen verriet, was sich dahinter verbarg. Es sah selbst gemacht aus. Vielleicht mit einem 3D-Drucker erstellt und dann mit silberner Farbe bemalt.

Ein unangenehmer Geruch hing in der Luft. Fäkalien. Seltsam, hier in einem seriösen Gebäude mit Büros, Wohnungen und der einen oder anderen Praxis. Peter atmete flach durch den Mund, als er an die Tür klopfte. Als keine Reaktion kam, umschloss er versuchsweise die Klinke und drückte sie hinunter. Seine Hand versank an der Unterseite der Klinke in etwas Weichem, und er zuckte sofort zurück. Doch zu spät, der Gestank wurde übermächtig, als er seine Hand zurückzog und auf die braune Masse an seinen Fingern starrte. Ein Würgereiz stieg in seiner Kehle empor, und er musste sich abwenden und die unversehrte Hand vor die Nase halten, um sich nicht in diesem Hausflur zu übergeben.

In diesem Moment wurde die Tür von innen aufgezogen. »Ich wusste doch, dass ich was gehört habe! Sind Sie …?« Die Frau verstummte, als sie Peters Gesicht sah. Ihr Blick wanderte hin zu seiner Hand, die er abwehrend von sich gestreckt hatte.

»Nicht anfassen! Da hat jemand Kacke an Ihre Türklinke geschmiert!«

Sie starrte ihn an. Langsam bewegte sie sich rückwärts, von Peter weg.

»Ich war es nicht, Sie brauchen keine Angst vor mir zu haben. Ich bin von der Polizei.«

»Kommissar Steiner?« Ihre Augen hinter den Brillengläsern wirkten riesig.

Peter brauchte einen Moment, um zu verstehen, dass es an dem Schliff der Gläser lag, anscheinend wurde hier eine starke Weitsichtigkeit ausgeglichen. Doch es gab ihr das Aussehen einer aufgeschreckten Eule. Dazu die kurzen, rot gefärbten Haare, die irgendwie ziellos wie aufgeplusterte Federn um ihren Kopf herum abstanden.

»Richtig.« Peter räusperte sich. »Ich zeige Ihnen gerne meinen Ausweis. Aber davor würde ich bevorzugen, meine Hand zu waschen und zu desinfizieren.«

»Natürlich. Bitte hier rein.« Sie hielt ihm die Tür auf, vorsichtig bedacht, nicht in die Nähe der verschmierten Klinke zu kommen. »Ich putze das gleich mal weg. Das Bad ist gleich hier vorne rechts neben der Garderobe.«

Peter fand sich in einem überraschend großen Badezimmer mit Muschelkacheln an den Wänden und einem sandfarbenen Teppich. Der Vanille-Duftspender kam gegen den Fäkalgestank, den Peter mitbrachte, jedoch nicht an. Er krempelte einhändig seinen Ärmel hoch und wischte die braune Masse zunächst grob mit Klopapier ab, bevor er sich vor das Waschbecken stellte und ein ums andere Mal seine Hand einschäumte und abwusch.

Vor der Tür wurde ein flüsterndes Gespräch geführt. Er hörte den entsetzten Ausruf einer weiblichen Stimme und Klappern, wahrscheinlich von einem Putzeimer.

Peter roch an seiner Hand. Besser, aber immer noch deutlich wahrnehmbar. Er drehte den Wasserhahn wieder auf. Da klopfte es vorsichtig an der Tür.

»Herr Kommissar?«

»Ja?«

»Sie können es noch mit Kaffeepulver probieren. Das ist ein Hausmittel, zum Beispiel, wenn die Hände nach dem Zwiebelschneiden noch länger riechen.« Die Eulenfrau brachte ihm die benötigten Utensilien ans Waschbecken. Sie strich die Paste vorsichtig auf Peters rechte Hand und packte sie dann in eine Plastiktüte, die sie am Handgelenk mit einem Gummi verschloss. »Das lassen wir jetzt etwas einwirken. So ein Dummejungenstreich. Unglaublich. Es tut mir wahnsinnig leid, dass es Sie erwischt hat.«

»Sie glauben also, das war ein Kind oder Jugendlicher?« Peter sah sie forschend an.

»Natürlich! Wahrscheinlich eine absurde Mutprobe oder so was.« Sie blickte ihn nicht an dabei, doch Peter sah die Röte in ihre Wangen steigen.

»Wirklich?« Nachdenklich trommelte er mit der freien Hand auf den Waschbeckenrand. »Es erschien mir so gezielt bösartig. Die Fäkalien waren sehr sorgfältig nur unter der Klinke aufgetragen. Ich hatte gar keine Chance, sie zu sehen. Das wirkt auf mich eher nach einer sehr durchdachten Aktion als nach einem aufgeregten Kinderstreich.«

»Völlig unangemessen auf jeden Fall! Jetzt kommen Sie erst mal. Wir haben Kaffee und Orangensaft. Und Wasser natürlich.«

Sie stellte sich als Kathrin Beckmann vor, Chefin der Agentur, und geleitete ihn durch einen engen Gang. Peter entdeckte zu seiner Enttäuschung weder Aktfotos noch Pärchenbilder an der Wand. Dafür eine Aufnahme der Alten Mainbrücke. Pulvrige Schneehauben krönten die Brückenheiligen. Daneben eine Nachtaufnahme der Residenz mit strahlend erleuchteten Fenstern. Auch die Barockfassade des Falkenhauses kam hier zur Geltung.

Natürlich. MainSchatz warb mit seiner lokalen Verwurzelung. Da musste man das auch in den Geschäftsräumen zeigen.

Die Eulenfrau folgte seinem Blick. »Wir sind in einem neuen Biedermeier angelangt. Die Leute haben gerade erst eine Pandemie hinter sich, verfolgen den Krieg vor den eigenen Türen mit und fragen sich, ob die Heizung im Winter überhaupt anspringt. Sie ziehen sich ins Private zurück, besuchen weniger Veranstaltungen, chillen mit Netflix auf dem Sofa oder stecken Blumenzwiebeln in ihre Balkonkästen. Sie setzen der feindlichen Außenwelt eine idyllische Häuslichkeit entgehen, machen es sich daheim schön.«

»Biedermeier eben.« Peter nickte.

Er hatte dieser Epoche in seinem weit zurückliegenden Germanistikstudium nie so besonders viel abgewinnen können. Aber die Parallele sah er durchaus. Obwohl er fand, dass die Menschen mittlerweile eher die wiedergewonnene Freiheit genossen und auch gerne wieder verreisten. Aber vielleicht traf das nicht auf alle zu.

»Da hat dieses schnelle, austauschbare Dating wie zum Beispiel bei Tinder keine Berechtigung mehr. Die Menschen wünschen sich etwas Tiefergehendes, wollen eine Basis schaffen, sich austauschen, kennenlernen. Und am liebsten dort, wo sie sich auskennen, wo sie zu Hause sind.« Kathrin Beckmann strahlte mit der Residenz um die Wette. Dann fiel ihr Blick auf Peters verschmutzte Hand, und ihr Lächeln erstarb. Ruckartig drehte sie sich um und betrat einen Raum, der mit vier Schreibtischen komplett zugestellt wirkte. Als Peter die offene Küche entdeckte, wurde ihm klar, dass das eigentlich keine Büroräume waren, sondern hier eine Wohnung umfunktioniert worden war.

Hinter den Laptops hatten sich die anderen Mitarbeiterinnen – tatsächlich nur Frauen – verschanzt. Sie schenkten Peter flüchtige Blicke über ihre Bildschirme hinweg und klapperten dann gleich wieder eifrig auf den Tastaturen. Kathrin Beckmann nannte die Namen, doch Peter vergaß sie sogleich wieder. Er war zu abgelenkt von der Fototapete hinter den

Schreibtischen. Auf der ganzen Fläche der Wand prangte ein Stadtplan von Würzburg und der näheren Umgebung, markiert mit Klebepunkten in unterschiedlichen Farben. Sein Blick flog automatisch zum Kripogebäude. Dort klebte ein blauer Punkt.

»Hier sehen Sie das Herzstück unseres Erfolgs. Bekannt geworden sind wir durch die innovativen Date-Challenges mit echt fränkischem Flair.« Beckmanns Eulenaugen sahen Peter erwartungsvoll durch ihre Brille an, und er war froh, bestätigend nicken zu können.

»Tolle Sache! Ganz spannend!«, beeilte er sich zu sagen.

Besänftigt nickte sie. »Das generiert wirklich viel Aufmerksamkeit. Man sieht die aktiven Paare dann ja häufig in der Öffentlichkeit bei ihren Aufgaben, die Leute werden neugierig, was machen die da? Viele wollen es dann selbst mal ausprobieren. Und vor allem die jüngere Zielgruppe teilt ihre bestandenen Challenges auch auf Social Media. Waren Sie zum Beispiel schon mal Floß fahren auf einem alten Mainarm?« Sie wies auf einen roten Punkt bei Dettelbach. »Oder haben Sie versucht, die Spiegelung der Festung in einem Weinglas fotografisch festzuhalten?« Sie zeigte auf einen grünen Punkt, der sich zu einer ganzen Reihe bunter Punkte auf der Alten Mainbrücke gesellte.

Peter wollte hier gerne einhaken, um endlich die Fragen stellen zu können, wegen derer er hergekommen war, doch Kathrin Beckmann ließ sich nicht so leicht in ihrem Vortrag unterbrechen. Peter fragte sich, ob sie so ausführlich referierte, weil die vertrauten Themen ihr Sicherheit gaben.

»Ich beobachte diese neue Neigung zur Heimat schon seit einiger Zeit. Die Menschen achten mehr auf ihre tagtägliche Umwelt und sind interessierter daran, ihren heimischen Imker zu unterstützen, statt den Supermarkthonig aus Kalifornien zu kaufen. Und da setzen wir an. Hier sehen Sie …«

Sie zog einen Stuhl am einzigen unbesetzten Schreibtisch für Peter heran und klopfte einladend darauf. Vorsichtig bedacht, mit seiner eingebundenen Hand nirgends anzustoßen, ließ er sich darauf fallen. Kathrin Beckmann gab ein Tastenkürzel ein, und das bunte Logo der App öffnete sich auf dem Bildschirm. Sie klickte ein paarmal und drehte den Bildschirm dann zu Peter, damit er besser sehen konnte.

Mit einem weiteren Klick rief sie eine Seite auf und scrollte durch Hunderte von Fotos. Peter sah eine Menge Flusskiesel, Stadtaufnahmen und Weinberge. Dazwischen immer wieder Selfies von Pärchen mit Daumen hoch, Pärchen mit Sonnenbrillen, Pärchen mit Weingläsern, Pärchen mit wild fliegenden Haaren. Je mehr zum Lächeln verzogene Münder er sah, desto unpersönlicher kamen sie ihm vor, bis er nicht mehr unterscheiden konnten, weshalb die Lippen so verzerrt aussahen. Peter blinzelte und atmete einmal tief durch.

»Überwältigend, oder?« Kathrin Beckmann warf ihm einen stolzen Blick zu. »Wir motivieren die Leute, mal von ihren Sofas aufzustehen und die eigene Heimat besser kennenzulernen. Und im Idealfall dabei auch noch die große Liebe zu finden.«

»Emilio Colombo hat leider etwas ganz anderes gefunden.«

Argwöhnisch sah sie ihn an.

»Den Tod.«

Seine Worte fielen in eine plötzliche Stille. Eine Sekunde zuvor waren die Tippgeräusche verstummt, die Spülmaschine hatte ihr Wassergegurgel eingestellt, die Lüfter der Laptops brachen ihr Summen ab. Niemand erwiderte etwas darauf, sodass Peter sein Einwand plötzlich zu dramatisch vorkam.

»Er wurde während einer Challenge auf der Alten Mainbrücke attackiert. Und starb wenige Stunden später an den Folgen.«

»Das hat doch mit uns nichts zu tun!« Kathrin Beckmann starrte ihn an. »Ein bedauerlicher Zufall. Ein Geistesgestörter, der an belebten Plätzen nach seinem Opfer Ausschau gehalten hat!«

»Wie können Sie das so genau wissen?«

»Weil MainSchatz ... weil wir ein seriöses Unternehmen sind!«

»Das waren Grünenthal, VW und Wirecard auch mal.«

»Wie können Sie es wagen!«

»Einer Ihrer User ist tot. Ein zweiter ist knapp einem ähnlichen grässlichen Tod entronnen. Da ist es mir egal, ob Sie Ihr Unternehmen für seriös halten. MainSchatz ist bisher die einzige Verbindung zwischen den beiden Opfern.«

Kathrin Beckmann erbleichte. »Davon … davon war am Telefon noch nicht die Rede.«

Eine ihrer Mitarbeiterinnen gab ein erschrecktes Geräusch von sich.

Peter bemühte sich um eine möglichst ruhige Stimme. »Ich bin nicht zum Spaß hier. Wenn Sie also Informationen zu den Opfern haben, dann bitte teilen Sie sie mit uns!«

»Natürlich. Helen, wir kommen mal zu dir.«

Kathrin Beckmann stand auf und führte Peter zum Tisch einer Frau, die so klein war, dass ihre Füße in der Luft baumelten, wenn sie auf dem Schreibtischstuhl saß. Sie war älter, als Peter bei ihrer kindlichen Figur zunächst angenommen hatte, wahrscheinlich Ende zwanzig. Ihr fröhlich rot-weiß geringeltes T-Shirt stammte wahrscheinlich aus der Kinderabteilung, aber der marineblaue Blazer, der leicht zerknittert über der Stuhllehne hing, zeigte, dass sie sich Mühe gab, erwachsen zu wirken.

Kathrin Beckmann ging neben dem Schreibtisch in die Hocke. »Wie heißt der Verstorbene noch mal?«

»Emilio Colombo«, antwortete Peter.

»Kannst du sein Profil aufrufen?«

Helen folgte dem Befehl wortlos.

Peter beugte sich dichter an den Bildschirm heran. »*Italia_mi_amor*, ist er das?« Er musterte die Fotos, die oben links angezeigt wurden, und versuchte, sie mit dem Mann in Einklang zu bringen, der mit entblößtem Bauch auf dem Boden der Pizzeria gelegen hatte. Es konnte passen, auch wenn er hier Sonnenbrille trug und recht klein abgebildet war, einmal neben dem Schiefen Turm von Pisa, den er mit den Händen umzustoßen schien, und einmal an einem Strand mit Sonnenaufgang im Rücken. Halt, da tauchte noch ein drittes Foto auf. Emilio Colombo, der ein gefülltes Weizenglas mit perfekter Schaumkrone in die Kamera hielt und ein kurzärmliges Hemd in der Farbe des italienischen Nationaltrikots trug. Das Azurblau gefiel Peter sehr.

»Emilio aus Würzburg, italienische Wurzeln, kocht gerne, mag Actionfilme und Tanzabende.«

»Das mit den italienischen Wurzeln hat sich bereits geklärt«, murmelte Peter.

»Wie bitte?«

»Nichts.« Er überflog die Informationen auf dem Profil, die sehr viel weniger spektakulär waren als diejenigen, die Lars Nauke online über sich preisgab.

»Soll ich mich in sein Profil einloggen? Dann können wir seine Korrespondenz nachvollziehen.« Helen klang eifrig. Ihre dunkelgrün lackierten Fingernägel klackerten unternehmungslustig über die Tastatur.

»Nein!« Wie ein Schnabelhieb durchschlug die Stimme der Eulenfrau ihr Gespräch. »Auf keinen Fall. Das sind sensible Daten. Wir können die nicht einfach so herausgeben, wir müssen unsere Klienten schützen.«

Peter musterte sie freundlich. »Frau Beckmann. Sie können entweder kooperieren und uns die Infos schicken, die wir brauchen. Oder ich bringe Ihnen einen Durchsuchungsbeschluss, und dann sind die Kollegen ruckzuck hier und bauen Ihnen die Server ab. Dann suchen wir uns die Daten selbst zusammen. Natürlich dauert das einige Zeit, das ganze Material zu sichten. Aber so in sieben, acht Wochen können Sie dann bestimmt wieder weiterarbeiten.«

Helen blickte bestürzt zwischen ihnen hin und her. Auch die anderen Mitarbeiterinnen schienen gebannt zu lauschen.

Kathrin Beckmann presste die Lippen zusammen. Schweigend fuhr sie sich durch das rote Haar, das daraufhin noch stärker abstand, wie elektrisch aufgeladen. Schließlich nickte sie Helen kurz zu.

Diese atmete erleichtert aus, gab einige Befehle ein, und innerhalb von zwei Sekunden hatten sie ein geöffnetes Postfach vor sich.

Als Peter die lange Liste an Frauen sah, mit denen Emilio Colombo Kontakt gehabt hatte, verließ ihn der Mut. Da musste sich einer seiner Kollegen in Ruhe durchwühlen, das konnte er heute Vormittag nicht schaffen.

»Bitte schicken Sie alles Material an diese Adresse!« Er legte ihr einen Zettel mit der Mailadresse des K1 hin. »Und auch alles, was Sie zu Dr. Markus Markwart finden.«

Bei der Nennung des Namens zuckte Helens Hand plötzlich und stieß gegen das Wasserglas. Peter fing es auf, bevor es über die Kante des Schreibtischs kippen konnte.

»Ups. Hab ich Sie erschreckt?«

Helen starrte schon wieder auf den Bildschirm. »Entschuldigen Sie. Das Ganze macht mich etwas nervös. Ich hatte noch nie mit der Polizei zu tun.«

»Wir alle nicht«, betonte Frau Beckmann.

Helen sah Peter an. »Das Ganze erinnert ein bisschen an den Fall von Belle Gunness, oder?«, sagte sie.

Peter musste nachfragen.

»Das war eine Serienmörderin, die Ende des 19. Jahrhunderts in den USA ihr Unwesen trieb«, erklärte Helen geduldig. Ein Hauch von Verachtung schwang in ihrer Stimme mit. Was war das bitte für ein Bulle, der nicht sämtliche Namen von Serienkillern auswendig aufsagen konnte? »Sie gab Kontaktannoncen in der Zeitung auf, und wenn die Herren sie dann auf ihrer abgelegenen Farm besuchten, sorgte sie erst dafür, dass sie an deren Geld kam. Anschließend vergiftete und zerlegte sie die Männer und begrub sie im Schweinestall. Es heißt, dass Belle ungewöhnlich groß und kräftig war. Über einen Meter achtzig und sie wog mehr als neunzig Kilogramm. Deshalb fiel es ihr wohl auch nicht schwer, die Leichen …« Helen verstummte.

»Das ist jetzt aber nicht angebracht«, zischte Kathrin Beckmann.

»Entschuldigen Sie. Ich habe kürzlich einen Artikel darüber gelesen, dass sie die erste Kontaktanzeigenmörderin war. Das hat mich jetzt nur daran erinnert. Entschuldigen Sie bitte«, wiederholte Helen und starrte auf ihre dunkelgrünen Fingernägel. Peter betrachtete sie interessiert. Natürlich war bei Helen besonders die Information mit der ungewöhnlichen Größe der Täterin hängen geblieben, ein Thema, das sie sicher selbst beschäftigte. Aber von Belle Gunness hatte er tatsächlich noch nie gehört. Interessant, das mit den Kontaktanzeigen. Vielleicht sollte er selbst mal eine Recherche dazu anstellen.

Helen versprach, die Korrespondenz und die anderen Daten der Opfer sofort zu schicken. Peter bedankte sich und erhob sich aus seiner gebückten Haltung, um zu gehen. Er musste Nadja informieren, dass sie jemanden dafür abstellen mussten, die Nachrichten durchzulesen.

»Wir befreien Sie noch, bevor Sie gehen.« Kathrin Beckmann stand ebenfalls auf und streckte die Hand nach ihm aus.

Einen Moment lang war Peter irritiert, bis ihm seine stinkenden Finger wieder einfielen. Folgsam ging er hinter ihr zum Waschbecken in der Küchenzeile. Kathrin Beckmann zog Gummi und Plastiktüte ab und drehte den Wasserhahn für Peter auf.

»Wir sind alle etwas durcheinander. Bitte entschuldigen Sie das eben. Es klang pietätlos, aber so hat Helen es bestimmt nicht gemein.«

»Ich bin für jeden Hinweis dankbar. Und wenn er in die kriminalhistorische Richtung zielt, ist das eine schöne Abwechslung.« Peter wusch die dunkelbraunen Kaffeekrümel ab, griff dann noch ein letztes Mal zur Seife und schrubbte seine Haut und die Fingernägel. Es brannte unangenehm, aber das fühlte sich richtig an. Vorsichtig hob er die Finger an die Nase. Er nahm den Duft von Espressoaroma wahr. Sonst nichts. »Danke, das haben Sie super hingekriegt!«

Müde Eulenaugen musterten ihn. »Wir helfen, wo wir können.« Sie begleitete ihn nicht zur Tür.

Nadja / Montag, 03.07., Kriminalpolizeiinspektion in der Zellerau

Als Nadja mit müden Schritten zum Parkplatz ging, dämmerte es bereits. Die nachmittägliche Hitze war einer angenehmen Wärme gewichen, wie geschaffen, um mit einem Glas Wein auf dem Balkon zu sitzen, bis die Sterne am Himmel erschienen. Gute Gespräche, ein Buch, Kerzenschein, leise Gitarrenmusik, ein solcher Abend war das. Aber nicht für sie.

Nadja spürte eine innere Rastlosigkeit, die von der Müdigkeit kaum überdeckt wurde. Um siebzehn Uhr hatte sie im Tagesabschluss-Meeting ihr Team über das Rizin und den ersten, fehlgeschlagenen Angriff auf Dr. Markwart informiert. Sie hatten Anastasias Hinweis ergänzt, dass der Täter eher klein als groß war, und Peter hatte von seinem Besuch bei MainSchatz berichtet. Elif übernahm es, die privaten Nachrichten von Markwart und Colombo zu sichten. Neumann steckte bereits bis zum Hals in den Auswertungen des von der Bevölkerung zugesandten Fotomaterials, und Heideckert hatte sich um die Beantragung der Funkzellendaten gekümmert. Jeder tat, was er sollte, und dennoch hatte Nadja das Gefühl, dass sie nicht vom Fleck kamen. Diese Mordermittlung glich einem Orientierungslauf. Sie wateten in einer zähen Datenmasse, stolperten von einer Pfütze in die nächste, und niemand hielt den Kopf hoch genug, um das Gelände überhaupt überblicken zu können. Jetzt suchten sie auch noch Zeugen für den Anschlag auf Markwart. Und der Rizin-Spur musste nachgegangen werden. Woher bekam man das Gift? Brauchte man besondere Kenntnisse, um es anzuwenden?

Nadja hatte auch mit Mancini und Bully ein längeres Gespräch geführt. Wie erwartet waren beide wenig glücklich über die neuen Entwicklungen. Und so verließ Nadja das Kripogebäude mit lauter halb abgewickelten Gedankenfäden im Kopf, die sich überkreuzten und verwirrten, Knoten bildeten und doch nicht zusammenzugehören schienen.

Sollte sie Mukki anrufen? Er wünschte es sich, das wusste sie. Sie hatte ihre gestrige Diskussion noch im Ohr.

»Wenn ich einen großen Fall habe, dann kann ich mich auf nichts anderes konzentrieren. Dann will ich nicht ins Kino, nicht essen gehen, nicht spazieren. Dann will ich den Fall lösen, sonst nichts.«

»Heißt das, du willst nur eine Beziehung, wenn ihr gerade Leerlauf habt? Und ich bin unsichtbar für dich, sobald dein Handy klingelt?«

»Du bist nicht unsichtbar für mich. Ich kann nur keine gute Partnerin sein, wenn ich den Kopf so voll habe. Dann brauche ich meinen Freiraum.«

»Und ich dachte immer, man geht eine Beziehung ein, weil man für den anderen da sein will, auch wenn er gestresst ist, auch wenn er Sorgen hat. Dann lässt man ihn doch erst recht nicht alleine, oder?«

Mukki würde innerhalb von Minuten da sein, wenn sie ihn ließ. Aufmerksam, zuverlässig und lustig. Und er würde etwas zu essen mitbringen. Er würde sie in eine liebevolle Umarmung ziehen, sobald er die Spannung in ihren Muskeln bemerkte. Aber Nadja würde über seine Schulter hinweg an die Wand starren und versuchen, die rasenden Gedanken in ihrem Kopf zum Verstummen zu bringen. Nein, sie war heute zu sehr Polizistin, um eine gute Gesellschaft zu sein.

Sie zog trotzdem ihr Handy heraus, um Mukki ein kurzes Lebenszeichen zu schicken. Doch statt ihres privaten Smartphones hielt sie ihr Diensthandy in der Hand. Ein verpasster Anruf von einer unbekannten Nummer. Nadja hörte die Mailbox ab.

»Hallo, hier ist Ojuna Ganbat. Mir ist noch etwas eingefallen zu dem Date mit Emilio, also nichts Großartiges, mehr so ein Gefühl. Hmmm, es ist schwierig zu erklären. Vielleicht ist es auch völliger Quatsch.« Ihre Stimme klang unsicher. »Sie können sich ja melden, wenn es zeitlich bei Ihnen passt.«

Damit verabschiedete sie sich. Nadja rief sofort zurück, doch niemand nahm ab.

Nachdenklich saß sie in ihrem Auto. Das Radio spielte Lykke Li: *»You're my river running high. Run deep, run wild.«*

Sie startete den Motor und ließ das Fenster herunter. »*I, I follow. I follow you, dark doom, honey. I follow you.*«

Nein, Mukki musste warten. Sie würde zu Ojuna fahren, der Spur folgen, wenn sie eine witterte. Sie konnte gar nicht anders.

Irgendjemand hatte ein Sofa auf den Gehsteig gestellt, unmittelbar neben die Tür des Hauses, in dem Ojuna wohnte. Sperrmüll? Nachbarschaftliches Chillen mit Stil? Nadja wusste es nicht. Aber in ihrer Müdigkeit überkam sie der Drang, sich für einen Moment darauf zu setzen, die Beine über die rot-grün karierte Armstütze zu schwingen und in diesen Polstern zu versinken, die wahrscheinlich nach Zigaretten und Alkohol mieften. Eingehüllt in eine andere Welt, die nicht ihre eigene war.

Stattdessen klingelte sie. Niemand öffnete. Nadja wartete einen Moment, dann klingelte sie nochmals. Als das schrille Signal verklang, machte sich ein ungutes Gefühl in Nadja breit. Sie spürte die Anspannung in den Fingerspitzen, als sie die Hand erneut zum Klingelknopf bewegte. Wahrscheinlich war Ojuna Ganbat einfach nicht zu Hause. Vielleicht war sie zum Proben für den morgigen Auftritt im Mainfranken Theater. Vielleicht war sie im Restaurant, vielleicht traf sie sich mit Freunden. Es gab viele Möglichkeiten, aber keine davon konnte Nadja überzeugen. Unschlüssig, was sie tun sollte, trat sie einen Schritt zurück.

Leise Stimmen hinter ihr ließen sie zusammenzucken. Sie drehte sich um. Ein Paar bog um die Straßenecke, langsamen Schrittes. Die Frau hatte sich bei dem Mann eingehakt, der einen Rucksack über der Schulter trug. Als sie eine Straßenlaterne passierten, sah Nadja das Lächeln auf den Lippen der Frau und die Wölbung unter ihrem Blümchenkleid. Sie war schwanger. Nadjas Blick wanderte hinüber zu ihrem Begleiter. Nicht besonders groß, bärtige Wangen, aber auch zwischen all den schwarzen Stoppeln steckte ein Lächeln. Eldor Ganbat.

Als sie näher kamen, sah Eldor auf, und der glückliche Ausdruck verschwand aus seinem Gesicht.

»Sie sind diese Kommissarin, oder? Was ist los?« Alarmiert blickte er von ihr zur Haustür. Die Frau trat einen Schritt zurück und legte beschützend eine Hand auf ihren Bauch.

Nadja räusperte sich. »Frau Ganbat hat mir eine Nachricht auf der Mailbox hinterlassen. Ich habe sie telefonisch nicht erreicht, deshalb bin ich spontan vorbeigefahren. Aber sie öffnet auch jetzt nicht.«

»Spontan vorbeigefahren? Um diese Uhrzeit?« Eldor sah sie ungläubig an.

»Wir ermitteln in einem Mordfall. Da gibt es keine normalen Arbeitszeiten.«

Eldor schien das zu akzeptieren. »Eigentlich sollte sie daheim sein. Sehen Sie, das Fenster da oben gehört zu ihrer Wohnung.«

Er deutete nach oben, wo ein Fenster gekippt stand. Auf dem Fensterbrett stand ein als Aschenbecher benutztes Gurkenglas. Ein zerzaustes Windrädchen steckte auch darin. Leichter Lichtschein drang aus der Wohnung. Und ein Geräusch. Leise nur, doch unverkennbar ein Aufschrei.

»Was war das?«

Alle drei starrten zum Fenster hinauf. Eldor wandte sich zur Haustür und sperrte sie auf. Ein weiterer Klagelaut flog ihnen zu, unverkennbar von einer weiblichen Stimme ausgestoßen.

»Ojuna!«

Eldor rannte bereits die Treppe hinauf. Nadja hatte Mühe, ihm zu folgen. Die schwangere Frau blieb hinter ihnen zurück. Eldor steckte einen Schlüssel ins Schloss, drehte ihn und riss die Wohnungstür auf. Nadja verfluchte sich, dass sie die Waffe im Spind gelassen hatte. Sie schlich ihm hinterher.

Ein Quietschen leitete sie durch den Gang, unterlegt durch das Knarren der Holzdielen unter ihren Füßen. Ein weiterer Schrei. In diesem Moment erkannte Nadja, was sie da tatsächlich hörten.

»Herr Ganbat, ich glaube …« Nadja stürzte vor, um ihn am Arm festzuhalten, doch Eldor stieß bereits die Tür ganz am Ende des Ganges auf: Ein Bett mitten im Zimmer, die Decke zerknüllt halb auf dem Boden. Dämmriges Licht, helle Körper, Haut auf Haut. Und dieser aufgeputschte Geruch, der trotz des gekippten Fensters im Zimmer hing. Vier Oberschenkel, zwei Brüste, Münder – eine Momentaufnahme von Körperteilen, die sich in Nadjas Kopf wie auf einem Bild von Picasso durcheinanderschoben. Die Körperteile ergaben zwei atemlose Menschen. Ojuna schrie erneut auf. Diesmal aber eindeutig vor Überraschung.

Draußen auf der Fensterbank drehte sich munter das Windrad.

Eldor stand reglos da. Nadja sah zu ihm, um nicht das nackte Pärchen anzustarren. Gefühle, die alles andere als eine professionell distanzierte Trainerbeziehung verrieten, gingen von seinen dunklen Augen aus. Wie zum Hohn hatte Nadja das Lied aus dem Radio im Kopf. *»I, I follow. I follow you, dark doom, honey. I follow you.«* Sie war ihrer Intuition gefolgt, um ein Liebespaar beim Sex zu stören, statt selbst welchen zu haben. Nebenbei hatte sie Eldor in eine emotionale Krise gestürzt. Beinahe hätte sie gelacht, doch das Mitleid überwog. Ganz offenbar war die Sache kompliziert. Trainer/Schülerin, Cousin/Cousine – und dann auch noch Eifersucht hineingemengt?

»Kommen Sie, Herr Ganbat.« Nadja zog ihn mit sich und schloss leise die Tür. »Wir sind nicht die Ersten, die Sex mit Gewalt verwechseln. Oder Gewalt mit Sex.«

Eldor starrte auf die Tür. Er sah verwirrt aus.

»Ihrer Cousine geht es gut, das ist doch das Wichtigste. Über den Rest können Sie morgen lachen.«

»Eldor?« Eine ängstliche Stimme ertönte von der Wohnungstür her. »Ist Ojuna was passiert? Soll ich einen Krankenwagen rufen?« Die Frau im Blümchenkleid stand als breite Silhouette im Türrahmen.

»Nein, Stephanie, alles in Ordnung.« Eldor nickte Nadja zu. Ein spöttischer Zug war um seinen Mund zurückgekehrt. Nur er wusste, wie viel Mühe es ihn kostete. »Nun haben Sie Ihre Zeugin jedenfalls gefunden. Vielleicht geben Sie den beiden noch ein paar Minuten, bevor Sie mit der Befragung starten. Guten Abend.«

Kaum waren die beiden durch die eine Tür verschwunden, als Ojuna die andere aufriss.

»Eldor? Wo ist er hin?« Sie steckte in einer Jogginghose und trug ein T-Shirt ohne BH darunter. Hinter ihr im Zimmer lag der Mann auf dem Bett und hielt sein Handy in der Hand. Immerhin hatte er sich von der Hüfte abwärts zugedeckt.

Nadja wusste nicht, ob sie lachen oder weinen sollte. »Ich bin keine Beziehungstherapeutin, das wissen Sie, oder?«

»Beziehung? Wir haben keine Beziehung, Eldor und ich … das ist lange vorbei. Es ist kompliziert.«

»Das glaube ich aufs Wort.« Nadja seufzte. In kurzen Worten erklärte sie, wie es zu der Situation gekommen war. »Wir können uns morgen in Ruhe unterhalten. Bitte entschuldigen Sie, dass wir so hereingeplatzt sind.«

»Trinken Sie doch einen Eistee mit mir, wenn Sie schon mal da sind.« Ojuna warf einen Blick zurück, doch als der Mann auf dem Bett sich nicht rührte, führte sie Nadja in die Küche und vermied es, das Licht anzuschalten. Die goldene Wand leuchtete auch in dem fahlen Licht, das von der Straßenlaterne hereinfiel. Nadja setzte sich auf einen der Stühle und fragte sich, was sie hier eigentlich machte. Sie könnte neben Mukki auf dem Sofa liegen und Musik hören. Die Schultern massiert bekommen. Bekocht werden. Stattdessen saß sie hier, in einer dunklen Küche mit ebenso dunklen Gedanken.

»Sie wollten mir etwas zu Emilio Colombo erzählen.«

»Ja, genau.« Ojuna holte eine Karaffe aus dem Kühlschrank und goss eine Flüssigkeit in zwei Gläser. Vielleicht enthielt der Eistee als Hauptzutat ja hochprozentigen Alkohol, und dieser furchtbare Tag würde sich in einem gnädigen Nebel auflösen. Oder er war vergiftet, dann wäre der Schlamassel eh vorbei. Ansonsten konnte Nadja auch ihren Kopf in die Karaffe stecken, bis sie ertrank. Da hätte zumindest Lars Nauke nach ihrem Dahinscheiden noch seine Freude.

Ojuna stellte ein Glas vor Nadja ab. »Ich habe darüber nachgedacht, warum ich das Date als irgendwie unangenehm in Erinnerung hatte. Und mir ist tatsächlich etwas eingefallen. Wir hatten die Challenge, die Straßenbahnlinie Nummer 1 von Grombühl bis in die Sanderau zu fahren und währenddessen in der Straßenbahn zu picknicken. Da fahren ab und zu die alten Duewag-Gelenkwagen aus den siebziger Jahren, richtige Oldtimer, eigentlich total nett. Aber ich hatte dabei ein seltsames Gefühl. Kennen Sie das, wenn man sich irgendwie beobachtet fühlt, und dann blickt man hoch und sieht, dass irgendjemand einen tatsächlich gerade anschaut? So ein Gefühl war das, bloß konnte ich niemanden entdecken, der uns beobachtet hätte. Ich habe Emilio irgendwann sogar gebeten, den Platz mit mir zu tauschen, weil ich mich sonst ständig nervös umgedreht hätte.«

Nadja nickte, um sie zum Weitersprechen zu animieren. Sie probierte von ihrem Eistee und fand ihn erfrischend fruchtig und herb. Leider schmeckte er weder nach Bittermandeln noch nach Rum.

Ojuna legte ihre Finger um das kühle Glas. »Das ist mir nur eingefallen, weil ich mir im Nachhinein gedacht habe: Was, wenn der Mörder ihn schon länger im Blick hatte?«

… dann beobachtete er gerade womöglich schon sein nächstes Opfer. Nadja starrte vor sich hin. Sich selbst in einem Kübel Eistee zu ertränken, erschien immer mehr wie eine attraktive Option.

5

Nadja / Dienstag, 04.07., Kriminalpolizeiinspektion in der Zellerau

»Ein kurzes Statement, Frau Gontscharowa!«
    »Werden Sie den Rizin-Mörder bald schnappen?«
    »Welche Verbindung gibt es zwischen den Opfern?«
    »Wie schlafen Sie bei dem Gedanken, dass ein Attentäter, ausgerüstet mit einem der tödlichsten Gifte der Welt, in Würzburg umgeht?«
    »Hierher! Frau Gontscharowa, hier!«
    »Könnte der russische Geheimdienst dahinterstecken?«
    Nadja blickte in rot blinkende Kameraaugen, auf Mikrofone und Handys, die ihr entgegengestreckt wurden. Sie sagte kein Wort, stand nur da und spürte die Riesenwelle an Anspannung, Aggression und Angst über sich zusammenschlagen. Unwillkürlich hielt sie die Luft an, als wäre sie tatsächlich unter Wasser. Die Stimmen der Journalistinnen und Journalisten vermengten sich zu einem Geräuschbrei, Gesichter blendeten ineinander über, dazwischen die roten Lichter der Kameras. Sie blinzelte, zog den Kopf ein.
    Da spürte sie eine warme Hand, die sich um ihre eiskalten Finger schloss, ein sanftes Ziehen, Bewegung kam in die Menge, ihre Turnschuhe wechselten auf Asphalt. Jemand lief ihr hinterher, sie sah den Kragen eines Polohemds neben sich, vernahm hartnäckige Worte an ihrem Ohr.
    »Wird er wieder zuschlagen? Ist die Bocksbeutelverkleidung ein Hinweis darauf, dass vergiftete Flaschen im Umlauf sein könnten?«
    Ein Quietschen, als sich die Türen öffneten, Stille, als sie hindurch waren. Die Welt nahm wieder klare Konturen an. Peter zog sie weiter, aus dem Sichtfeld der Glastüren fort bis in den Gang hinein.

»Ich dachte, ich hol dich besser mal da raus.« Seine braunen Augen blickten besorgt.

Nadja schnappte nach Luft. Keine Welle mehr, sie hatte den Kopf wieder über Wasser. »Was war das?«

»Du bist nicht ans Handy gegangen. Ich hab dich angerufen, um dich vorzuwarnen. Sie stehen schon seit 'ner halben Stunde da draußen. Irgendwie sind sie an die Infos gekommen.« Peter starrte auf seine Schuhe.

An die Infos gekommen, echote es in Nadjas Kopf.

»Bully will dich sehen.« Er legte ihr eine Hand auf die Schulter. »Wir kriegen raus, wie das passieren konnte!«

»Ja. Natürlich.« Wie eine Marionette an dünnen Fäden ging Nadja auf die Treppe zu. Sie versuchte, diese Benommenheit abzuschütteln, die sie angesichts des Pulks an Journalisten so plötzlich überkommen hatte. Natürlich wollte Bully sie sehen. Sie konnte gar nicht anders. Die Treppe schien ihr länger und steiler als sonst. Vielleicht lag es daran, dass sie ihren Atemrhythmus noch nicht wiedergefunden hatte.

»Dr. Waltraud Bullmann, Kriminaldirektorin«. Das Metallschild glänzte Nadja in dem dunklen Gang entgegen. Sie klopfte kurz, wartete, trat ein. Die Pressesprecherin, Scarlett Miller, saß auf einem der blau gepolsterten Stühle in der Ecke und blickte Nadja mitleidig an. Bully stand, das war kein gutes Zeichen. Der Geruch von obsessiv zerkauten Nikotinkaugummis hing im Raum. Auch das kein gutes Zeichen. Nadja straffte die Schultern.

Bully starrte Nadja mit zusammengekniffenen Augenbrauen an. »Wer hat geredet?«

»Ich hatte noch nicht die Zeit, mit meinen Leuten zu sprechen, aber ich glaube nicht, dass einer von ihnen etwas mit der Herausgabe von Informationen an die Presse zu tun hat.«

Bully schnaubte. »Ach nein?«

»Nein. Das sind gute Leute. Niemand würde absichtlich so eine brisante Information weitergeben. Es könnte genauso gut jemand aus dem Labor gewesen sein, ein Journalist könnte ein Gespräch zwischen zwei Beamten mitgehört haben oder …«

Mehr fiel Nadja auf die Schnelle nicht ein. Sie hielt Bullys bohrendem Blick stand.

»Sie wissen selbst, wie unwahrscheinlich das ist, oder?«

»Unwahrscheinlich, aber nicht unmöglich.«

An diesem Punkt schaltete sich Scarlett ein. Sie hatte ihre grauen Haare zu einem Pferdeschwanz gebunden, trug ein dunkelblaues Kleid mit einem braunen Gürtel in der Taille und war dezent geschminkt. »Wichtig wäre, dass wir eine Strategie erarbeiten, um möglichst bald ein offizielles Statement abgeben zu können. Vielleicht können wir damit die Spekulationen etwas ausbremsen.«

»Sehr richtig. Bevor die Presse endgültig die ganze Stadt in Panik versetzt«, schnappte Bully.

»Es gibt keinerlei Hinweise auf Beteiligung irgendeines Geheimdienstes. Wir vermuten eher ein persönliches Motiv. Die Verwendung von Rizin ist bedenklich, wir gehen aber nicht davon aus, dass ein größerer Anschlag geplant ist«, fasste Nadja zusammen. »MainSchatz erwähnen wir nicht, oder?«

»Nein, sonst hat MainSchatz die Meute vor der Tür stehen, und die Mitarbeiter brauchen womöglich Polizeischutz.« Bully stampfte zum Fenster, um missmutig auf den Parkplatz hinunterzustarren. Wahrscheinlich war immer noch Ausnahmezustand dort unten.

Scarlett tippte konzentriert auf ihrem Laptop herum. Nadja mochte die Pressesprecherin, die jahrzehntelange Erfahrung mitbrachte und in jeder Situation professionelle Ruhe ausstrahlte.

Nadja hatte sie einmal gefragt, ob sie regelmäßig meditierte oder Yoga machte. Scarlett hatte amüsiert geantwortet: »Ich habe ein geheimes Laster. Ich knalle gerne Tontauben ab, gerne auch die der anderen Leute am Schießstand, um sie zu ärgern. Das entspannt mich ungemein.«

Nadja hatte nie herausgefunden, ob sie damals die Wahrheit gesagt hatte.

Bully ging auf und ab, die Hände hinter dem Rücken verschränkt. »Sie machen den Fall zur Priorität, Frau Miller, ja?«

»Ja. Ich setze gleich eine Presseerklärung auf und schaue, wann ich eine Konferenz einberufen kann. Lassen Sie uns nicht vergessen, dass die Journalisten eben nicht unsere Feinde sind, sondern im besten Fall eine fruchtbare Zusammenarbeit bestehen kann. Sie wissen ja, wie oft Zeitungen und Fernsehsender uns auch schon unterstützt haben, wenn es um Aufrufe an die Bevölkerung ging.« Sie sagte es leichthin, aber der Rüffel war deutlich. Für Nadja, aber interessanterweise auch für Bully. Die brummelte vor sich hin, widersprach aber nicht.

»Du willst bei der Pressekonferenz wahrscheinlich nicht dabei sein, oder, Nadja?« Scarlett sah sie fragend an.

»Nein.« Nadja fuhr sich mit der Zunge über die trockenen Lippen. Sie brauchte dringend einen Schluck Wasser. Und einen Kaffee. »Ich denke, es macht mehr Sinn, mit meinem Team zu sprechen und anschließend die ganze Energie wieder in den Fall zu stecken.« Das klang gut. Nicht nach Panik vor den Mikrofonen. Sondern nach zielgerichteter Aktivität.

Bully durchquerte erneut das Zimmer. Ihr rosa Lippenstift schien weder zu ihr noch in diese Situation zu passen, ihre nach unten gebogenen Mundwinkel schon viel eher. »Sie finden heraus, wie die Infos nach draußen dringen konnten. Ob es einen Maulwurf gibt. Denn so was wird auf keinen Fall noch mal passieren, richtig?«

Bully war an der Tür stehen geblieben und hielt sie nun für Nadja auf.

»Richtig.«

Nadja bemühte sich um ein Lächeln. Sie nickte Bully und Scarlett zum Abschied zu und verließ den Raum. Hoffentlich sah man ihr nicht an, wie unruhig ihr Herz hämmerte. Wenn es doch einer ihrer Leute gewesen war? Heideckert? Neumann? Elif? Oder Peter? Konnte er es Rebekka erzählt haben, bei geöffnetem Fenster, und ein Nachbar hatte mitgehört? Mit jeder Treppenstufe fielen ihr neue Erklärungen ein. Und alle waren wahrscheinlicher als das, was sie in Bullys Zimmer vorgebracht hatte.

Sie musste ein Krisenmeeting einberufen. Und den Kopf über Wasser halten.

Peter / Dienstag, 04.07., Kriminalpolizeiinspektion in der Zellerau

Der Rauch füllte Peters Lunge und löste sofort ein vertrautes Gefühl aus. Der erste Zug war immer wie ein Nachhausekommen. Der zweite auch noch gut, ebenso der dritte, ein leichtes Hochgefühl, das verspannte Schultern befreit nach unten sacken und den Kopf klarer werden ließ. Erst beim vierten Zug kam das schlechte Gewissen.

Peter hatte immer eine Packung Gauloises im Handschuhfach seines Opel Zafira. Für Notfälle. Für Situationen, in denen er kurz entkommen musste. Er blies den Rauch hoch in die Luft, wie ein feuerspeiender Drache, der mit Feuer und Schwefel auch seinen Zorn in die Welt spuckte.

Peter hatte damit gerechnet, dass es ein unschönes Meeting werden würde. Aber er hatte nicht damit gerechnet, dass Nadja so direkt behaupten würde, dass es ein Leck im Team gab. Dass einer von ihnen mit den falschen Leuten geredet hatte. Natürlich war nichts dabei herausgekommen. Dumpfes Schweigen hatte den Raum gefüllt, aufgeladen mit Gekränktheit, bis Nadja eine Pause vorgeschlagen hatte.

Peter blickte zum Himmel hinauf, um nach einer Wolke Ausschau zu halten. Ein wenig Petrichor, das brauchte er jetzt, wenn die Zigaretten nicht ausreichten. Er dachte an Widukinds Erklärung zum Regenduft und wie ihn das auf der Alten Mainbrücke in einer Überlegung unterbrochen hatte. Er hatte sich daran erinnert, wie es war, als Kind im Regen zu tanzen. Spontan, wenn ein Gewitter aufzog und seine Eltern ihnen erlaubt hatten, aus dem sicheren Schutz des Vordachs in die dicken Tropfen hinauszurennen. Spontan, das war das Wort, das seine Aufmerksamkeit auf sich gezogen hatte.

Die Attacke bei dem Date an der Statue des heiligen Kilian konnte nicht spontan erfolgt sein. Die Verkleidung und die mit Gift gefüllte Spritze deuteten auf eine klare Planung hin. Aber das bedeutete, dass jemand gewusst hatte, dass Emilio Anastasia treffen würde. Dafür gab es nur drei Möglichkeiten. Entweder wusste der Mörder es von Emilio selbst, von Anastasia oder weil er sein Opfer in irgendeiner Form überwachte. Er musste an MainSchatz und Kathrin Beckmann denken, die die Seriosität ihres Unternehmens so sehr betont hatte.

Peter kniff die Augen zusammen. Kein noch so kleines Wölkchen in Sicht. Dafür aber gedankliche Klarheit. Möglicherweise hatte jemand Emilio beschattet oder Zugriff auf sein Handy oder auf seine Nachrichten und Telefonate. Da erschien die Theorie von einem verdeckt agierenden Geheimdienst plötzlich gar nicht mehr so unplausibel.

Nachdenklich trat Peter die Gauloises mit dem Schuh aus und hob sie dann auf, um sie in den Aschenbecher vor dem Kripogebäude zu werfen. Er musste Nadja seine Überlegungen mitteilen. Vielleicht brachte sie das auf andere Gedanken.

Als er ins K1 zurückkehrte, schnupperte Gretchen, während er an ihr vorbeiging, und warf ihm einen enttäuschten Blick zu. Sie mochte keine Raucher. Diesmal wurde sie aber nicht rot, als er ihren Blick erwiderte, sondern schüttelte nur tadelnd den Kopf und reichte ihm ein Zitronenbonbon. Vielleicht gewöhnte sie sich nach jahrelanger Arbeit bei der Polizei doch noch an all die Männer, die sie hier umgaben. Peter lutschte gedankenverloren das Bonbon, er mochte Zitrone.

Im Besprechungsraum saßen bereits alle wieder an ihren Plätzen. Elif, Heideckert, Neumann und Nadja. Nadja stützte ihren Kopf in die Hände.

»Es tut mir leid, Leute. Ich weiß, dass das gerade hart für euch war. Für mich auch. Aber es war zusätzlich unfair. Ich habe den Druck, den ich von oben kriege, und die Verdächtigungen an euch weitergegeben. Und das hätte ich nicht tun sollen. Denn ich vertraue euch. Jedem und jeder Einzelnen.« Sie blickte sie der Reihe nach an. »Andererseits weiß ich aber auch von mir selbst, wie es ist. Unsere Fälle sind aufwühlend und anstrengend. Und manchmal braucht man es einfach, mit jemandem darüber zu reden, man braucht es, um überhaupt weitermachen zu können.«

In diesem Moment war Peter froh, dass er sich tatsächlich nichts vorzuwerfen hatte. Von dem Rizin hatte er nicht einmal Rebekka erzählt, obwohl er manchmal, wenn ihn Ereignisse nicht losließen, schon mit ihr über seine Arbeit sprach. So musste er sich wenigstens nicht fragen, ob er unwissentlich das Presseaufgebot verschuldet hatte. Er hoffte bloß, dass auch seine Kolleginnen und Kollegen das von sich sagen konnten.

»Lasst uns weitermachen. Das ist das Einzige und gleichzeitig das Beste, was wir tun können. Lasst uns diesen Mörder schnappen. Und ich bin immer da, wenn ihr Unterstützung von mir braucht. Egal, was ist. Sprecht mit mir.« Damit stand Nadja auf und schaltete den Beamer an. »Schluss jetzt mit diesem Thema. Wir konzentrieren uns auf das, was wir haben. Geheimdienstverwicklungen und andere Theorien der Presse lassen wir außen vor, solange wir keine konkreten Anhaltspunkte finden. Wir haben genug anderes, womit wir arbeiten können.« Sie startete eine Präsentation. »Steffen hat uns eine Zusammenschau des bisherigen Materials von dem Tatnachmittag erstellt. Schaut genau hin und sagt mir, was euch auffällt.«

Die Videoschnipsel und Fotos waren mit Zeitstempel versehen und anscheinend chronologisch geordnet. Da sie aber aus unterschiedlichsten Blickwinkeln aufgenommen waren und im Hintergrund mal die Festung, mal den Dom, mal den Main zeigten, fand Peter sich schwer zurecht. Zunächst sahen sie am Rand von Fotos nur einige Male Colombo und Anastasia, während er ihr half, auf die Statue zu klettern. Steffen nutzte seinen Laserpointer, um jeweils auf die betreffende Stelle zu deuten. Das azurblaue Hemd von Colombo leuchtete aber auch so auffällig genug, dass Peter ihn meist schnell erkannte.

Um sechzehn Uhr dreißig erhaschten sie den ersten Blick

auf den Bocksbeutel. Der Plüschanzug leuchtete in dezentem Flaschengrün. Auf seinem Bauch stand der Name einer Weinkelterei. Er schien von der stadtabgewandten Seite der Brücke zu kommen, wo deutlich weniger Menschen unterwegs waren. Gemächlich watschelte er voran und winkte auch mal einem Kind zu, das sein Gesicht hinter den Händen versteckte, zwischen den Fingern aber zu dem Bocksbeutel lugte. Was die Eltern sich wohl im Nachhinein gedacht hatten, als sie erfahren hatten, dass in diesem Kostüm ein Attentäter steckte?

Um sechzehn Uhr vierunddreißig positionierte der Bocksbeutel sich dann an der Brüstung der Brücke und schien die Sonne zu genießen. Peter, der sich erinnerte, wie heiß es in dem Kostüm gewesen war, bezweifelte das jedoch. Wahrscheinlich blickte er da bereits zu Colombo und Anastasia hinüber. Seine Blickrichtung war unmöglich auszumachen. Eine Minute später sahen sie den Plastikrumpf des Bocksbeutels zwischen zwei jungen Touristinnen mit bauchfreien Tops und Shorts auf einem Selfie. Er hatte die Arme um sie gelegt.

»Unglaublich.« Peter schüttelte den Kopf. »Der war echt gut drauf. Irgendwie unheimlich, oder? Erinnert mich an John Wayne Gacy.« Der amerikanische Serienkiller war auf Straßenfesten gerne als Pogo der Clown aufgetreten, hatte nebenbei aber dreiunddreißig Jungen und junge Männer ermordet.

»Na, hoffen wir, dass unser Täter sich nicht mit ihm messen will.« Nadja klang sorgenvoll.

Sie klickte weiter und zeigte ein Video. Jemand hatte von seinem Standpunkt mitten auf der Brücke aus einmal in die Runde gefilmt. Das Bild wackelte leicht, zeigte aber deutlich, dass der Bocksbeutel dicht neben Colombo stand.

»Was macht der da?« Heideckert wechselte seine Brille, um besser sehen zu können.

»Colombo stupst den Bocksbeutel mit dem Zeigefinger an«, erklärte Neumann. »Wir haben den Ausschnitt vergrößert, dann ist es ziemlich eindeutig. Anscheinend hat er sich auch nicht bedroht gefühlt.«

»Unheimlich«, wiederholte Peter.

Nadja klickte weiter. Auf dem nächsten Foto war nur Anastasias Kopf zu sehen. Anscheinend stieg sie gerade von der Statue herab. Colombo tauchte nicht mehr auf, der Bocksbeutel entfernte sich nun deutlich zügiger als auf dem Hinweg wieder Richtung Zellerau. Das letzte Foto zeigte nur noch den Flaschenkopf mit dem gut sichtbaren Plastikkorken obendrauf.

Für eine Weile schwiegen die Ermittler.

»Konntet ihr anhand der Aufnahmen seine Größe abschätzen?«, fragte Nadja dann an Neumann gewandt.

»Das Kostüm verzerrt es natürlich, aber wahrscheinlich hat Anastasia Scheuerlein recht und der Täter ist nicht übermäßig groß. Irgendwas zwischen einem Meter fünfundfünfzig und einem Meter achtzig.«

»Das grenzt es ja wahnsinnig ein«, spottete Elif.

»Da wir kein genau baugleiches Kostüm vorliegen haben, können wir keine Untersuchungen mit unterschiedlich großen Beamten anstellen. Wir haben es mit dem Kostüm probiert, das Peter bei der Nachstellung getragen hat, aber das war auch sehr uneindeutig.«

»Aber welche der Größenangaben wäre denn wahrscheinlicher? Das wäre schon ein wichtiger Anhaltspunkt«, sagte Nadja.

Peter versuchte, sich daran zu erinnern, wie er sich in dem Kostüm gefühlt hatte. »Also eine Sache ist mir aufgefallen. In dem Moment, als ich Heideckert die Spritze in den Speck rammen wollte, musste ich mich nach vorne beugen, um mit der Hand überhaupt an seinen Bauch ranzukommen. Das war schwierig, da man in dem Kostüm wenig Bewegungsfreiheit hat. Das wäre einem kleinen Täter schon leichter gefallen.«

»Alles klar, das ist eine wichtige Beobachtung, danke, Peter.« Nadja notierte sich etwas. »Das legt schon den Verdacht nahe, dass es sich um eine Frau handeln könnte.«

Heideckert schaltete sich ein. »Mittlerweile habe ich rausgefunden, wo das Kostüm her ist. Die Weinkelterei hat es früher jeden Sommer als wandelnde Werbung für die Weinfeste genutzt. Mittlerweile haben sie ihr Logo aber geändert, deshalb hatten sie das hier nicht mehr in Benutzung. Tatsächlich haben sie es mit einem ›Zu verschenken‹-Schild an die Straße gestellt. Das war aber schon im Frühjahr.«

»Zu verschenken, ernsthaft?«

»Ja.« Heideckert zuckte mit den Achseln. »Ich habe rausgehört, dass sie keine Lust auf die Entsorgung hatten. Das war dann der einfachere Weg. Leider hat niemand gesehen, wer das Kostüm mitgenommen hat. Es lag wohl zwei Tage am Straßenrand, bis sich jemand erbarmt hat.«

»Also gar nichts.« Nadja stöhnte.

»Aber was ich eigentlich sagen wollte: Bei ihnen hat es in den ersten zwei Jahren ein Mann getragen, danach zwei unterschiedlich große Frauen. Alle haben reingepasst.«

»Wird ja immer besser.«

»Steffen, kannst du mit Scarlett besprechen, ob wir eins dieser Fotos an die Presse geben dürfen? Es sind ja einige gute dabei. Wir könnten die Bevölkerung fragen, ob jemand dieses Kostüm erkennt. Vielleicht weiß ja jemand, wer es vom Straßenrand mitgenommen hat. Wenn das schon im Frühjahr war, muss es ja irgendwo gelagert worden sein.«

»Alles klar.« Steffen Neumann nickte.

»Dann bist du jetzt dran, Elif.«

Elif wechselte den Platz mit Nadja. Wieder fiel Peter auf, wie müde seine neue Kollegin aussah. Ihre fast schwarzen Haare bildeten einen erschreckenden Kontrast zu der grauen Haut ihres Gesichts. Sie blickte auf den Bildschirm ihres Laptops, rieb sich die Augen und fokussierte das Display dann erneut.

»Ich habe das ganze Material gesichtet, das wir von Main-Schatz zugeschickt bekommen haben, also die Profile der beiden Herren Colombo und Markwart, aber vor allem auch ihre privaten Nachrichten. Als Nächstes steht noch ein Abgleich der jeweiligen Kontakte aus, also die Frauen, mit denen beide geschrieben haben oder Dates hatten. Wenn ich das richtig im Kopf habe, gab es davon sogar mehrere. Mein Fokus lag jetzt aber erst mal auf ungewöhnlichen Vorfällen. Bei Markwart war es einigermaßen überschaubar, aber Colombo hatte Hunderte von Kontakten. Dafür viele davon nur kurze Wortwechsel à la »Hi, wie geht's?« – »Gut, und dir?« – »Was machst du heute Abend?« – und dann keine Antwort mehr.«

»Danke, dass du dich da durchgekämpft hast!«, sagte Nadja mit Nachdruck.

Elif brachte ein Lächeln zustande. »Eigentlich macht mir so was auch Spaß.« Kurz schien es so, als wollte sie noch etwas hinzufügen, ließ es dann aber so stehen. Eigentlich? Peter betrachtete sie besorgt.

»Ich habe mehrere Namen von Frauen rausgeschrieben, mit denen wir vielleicht reden sollten, weil sie über längeren Zeitraum Kontakt zu einem der beiden Opfer hatten. Die würde ich gerne vorladen, vielleicht schon heute Nachmittag oder morgen.« Elif sah fragend zu Nadja, die nickte. Dann fuhr sie fort: »Davon abgesehen habe ich zwei interessante Sachen in den Korrespondenzen gefunden. Das eine war im Chat zwischen Emilio Colombo und Ojuna Ganbat, die den Nickname *Smartie* verwendet. Emilio ist *italia_mi_amor*, das wussten wir ja schon. Die beiden haben sich erst relativ formlos zum Date verabredet und dann abgesprochen, wie sie ihre Challenge angehen wollen. Sie wollten sich an einer Straßenbahnhaltestelle in Grombühl treffen, und jeder hat etwas zum Picknicken mitgebracht.« Elif zeigte über den Beamer einen Textausschnitt und vergrößerte ihn so, dass alle ihn lesen konnten.

italia_mi_amor: bringe italienische spezialitäten mit. käse, parmaschinken, oliven, amarettini ... will dich so richtig verwöhnen.

Smartie: Das klingt toll! Ich mache ein typisch mongolisches Gebäck, wenn ich es zeitlich schaffe. Und ich kann Getränke kaufen.

italia_mi_amor: ob das gebäck überhaupt so süß werden kann wie du?

Smartie: vermutlich nicht. Außer der Hammel hat vor
dem Schlachten Kandis gefressen.
italia_mi_amor: ???
Smartie: Ich probiere mich an Khuushuur, das sind frit-
tierte Teigtaschen mit Fleisch und Zwiebeln.
italia_mi_amor: zwiebeln zum date? du traust dich ja was.
Smartie: Ich war schon immer ein besonders wagemutiger
Mensch.
...
Smartie: Bin spät dran, sorry! Können wir eine Straba
später nehmen?
italia_mi_amor: von mir aus. schade, warte schon länger.
Smartie: Bin unterwegs!
...
Smartie: Lieber Emilio, ich danke dir für die interessante
Fahrt. Wir haben ja schon festgestellt, dass wir viel-
leicht nicht so recht zusammenpassen, aber das Essen
war auf jeden Fall sehr lecker. Vielleicht war der un-
bekannte Beobachter ja tatsächlich ein weiblicher Fan
von dir, wie du vermutest? Vielleicht traut sie sich ja
beim nächsten Mal, dich anzusprechen, ich drück die
Daumen. PS: Ich hoffe, du hast die Zwiebeln gut ver-
tragen.

»Daraufhin hat Emilio nicht mehr geantwortet. Wir wissen ja aus seinem Büchlein, dass er das Date mit Ojuna auch nicht wiederholen wollte.« Elif markierte zwei Wörter in Ojunas letzter Aussage. »Aber hier war von einem unbekannten Beobachter die Rede. Das ist mir aufgefallen.«

Prompt meldete Nadja sich zu Wort. »Das hat Ojuna im Gespräch bereits erwähnt.«

»Wann war das denn? Daran erinnere ich mich gar nicht.« Peter sah seine Kollegin irritiert an. Zu seiner Überraschung wurde Nadja rot.

»Sie hat gestern Abend auf dem Diensthandy angerufen. Ich bin dann spontan vorbeigefahren, um mit ihr zu reden. Aber ihr Trainer Eldor und ich haben sie im Bett angetroffen, *caught in the act* sozusagen. Es war etwas ... peinlich.«

Neumann begann schallend zu lachen, während Heideckert schmunzelnd auf sein Notizbuch hinunterblickte.

»Um es kurz zu machen: Sie hat nichts Konkretes beobachtet, was uns weiterhelfen könnte. Es war nur so ein Gefühl des Beobachtetwerdens, und sie wollte es uns mitteilen, weil ihr der Gedanke kam, ob der Mörder Emilio vielleicht über einen längeren Zeitraum im Blick behalten hat.«

»Okay ...« Elif schien aus dem Konzept gebracht. »Dann hoffe ich, dass zumindest das hier neu für euch ist ...« Sie rief einen Chatverlauf zwischen einem *Dr._M & M* und einer *bella_donna* auf.

»Atropa belladonna ist doch der lateinische Name der Tollkirsche, oder?«, fragte Heideckert. Er hatte wieder einen selbst gebrauten Tee vor sich stehen und nippte daran.

Interessiert musterte Peter den Nickname. »Schön, aber tödlich giftig.«

»Und *Dr._M & M* will wohl gerne vernascht werden«, fügte Neumann hinzu.

»Anfangs war in diesem Chat alles ziemlich normal«, erklärte Elif. »Die beiden haben früh Handynummern ausgetauscht und dann vermutlich telefoniert, um sich zu verabreden. Deshalb kommen die genauen Infos zum Date hier nicht vor. Aber plötzlich wird es spannend ...«

bella_donna: Was ist los? Wo bist du hin?

Keine Antwort von *Dr._M & M*. Mehrere Stunden später:

bella_donna: So was Niederträchtiges wie dich hab ich in meinem ganzen Leben noch nicht getroffen. Ich hoffe, du verreckst, Dr. Markus!!!!!

Erneut keine Antwort. Von da an poppten die Hassnachrichten laut der Zeitangabe im Minutentakt auf, über Stunden hinweg, wie es schien. Elif scrollte stumm weiter und weiter hinunter. Die Wortwahl wurde immer drastischer, bis die Nachrichtenflut plötzlich abbrach. »Hier hat er sie dann gesperrt, sodass sie ihm keine Nachrichten mehr schicken konnte«, erklärte Elif.

»Was hat der gute Markus Markwart da bloß angestellt?« Nadja schüttelte den Kopf. »Ich würde sagen, wir knöpfen uns die Dame gleich mal vor.«

»Sie heißt Marigold Bremser und wohnt im Steinbachtal. Die Adresse kann ich dir geben.«

»Gute Arbeit, Elif!« Nadja stand auf. »Kommst du mit, Peter?«

»Natürlich! Auf zu bella_donna!«

Nadja / Dienstag, 04.07., Steinbachtal

Es tat gut, aus der Hitze der Stadt, in der all der Beton, Teer und Stein zu glühen schienen, ins Steinbachtal hinauszufahren. Marigold Bremser wohnte in Sichtweite des Waldes in einem schönen alten Haus, bei dem man nicht wusste, ob die Zeit für Reparaturen fehlte oder der wild wuchernde Efeu und die von Wind und Wetter morsch gewordenen Fensterläden des Charmes wegen so belassen wurden. Peter jedenfalls blickte mit einer leisen Sehnsucht auf das Häuschen.

Nadja parkte direkt am Gartenzaun. Als sie ausstiegen, hörte sie zunächst das leise Gezwitscher und Getriller im Efeu, und ihr wurde klar, dass dort Vögel brüteten. Dann wurden die zarten Vogellaute übertönt von einer Serie dumpfer Schläge. Peters Hand zuckte unwillkürlich an die Seite, wo er seine Waffe trug. Doch Nadja legte ihm eine Hand auf den Arm. Sie kannte dieses Geräusch.

Für einen Moment glaubte sie den frischen, erdigen Duft eines Frühlingswaldes zu riechen. Sie spürte die immer warme Hand ihres Vaters um ihre eigene. Ihr Vater mit seinem dicken

Bauch, in dem sein dröhnendes Lachen wohnte. Er trug einen Rucksack mit Brot, Räucherkäse und eingelegten Gurken auf dem Rücken und die Axt in der Hand. Birkenholz hatte er am liebsten gemocht. Die Rinde, die sich so gut schälen ließ. Die frischen Triebe, die im Frühling hervorbrachen. Die Wälder ihres Vaters waren Birkenwälder. Nadja sah sich neben ihm durch den Wald laufen. Wo er einen Schritt machte, brauchte sie zwei, und auch das entlockte ihm bisweilen sein Lachen, und der Bauch wackelte mit.

Ihre Großmutter hatte ihr einen roten Kapuzenmantel genäht. Eigentlich war der für die Sonntage gedacht, nicht zum Spielen im Wald. Aber Nadja liebte ihren Mantel. Sie glaubte, das sanfte Gewicht des Filzstoffs auf der Haut zu spüren. Sie rannte durch den Birkenwald. Silbern schimmernde Stämme um sich herum, Moos unter den Füßen, keine Pilze, noch lange nicht. Man sah weit in so einem Wald. Vor allem ein Kind im roten Mäntelchen. Also durfte sie laufen. Die Axtschläge des Vaters führten sie immer wieder zurück zu ihm. Sie umkreiste ihn wie ein Komet seinen Heimatplaneten, in unregelmäßigen, immer größeren Kreisen. Ein roter Komet mit einem braunen Zopf, das war der Schweif des Kometen, auf der Umlaufbahn gehalten durch die Schläge einer Axt auf Birkenholz.

»Marigold Bremser?«, rief Peter, als sie vor der Haustür standen, die nur angelehnt war. Das Klingeln sparte er sich.

»Hier hinten! Im Garten!«

Nadja folgte Peter um die Hausecke und durch einen Tunnel aus Weidengeflecht, das erstaunlich wenig Sonnenlicht durchließ. Die Schläge wurden lauter. Eine Frau in Khakishorts und einem ehemals weißen T-Shirt stand breitbeinig vor einem Holzschuppen. Sie hielt ein Beil in der Hand. Um sie herum auf der Kiesfläche vor dem Schuppen lagen Holzscheite in unterschiedlichsten Größen, die nach dem Spalten wohl direkt von dem halbhohen Hackklotz heruntergefallen waren.

Ihr hellblonder Bob war sorgfältig geschnitten, doch die Haare klebten nun verschwitzt im Nacken. Sie pustete sich eine Haarsträhne aus der Stirn.

Nadja stellte erst Peter, dann sich selbst vor. »Sie wissen, weshalb wir hier sind?«

»Nein, absolut keine Ahnung.«

»Wir möchten mit Ihnen über Ihre Aktivitäten auf Main-Schatz sprechen.«

Das brachte ihnen nur ein grimmiges Lächeln ein. Die Frau zog mit den Zähnen den heruntergerutschten linken Arbeitshandschuh zurecht. Die Handschuhe schienen viel zu groß für sie zu sein. »MainSchatz. Die lokale Antwort auf den menschlichen Fortpflanzungstrieb. Wissen Sie, wie das in der Natur funktioniert?«

Marigold Bremser wartete gar keine Antwort ab, stellte ein neues Scheit auf den Hackklotz und ließ das Beil hinuntersausen.

»Die Männchen der Breitfuß-Beutelmäuse sterben am Stress in der Paarungszeit.« *Hack!*

»Dem Bienendrohnen reißt der Erguss den Penis mitsamt seinen inneren Organen ab, sodass er tot von der begatteten Königin kippt.« *Hack!*

»Nach der Befruchtung der Eier sterben pazifische Rotlachse an Erschöpfung.« *Hack!*

»Vor lauter Eifer vergessen männliche Antilopen in der Paarungszeit manchmal zu fressen und verhungern.« *Hack!*

»Die Gottesanbeterin beißt ihrem Liebhaber während oder nach dem Akt den Kopf ab.« *Hack!*

Sie keuchte etwas beim Sprechen. »Und der Anglerfisch …«

Peter starrte Marigold Bremser an, mit einem Blick, in dem erkennbar Panik flackerte. »Der Anglerfisch …?«

Nadja musste sich ein Grinsen verkneifen. »Danke für diese spannenden Einblicke in die tierischen Fortpflanzungsmethoden. Können wir uns jetzt dem eigentlichen Thema zuwenden?«

Marigold warf ihr einen kurzen Seitenblick zu. Dann konzentrierte sie sich wieder auf ihre Holzscheite.

»Sie haben wilde Drohungen ausgestoßen gegen einen Chatpartner. Sie haben ihn beschimpft und verflucht«, sagte Nadja langsam.

Peter schien komplett verstummt zu sein.

»Hat Dr. Markus Superschlau sich wohl beschwert?« Ungerührt ließ Marigold Bremser das Beil wieder auf den Holzkeil hinabsausen. Mit einem Knacken brach das Scheit auseinander. Ein Spreisel flog durch die Luft und kratzte an Nadjas Knie entlang. Alle drei sahen den Blutstropfen an, der aus der aufgeritzten Haut quoll. »Entschuldigung«, sagte Marigold. »Verhaften Sie mich jetzt wegen tätlichen Angriffs auf eine Polizeibeamtin?«

Nadja blieb ganz ruhig. Der Geruch des frisch gespaltenen Holzes machte etwas mit ihr, es tat gut. »Nein. Aber wir wollen uns in Ruhe mit Ihnen unterhalten. Würden Sie das also bitte weglegen?«

»Wenn es sein muss.«

Widerwillig hieb Marigold Bremser das Beil in den Hackklotz und ließ es dort stecken. Sie verschränkte die Arme vor der Brust.

Nadja und Peter wechselten einen Blick.

»Lassen Sie uns doch eine Runde durch Ihren schönen Garten drehen« – weg von diesem Beil, fügte Nadja in Gedanken hinzu.

»Wenn es sein muss«, erwiderte Marigold Bremser erneut. Energisch ging sie voran und teilte das lange, gelblich ausgetrocknete Gras zu ihren Füßen wie ein Großwildjäger in der Savanne. Nadja und Peter folgten ihr zwischen Apfelbäumen und wild wuchernden Büschen hindurch, Bienen umkreisten einen prachtvoll blühenden Schmetterlingsflieder. Bei einem Haselnussstrauch blieb Marigold Bremser schließlich stehen. In seinem Schatten stand eine Holzbank. Die ehemals grüne Farbe blätterte langsam ab, aber das sonnengelbe Kissen und die Kaffeetasse darauf zeugten davon, dass sie gern benutzt wurde. Marigold Bremser nahm die Tasse weg und bot ihnen den Platz an. Nadja setzte sich vorsichtig, der Kratzer am Bein juckte unangenehm. Peter ließ sich neben sie plumpsen. Marigold Bremser blieb stehen.

»Sie sind bei MainSchatz angemeldet und nutzen die Plattform zur Partnersuche, korrekt?«, fragte Peter.

Marigold tigerte zwischen den tief hängenden Zweigen der Hasel hin und her. »Ich wünsche mir eine Beziehung, verstehen Sie? Mit einem netten Menschen. Das ist das einzige wirklich wichtige Suchkriterium. Ich wünsche mir einfach nur einen netten, normalen, zuverlässigen Mann. Mir ist es sogar egal, wie er aussieht, wie alt er ist, was er verdient. Da denkt man doch, das sollte machbar sein, oder? Ist es aber anscheinend nicht!«

»Und warum nicht?«

Nun warf sie Peter einen wütenden Blick zu. »Es gibt Untersuchungen, dass zwei Drittel der Männer, die auf kostenlosen Dating-Apps angemeldet sind, eigentlich in einer festen Beziehung stecken. Zwei Drittel! Das funktioniert anscheinend wie ein Egobooster. Mann meldet sich ohne das Wissen seiner Frau oder Freundin mal an, schaut mal, wie sein Marktwert so ist, dann schreibt Mann ein bisschen hin und her, ist ja nichts dabei, oder? Mann verabredet ein Treffen, ganz ohne Hintergedanken selbstverständlich. Einfach nur so, das heißt ja noch nichts. Von Betrügen kann man da ja lange noch nicht sprechen. Mann fühlt sich gut unterhalten, eins kommt zum anderen. Mann sieht nicht ein, warum er sich auf eine Frau festlegen sollte, wenn es doch so viele gibt.«

»Sprechen Sie jetzt von einem ganz bestimmten *Mann*?«

»Ich spreche davon, was bei diesen Datingseiten falsch läuft!«

»Da kann aber doch die Seite nichts dafür?«

»Oh doch! Diese Apps sind überhaupt nicht zur ernsthaften Partnersuche geeignet. Sie verdienen ihr Geld ja schließlich mit Leuten, die immer weitersuchen. Die Kunden sollen bloß nicht auf die Idee kommen, sich ernsthaft zu binden und dann womöglich die App zu löschen!«

»Aber daran kann die App die Menschen doch wohl kaum hindern.«

»Und ob sie das kann. Und zwar, indem sie die User mit dem Katalogeffekt bei der Stange hält. Wir nehmen in unserem täglichen Leben viel zu oft eine Konsumentenmentalität ein, man vergleicht alles, will sich nur mit dem besten Preis-Leistungs-Verhältnis zufriedengeben. Und diese Apps suggerieren, dass du bei ihnen das Beste kriegen kannst, mit relativ geringem Aufwand von deiner Seite. Es reicht schon eine winzige Bewegung mit dem Finger, um eine Person nach links oder rechts zu wischen. Alle Wunscherfüllungen sind nur einen Klick entfernt. Die Filter mit den Suchoptionen funktionieren genauso wie bei einer Online-Shoppingplattform. Du kannst das gewünschte Alter angeben, den Wohnort, ob Raucher oder nicht, Kinderwunsch vorhanden, Größe und Figur … Wie in einem Katalog eben. Aber der Effekt für dein Gehirn ist enorm: Du suchst nämlich immer weiter. Selbst wenn du eigentlich schon jemanden getroffen hast, der dir gefällt, suchst du trotzdem weiter. Denn es könnte ja einen noch perfekteren Treffer geben.«

»Sie haben sich intensiv mit der Thematik auseinandergesetzt«, sagte Nadja vorsichtig.

»Das muss man. Sonst verstrickt man sich völlig in deren Spinnweben.« Plötzlich sah Marigold Bremser erschöpft aus. »Da ich wenigstens verstehe, wie das alles funktioniert, kann ich versuchen, Ablehnung nicht persönlich zu nehmen. Aber es klappt trotzdem mal besser, mal schlechter.«

»Warum sind Sie denn überhaupt noch auf MainSchatz aktiv, wenn Sie das System so schlimm finden?«

»Bin ich nicht. Bei diesem Saftladen schon gar nicht. Habe mein Profil inaktiv geschaltet. Ich nutze mittlerweile nur noch Partnervermittlungen, die man teuer bezahlen muss. Sechshundert Euro für das Jahresabo tut weh, da meldet sich nur jemand an, der wirklich ehrlich auf der Suche ist.«

»Vor einigen Wochen haben Sie aber noch fleißig auf Main-Schatz geschrieben. Stundenlang, wie es scheint, wenn Sie sich mal die Zeitstempel ansehen.«

Nadja zog den Ausdruck, den Elif ihr gegeben hatte, aus der Hosentasche und drückte ihn Marigold Bremser in die Hand. Die warf nur einen flüchtigen Blick darauf.

»Sauhund.«

»Was war denn der Anlass Ihres emotionalen Ausbruchs

gegenüber Herrn Markwart in den privaten Nachrichten?«, fragte Peter.

»Markwart? So heißt er also? Dr. Markus Markwart? Oder war der Titel auch gelogen?« Sie wuschelte durch ihren verschwitzten Haarschopf. Als weder Nadja noch Peter etwas erwiderten, seufzte sie. »Er hat mich sitzen lassen. Also wortwörtlich. Sitzen, alleine im Restaurant. Mit der kompletten Rechnung. Direkt nach dem Dessert und seinem sündteuren Whiskey, den er noch geordert hatte.«

»Wie das?«

Marigold zuckte die Schultern. »Er hat gesagt, dass er kurz auf die Toilette geht. Nun, anscheinend gab es einen Hinterausgang. Da hat er sich rausgeschlichen, der Sauhund. Ich habe wirklich lange gewartet, mir noch Sorgen gemacht, ob es ihm schlecht geht, ob ich jemand in die Herrentoilette schicken soll, um nach ihm zu sehen. Es war so peinlich, als ich es kapiert habe. Die Kellner und die Leute vom Nebentisch, alle haben mich so mitleidig angesehen. Ich hatte nicht genug Bargeld da, um die Rechnung zu begleichen. Musste meinen Ausweis als Pfand dalassen und zum nächsten Geldautomaten laufen. Hundertsechsundvierzig Euro, für zwei Personen, und mein eigentlicher Anteil daran betrug nur neununddreißig Euro.«

»Er hat also die Zeche geprellt?«, fragte Peter.

Auch Nadja war überrascht. Sie hätte Dr. Markwart so einiges zugetraut. Aber sein Handeln ließ auf eine Art Bosheit schließen, die ganz abgesehen vom strafbaren Aspekt erschreckend war.

»So nüchtern können das nur Sie als Polizist sehen. Aber die Demütigung war um ein Vielfaches schlimmer. Ich vermeide es seitdem kategorisch, bei Dates in Restaurants zu gehen. Bin total paranoid geworden.«

»Warum haben Sie ihn nicht angezeigt?«

»Das bringt doch nichts. Er hätte wahrscheinlich einfach behauptet, dass ich ihn einladen wollte und er mir gleich zu Beginn gesagt hat, dass er früher wegmuss. Ich hätte behauptet, dass es ganz anders war. Dann wäre Aussage gegen Aussage gestanden. Die Kellner sind ja erst aufmerksam geworden, als ich ewig alleine rumsaß und nicht zahlen konnte.«

»Also keine Hoffnung auf Genugtuung vor Gericht. Und da liegt es doch nahe, sich selbst rächen zu wollen.«

»Natürlich. Deshalb die Nachrichten. Sie haben ja gelesen, was ich ihm alles an den Hals gewünscht habe.«

»Aber so einfach haben Sie doch sicher nicht aufgegeben, oder? Sie sind doch eine tatkräftige Frau, eine, die sich notfalls auch verteidigen kann.«

»Was wollen Sie damit sagen?«

»Dass Sie zu der Überzeugung gelangt sein könnten, dass Dr. Markwart eine Bestrafung verdient hat.«

»Hätte er. Aber so läuft es nun mal nicht in dieser ungerechten Welt.«

»Haben Sie es dann selbst in die Hand genommen? Haben Sie ihn attackiert?«

Marigold Bremser kniff die Augen zusammen, obwohl ihr Gesicht im Schatten lag. »Ist er tot? War er der Rizin-Tote? Ernsthaft? Was für ein schöner Tag! Ein wunderschöner Tag für alle Frauen!«

Dabei sah sie alles andere als fröhlich aus.

Nadja schüttelte den Kopf. »Nein, er war es nicht. Aber auch er ist angegriffen worden. Und dafür haben Sie ein ganz herausragend gutes Motiv.«

»Was auch immer Sie mir unterstellen wollen: Ich habe es nicht getan. Die Nachrichten gebe ich zu. Das war vielleicht dumm von mir. Aber wie hätte ich ihn überhaupt ausfindig machen sollen?«

»Ja. Wie nur …?« Peter sah sie nachdenklich an.

Als Marigold Bremser nichts mehr darauf sagte, reichte Nadja ihr eine Visitenkarte und bat auch sie, eine Aufstellung zu schicken, an welchen Orten sie sich seit Samstagmittag aufgehalten hatte, und in ihrem eigenen Interesse alle Menschen zu nennen, die dies bezeugen konnten.

Marigold nickte knapp. Sie führte die Polizisten zurück zum Haus und entließ sie durch das Gartentor.

»Was ist mit dem Anglerfisch?«, rief Peter ihr aus sicherer Entfernung aus noch zu. »Also was passiert mit ihm, wenn er sich fortpflanzen will?«

Doch Marigold hob nur die Augenbrauen. »Googeln Sie mal. Das wird ihnen gefallen.«

6

Peter / Dienstag, 04.07., Mainfranken Theater

Das Theater leuchtete. Frisch umgebaut, modernisiert und mit einer Sandsteinfassade versehen zog es Blicke auf sich. Die neue Glasfront der Auskragung erstrahlte in irisierenden Farbtönen und schien die Besucher wie eine Schatzhöhle anlocken zu wollen. Peter spürte Rebekkas Griff an seinem Arm fester werden, und auch ihn überkam ein Gefühl der Vorfreude. Jetzt war er froh, dass er sich trotz der Hitze für Hemd und Jackett entschieden hatte, das unterstrich das Besondere dieses Abends.

Ein Abend, den sie nicht wie so viele andere in Jogginghose auf dem Sofa oder im Pyjama auf der Terrasse verbrachten. Rebekkas Mutter war aus Nürnberg gekommen, um auf Mariechen aufzupassen, und wollte die Kleine sogar ins Bett bringen. Also hatten Rebekka und Peter die nächsten Stunden ganz für sich. Sie würden Ojuna auf der Bühne sehen, von Schauspielern vorgetragene Gedichte und Textausschnitte hören, in der Pause mit einem Glas Sekt in der Hand an den anderen Gästen vorbeiflanieren und sich kein einziges Mal darüber unterhalten, ob das Auto zum TÜV musste oder wie die rote Socke in der hellen Wäsche gelandet war.

Peter merkte, dass auf seinem Gesicht ein glückliches Grinsen erschien. Rebekka hauchte ihm einen Kuss auf die Wange, als er ihr die Tür aufhielt, und dann standen sie im angenehm temperierten Foyer, bis ein Gong ertönte und das Publikum an den freundlich lächelnden Platzanweisern vorbei in den Saal strömte.

Als Allerletztes schlüpfte ein Mann im zerknitterten Hemd hinein und ließ sich in der dritten Reihe auf dem äußersten rechten Platz nieder. Peter erkannte Eldor, Ojunas Trainer. Er sah wenig euphorisch aus, drückte sich in die Ecke seines Sitzes und schob die Hände in die Hosentaschen.

Peter musterte Eldors Hinterkopf, die nicht ganz glatt ge-
bürsteten schwarzen Haare und fragte sich, was in diesem
Kopf wohl gerade vor sich ging. Was war das für ein seltsames
Verhältnis zwischen ihm und seinem Schützling? Nadja hatte
berichtet, dass Eldors Freundin schwanger war. Gleichzeitig
gab es die offenbar sehr enge Bindung an Ojuna, die durch das
intensive gemeinsame Training und Eldors umfassende Aufgaben als Manager zustande kam, sich aber gleichzeitig nicht
nur auf den professionellen Bereich zu beschränken schien.
Wie war das vereinbar?

Peter behielt Eldor im Blick, bis die Show begann.

Den Anfang machte ein Schauspieler mit Sherlock-Mütze
auf dem Kopf und einer Pfeife in der Hand, die sogar feine
Rauchschwaden ausstieß. Er zitierte Dr. Watsons Beschreibung seines berühmten Detektivfreundes: »Er wohnte noch
immer in unserem alten Logis in der Baker Street, begrub sich
unter seinen alten Büchern und wechselte zwischen Kokain
und Ehrgeiz, zwischen künstlicher Erschlaffung und der auf-
flammenden Energie seiner scharfsinnigen Natur.«

Peter hatte einen Sammelband mit allen Geschichten um den
berühmten Detektiv daheim. Gemeinsam mit Rebekka schaute
er auch immer wieder die diversen Film- und Serienadaptionen
wie »Sherlock« oder »Elementary«. Aber er hatte nie ganz
nachvollziehen können, warum Autoren ihren Detektivfiguren
so gerne ein Alkoholproblem, Drogensucht, Traumata, Zwänge
oder völlig zerstörte Familienverhältnisse anhefteten. Warum
sollte ein innerlich kaputter Mensch besser dafür geeignet sein,
einen Mordfall aufzuklären, als ein halbwegs ausgeschlafener,
psychisch stabiler Polizist, der beim Heimkommen Frau und
Tochter in die Arme schloss? War Zufriedenheit langweilig?
Brauchte es für einen guten Krimi das innere Drama, das das
äußere widerspiegelte?

Watson schien diesen Wechsel seines Freundes zwischen
Extremen mit Bewunderung zu bemerken. »Seine Zimmer
waren glänzend erleuchtet, und beim Hinaufsehen gewahrte
ich den Schatten seiner großen, mageren Gestalt. Den Kopf auf

die Brust gesenkt und die Hände auf dem Rücken, durchmaß er schnell und eifrig das Zimmer. … Er hatte sich aus seinen künstlich erzeugten Träumen emporgerafft und war nun einem neuen Rätsel auf der Spur.«

Das Rätsel schien Ojunas Stichwort zu sein, denn sie wirbelte auf die Bühne. In ihrem silbernen Paillettenkleid wirkte sie wie eine Zirkusprinzessin. Sie sah sehr jung aus, sprach aber ruhig und deutlich, als sie sich vorstellte. Bestimmt hatte sie Sprechtraining genommen, um auf so einer Bühne bestehen zu können. Sherlock verschwand mit einer letzten Rauchschwade.

Die Scheinwerfer versammelten sich auf Ojuna, als sie die erste Challenge verkündete. »Ich werde mir Ihre Namen merken.« Sie sprang die Bühnentreppe hinunter und stand gleich darauf mitten vor dem Publikum. Die Scheinwerfer folgten ihr. »Alle Leute, die ganz außen sitzen, sodass ich direkt an Ihnen vorbeilaufen kann, stehen bitte auf.« Etwa fünfzig Menschen erhoben sich auf beiden Seiten der Sitzreihen. Ojuna ging von einem zum anderen und bat sie, ihre vollen Namen zu nennen.

»Kora Eisner.«

»Martin Christopher Marlau.«

»Benisha Singh.«

»Peter Cox.«

So ging es mehrere Minuten lang. Fast zuletzt langte sie bei Eldor an, der auf der Lehne seines Sitzes lümmelte.

»Und Sie heißen?«

Zuerst sah es so aus, als würde er nicht antworten. Doch auf ihr aufforderndes Lächeln hin sprach er die Worte doch ins Mikrofon. »Eldor Ganbat.«

Ojuna hüpfte zurück zu Kora Eisner ganz vorne links. »Ich nenne jetzt Ihre Namen der Reihe nach, und wenn ich richtigliege, dürfen Sie sich setzen.«

Sie rannte die Treppe hinauf und ratterte die Namen hinunter. Wie eine Welle von Dominosteinen, bei der einer den nächsten umstößt, sanken die Leute in ihre Sitze zurück, wenn Ojuna vorbeikam.

Nur bei einem jungen, gut aussehenden Mann schien sie

zu zögern und hielt kurz an. Das Publikum beobachtete sie gespannt. Ojuna murmelte etwas vor sich hin und bat ihn schließlich, erst mal stehen zu bleiben. Dann joggte sie weiter, alle fehlerfrei benennend. Zuletzt rief sie Eldor aus. Als auch er sich setzte, ging sie zurück zu dem jungen Mann, der als Einziger stehen geblieben war.

»Bei Ihnen war ich mir gerade noch unsicher. Aber ich glaube, ich weiß es doch wieder …« Sie grinste ihn an. »Denn hier komme ich zum Schluss. Leonhard Schluss, richtig?«

Er breitete ergeben die Arme aus und ließ sich auf den Sitz zurückfallen. Ojuna streckte strahlend die Faust in die Höhe und genoss ihren Applaus sichtlich.

Rebekka drückte Peters Hand und flüsterte: »Danke, dass wir hier sind!«

Während eine Schauspielerin in einem roten Minikleid auf die Bühne stolzierte, verschwand Ojuna hinter den Vorhängen.

Mit überraschend dunkler Stimme trug die Frau ein kritisches Gedicht von Erich Kästner zum Fortschritt der Menschheit vor. Dann erschien Ojuna wieder und ratterte die ersten hundert Nachkommastellen der Zahl Pi herunter. Die Zuschauer konnten durch eine Beamerprojektion auf den Theatervorhang mitverfolgen, ob sie alles richtig hatte.

Peter folgte gerade gedanklich den Zahlen, als Rebekka ihn in die Seite stupste. »Das ist doch der, auf den du vorhin schon geachtet hast, oder?«

Peter wandte den Kopf. Sie deutete mit kaum sichtbarer Handbewegung nach unten in die dritte Reihe. Ganz rechts saß Eldor, scheinbar unbewegt. Doch ein älterer Mann vor ihm drehte sich immer wieder mit vorwurfsvollem Gesichtsausdruck zu ihm um und zischte etwas.

»Scheint ein Problem zu geben«, raunte Rebekka.

Peter kniff die Augen zusammen, um im Halbdunkel besser erkennen zu können, was vor sich ging. Irgendetwas leuchtete da zwischen Eldors Finger. Nun stand der andere auf, bückte sich über seine Stuhllehne und schien Eldor am Arm zu packen. Der schüttelte ihn ab. Peter stand auf. Leise Entschuldigungen wispernd schob er sich durch die Reihe, stieg über Handtaschen und verfing sich in der weichen Wolle eines Kaschmirschals.

Unten riss Eldor seinen Arm aus dem Griff des Mannes. Doch dieser ließ sich nicht beirren. Peter war jetzt nahe genug, um die Worte zu verstehen.

»Filmen verboten!«, schnaubte er. »Her mit dem Handy!« Peter stolperte im Halbdunkel die Stufen hinunter.

»Nehmen Sie Ihre Hände weg!« In Eldors Stimme schwang unterdrückte Wut mit, obwohl er offenbar versuchte, ruhig zu bleiben. Auch er stand nun auf. Er war deutlich kleiner als sein Gegenüber, aber jünger und wurde nicht durch einen Bierbauch behindert. Peter sah, dass er die linke Faust ballte.

Immer mehr Zuschauer wurden aufmerksam, ein leises Flüstern setzte ein, sodass Ojuna auf der Bühne irritiert verstummte. Zögernd machte sie mit den Zahlen weiter, doch ihre Stimme klang nun weniger sicher. Kurzerhand trat Peter zwischen die beiden Kontrahenten.

»Kommen Sie mit raus«, zischte er an Eldor gewandt. »Ojuna kann sich nicht konzentrieren, wenn Sie so weitermachen.«

Eldor brauchte einen Moment, doch dann schien er Peter wiederzuerkennen. Wenn er überrascht war, ihn hier anzutreffen, so zeigte er es nicht. Ohne ein Wort ging er von Peter gefolgt zur nächsten Tür. Der andere Mann wollte ihnen hinterher, doch Peter machte ihm mit einer wütenden Geste deutlich, dass er sich gefälligst wieder hinsetzen sollte. Hoffentlich gab er nun Ruhe. Eldor blickte sich nicht um. Die gestrafften Schultern und die hervortretenden Muskelstränge an seinem Hals verrieten seine Anspannung.

Eine Frau in der formalen Kleidung der Theaterangestellten hielt ihnen die Tür auf und warf Peter einen bangen Blick zu. Wahrscheinlich war sie selbst unsicher gewesen, ob sie eingreifen sollte. Kurz darauf standen Eldor und Peter sich im Foyer gegenüber.

»Ojuna will das so«, knurrte er statt einer Begrüßung. »Sich selbst auf Video zu sehen hilft ihr, ihre Bühnenperformance zu verbessern.«

»Das konnte der Mann vermutlich nicht wissen. Lassen Sie es für heute gut sein«, empfahl Peter. »Sie wird es verstehen. Und vielleicht sprechen Sie es in Zukunft besser mit den Veranstaltern ab und besorgen eine professionelle Ausrüstung, damit es nicht so nach Privatvideo aussieht.«

Eldor sah ihn finster an, antwortete jedoch nicht.

Peter erwiderte den Blick nachdenklich. Wahrscheinlich täuschten die dunklen Augenbrauen und der Bartwuchs. Eldor musste einige Jahre jünger sein als Peter. Sein zerknittertes Hemd ließ ihn wie einen Schuljungen wirken, der zu Unrecht bestraft wurde.

»Ojuna und Sie können das ja später in Ruhe besprechen. Vielleicht gehen Sie jetzt besser nach Hause.«

»Ich habe noch nie einen Auftritt von Ojuna verpasst«, sagte Eldor steif.

Peter seufzte. »Dann tauschen wir Plätze. Hinter dem wütenden Herrn sollten Sie jedenfalls nicht mehr sitzen.«

Die Platzanweiser wollten sie nicht mehr in den Saal lassen, doch als Peter seine Polizeimarke zeigte und Eldor sich als Ojunas Manager zu erkennen gab, durften sie doch passieren. Wieder in der Dunkelheit des großen Saals angekommen, sah Peter, dass Ojuna ihre Pi-Zahlen mittlerweile offenbar beendet hatte. Der Sherlock-Darsteller war zu Hesse gewechselt und charakterisierte nun den »Steppenwolf« und sein Denkvermögen.

In diesem Moment sah Rebekka in ihre Richtung, und Peter bedeutete ihr, dass er sich umsetzen würde. Er nannte Eldor noch seine Platznummer und machte sich dann auf den Weg nach unten. Der verärgerte Zuschauer begrüßte ihn mit einem bösen Blick, gab aber glücklicherweise keinen Kommentar mehr ab. Peter setzte sich hin und versuchte, sich wieder auf das Bühnengeschehen zu konzentrieren.

Eine Szene aus »Faust« wurde nachgespielt, in der Faust über seine begrenzten Kenntnisse philosophierte. Ojuna zeigte noch ihr Können mit den Spielkarten, und die Schauspielerin trug aus einem Gedicht von Christian Morgenstern vor, »wie sich das Galgenkind die Monatsnamen merkt«. Das hätte Mariechen garantiert auch gefallen.

Ein letztes Mal kam Ojuna auf die Bühne, um das Publikum zu bitten, eine wichtige Begebenheit aus dem Leben zu benennen und mit einem Datum zu versehen.

»Nur bitte schreiben Sie nicht alle Ihren Hochzeitstag auf. Das mag Ihre Begleiterin beeindrucken, aber wenn ich zwanzig verschiedene Hochzeitstage benennen soll, wird es kompliziert. Also gerne auch ausgefallenere Ereignisse.«

Die Platzanweiser gingen herum und teilten Zettel und Bleistifte mit dem Logo des Mainfranken Theaters aus. Peter blickte auf die geneigten Köpfe, während er dem leisen Scharren der Stifte auf Papier lauschte. Hier ein Hüsteln, dort ein Räuspern, Wispern zwischen den Zuschauerreihen. Ojuna stand scheinbar ganz entspannt auf der Bühne und glitzerte fröhlich vor sich hin. Doch Peter glaubte, hinter dem Bühnenlächeln Verunsicherung an ihr wahrzunehmen. Wie viel hatte sie von der Szene mit dem Streit um Eldors Handy mitbekommen? Ahnte sie, dass es beinahe zu einer Prügelei gekommen wäre? Peter drehte sich um und sah, dass auch Eldor zu ihr hinaufblickte, statt auf seinen Zettel zu schauen.

Nach einigem Nachdenken schrieb Peter den Tag auf, an dem er gemeinsam mit Nadja ins K1 nach Würzburg gewechselt war.

Die Platzanweiser in ihren dezenten Uniformen gingen von Reihe zu Reihe, um die Zettel einzusammeln, und brachten sie alle zu einem großen runden Glasgefäß, das auf der Bühne stand und Peter an ein Goldfischglas erinnerte. Es füllte sich langsam.

»Ich brauche noch einen Assistenten.«

Ojuna klatschte in die Hände, und die Scheinwerfer begannen über das Publikum zu streifen, erleuchteten einen grünen Haarschopf, fingen das Glitzern einer Uhr ein und versammelten sich dann plötzlich alle auf einem Punkt. Peter spürte die Bündelung des Lichts auf sich. Er fühlte sich wie bei einer Entführung von Aliens. Gleich würde er in ein pfeilförmiges Ufo hochgebeamt werden. Mit dem entspannten Abend wurde es heute offenbar nichts. Applaus setzte ein, als Peter sich erhob, sein Jackett zuknöpfte und vor zur Bühne lief, wo er erst nach den Treppen suchen musste. Die Nervosität machte ihn atemlos, viel schlimmer als eben noch. Ojuna erwartete ihn mit einem herzlichen Lächeln.

Fast ohne die Lippen zu bewegen, wisperte sie ihm zu: »Danke für Ihre Hilfe! Schauen Sie und Ihre Begleiterin nach der Show doch auf ein Glas Sekt in meiner Garderobe vorbei!«

Sie reichte Peter ein Handmikrofon. Dann gab sie ihm die Anweisung, neben dem Glasbehälter Platz zu nehmen, die Zettel noch einmal durchzumischen und dann ungefähr vierzig davon vorzulesen.

Peter ließ sich auf der Bühne nieder. Seine Beine baumelten über den Rand, das sah bestimmt blöd aus. Aber seine Anzughose erlaubte keinen Schneidersitz. Er zog einen Zettel nach dem anderen aus dem Glasbehälter, faltete ihn auseinander und las vor. Die Geburtstage einiger Kinder waren benannt, aber es gab auch so spezielle Antworten wie »aus dem Koma aufgewacht«, »der erste Fallschirmsprung«, »Glutenintoleranz diagnostiziert«, »Rundreise durch Südafrika«, »das letzte Konzert von Wir sind Helden besucht«, »herausgefunden, dass mein Sohn nicht mein Sohn ist« und »Beginn des Zweiten Weltkriegs«. Ein Zettel, dreiundzwanzig Jahre zurückdatiert, lautete kryptisch »Holztiere verbrannt«. Ein anderer, mit dem Datum des heutigen Tages, verriet »einen Heiratsantrag geplant«.

Peter las einen nach dem anderen vor, bis er zweiundvierzig beisammenhatte. Am liebsten hätte er durch alle gestöbert. Dem Publikum schien es ähnlich zu gehen. Es lauschte gespannt auf die privaten Enthüllungen. Als er fertig war, ratterte Ojuna sämtliche Daten und Ereignisse herunter. Peter musste sich Mühe geben, alles zu kontrollieren. Aber auch diese Herausforderung absolvierte sie fehlerfrei.

Dann endlich durfte er zurück zu seinem Platz gehen. Rebekka grinste ihm von weiter oben entgegen, und Peter war froh, als er in den weichen Sitz sinken konnte und die Aufmerksamkeit der Umgebenden durch den Auftritt des nächsten Schauspielers von ihm abgelenkt wurde. Erst nach einigen Minuten war er fähig, wieder richtig zuzuhören, und erkannte Hesses gequälten Protagonisten Hans Giebenrath, der fürs Examen lernte:

»Der Knabe dachte an den Konfirmationssonntag, der kürzlich gewesen war und an dem er sich dabei ertappt hatte, dass er mitten in der Feierlichkeit und Rührung innerlich ein griechisches Verbum memorierte. Auch sonst war es ihm in letzter Zeit oft so gegangen, dass er seine Gedanken durcheinander brachte ...«

»Und Ihre Gedanken sind hoffentlich jetzt überhaupt nicht durcheinander, sondern im Gegenteil ganz wunderbar neu geordnet.« Ojuna tauchte wieder auf der Bühne auf, neben und hinter ihr der Sherlock-Schauspieler und die beiden Faust-Darstellerinnen. »Denken Sie daran, Ihr Gehirn kann mehr, als Sie denken!«

Das Publikum applaudierte so begeistert, dass die Künstler mehrfach auf die Bühne zurückkamen. Doch schließlich fiel der Vorhang. Peter bahnte sich einen Weg zu Rebekka und legte ihr die Stola um die Schultern. Eldor war offenbar bereits verschwunden.

Rebekka hakte sich bei Peter unter, um nicht den Anschluss zu verlieren, als Peter durch das Gedränge manövrierte, möglichst ohne ein Glas umzustoßen, ein ausladendes Kleidungsstück zu berühren oder jemandem auf die Zehen zu treten. »Wo müssen wir denn eigentlich hin?«

»Keine Ahnung.«

Peter hielt an, um einen der Platzanweiser nach dem Weg zu fragen. Es dauerte einen Moment, bevor er den Mann überzeugt hatte, dass er wirklich auf Einladung der Künstlerin nach hinten kommen durfte. Doch als Peter abermals seinen Polizeiausweis zeigte, ging ihnen der Mann mit schnellen Schritten voraus. Die Kronleuchter über ihren Köpfen wechselten zu dunkleren, einfacheren Lampen in den Gängen. Schließlich wies der Theaterangestellte auf eine Tür am Ende eines langen Flures.

»Dort hinten sind die Umkleideräume für unsere Gastspieler. Frau Ganbat hat die linke Kabine. Ich muss leider wieder zurück.« Und er entfernte sich.

Rebekka hielt Peter am Arm zurück, als dieser zielstrebig auf die zugewiesene Tür zugehen wollte. »Ist das nicht aufregend?«, flüsterte sie. »Wir sind jetzt in den Eingeweiden des Theaters unterwegs. Hier setzen die normalen Zuschauerinnen und Zuschauer keinen Fuß hin. Spürst du das auch, diese Spannung in der Luft?« Begeistert sah sie sich um.

»Erwartest du einen Theatergeist?«, neckte Peter sie. »Wer darf es sein? Ophelia mit Wasserlinsen im nassen Haar? Gretchens vergiftete Mutter? Eine blutbefleckte Marie mit den neuen goldenen Ohrringen?«

Rebekka wollte gerade antworten, als durch die Tür eine Frauenstimme zu ihnen drang.

»Und warum willst du das nicht? Nenn mir einen vernünftigen Grund!«

Gemurmel.

»Das stimmt nicht. Du hast es doch selbst geschrieben, du weißt, dass ich das Recht dazu habe.« Sie klang verzweifelt.

Wieder antwortete die zweite Stimme, aber so leise, dass die Worte unverständlich waren.

»Es geht hier um mein Leben! Ich will nicht mit dir streiten, das weißt du, aber …«

»Was tun wir hier?« Rebekka sah Peter unbehaglich an. »Das ist ein privates Gespräch, komm, lass uns gehen.«

»Das ist Arbeit«, flüsterte Peter zurück.

Rebekka trat von einem Fuß auf den anderen, aber Peter schlich näher an die Kabine heran. In diesem Moment wurde die Tür aufgerissen, und sie konnten den letzten Satz nun deutlich verstehen, hervorgebracht von einer leisen, aber schneidend kalten Männerstimme.

»Und ich sage, es geht nicht! Wenn du es so willst, dann sollst du es eben so haben.«

Rebekka wich erschreckt zurück, als Eldor Ganbat an ihr vorbeistürmte. Peter sah ihm nachdenklich hinterher. Dann ging er zu der nun offenen Tür, aus der nur noch Schweigen drang.

»Alles in Ordnung bei Ihnen? Wir wollen nicht stören, wenn Sie lieber für sich sind, aber der Streit war auch draußen im Gang nicht zu überhören, deshalb dachte ich ...«

Er sah zu der Gestalt im Glitzerkleid, die jetzt nicht mehr energiegeladen wie auf der Bühne, sondern mit herabhängenden Schultern dastand, einen einzelnen Ohrring in der Hand. Irgendetwas an Ojuna kam ihm seltsam vor, bis eine Bewegung zu seiner Linken ihn realisieren ließ, dass er ihr Spiegelbild ansah. Die echte Ojuna kam auf ihn zu.

»Alles gut, kein Problem. Entschuldigen Sie die peinliche Situation.« Mit einem Lächeln hielt sie die Tür auf und winkte auch Rebekka hinzu. Peter sah, dass der Ohrring in ihrer Hand leicht zitterte. Doch sie hatte sich so weit im Griff, dass sie ihnen Stühle anbot.

»Das war ein grandioser Abend. Ihre Fähigkeiten sind wirklich erstaunlich«, sagte Rebekka mit viel Wärme in der Stimme.

»Finden Sie?« Ojunas Stimme klang eifrig. »Vielen Dank dafür. Mein Trainer war heute nicht so ermutigend. Er besteht immer darauf, die Auftritte zu filmen, weil er sagt, dass ich noch viel verbessern muss. Offenbar kam es da heute zu einem Zwischenfall. Aber ... das haben Sie ja offenbar alles mitbekommen. Danke für Ihr Eingreifen.«

»War eine etwas unglückliche Situation. Aber die Show war toll. Wir sind Fans!«, bekräftigte Peter und freute sich, als ein Strahlen auf Ojunas exotischen Zügen erschien.

»Ich schminke mich noch kurz ab, ja? Mit diesem fetten Theater-Make-up hab ich immer das Gefühl, ein falsches Gesicht aufzuhaben.« Sie ließ sich auf einen Hocker vor einem beleuchteten Schminktisch fallen und zog eine Packung Abschminktücher aus ihrem Rucksack. Peter beobachtete fasziniert, wie sie die falschen Wimpern von ihrem Lidrand abzog und in einem kleinen Behälter verstaute. Sie suchte Peters Blick im Spiegel. »Ich habe heute online gelesen, dass es ein zweites Opfer gab. Oder vielmehr ein erstes Opfer.« Sie zögerte. »Sie dürfen mir wahrscheinlich nichts dazu verraten, aber ist es derselbe Täter wie bei Emilio?«

»Davon gehen wir aus.«

Rebekka neben ihm beugte sich interessiert vor. Peter wusste, dass der Fall sie faszinierte. Aber ihm gegenüber hielt sie sich meist mit Fragen zurück, um ihn nicht in eine Zwickmühle zu bringen.

Ojuna starrte vor sich hin. »Das ist so gruselig. Ich gehe jetzt schon dauernd meine Dates im Kopf durch und frage mich, ob einer von ihnen vielleicht der Nächste sein könnte.«

Peter verschränkte die Arme vor der Brust. »Vielleicht kannten Sie ihn ja? Er heißt Markus.«

»Markus mit k, ja?« Ojuna kniff die Augen zusammen. »Männer mit dem Namen habe ich tatsächlich schon getroffen. Ein blondgelockter *mar_kuss* mit einer süßen Labradorhündin, *Würzbua* – der Faschingsfan –, ein extrem unsympathischer *play_and_win*, ein *Dr._M&M*, der direkt von der Arbeit im Anzug zum Date in den Jazzkeller kam, *Fußballer1990* und …«

»Sie hatten ein Date mit *Dr. M&M*? Wann?« Peter war wie elektrisiert.

»Ist er es? Ernsthaft?« Ojuna starrte ihn an.

»Erzählen Sie bitte.«

»Es war nichts Besonderes. Ich weiß noch, dass das Date beinahe nicht zustande gekommen wäre, weil *Dr._M&M* lieber in ein schickes Restaurant gehen wollte. Darauf hatte ich aber keine Lust. Ich setz mich doch nicht mit einem Fremden zum Dreigangmenü an einen Tisch, wenn ich nicht weiß, wie er drauf ist. Nein, ich mag mehr Action. Deshalb gefallen mir auch die Challenges von MainSchatz so gut, aber das war wohl nicht so sein Ding. Wir haben uns schließlich im Omnibus in der Theaterstraße verabredet. Das ist ein Jazzkeller, gar nicht weit weg von hier«, schob sie zur Erklärung vorsichtig nach.

Peter nickte lächelnd. Sah er so alt aus, dass sie ihm nicht zutraute, den Omnibus zu kennen? Dabei feierten dort bestimmt auch noch Leute, die seit der Eröffnung 1970 Stamm-gäste waren. Über die Jahre hinweg hatten sie Hunderte Musi-ker kommen und gehen sehen. Mark Gillespie, Reinhard Mey, Pianisten, die mit Eric Clapton auftraten ...

»Es war ein cooles Konzert. Irgendwie hatte es auch was, dass Markus im Anzug kam. Ich mag das eigentlich, so eine bunt zusammengewürfelte Gästeschar. Aber unterhalten haben wir uns wegen der Musik nicht groß, und dann haben wir es auch dabei belassen.«

»Nicht so besonders spektakulär also.« Rebekka klang ent-täuscht. »Ist Ihnen nichts Seltsames an ihm aufgefallen?«

Peter grinste vor sich hin. Gut, dass er an diesem Abend tatsächlich noch etwas Interessantes für ihre Ermittlungen er-fuhr und Rebekka auch ihren Spaß hatte. Damit kamen sie Elif zuvor, die die Kontakte noch abgleichen wollte, ob es Überein-stimmungen gab.

»Spektakulär war, wie die Brille von Markus angelaufen ist, je besser die Stimmung im Keller wurde. Er hat sie ständig abgesetzt und geputzt.« Ojuna lachte. »Ich weiß noch, wie ich Eldor später davon erzählt habe, dass ich das süß fand. Er hat nur gebrummt, wie üblich, und gesagt, dass ein Mann normalerweise nicht süß gefunden werden will. Aber es war wirklich süß. Damals konnten wir noch über so was reden.« Ojuna blickte zur Tür, durch die Eldor hinausgestürmt war. »Jetzt können wir kaum noch im selben Raum sein, ohne uns anzukeifen.«

»Klingt wie ein altes Ehepaar, das sich zerstritten hat, aber eigentlich doch nicht ohneeinander kann«, stellte Rebekka fest.

»Eldor und ich sind Schicksalsgefährten. In der Mongolei ist der Gedächtnissport sehr populär. Und als klar wurde, dass ich ein ungewöhnliches Talent dafür besitze, da haben unsere beiden Familien alles auf eine Karte gesetzt. Diese Karte bin ich.« Gedankenverloren rieb sie Rouge von ihrer Wange. »Ich liebe mein Heimatland, aber es gibt auch viele Probleme dort. Unter der Steppe im Süden unseres Landes wurden viele Roh-stoffvorkommen entdeckt, die jetzt ausgeschlachtet werden.

Kohle, Kupfer, Gold. Das ist natürlich eine Chance für das Land, aber ebenso eine Gefahr für die Umwelt. Und gleichzeitig lebt ein Drittel der Mongolen unter der Armutsgrenze. Wir früher auch.« Sie blickte auf die glitzernden Ohrringe, die sie weggelegt hatte. »Meine Eltern, meine Geschwister, meine Onkel, meine Tanten, alle haben auf mich gehofft. Eldor hat mir geholfen, dass ich sie nicht enttäusche. Er hat mein Training und das Management übernommen, als er selbst noch zur Schule ging. Er hat viel aufgegeben für mich, genauso wie ich für ihn. Zwangsläufig wurden wir irgendwann ein Paar, weil wir die Einzigen waren, die einander verstanden. Diese Lebensrealität mit den Wettkämpfen, mit dem Training, mit dem Drang, immer und immer besser zu werden, ist schwer nachvollziehbar. Aber auch das hat nicht funktioniert, hätten wir wahrscheinlich selbst draufkommen können.« Ojuna zuckte die Achseln. »Wir werden bald auch unsere berufliche Zusammenarbeit beenden. Eldor tut sich noch schwer damit, aber ich will das so nicht mehr. Jetzt buddeln wir jeweils einzeln nach unserem Glück.«

»Ist denn schon ein Goldklumpen in Sicht?«, fragte Rebekka.

»Nur Falschgeld bisher.«

»Manchmal ist das Gold von grauem Gestein umgeben.« Rebekka strich Peter liebevoll über die Wange, wo seine Barthaare mittlerweile grau nachwuchsen.

»Hey! Das hab ich verstanden«, beschwerte er sich.

Ojuna lachte. »Keine Sorge, ein wenig Grau schreckt mich nicht ab. Ich gebe mir schon immer Mühe, tief zu bohren.«

»Ich unterbreche euch ja ungern in euren philosophischen oder geologischen Erörterungen der Partnersuche, aber ich habe noch eine Frage: Wann war dieses Musik-Date mit *Dr._M&M*?«

»Das ist lange her. Bestimmt schon ein Jahr, da war die App noch ganz neu.« Ojuna griff nach ihrem Handy, das neben dem Spiegel lag. »Wenn der Chatverlauf auf MainSchatz so lange zurückgeht, kann ich vielleicht das genaue Datum herausfinden.«

»Nicht nötig. Meine Kollegin schaut das nach, wenn ich ihr einen ungefähren Zeitraum nennen kann.«

»Werde ich dazu noch mal befragt? Muss ich zu Ihnen auf die Wache kommen?«, fragte Ojuna.

»Kann gut sein, ja.«

»Melden Sie sich einfach. Eldor wird meckern, wenn das Training mal ausfällt, aber es gibt Wichtigeres. Und jetzt der versprochene Sekt.« Sie sprang auf, um zu einer Sporttasche zu laufen, die in der Ecke stand.

Peter fing Rebekkas fragenden Blick auf. »Wir wollten wirklich nicht lange stören. Sie möchten sicherlich mit Ihren Freunden feiern«, sagte er zögerlich.

»Sehen Sie hier irgendwelche Freunde? Jemand mit Blumen vielleicht? Nein, wenn die Show vorbei ist, ist manchmal einfach nur die Show vorbei.« Sie lachte, doch es klang unsicher. Wie um ihre Finger beschäftigt zu halten, nestelte sie an dem Sektkorken herum. »Freunde hatte ich karrierebedingt nie viele, aber ich hatte Eldor. Er war dafür wirklich immer da, Tag und Nacht. Als ich vor zwei Jahren nach einem Fahrradunfall den Fuß im Gips hatte und fast gar nichts tun konnte, hat er sogar für mich eingekauft, geputzt, einfach alles erledigt. Eine Zeit lang war diese Ausschließlichkeit auch genug. Aber mittlerweile merke ich, dass etwas fehlt. Ich will mit Freundinnen ins Kino und einen Kaffee trinken gehen. Ich will auf Partys tanzen und einen Sonntag im Tierpark verbringen und Esel füttern, vielleicht sogar eine nette, normale Beziehung führen. Auch wenn das bedeutet, dass ich keinen WM-Pokal mehr in Händen halten werde.«

Ein Knall unterbrach sie. Peter sprang auf, doch nicht schnell genug. Eine Sektfontäne ergoss sich über silberne Pailletten und tropfte auf Ojunas nackte Füße. »Oh. Oh, das wollte ich schon immer mal machen!« Begeistert tippte sie mit ihrem großen Zeh in den Sektsee auf dem Boden.

Rebekka musste lachen. »Also die Theaterleute, die hier später aufräumen, werden auf jeden Fall denken, dass Sie kräftig gefeiert haben.«

Ojuna reichte ihr die Flasche. Ihre dunklen Augen glitzerten verschmitzt. »Auf das Leben! Was anderes bleibt uns ja nicht!«

Peter / Dienstag, 04.07., Gerbrunn

Es war spät geworden, aber Peter hatte das Bedürfnis, noch mit Nadja über den Abend zu sprechen. Er ging mit einem alkoholfreien Radler nach draußen in den Garten, setzte sich auf die Pflastersteine der Terrasse und blickte in den Nachthimmel empor. Die besonders hellen Sterne, Deneb im Schwan und Wega in der Leier, fand er sofort. Doch auch die Venus stand hell am Himmel. Eine strahlende Liebesgöttin, auf die so viele Menschen hofften. Die Sehnsucht nach dem einen passenden Gegenstück, die Sehnsucht nach dem Glück, nach einer Familie, die Sehnsucht nach dem Hormoncocktail, der die Verliebtheit begleitete.

Oder auch nur der Wunsch, der Einsamkeit jemanden entgegensetzen zu können. Jemanden an der Seite zu haben, dem man vertrauen konnte. Es gab so viele unterschiedliche Gründe, warum Menschen sich auf die Suche nach einem Partner begaben. Er wusste nicht, welcher davon am stärksten antrieb.

Peter wählte die Nummer von Nadjas Diensthandy, und natürlich ging sie sofort ran. Zu seiner Überraschung hörte er im Hintergrund Töpfe oder Geschirr klappern. Bei Tätigkeiten im Haushalt hatte er sie selten erlebt.

»Was gibt's?«, fragte sie leicht atemlos.

»Richtest du dir noch schnell einen Mitternachtsimbiss her, oder was klimpert da so?«

»Ich wurde bekocht, muss jetzt noch Küchenchaos beseitigen«, antwortete Nadja.

Mehr sagte sie nicht, und Peter seufzte innerlich. Jeder normale Mensch hätte doch jetzt fröhlich berichtet, wo er war, mit wem und was sie machten, aber wenn es um ihre Beziehungen ging, war Nadja definitiv kein normaler Mensch. Peter wusste, dass sie mit Nepomuk zusammen war, und mochte den jungen Rechtsmediziner auch sehr gerne. Aber die wenigen Male, wenn sie beruflich aufeinandertrafen, waren sie beide befangen gewesen, da ja keiner sagen konnte, wie viel Nadja über den jeweils anderen erzählt hatte.

Nepomuk konnte gut kochen, also nahm Peter an, dass Nadja bei ihm war. Das Klappern im Hintergrund verstummte, wahrscheinlich war sie in ein anderes Zimmer gegangen. Peter erzählte ihr von der beeindruckenden Show, von Eldor und dass Ojuna sich auch mit Dr. Markwart getroffen hatte.

»Interessant, die erste Doppeldaterin, von der wir wissen, sehr gut!«, sagte Nadja.

Peter nickte, aber das konnte Nadja natürlich nicht sehen. »Was heißt das für uns?«

»Dass wir sie im Auge behalten. Hat sie was gesagt, ob die beiden im Nachhinein betrachtet irgendeine Gemeinsamkeit hatten? Ojuna weiß doch bestimmt noch alles auswendig, was Colombo und Markwart ihr erzählt haben.«

Peter fasste für sie zusammen, was Ojuna über das Date im Omnibus berichtet hatte.

»Eine ganz andere Situation als zwischen Markwart und Marigold also.«

Wieder musterte Peter die Venus. Die Dates, von denen sie zuletzt gehört hatten, hatten unter keinem guten Stern gestanden. Dabei waren doch alle Suchende. Peter dachte daran, was Ojuna erzählt hatte, bevor Rebekka und er sich verabschiedet hatten. Sie hatten sich noch weiter über ihr Heimatland unterhalten, und Ojuna war nachdenklich geworden. Sie hatte berichtet, wie aufregend und gleichzeitig schwierig es gewesen war, in Deutschland Fuß zu fassen. Die Beziehungen zwischen der Mongolei und Deutschland waren traditionell gut. Als die DDR noch existierte, studierten Zehntausende Mongolen dort, und es stand schnell fest, wo die Familien ein neues Leben anfangen wollten. Doch Ojuna musste die Sprache erst lernen, sich daran gewöhnen, dass das Fleisch hier künstlich wie

Gummi schmeckte, und mit den Deutschen in Kontakt kommen.

»Fühlen Sie sich mittlerweile daheim hier?«, hatte Rebekka gefragt.

Und Ojuna hatte genickt. »Ich finde es nur manchmal immer noch schwer, einzuschätzen, was die Menschen hier in Deutschland wirklich denken. Alle sind nett und höflich, aber sind sie das nur nach außen oder auch innen drinnen?«

Während Nadja ihm noch erklärte, dass sie sich morgen mit der Herkunft des Rizins befassen würde, und sich dann verabschiedete, dachte Peter, dass vielleicht auch Ojunas Beobachtung die Antwort auf die Frage sein könnte, weshalb Menschen einen Partner oder eine Partnerin suchten: Sie wollten jemanden finden, bei dem sie sich sicher sein konnten, was er oder sie dachte und fühlte.

Aber das von einem Partner zu erhoffen, dachte Peter, war der größte Irrtum überhaupt.

7

Nadja / Mittwoch, 05.07., Botanischer Garten

Die Luft des Treibhauses legte sich um sie wie ein nasses, heißes Handtuch. Nadja atmete tief ein und spürte, wie die feuchte Luft in ihre Bronchien drang und überraschenderweise ein Gefühl von Befreiung mit sich brachte. Vielleicht, weil sie sich hier zwischen all den Dschungelgewächsen wie auf einen anderen Kontinent versetzt fühlte. Gerade befanden sie sich in der Region des Tiefland-Regenwalds ganz am Anfang des Rundgangs, der sie durch unterschiedlichste tropische Gebiete führen würde. Der Botanische Garten Würzburgs hielt einige Wunder bereit.

Lars Nauke krempelte die Ärmel seines Hemds hoch. »Bitte beachten Sie zu Ihrer Linken den Stern von Madagaskar. Diese dünnen, länglichen Anhängsel hier beinhalten den Nektar der Blüten. Als man den Stern von Madagaskar entdeckte, zeigte man ihn Darwin, und er mutmaßte, dass es irgendwo einen Schmetterling geben müsse, der rein anatomisch die Fähigkeit besitze, den Nektar dieser Pflanze abzusaugen. Das ist schwierig, denn er muss einen unwahrscheinlich langen und flexiblen Saugrüssel besitzen. Zu diesem Zeitpunkt war kein solches Tier bekannt, doch fünfzig Jahre später beobachtete man einen solchen Schmetterling. Darwin hatte mal wieder recht behalten.«

»Klingt ja fast so, als könnte das ein Verwandter von Ihnen sein.«

»Das nehme ich als Kompliment, Frau Gontscharowa. Aber tatsächlich ist meine Trefferquote bei logischen Schlussfolgerungen legendär. Schön, dass Ihnen das aufgefallen ist.« Zufrieden brummend führte er sie weiter. »Mein Freund holt uns später ab. Treffpunkt Axolotl, hat er gesagt.«

»Treffpunkt Axolotl?«

»Diese Tierchen, die nie erwachsen werden.«

»Was?« Allmählich fühlte Nadja sich ungebildet. Was in Lars Naukes Gegenwart allerdings häufiger vorkam.

»Landlebende Molche müssen normalerweise eine Metamorphose durchlaufen, weil ihre Geburtsgewässer regelmäßig austrocknen, daher hat es für sie einen evolutionären Vorteil, wenn sie sich weiterentwickeln. Axolotl leben in freier Wildbahn, aber nur in zwei Seen nahe Mexiko-City, die nicht austrocknen, und haben die Weiterentwicklung zu einem richtigen Molch daher nicht nötig. Ihnen fehlt ein Hormon. Wenn man das experimentell künstlich zuführt, dann entwickeln sie sich tatsächlich zu einem landlebenden lungenatmenden Molch weiter. In ihrem Normalzustand fristen sie ihr Dasein mit eingeschränktem Sehvermögen und sind als Kiemenatmer auf das Wasser angewiesen. Ich erkläre es Ihnen ja gerne, aber eigentlich gehört das schon zur Allgemeinbildung …«

»Ich verfüttere Sie gleich an eine fleischfressende Pflanze! Wo ist jetzt Ihr Kontaktmann?«

»Treffpunkt Axolotl, wie gesagt. Er führt uns dann zu Sie-wissen-schon-was.« Er blickte Nadja bedeutungsvoll an. »Natürlich habe ich strikte Geheimhaltung gewahrt. Es darf ja niemand wissen, welche Pflanze wir suchen. Aber jetzt pssst!« Er legte die Finger auf die Lippen und deutete auf eine riesige Monstera. Unter dem aktuell so angesagten Fensterblatt stand ein Bänkchen. Eine Frau in einem dunkelgrünen Top, das sie perfekt mit dem Hintergrund verschmelzen ließ, saß darauf und tippte eifrig auf ihrem Laptop. »Studentin«, flüsterte Lars Nauke. »Geben Sie sich am besten ganz normal. Dann merkt auch keiner, wozu wir hier sind.«

»Genau. Wenn Sie weiter so flüstern und dabei verstohlene Blicke um sich werfen, ist das wahnsinnig unauffällig.« Nadja schüttelte den Kopf.

Lars Nauke räusperte sich. Übertrieben laut tönte er durch den Dschungel: »Hier der Durianbaum, Produzent der berühmten Stinkefrucht! Bei Urlaub in Thailand kann man in jedem öffentlichen Gebäude Warnschilder mit rot durchgestrichenen Durianfrüchten entdecken. 2018 meuterten die Passagiere einer indonesischen Fluglinie, nachdem die Besatzung Durianfrüchte als Ladung an Bord geschafft hatte. Der pestilenzartige Gestank im Passagierraum war auch auf einem nur einstündigen Flug nicht auszuhalten.«

»Was Sie alles wissen.«

»Beeindruckend, oder? Sie müssen nur fragen. Was ich nicht weiß, das erfinde ich!«

Die Frau mit dem Laptop sah auf und tauschte einen Blick mit Nadja. Sie schien sich ein Grinsen verkneifen zu müssen.

»Ich glaube, die Dame hat mir gerade zugelächelt. Schade, dass sie so jung aussieht«, flüsterte Lars Nauke. Er beäugte die übereinandergeschlagenen Beine der Studentin und nahm dafür sogar seine Brille ab, die in der feuchten Luft angelaufen war.

»Ja, schade. Sie hätten sonst sicher Chancen. Kommen Sie weiter, Romeo!« Nadja zog ihn auf dem Holzbohlenweg voran, bevor er sich noch mehr aufplusterte.

»Wissen Sie, vielleicht sollte ich diesen MainSchatz-Challenges abschwören.« Lars Nauke klang nachdenklich, als sie im Bergnebel-Regenwald einen Wald aus Farnen passierten und an einer Wand vorbeikamen, die mit Steinen verkleidet war. Ein Wasserfall plätscherte von oben herab und hielt die Luftfeuchtigkeit konstant hoch. Überall um sie herum wucherte es grün. Nadja wäre gerne stehen geblieben, um die Atmosphäre in sich aufzusaugen wie den Geruch nach Erde, Nebel, Steinen und Moos. Aber mit Professor Nauke als Begleiter ließ die Entspannung auf sich warten. »Vielleicht sollte ich die Damenwelt gleich zu Dates einladen, bei denen ich mehr in meinem Element bin. Körperwelten-Ausstellungen, Tag der offenen Tür im Bestattungsunternehmen, ein Vortrag über die Risiken des Rauchens in Zusammenhang mit Hypertonie …«

»Bloß nicht!« Sie passierten eine Tür und wechselten in die Trockengebiete Afrikas und Amerikas.

»Aber das hier wäre doch was, oder?« Professor Nauke drehte sich mit ausgestreckten Armen im Kreis und schloss mit einer Handbewegung die Kakteen und Sukkulenten auf dem steinigen Pflanzuntergrund um sie herum mit ein. »Ich meine, jeder mag doch Kakteen, die sind einfach süß.«

Nadja dachte mit Schrecken an die armen Frauen, die sich ein romantisches Date erhofften und dann von Lars Nauke zu seinem Lieblingskaktus geführt wurden. Andererseits war eine solche Verabredung definitiv etwas Besonderes. Und der Rechtsmediziner brauchte eine Partnerin, die mit seinen ausgefallenen Interessen umgehen konnte oder sich im besten Fall sogar von seiner Begeisterung anstecken ließ.

»Wie läuft es denn aktuell so auf MainSchatz?«

»Anfangs war es schwierig. Ich bin mit meinem blendenden Aussehen und meinen mannigfaltigen Talenten ja nun eigentlich ein absoluter Hauptgewinn in der Datinglotterie. Aber die Frauen dort haben absolut überzogene Erwartungen. Jede zweite scheint auf den einen Mann zu warten, der noch perfekter als perfekt ist, und den gibt es nun mal nicht. Aber mittlerweile habe ich eine interessante neue Gesprächspartnerin. Anfangs war sie noch etwas verhalten, aber je mehr Nachrichten wir austauschen, desto stärker zeichnet sich ab, dass wir auf einer Wellenlänge sein könnten. Vielleicht klappt ein Treffen am Wochenende.«

»Ich drücke Ihnen die Daumen! Wenn ich Ihnen einen Tipp geben darf: Dates gelingen meist besser, wenn das Gespräch dabei nicht auf tote Menschen kommt. Außer Sie haben eine Gothicbraut am Start.«

Hoffentlich gab es am Samstag weit und breit keine Veranstaltung, die mit Anatomie oder Medizin zusammenhing. Vielleicht ließ er sich dann dazu herab, ein ganz normales Abendessen in Betracht zu ziehen oder ein klassisches Konzert.

Lars Nauke brummte gekränkt vor sich hin, ließ sich aber bald wieder von seiner Begeisterung mitreißen und schilderte ausführlich die vielfältige Nutzbarkeit von Aloepflanzen. Im sich anschließenden Blütengang buhlten Orchideen, Begonien und allerlei blühende Gewächse um ihre Aufmerksamkeit. Hier hingen ausgehöhlte und bepflanzte Bambusrohre an Seilen von der Decke. Dann kamen leuchtende, mit Wasser gefüllte

Glaskästen in Sicht. Nadja starrte ins Wasser eines Aquariums. Ein kleiner Drache paddelte dicht vor der Scheibe herum und schien sie direkt anzuschauen.

»Faszinierende Kreaturen, diese Axolotl.« Lars Nauke klang liebevoll. »Das hier ist ein Albino-Exemplar. Alexander von Humboldt hat Axolotl 1804 zum ersten Mal nach Europa gebracht, allerdings zu Ausstellungszwecken eingelegt in Alkohol. Lebend haben sie beeindruckende Fähigkeiten. Sie können sich Organe oder Gliedmaßen beliebig nachwachsen lassen, wenn ihnen ein Raubfisch etwas abknabbert. Vermutlich funktioniert das mit Hilfe von umprogrammierten Stammzellen, die sich schneller teilen, um amputiertes Gewebe nachwachsen zu lassen. Deshalb ist die medizinische Forschung sehr interessiert an ihnen, Stammzellen sind aktuell ein großes Thema. Stellen Sie sich vor, man könnte Krankheiten damit heilen, Rückenmarksverletzungen, Krebs oder ...«

Nadja hörte nicht mehr zu. Sie starrte auf das Tierchen, das so fremdartig aussah. Vielleicht trug es das Geheimnis in sich, todkranke Menschen gesund zu machen, Krebs zu heilen. Vielleicht würden in einigen Jahrzehnten keine Kinder mehr an Krankenhausbetten ihre Schulaufgaben machen müssen, begleitet von der abgemagerten Hand des Vaters, die kaum den Radiergummi halten konnte. Sie spürte, wie ihr Mund trocken wurde.

Der Axolotl machte eine leichte Bewegung mit dem Kopf. Die Kiemenäste an seinem breiten Kopf nickten mit.

»Er mag Sie.« Lars Nauke klang gerührt.

»Ja, so ein Axolotl hat Geschmack.«

Eine tiefere Stimme hinter ihr ließ Nadja herumwirbeln. Da stand ein großer, breitschultriger Mann. Seine Funktionshose bot Platz für eine unübersehbare Anzahl an Taschen und Reißverschlüssen. Aus einer lugten grüne Handschuhe hervor, aus einer anderen ein Schlüsselbund, aus der nächsten ein Samentütchen aus Papier.

»Moin, Piet!« Lars Nauke zog den Riesen in eine Umarmung. »Schön, dass wir mal wieder schnacken!«

Ebenfalls ein Nordlicht im Exil, wurde Nadja klar.

»Dr. Piet Mertens – wissenschaftlicher Leiter des Botanischen Gartens«, stellte Lars Nauke ihn vor.

Nadja schüttelte eine Pranke, die von Stacheln aufgeritzt, von rauer Rinde geschliffen, von Pflanzensäften gepflegt schien.

»Du bist zu früh, Piet!«, beschwerte Lars Nauke sich. »Wir haben die Baumwolle noch nicht besichtigt, den Kakaobaum, den Chinarindenbaum, der das allererste Malariamittel lieferte, die Papyrusstaude und die ...« Er holte tief Luft, und diese Pause nutzte Dr. Mertens, um ihn zum nächsten Ausgang zu bugsieren.

»Ihr seid doch zum Arbeiten hier, oder nicht?«

Als sie ins Freie traten, hielt Nadja einen Moment lang die Luft an. Sie wollte die feuchte Dschungelluft in ihren Bronchien behalten. Doch Verkehrslärm drang von der nahe gelegenen B 19 zu ihr, die Sonne schien mit voller Kraft, und Staub legte sich bei jedem Schritt auf ihre Schuhe.

Dr. Mertens ging voran. »Rizinus gehört zu den Wolfsmilchgewächsen. Eine tolle Familie. Sehr potent.«

Eine interessante Beschreibung, dachte Nadja. Er sprach wie von guten Bekannten, die er öfter mal zum Grillen besuchte. Nur das »potent« war dann fragwürdig.

»Der Weihnachtsstern ist ebenso ein Mitglied wie der Kautschukbaum oder Maniok. Viele Arten enthalten weißen oder gelblichen Milchsaft, der nur bei einigen von ihnen giftig ist. Nach ihm ist die ganze Familie benannt.«

»Faszinierend!« Lars Nauke nickte begeistert.

Bestimmt saugten die beiden Nordlichter bei einem gemeinsamen Plausch gegenseitig jedes Fitzelchen Information auf, um es für immer und ewig zu speichern. Das war das eigentlich Faszinierende hier!

»Unser lieber Rizinus steht im Arzneipflanzengarten, in bester Gesellschaft von Lungenkraut, Vogelknöterich und der dreifarbigen Winde. Sein Öl war schon der ägyptischen Hochkultur als wirksames Abführmittel bekannt und wird ja auch heute noch so eingesetzt.«

Sie steuerten in gerader Linie auf das große Gebäude am Eingang des Gartens zu. Dann bogen sie rechts ab, wo ein Schild den »Apothekergarten« auswies. Einige graue Steinstufen führten hinunter, und Nadja glaubte, aus den Augenwinkeln den Blick auf einen Salamander zu erhaschen. So viele Lurche unterwegs. Vielleicht war das ja ein weiterentwickelter Axolotl.

Schon von Weitem sah Nadja eine riesige Pflanze, die sie an einen Drachen in Pflanzenform denken ließ. Die Blätter erinnerten von der Form her leicht an Cannabis, waren aber teils größer als Nadjas Kopf und hatten eine ungewöhnliche violett-rötliche Färbung. Blutrote Stachelbälle leuchteten zwischen den Blättern hervor.

»Das ist sie, oder?« Nadja blieb in sicherer Entfernung stehen. Die Rizinuspflanze überragte Nadja deutlich und war um die zwei Meter hoch.

»Beeindruckend, oder?« Dr. Mertens blickte verliebt auf eins der riesigen gelappten Blätter, das wohl ungefähr fünfzig Zentimeter breit war. »2018 wurde der Ricinus communis zur Giftpflanze des Jahres gewählt, absolut verdient natürlich!«

»Also wenn ich hundert Pflanzen gezeigt bekäme und müsste eine aussuchen, die giftig aussieht, dann würde ich garantiert diese hier wählen«, flüsterte Nadja Lars Nauke zu. Sie fühlte eine instinktive Abneigung gegen die kalten Farben und die dominante Ausbreitung dieser Pflanze.

»Die Kür war längst überfällig! Und du hast hier wirklich ein wunderschönes Exemplar!«, sagte der laut und erntete ein zufriedenes Lächeln des Biologen.

»Wir kultivieren sie hier nur als einjährige Pflanze, weil sie den Frost im Winter nicht überlebt. Im Mai wird sie als kleiner Setzling ausgepflanzt, und dann wächst sie in rasendem Tempo. Ihr habt einen guten Zeitpunkt abgepasst, genau jetzt im Juli und August steht der Wunderbaum in voller Pracht da, und auch die Samen sind dann reif. In den Tropen, wo sie ursprünglich heimisch ist, erreicht sie eine Wuchshöhe von vier bis zwölf Metern. Dann verholzt auch der Stamm wie bei einem richtigen

Baum, das klappt bei uns witterungsbedingt leider nicht, wie gesagt.« Dr. Mertens tätschelte einen der roten Stängel.

»Sind da die Samen drin?« Nadja wies auf eine der Stachelkugeln.

Dr. Mertens streifte sich einen grünen Gartenhandschuh über, an dem Erdbrocken hingen, und zog einen der Bälle näher heran. »Genau, das sind die Früchte, die die Samen enthalten.« Sie sahen ähnlich aus wie Kastanien, wären diese alarmierende Färbung und die weicheren, dichten Stacheln nicht gewesen. »Oben die roten Stacheln sind der weibliche Teil der Blüte, darunter die gelblichen Stacheln sind der männliche Teil. Die Blütezeit ist von Juli bis September, im Inneren bilden sich währenddessen die Samen. Jede dieser Früchte enthält drei Samenbohnen. Ich habe euch mal welche mitgebracht, damit ihr euch das besser vorstellen könnt.«

Dr. Mertens zog eine Plastiktüte aus einer seiner unzähligen Hosentaschen, entknotete sie und legte je einen Samen auf Nadjas und Lars Naukes Handteller.

Er sah aus wie eine hübsche, glatte kleine Bohne. Braun-weiß marmoriert. Wie eine leckere Süßigkeit aus Schokolade.

Der Biologe wandte sich an Nadja. »Falls du einen Hund daheim hast, hast du vielleicht schon mal so eine richtig schön vollgesogene Zecke in seinem Fell entdeckt. Ein bisschen so sehen die Samen ja aus, obwohl sie natürlich viel hübscher sind. Man vermutet, dass der Name Ricinus davon abgeleitet ist. Also von der Zeckenähnlichkeit. ›Ricinus‹ kommt nämlich aus dem Lateinischen und heißt so viel wie Ungeziefer oder Laus.«

Das wurde ja immer besser. Nadja hielt Dr. Mertens den Samen entgegen, bis er ihn endlich wieder entgegennahm. Lars Nauke dagegen beäugte ihn von allen Seiten, schnüffelte daran und streichelte ihn mit dem Nagel seines kleinen Fingers. Nadja erwartete, dass er die Bohne jeden Augenblick in den Mund stecken und zu Versuchszwecken selbst hinunterschlucken würde, und stieß ihn warnend mit dem Fuß an.

Lars Nauke blickte beleidigt auf. »Darf ich den behalten?«

»Natürlich.« Dr. Mertens nickte gnädig. »Du bist wohl auch ein Fan, was? Aber pass auf, dass du die Schale nicht aus Versehen zerbrichst. Die Berührung allein kann dann schon toxische Reaktionen hervorrufen.«

Nadja blickte auf das rote Schild mit der warnenden Aufschrift »Giftpflanze«. »Kann jeder hier herumspazieren und so einen Stachelball mitnehmen?«

Dr. Mertens zuckte die Achseln. »Theoretisch schon. Aber er könnte genauso gut selbst einen in seinem Garten oder auf dem Balkon pflanzen. Man braucht nur einen möglichst sonnigen und windstillen Standort und einen nährstoffreichen, gut durchlässigen Boden. Du kannst die Samen aber auch direkt im Internet bestellen. Die bekommt man schon für ein paar Euro in einem Gartenfachgeschäft, weil der Rizinus eine beliebte Zierpflanze ist. Kann man gut verstehen, wenn man ihn so sieht, oder?«

Nadja wusste nicht, was sie sagen sollte. Sie bewunderte Menschen, die sich für so spezielle Themen begeistern konnten, aber sie selbst konnte diese Art von Begeisterung nur schwer aufbringen.

»Äußerst beeindruckend, in der Tat«, soufflierte Lars Nauke. »Und was muss man dann machen, also mit diesen Samen, um an das Gift ranzukommen?«

»Das ist relativ einfach, da Rizin wasserlöslich ist. Man muss die Samen aufbrechen, etwas zerquetschen und in eine Mischung aus Wasser und etwas Essig geben. So kann man das Gift aus dem Endosperm lösen.«

Endosperm? Nadja überlegte, was er meinen könnte, aber da reichte der Biologe die Erklärung schon nach. »Das Endosperm liegt direkt unter der Samenschale und ist für die Ernährung des Keimlings, des Embryos, zuständig. Es umhüllt sozusagen die Keimblätter und speichert für die Entwicklung des Keimlings alles, was er dafür benötigt. Daher befindet sich hier auch das Rizin.«

Nadja nickte. Das sollte zu finden sein, wenn man so einen Samen untersuchte.

»Je länger du wässerst beziehungsweise je besser du das Endosperm zerkleinerst, desto besser löst sich das Rizin. Das ist dann zwar nicht hochrein, sollte aber genügen. Man braucht ja nur etwa zwei Milligramm Gift für einen Menschen.«

»Kann das auch ein Laie ohne große pharmazeutische oder biologische Kenntnisse schaffen?«, fragte Nadja direkt nach.

Dr. Mertens wiegte den Kopf hin und her. »Ich hab es selbst noch nie ausprobiert. Aber ich nehme schon an, dass das funktioniert. Der Mörder hat sich mit der subkutanen Aufnahme jedenfalls für eine recht erfolgversprechende Tötungsvariante entschieden. Am wenigsten gefährlich wäre die Aufnahme über den Verdauungstrakt. Eine Handvoll kleingeschnittener Bohnen unter das Essen zu rühren, wäre wahrscheinlich einfacher gewesen, als seine Opfer zu überfallen, aber eben auch nicht so zuverlässig.«

»Oder er hatte diese Möglichkeit gar nicht, weil er die Opfer persönlich nicht kannte und gar nicht die Gelegenheit hatte, an ihr Essen heranzukommen«, überlegte Lars Nauke.

Dr. Mertens zuckte die Schultern. »Die Dosierung wäre wahrscheinlich auch schwierig. Rizinus ist eine der giftigsten Pflanzen der Welt, aber die benötigte Anzahl an Samen, um zum Tod zu führen, hängt natürlich vom Körpergewicht ab. Und vom Mageninhalt – wenn er voll ist, wird das Rizin kaum absorbiert. Generell ist die Absorptionsrate von Rizin über den Verdauungstrakt gering, daher kommt es auch kaum zu tödlichen Vergiftungen über diesen Weg. Und dann ist natürlich der Giftgehalt der einzelnen Samen mitentscheidend. Zwischen zehn und zwanzig Samen pro Mensch dürften für eine letale Dosis nötig sein. Das enthaltene Rizin hemmt die Proteinbiosynthese innerhalb der menschlichen Zellen. Dann sterben die Zellen ab.«

»Ist schon gemein«, sagte Lars Nauke düster.

Dr. Mertens dagegen klang richtig stolz, als er weitersprach: »Rizin ist von den Vereinten Nationen sogar als potenzielle Massenvernichtungswaffe eingestuft und unterliegt deshalb den Chemiewaffenkonventionen. Es tauchte in der Geschichte

der letzten hundertfünfzig Jahre immer wieder mal auf: sei es in
den Munitionslaboren der Kanadier und Amerikaner während
des Ersten und Zweiten Weltkriegs, in Briefen unzufriedener
Bürger an US-Präsidenten oder in verlassenen Al-Qaida-Häusern in Kabul.«

»Und auf der Alten Mainbrücke.«

»Genau.« Dr. Mertens strahlte. »Spannend ist das ja schon.
Obwohl mir der Vergiftete wirklich leidtut. Das war bestimmt
nicht sehr angenehm. Ich würde den Täter ja zu gern fragen,
wie er ausgerechnet auf Rizin gekommen ist. Ob er dafür wohl
einen bestimmten Grund hatte? Erzählt ihr es mir, wenn ihr
ihn geschnappt habt?«

Ganz bestimmt nicht, dachte Nadja, und setzte ein unverbindliches Lächeln auf. Lars Naukes Theorie vom Nachahmungstäter des Regenschirm-Attentats kam ihr wieder in den
Sinn. Aber dafür gab es außer einer gewissen Ähnlichkeit des
Tathergangs keinen konkreten Beweis. Sie schob die Überlegung beiseite, als sie sich bei dem Biologen bedankte, Professor
Nauke unterhakte und Richtung Ausgang zog. Weg von all
diesen Pflanzen mit ihren beunruhigenden Wirkungen. Die
Bohnen der Coffea arabica waren die einzigen, die sie den Rest
des Tages in ihrer Umgebung dulden würde.

Peter / Mittwoch, 05.07., Keesburg

Peter bog in eine ruhige Straße auf der Keesburg ein, gesäumt
von Wohnhäusern, deren bemooste Dachziegel, hohe Hecken
und Efeubewuchs bewiesen, dass sie keine Neubauten waren.
Dafür sahen sie aber umso schöner aus.

Einige Villen ragten über die anderen Häuser hinaus, und
einmal glaubte Peter sogar, das aquamarinblaue Wasserblitzen
eines Pools auf einem Grundstück zu erhaschen. Doch das
Häuschen, vor dem er anhielt, war eines der kleinsten in der
Straße. Jemand hatte die Jalousien gegen die Hitze herunter-

gelassen, und so lag es da wie ein trotziger kleiner Bunker, beige gestrichen, mit Fensterläden in der historisch anmutenden Farbe Ochsenblut.

Peter stieg aus dem Auto und schob sich die Sonnenbrille vor die Augen. Die Luft flirrte auf dem Asphalt, und er beeilte sich, in den Schatten des Hauses zu gelangen. In der Garagenauffahrt stand ein mintgrüner Smart mit einem großen MainSchatz-Logo auf der Fahrertür. Das Herz schwamm erwartungsvoll den Main hinunter. Frau Beckmann schien ungewöhnliche Farbtöne zu bevorzugen. Peter warf nur einen kurzen Blick darauf, doch dann stutzte er. Langsam ging er auf das Auto zu und stellte sich davor. Im Lack prangte ein hässlicher Kratzer. Er verlief einmal quer über die kleine Motorhaube, sorgfältig von der linken unteren Ecke zur rechten oberen. Die Kratzspur sah nicht so aus, als wäre sie durch Zufall entstanden. Nachdenklich ging Peter zur Haustür zurück. Er klingelte und lauschte dem Glockenspiel nach.

Kathrin Beckmann öffnete ihm. Die Wohnung hinter ihr lag im dämmrigen Dunkel, und Peter musste unwillkürlich an eine Eule denken, die schläfrig aus ihrem Baumloch hervorzwinkerte. Vielleicht blinzelten ihre großen Augen hinter der Brille aber auch eher nervös. Ihr rotes Haar stand frisch geföhnt vom Kopf ab, und sie trug ein bequemes blaues Hauskleid.

»Herr Steiner.« Sie nickte ihm knapp zu.

»Sie sind krank?« Das zumindest war die Aussage einer Mitarbeiterin bei MainSchatz gewesen. Sie hatte froh darüber geklungen, Peter die Privatadresse der Chefin geben zu können und sich nicht selbst im Büro mit ihm herumschlagen zu müssen.

»Ich nicht. Aber Helen.« Sie schlug die Tür hinter Peter zu, wie um möglichst wenig heiße Luft hereinzulassen.

»Helen?«

»Meine Tochter. Sie kennen sie doch.« Sie sah ihn strafend an, als hätte er seine Hausaufgaben nicht gemacht. »Sie leidet seit ihrer Kindheit immer wieder an heftigen Migräneanfällen.

Da ist sie völlig ausgeknockt und kommt alleine nur schwer zurecht. Ich sage ihr kurz Bescheid.«

Peter folgte der Eulenfrau ein wenig ratlos zu einer offen stehenden Zimmertür. Auch hier waren die Rollläden komplett heruntergelassen. Seine Augen mussten sich erst an die Dunkelheit gewöhnen, bevor er das Bett an der Wand und die Frau darin erkennen konnte. Auf ihrer Stirn lag ein Gel-Kühlpad. Der Körper verschwand völlig unter einer mit geometrischen Formen bedruckten Bettdecke. Sie blinzelte Peter verwirrt entgegen, und in diesem Moment erkannte er die kleinwüchsige Computerspezialistin aus dem MainSchatz-Büro wieder, die ihm das Profil von Emilio Colombo gezeigt und ihm die Korrespondenz der beiden Opfer geschickt hatte. Sie hatte ihm außerdem von einer Serienmörderin erzählt, die vor hundertfünfzig Jahren ihre Opfer mit Kontaktanzeigen in die tödliche Falle lockte. Warum hatte er das immer noch nicht nachgelesen? Peter ärgerte sich über sich selbst.

»Gute Besserung«, sagte er mit Blick auf den roten Eimer, der neben dem Bett stand, und die Tablettenpackungen auf dem Nachttisch.

»Danke.« Ihre Stimme klang matt.

Frau Beckmann strich ihr übers Haar und zupfte die Bettdecke zurecht. »Ich hol dir noch ein frisches Wasser. Dann gehen der Kommissar und ich ins Wohnzimmer. Ruf, wenn du dich erbrechen musst.«

Helen nickte und hielt dabei ihr Kühlpad auf der Stirn fest. Peter blickte sich im Zimmer um, während Frau Beckmann mit dem leeren Wasserglas verschwand. Er musterte den Schreibtisch mit dem Computer und der kabellosen Gaming-Tastatur, deren Tasten blau leuchteten. Zu gerne hätte er sich auf den gepolsterten Stuhl gesetzt und mal eine Runde gezockt. Aber das Licht und die Geräusche hätten Helens Migräne bestimmt bloß verschlimmert. Außerdem würde Bully ihn für diese Interpretation von Arbeitszeit vierteilen. Stattdessen schlenderte Peter zu ihrem Bücherregal und versuchte im wenigen Licht, das von draußen hereindrang, einige Titel zu entziffern. Der erste Autorenname kam ihm bekannt vor. Der zweite ließ ihn stutzen. Das dritte Buch zog er dann heraus. Ted Bundy. »The Only Living Witness«.

Peter starrte auf das Foto eines der bekanntesten Serienkiller der Welt. Er warf einen Blick zum Bett hinüber, wo Helen reglos dalag. Es war also kein Zufall gewesen, dass sie einen Artikel über die amerikanische Serienmörderin gelesen hatte. Sie besaß Bücher über Charles Manson, Pablo Escobar und Alexander Jurjewitsch Pitschuschkin, der als Schachbrettmörder in die russische Kriminalgeschichte einging, weil er genauso viele Morde begehen wollte, wie es Felder auf seinem Schachbrett gab, nämlich vierundsechzig. Peter schlug das Buch wahllos auf. »Der erste Mord ist wie das erste Mal verliebt sein – unvergesslich.«

Peter fuhr erschrocken zusammen, als er ein Geräusch hinter sich hörte.

»Ist sie eingeschlafen?«, fragte Kathrin Beckmann, die mit einem Glas Wasser neben ihm stand.

Peter hatte es nicht mitbekommen. Er blickte wieder auf das Buch. »Auf die Frage, was er getan hätte, wenn er die Zahl vierundsechzig erreicht hätte, antwortete Pitschuschkin, er hätte wohl ein neues Brett gekauft.«

»Helen interessiert sich für True Crime.« Kathrin Beckmann wies auf das Regal. »Sie liest sehr viel dazu und hört auch gerne Podcasts zu dem Thema.«

»Ah ja.« Peter versuchte, die Benommenheit abzuschütteln, die ihn in dieser dunklen Höhle plötzlich überkommen hatte.

»Das ist ja ein richtiger Trend mittlerweile.« Die Eulenfrau stellte das Wasser in Reichweite ihrer Tochter und schlich aus dem Zimmer, wobei sie Peter mit einer Handbewegung bedeutete, ihm zu folgen. Verwirrt ging er ihr hinterher. War es normal, dass sich junge Frauen zum Spaß mit Serienmördern befassten? Würde ihn Mariechen in ein paar Jahren enthusiastisch zu seinen blutigsten Fällen befragen?

Kathrin Beckmann schien seine geistige Abwesenheit nicht zu stören. Sie bugsierte ihn in ein kleines Wohnzimmer mit einem Klavier an der Wand und vielen baumelnden Grünlilien in Hängetöpfen, deren Blättern und Ablegern Peter ausweichen musste, als er das Zimmer durchquerte. Er setzte sich auf ein niedriges Rattansofa und besann sich, weshalb er eigentlich hier war. Marigold Bremser und die Vorwürfe gegen Dr. Markwart. Aber er würde langsam anfangen, Kathrin Beckmann erst mal zum Reden bringen, damit sie aufgewärmt war, wenn er zum eigentlichen Thema kam.

»Wir haben mittlerweile mit einigen Usern von MainSchatz gesprochen und uns auch einen Überblick über die Aktivitäten der beiden attackierten Männer verschafft. Was mich dabei interessieren würde: Wie funktioniert das denn überhaupt mit den Datingvorschlägen? Also wie entscheidet das Programm, welche Menschen es zusammenzuführen versucht?«

Kathrin Beckmann lehnte sich in ihrem Sessel zurück. »Der Algorithmus funktioniert besser, je länger und intensiver man das Portal nutzt. Er lernt sozusagen dazu. Auf welchen Profilen verweilst du besonders lange? Mit wem startest du eine Interaktion? Wen klickst du sofort weg? Das merkt sich die künstliche Intelligenz. Sie vergleicht beispielsweise mittels einer Gesichtserkennung Merkmale von Usern und versucht, Gemeinsamkeiten darin zu finden, was dir attraktiv erscheint. Wenn du Frauen mit Sommersprossen immer sofort verwirfst, wirst du irgendwann keine Sommersprossigen mehr vorgeschlagen bekommen. Das alles hilft uns, herauszufinden, wer besonders gut zu dir passen könnte. Und das ist natürlich unser Ziel. Denn ein User bleibt der App nur dann treu, wenn er auch von den Vorschlägen überzeugt ist.«

»Der gläserne User?«, fragte Peter spöttisch.

Sein Gegenüber zuckte mit den Schultern. »So würde ich das nicht nennen. Es hilft dir ja selbst, wenn wir möglichst viele Daten auswerten und dadurch deine Suchinteressen verfeinern können.«

Peter mochte es nicht, dass sie immer von einem Du sprach und er das Gefühl hatte, dass sie ihn damit meinte. Gedankenverloren musterte er die Grünlilienableger, die vom Wandregal herunterbaumelten. Irgendwie fand er diese Pflanzen mit ihrem aufdringlichen Hang zur Vermehrung unsympathisch.

Kathrin Beckmann folgte seinem Blick. »Sie sind gut für das Raumklima. Sie nehmen schädliche Gase wie Formaldehyd, Benzol oder Kohlenmonoxid aus der Luft auf.«

»Ah. Praktisch. Erste Wahl, wenn man ein Formaldehyd-Problem hat also.« Peter räusperte sich. »Und was passiert anschließend mit den Informationen? Es wäre doch lukrativ, wenn man diese ganzen gesammelten, hochinteressanten Daten weitergibt. An ein großes Unternehmen, das die User dann gezielt mit Werbung bombardieren kann. Frau Y hat angegeben, dass ihr Urlaub in den Bergen Spaß macht? Oh, spielen wir ihr doch mal Werbung für ein Wellnesshotel in Tirol ein. Herr X besitzt einen Münsterländer? Hier, eine Anzeige für das leckerste Hundefutter! Damit könnte man doch viel Geld machen.«

»*Man* könnte das vielleicht. Wir nicht. Mir gefällt nicht, was Sie uns da unterstellen, Herr Steiner. Wir sind ein seriöses Unternehmen. Seriös!«

Nachdenklich sah Peter sie an. Er erinnerte sich, dass Kathrin Beckmann dieses Wort auch schon bei der ersten Vernehmung in den Räumen der Agentur benutzt hatte. Warum war es ihr so wichtig, die Seriosität zu betonen? Warum war sie so in Verteidigungsbereitschaft? Er dachte an die Frage, ob Emilio Colombo in irgendeiner Weise überwacht worden war, ob private Infos über MainSchatz nach draußen gedrungen waren, an die Hundekacke an der Eingangstür der Agentur. Und an den zerkratzten Lack des Smarts mit Firmenlogo. Sehr seriös. Da plötzlich erkannte er die Verbindung der letzten beiden Vorfälle.

»Das war nicht der erste Anschlag auf Sie. Sie wissen, wer dahintersteckt!« Er streckte den Zeigefinger gegen Kathrin Beckmann aus. »Sie wissen, wer die Kacke dahin geschmiert hat. Sie wissen, wer Ihr Auto zerkratzt hat!«

Kathrin Beckmann presste die Lippen zusammen.

»Aber Sie wollen es mir nicht sagen. Warum nicht? Warum

haben Sie nicht gleich beim ersten Vorfall die Polizei informiert?« Peter lehnte sich ihr entgegen und sah sie forschend an.

Schließlich wandte Kathrin Beckmann als Erste den Blick ab. »Wir vermuten, dass eine enttäuschte Kundin dahintersteckt. Und wir wollen natürlich keine negative Publicity.«

»… weil die Kundin zu Recht enttäuscht ist?« In Peter stieg eine Ahnung auf, er spürte das Flattern einer Idee im Bauch.

»Die betreffende Dame hat uns vor einigen Wochen kontaktiert und um Auskünfte über einen anderen Klienten gebeten. Die konnten wir ihr natürlich nicht erteilen. Daraufhin hat sie uns beschuldigt, dass wir einen Verbrecher decken wollen. Sie hat wüste Anschuldigungen gegen den Mann und gegen uns erhoben, sie wurde richtig ausfallend.«

»Und der Name dieser erbosten Kundin lautet?« Peter wollte es aus dem Mund der Agenturchefin hören.

»Marigold Bremser.«

Peter sah die Axt durch die Luft sausen. Er hatte noch immer nicht recherchiert, was dem Anglerfisch bei der Paarung Verstörendes zustieß. Aber jetzt waren sie beim eigentlichen Thema angekommen.

»Anfangs hat sie uns nur am Telefon beschimpft, aber dann stand sie eines Tages vor der Tür und hat herumgeschrien. Wir haben sie schnellstmöglich hinauskomplimentiert. Und plötzlich gab es immer mehr unangenehme Überraschungen: Briefe mit abgeschnittenen Zehennägeln oder benutzten Taschentüchern darin, den zerkratzten Autolack, ein Plakat an der Eingangstür mit einem durchgestrichenen MainSchatz-Logo und darunter die Begriffe Maingeld, Mainverrat, MaineScheinheiligkeit, dann die Hundekacke an der Türklinke …« Erschöpft hielt sie inne. »Wir haben natürlich auf die Vorwürfe reagiert. Helen hat ein neuartiges Sicherheitssystem entwickelt. Wenn zwei MainSchatz-User sich zum Date verabreden, können sie das der App inzwischen mitteilen. Beide müssen vorab Ort, Datum und Uhrzeit hinterlegen und während des Treffens kurz bestätigen, dass es tatsächlich stattfindet. Wenn während des Dates etwas Unangenehmes vorfallen sollte, dann hat der Klient oder die Klientin einen Beweis für die Verabredung, und wir können nachvollziehen, wer beteiligt war.«

»Aber das hat Frau Bremser als Buße Ihrerseits nicht gereicht?«

»Langsam glaube ich, es reicht ihr erst, wenn sie uns alle in den Wahnsinn getrieben hat.« In Kathrin Beckmanns Gesicht war keine Spur von Humor zu sehen. »Dabei legt unsere App sowieso schon mehr Wert auf Sicherheit als vergleichbare Anbieter. Wir haben von Anfang an mit einigen Cafés und Restaurants in Würzburg, Sommerhausen und Randersacker zusammengearbeitet. Da gibt es je einen Tisch, den man direkt über unsere Website für ein Date reservieren kann. Beispielsweise, wenn man es gemütlicher angehen will und auf eine Challenge verzichtet. Je nach Wunsch der User haben die Kellnerinnen und Kellner dann auch ein besonderes Augenmerk darauf und schauen so ein bisschen, ob sich die Parteien auch wohlfühlen, ob alles in Ordnung ist. Das erhöht das Sicherheitsgefühl vor allem unserer weiblichen Kunden enorm.«

»Gute Idee«, sagte Peter beeindruckt.

»Ja, aber wenn ein Pärchen sich dann irgendwo anders verabredet, dann können wir halt auch nichts machen. Ich kann nicht nur auf eine Anschuldigung hin, dass jemand seinen Teil der Rechnung nicht gezahlt hat, private Daten herausgeben.«

»Sie wissen also Bescheid, was vorgefallen ist.«

»Was laut Frau Bremser vorgefallen ist«, korrigierte Kathrin Beckmann.

»Haben Sie denn den Kontakt zu Herrn Markwart gesucht und ihn danach gefragt?«

Die MainSchatz-Chefin fühlte sich sichtlich unwohl. »Der Mann hat einen Doktortitel. Das ist so einer, der gleich die Anwälte aufmarschieren lässt.«

»Also nein«, stellte Peter fest. Marigold Bremser tat ihm plötzlich leid mit ihrer Scham und ihrem Zorn, der nirgendwo Gehör fand. Die Hundekacke an der Türklinke rechtfertigte

DER·TOD·DES·ALBERT

UNGLÜCK·ODER·VERSCHWÖRUNG?

CAMUS

www.emons-verlag.de

emons: **Tel. 0221-5697-0 · info@emons-verlag.de**

☐ **Bitte senden Sie mir das aktuelle Verlagsprogramm zu**

☐ **Ich möchte den Newsletter von** emons: **per E-Mail erhalten**

☐ **Ich habe Interesse an Krimis aus folgender Region:**

[ ]

f **Besuchen Sie uns auch auf www.facebook.com/EmonsVerlag**

Name

Straße

PLZ/Ort

E-Mail

emons: **verlag**
Cäcilienstraße 48

50667 Köln

das aber trotzdem nicht. Peter musste sich davon abhalten, prüfend an seiner Hand zu schnuppern.

Hastig unternahm Kathrin Beckmann einen Versuch der Rechtfertigung. »Dass einer der Partner ein Treffen als unangenehm empfindet und sich abseilt, passiert schon mal, auch wenn es natürlich sehr unhöflich ist. Unsere Unternehmenskultur sieht so etwas gar nicht gern. Ich weiß selbst, wie unsicher man sich bei Treffen mit Unbekannten fühlen kann. Ich habe Helen alleine großgezogen. Als alleinerziehende Mutter ist man sowieso sehr verletzlich, es gibt von allem zu wenig. Zu wenig Geld, zu wenig Zeit, zu wenig Chancen. Man hat neben Kinderbetreuung und Arbeit kaum Möglichkeiten, einen Mann kennenzulernen, außer übers Internet. Manchmal, wenn Helen bei der Oma war und ich mir noch schnell ein Kleid übergestreift und die Haare gebürstet habe, habe ich mich gefragt, ob ich an diesem Abend einem Psychopathen in die Arme laufe oder ob ich heil wieder zu meiner Kleinen nach Hause komme.«

»Dann müssten Sie aber doch besonders Verständnis für Frau Bremser gehabt haben, die mit einer horrenden Restaurantrechnung sitzen gelassen wurde.«

»Habe ich. Ich finde es schrecklich, wenn ihre Aussage der Wahrheit entspricht. Aber in MainSchatz stecken meine ganzen Ersparnisse. Das muss laufen. Da können wir uns keine polizeiliche Ermittlung leisten, keine Zeitungsberichte über unhöfliche Männer oder rachsüchtige Frauen. Sonst meldet sich doch keiner mehr bei uns an.«

»Und jetzt haben Sie trotzdem eine Ermittlung am Hals. Sogar eine Mordermittlung«, stellte Peter fest.

»Aber von MainSchatz war bisher in keinem Artikel die Rede, ich lese alles, was ich dazu finden kann. Ich danke Ihnen, dass Sie unseren Namen rausgehalten haben, Herr Steiner! Ihnen und Ihren Kolleginnen und Kollegen.«

Der plötzliche Umschwung von Rechtfertigung zu Dankbarkeit war Peter peinlich. Er murmelte etwas Unverständliches und stand auf, um sich zu verabschieden.

»Warten Sie, ich gebe Ihnen noch etwas mit.« Die Eulenfrau zwinkerte durch ihre Brille. Sie schälte sich ebenfalls aus ihrem Sessel, ging zum nächsten Grünlilientopf hinüber und pflückte drei Ableger. »Hier, ein kleines Dankeschön, da Sie sich ja für die Pflanzen interessieren. Einfach ins Wasser stellen. Die treiben Wurzeln aus, und dann können Sie sie irgendwo einpflanzen.«

Peter sah etwas ratlos auf die länglichen grünen Blätter mit den weißen Streifen in seiner Hand hinunter. »Vielen Dank. Das ist ja sehr … aufmerksam von Ihnen.«

»Mama!« Ein dringlicher Ruf aus dem Zimmer nebenan.

Kathrin Beckmann stürzte los. Peter folgte ihr etwas langsamer.

Helen Beckmann kauerte auf dem Boden vor ihrem Bett, umklammerte den roten Eimer und übergab sich unter heftigem Würgen. Ihr blaues Nachthemd war nass geschwitzt.

Ihre Mutter kniete sich neben sie und hielt ihr die Haare aus dem Gesicht. »Das wird auch wieder besser, Schatz. Bald gehen die Schmerzen weg.« Sie strich ihrer Tochter mit ruhigen Bewegungen über den Rücken.

Peter flüsterte einen Abschiedsgruß und schlich sich mit den Ablegern in der Hand hinaus. Als er am Bücherregal vorbeikam, musste er an Pitschuschkin denken. *Er hätte wohl ein neues Brett gekauft.*

Nadja / Mittwoch, 05.07., Sanderau

Auf dem Weg zu Dr. Markus Markwart schaltete Nadja das Autoradio nicht ein. Elif saß mit geschlossenen Augen auf dem Beifahrersitz und lehnte den Kopf an die Scheibe. Nadja warf ihr einen besorgten Blick zu. Ihr war nicht entgangen, dass die Augenringe ihrer Kollegin in den letzten Tagen immer tiefer zu werden schienen. Deshalb hatte sie vorgeschlagen, dass Elif sie zu Markwart begleitete. So hatten sie zumindest auf dem Weg ein paar ruhige Minuten für ein Gespräch. Aber jetzt sah es so aus, als brauche Elif die Pause noch dringender als gedacht.

»Ich komme zurecht«, sagte Elif plötzlich, ohne die Augen zu öffnen.

»Das ist gut«, antwortete Nadja vorsichtig.

»Das wolltest du doch wissen, oder? Ob ich euch die Ermittlung versauen könnte, wenn ich nicht fit bin, ob ich schlappmache.«

»Eigentlich hab ich mich nur gefragt, warum es dir schlecht geht und ob ich dir helfen kann.«

»Kannst du nicht.«

Nadja schwieg. Sie folgte dem oberen Mainkai in Richtung Sanderau. Der Verkehr floss zäh um diese Zeit. Sie hatte Zeit, einen Blick aus dem Fenster zu werfen. Die Festung thronte unbeeindruckt über der Stadt. Die Schicksale ihrer Bewohner rührten sie nicht, dazu waren die Verteidigungsgräben zu tief, die Mauern zu dick.

»Meiner Tochter geht es nicht gut«, begann Elif langsam. Dann, plötzlich, sprudelte es aus ihr heraus: »Sie hat massive Schlafstörungen, seit vor drei Wochen ihr Kuschelesel verschwunden ist. Wir haben ihr einen neuen gekauft, der genauso aussieht, aber er wirkt nicht so wie der alte. Es ist fast so, als hätte der richtige Esel die Monster von ihr ferngehalten. Jetzt ist er weg, und die Nacht macht ihr Angst.«

»Das ist bestimmt wahnsinnig anstrengend für euch«, antwortete Nadja vorsichtig. Sie hielt an einer Ampel. »Ich kann es wahrscheinlich nicht so richtig nachvollziehen, weil ich keine Kinder habe, aber das wirkt sich sicher auf die ganze Familie aus.«

»Ja.« Elif starrte vor sich hin. »Der Schlafentzug ist brutal. Aber die Sorgen sind noch schlimmer. Wenn sie vor Angst weint und sich übergibt und sich an uns klammert, aber trotzdem keine Sicherheit findet … und wir können ihr einfach nicht helfen. Wir haben so viel probiert, mit dem Kinderarzt gesprochen, eine Beratungsstelle besucht, das Licht angelassen, die Schlafumgebung verändert, sie zu uns ins Bett geholt, Entspannungstechniken ausprobiert ...«

»Das klingt heftig. Als hätte sie den Verlust des Esels als etwas sehr Verstörendes erlebt.«

Elif nickte bloß.

»Willst du dich dann nicht lieber ein paar Tage krankmelden, bis du dich etwas erholt hast?«, fragte Nadja.

»Mein Mann hat sich den Rest der Woche freigenommen und versucht jetzt nachts möglichst viel aufzufangen.«

»Gut. Du gibst Bescheid, wenn du es trotzdem zu viel wird, ja?«

»Ja.« Elif nickte erneut.

Den Rest des Weges schwiegen sie. Nadja parkte am Ludwigkai. Sie stiegen aus und liefen die wenigen Meter zum Haus, in dem Dr. Markwart wohnte.

Elif blickte an dem vierstöckigen gelben Haus empor. »Er erwartet uns nicht, oder?«

»Nein, aber er hat auf der Arbeit ein paar Tage freigenommen, also ist er vermutlich daheim. Nach der Untersuchung durch Lars Nauke haben wir ihm gesagt, dass er vorsichtshalber in der Stadt bleiben soll und sich jederzeit melden darf, wenn ihm etwas verdächtig vorkommt.«

Die Haustür stand halb offen, und Nadja studierte die Klingelschilder. »Er wohnt ganz oben. Lass uns hochgehen.«

»Komisch, dass die Tür offen ist, oder? Also bei uns kriegt die Hausverwaltung einen Anfall, wenn die das mitkriegen. Die Wohnungstüren sind ja oft vergleichsweise wenig gesichert.«

Nadja zuckte die Schultern. »Vielleicht haben die Leute hier keine Angst vor Einbrechern.«

»Markwart sollte sich jedenfalls vorsehen«, brummte Elif.

Sie entschieden sich, die Treppe zu nehmen, und kamen an einer Wohnung mit einem bunten Berg Gummistiefel vor der Tür vorbei. Dann eine Wohnung mit Kätzchenfußmatte und eine, an der noch ein Kranz aus Stechpalme und Lametta hing. Nur die Tür zu Markwarts Wohnung zeigte keinerlei persönliche Note, bis auf das Namensschild neben der Klingel. Von drinnen erklang leise Musik.

A walk in the park, a step in the dark.
A walk in the park, a trip in the dark.
I'm getting away, escaping today.

Nadja drückte den Klingelknopf. Sie warteten einen Moment, doch als nichts geschah, klingelte sie erneut und ließ den Finger diesmal länger auf der Klingel.

A walk in the park.
Away from all
The busy streets of my mind.
I seek a straighter path.
I seek a shady clay in which to unwind.
But why do we go on.
In spite of mistakes.
In spite of destruction.

Elif pochte an die Tür. »Herr Markwart? Hier sind zwei Ermittlerinnen vom K1. Wir würden gerne noch mal mit Ihnen sprechen.«

Die Musik brach plötzlich ab. Eine atemlose Stille folgte.

Nun klopfte auch Nadja. Das lackierte Holz fühlte sich glatt an unter ihren Knöcheln.

»Dr. Markwart. Wir haben doch gehört, dass Sie da sind. Wir müssen noch einige Dinge klären.«

Stille.

Dann zog leises Rascheln aus dem Inneren der Wohnung ihre Aufmerksamkeit auf sich. Schritte, die näher kamen, innehielten und sich wieder entfernten. Elif presste ihr Ohr gegen die Tür.

»Da ist eindeutig jemand drin.« Sie flüsterte. »Nadja, riechst du das?«

Nadja näherte sich mit dem Gesicht der Tür. Rauch. Dadrin

brannte irgendetwas. Für einen Moment lang dachte Nadja an den peinlichen Auftritt bei Ojuna. Konnte sich hier etwas Ähnliches anbahnen? Sie zögerte.

»Gefahr im Verzug?«, raunte Elif.

Nadja nickte. »Halt die Stellung. Ich rufe kurz Mancini an.« Sie rannte einige Treppenabsätze hinunter, um telefonieren zu können, ohne dass der Mensch in der Wohnung mithören konnte.

Der Staatsanwalt meldete sich sofort.

»Ich wollte kurz Ihre Einschätzung hören.« Nadja erläuterte die Situation. »Es ist jemand in der Wohnung, und wir haben Rauchgeruch bemerkt. Wir befürchten, dass sich Dr. Markwart in einer Notsituation befinden könnte. Vielleicht hat der Attentäter einen erneuten Versuch gestartet.«

»Gehen Sie rein«, befahl Mancini knapp. »Wie ist die Adresse? Ich schicke Ihnen ein Team und die Feuerwehr.«

Nadja schlich die Treppe wieder hoch und zeigte Elif den Daumen nach oben. Diese nahm bereits das Schloss in Augenschein. Nadja vergewisserte sich, dass ihre Dienstwaffe griffbereit unter dem kurzärmeligen Blazer saß. Sie sah sich nach etwas um, das sie als Werkzeug nutzen konnten.

In der Wohnung schrillte ein Alarm los. »Der Feuermelder! Wir müssen uns beeilen!«, rief Elif. »Hoffentlich ist die Tür nur zugezogen und nicht von innen abgeschlossen.«

Sie holte ein Stück Draht aus ihrem Rucksack. Er war ungefähr zwanzig Zentimeter lang, dünn, sah aber dennoch stabil aus. Vor allem war er schon rechtwinklig vorgeformt. Improvisiertes Einbrecherwerkzeug, dachte Nadja überrascht. Sie sah kommentarlos zu, wie ihre Kollegin den Draht zwischen Tür und Türkante schob. Elif fuhr mit dem Draht auf und ab, um den Schnappzylinder hineinzupressen. Mit der anderen Hand ruckelte sie die Tür sachte hin und her, bis die Schlossfalle aufsprang. Das Klicken ging im lauten Warngeräusch des Feuermelders unter, doch die Tür schwang auf.

Nadja sprang hinterher, die Waffe im Anschlag. »Herr Markwart!«

Elif schrie gegen den Feuermelder an, das Gesicht blass vor Konzentration. Der verkokelte Geruch wurde intensiver. Ein Knistern führte sie ins Wohnzimmer.

Nadja sicherte den Raum erst vom Türrahmen aus, bevor sie eintrat. Auf einem kniehohen Glastisch vor einem grauen Sofa brannte ein Stapel Papiere in einem Kochtopf lichterloh. Eine Bewegung am Fenster erregte ihre Aufmerksamkeit.

»Da ist jemand auf dem Balkon!«, schrie sie Elif entgegen.

Die rannte los, auf die offene Balkontür zu. Nadja folgte ihr, begleitet von dem unerträglich lauten Warngeräusch, das in ihrem Kopf widerhallte.

Auf dem Balkon standen ein Klapptisch und ein Stuhl, und an der Brüstung hingen einige Balkonkästen, in denen zur Unkenntlichkeit verwelkte Pflanzen vegetierten. Ein Mann kauerte auf der Brüstung, hielt sich an der Hauswand fest und schwang sich zu der Feuerleiter hinüber, die an der Wand befestigt war. Silbergrau verschwand sie in der Tiefe.

»Markwart!«, schrie Nadja. »Bleiben Sie stehen! Wir sind von der Polizei.«

Doch der Flüchtige wandte nicht einmal den Kopf. Seine Finger krallten sich um die Leiterstreben, und wacklig einen Fuß vor den anderen setzend, machte er sich an den Abstieg. Ohne zu zögern, schwang Elif ihr Bein auf die Brüstung. Dabei stieß sie einen Aschenbecher hinab, der unten auf dem Boden zerschellte. Markwart zuckte zusammen, doch er hielt nicht inne.

»Geh du durch die Wohnung zurück über die Treppe. Vielleicht findest du einen Eingang zum Hinterhof!«, rief Elif ihr zu.

Nadja steckte ihre Pistole weg und sprintete los. Doch sie hatte es kaum durch die Balkontür geschafft, als ein Windzug durch die Wohnung jagte, ausgelöst durch die offene Tür hinter ihr und die aufgebrochene Wohnungstür.

Durch den Windstoß wirbelten die Papiere aus dem Kochtopf plötzlich hoch in die Luft. Nadja sah mit Entsetzen, wie brennende Papierfetzen an ihr vorbeisegelten. Sie tanzten durch die Luft wie kleine Drachen und suchten nach Landeplätzen. Einer ließ sich auf dem Teppich nieder, ein anderer krallte sich im dunkelblauen Vorhang fest, ein dritter verlosch auf dem Parkett, ein vierter flog zur Küchenzeile hinüber, ein fünfter kuschelte sich in die Sofakissen. Sie spien Funken aus, die Flammen fanden Nahrung und verschlangen diese bereitwillig. Innerhalb von Sekunden war Nadja von mehreren Brandherden umgeben.

Sie spürte die Hitze um sich herum. Ihre Haut kribbelte, als sie die Tür zum Wohnzimmer schloss, um den Luftzug abzublocken, und eine Decke vom Sofa an sich riss. Sie brachte es nicht über sich, die Balkontür zu schließen, falls Elif sie um Hilfe rief.

Dann schlug sie auf die Flammen ein, die ihr vom Schurwollteppich entgegenloderten. Ein unerträglicher Geruch nach verbrannten Haaren hing in der Luft und machte das Atmen schwierig. Über ihr gellte der Feuermelder. Nadja spürte ihre Arme müde werden, als sie immer wieder ausholte und mit der Decke zwischen die Flammen schlug. Sie kniff die Augen gegen den Qualm und die Hitze zusammen. Endlich schaffte sie es, das Feuer auf dem Teppich zu ersticken. Die letzten Glutnester trat sie mit den Turnschuhen aus.

Doch als sie sich umdrehte, züngelten Flammen in allen Ecken des Raumes. Es knisterte und loderte. Nein, dagegen kam sie nicht an. Das konnte sie nicht alleine schaffen. Ein Gefühl der Hilflosigkeit überkam sie und lähmte ihre Gedanken. Das Ende kommt mit Feuer und Rauch. Nadja hustete, ihre Augen tränten. Die Hitze und die Dämpfe lösten eine Benommenheit aus, die nur von dem Drang nach frischer Luft in Schach gehalten wurde. Jeder Atemzug kratzte in der Lunge. Instinktiv barg Nadja den Mund in der Armbeuge. Sie musste hier raus.

Die Tür flog auf und knallte gegen die Wohnzimmerwand, als drei Polizisten in voller Kampfmontur hindurchbrachen. Noch nie war Nadja so froh gewesen, die schwarz glänzenden Helme zu sehen. Hinter ihnen zwei Feuerwehrleute mit

Löschschläuchen. Nadja ließ die Decke fallen. Sie wankte mit zitternden Armen auf den Balkon hinaus und beugte sich über die Brüstung. Elif stand unten und schloss gerade Handschellen um Markwarts linkes Handgelenk und die metallene Leiterstrebe.

»Der läuft uns nicht mehr weg. Was ist bei dir da oben los? Soll ich wieder hochkommen?«, rief sie nach oben.

Müde winkte Nadja ab. Dann holte sie tief Atem und erbrach sich über eine kümmerliche Geranie.

8

Peter / Mittwoch, 05.07., Kriminalpolizeiinspektion in der Zellerau

In Peters Kopf summte alles durcheinander, als er die wenigen Treppen zur Eingangstür des Kripogebäudes hochrannte. Die Eulenfrau und ihr migränegeplagtes Küken, ein russischer Serienkiller, Marigold Bremser als böse Hexe und das, was er gerade am Telefon vom flüchtenden Markwart und dem Feuer in dessen Wohnung erfahren hatte. Zeit, dass er im K1 nach dem Rechten sah.

Unwillkürlich atmete er auf, als er die gleißende Sonne hinter sich ließ und in den Schatten eintauchen konnte. Hier drinnen war es fast genauso heiß wie draußen, aber zumindest hatte er in den schattigen Gängen nicht das Gefühl, geröstet zu werden wie ein Burgerpatty.

Als Erstes ging Peter in die Küche, um sich einen Kaffee zu machen. Auf die Idee war er anscheinend nicht als Einziger gekommen. Elif und Heideckert saßen bereits mit Kaffeetassen am Küchentisch. Die Tassen waren allerdings leer, vor Heideckert lag stattdessen eine offene Brotbox mit einer Käse-Schinken-Stulle und einigen Cocktailtomaten. Elif hatte sich Gemüsereis zubereitet. Ein leichter Duft nach Curry und passierten Tomaten hing noch in der Luft, ausgehend von der mit Soße befleckten Pfanne, die in der Spüle stand. Elif spießte gerade ein Stück Zucchini auf ihre Gabel. Sie war die Einzige im Team, die in den Pausen regelmäßig kochte. Gretchen deponierte zwar auch häufiger Lebensmittel im Kühlschrank, aber nur, weil sie in der Mittagspause oft einkaufen ging und die Sachen danach mit nach Hause nahm. Prompt meldete sich Peters hungriger Magen. Er ging zum Kühlschrank und stöberte in seinem Fach herum, musste sich dann aber mit einem abgelaufenen Ananasjoghurt zufriedengeben. Er holte seinen

Löffel und lehnte sich neben Elif an den Tisch. Vielleicht kam sie ja auf die Idee, ihm etwas abzugeben.

»Wir warten alle auf das Verhör von Markwart. Seine Anwältin ist noch nicht da. Sie muss erst aus Frankfurt herfahren«, erklärte Heideckert.

»Ich bin ja echt gespannt, wie Markwart das erklären will!«, sagte Elif zufrieden.

»Du bist ihm nach und hast ihn verhaftet, oder? Klasse gemacht!« Peter streckte ihr die Hand entgegen, um sie zu beglückwünschen, und Elif legte kurz ihre Gabel weg, um einzuschlagen.

Da erklangen schlurfende Schritte, untermalt von leisem Quietschen, auf dem Gang.

Peter sah zur Tür. Er erkannte Nadja erst auf den zweiten Blick. Braune, noch feuchte Haare hingen offen und lang über ihren Rücken und bis zur Brust hinunter. Sie brachte einen leichten Rauchgeruch mit sich, obwohl die Haare offenbar frisch gewaschen waren und sie in Klamotten steckte, die ihr nicht gehörten. Das rote T-Shirt saß zu knapp, um bequem zu sein, dafür war die Sporthose aber einige Nummern zu groß. Nadja hatte eine Krawatte durch die Gürtelschlitze gefädelt und zusammengeknotet, um sie auf Hüfthöhe zu halten. Die Strickjacke aus wuscheliger rosa Wolle um ihre Schultern kam eindeutig von Gretchen.

Sie trug Badeschlappen, was das Schlurfgeräusch erklärte. Am meisten irritierte Peter aber, dass er seine Kollegin zum ersten Mal ohne eine ihrer aufwendigen Flechtfrisuren sah. Das fühlte sich irgendwie nach Chaos an, nach Auflösung jeglicher Struktur.

Bully stampfte hinter ihr herein. »Warum sind Sie immer noch da? Ab mit Ihnen ins Krankenhaus, Frau Gontscharowa.«

»Das ist nicht nötig«, krächzte Nadja.

»Oh doch, das ist es. Ein Arzt muss Sie untersuchen und für dienstfähig erklären, bevor Sie hier weiter rumspazieren. Bringen Sie mir die Bestätigung.« Sie pfefferte ein Formular vor Nadja auf die Arbeitsplatte und walzte wieder hinaus.

»Ich hasse Krankenhäuser.« Nadja sah unglücklich aus. »Dieser Geruch dort macht mich fertig.«

Peter wusste, dass ihr Vater nach langer Krankheit im Krankenhaus gestorben war, als Nadja noch sehr jung gewesen war. Vermutlich tat sie sich mit der Erinnerung schwer. Aber da zumindest konnte Peter ihr helfen. Er setzte schnell den Kaffee auf und ging dann in den Flur hinaus, um zu telefonieren. Elif und Heideckert aßen derweil zufrieden weiter.

Fünfzehn Minuten später wirbelte Lars Nauke im kurzärmligen Karohemd und leichten beigefarbenen Hosen ins Zimmer. Seine blonden Koteletten sahen sorgfältig gekämmt aus, und er schien geradezu verboten guter Laune zu sein.

»Ja was ist denn meiner Lieblingskommissarin passiert? Sie mögen zwar selbst auch sehr heiß sein, aber mit Feuer können Sie es dann doch nicht ganz aufnehmen, liebe Nadja.«

»Pah.« Sie schlug mit der Hand nach ihm. »Was will das kognitive Fliegengewicht hier?«

»Du brauchst doch eine Bestätigung von einem Arzt«, meinte Peter. »Und da dachte ich … Medizinstudium ist Medizinstudium.«

»Mit herausragenden Noten übrigens!«, ergänzte Lars Nauke fröhlich. »Ich könnte jetzt auch als gut aussehender Gehirnchirurg in Seattle operieren, als Leibarzt von König Charles fungieren oder die deutsche Fußballnationalmannschaft mit Pflastern, Nasenspray und Zaubertränken versorgen. Die Frauennationalmannschaft selbstverständlich.«

»Ich kriege Kopfweh, wenn ich ihm zuhöre«, stöhnte Nadja.

»Das trifft sich ja wunderbar. Ich habe extra meine Penlampe gesucht, um Ihnen professionell in die Augen leuchten zu können und die Pupillenverengung zu überprüfen. Bei meinen eigenen Patienten kann ich das ja so selten. Fangen wir damit gleich an?« Er zog eine silberne Diagnostikleuchte aus seiner Hemdtasche. »Ah, und einen Spatel hab ich auch noch gefunden. Vermutlich nicht benutzt. Hoffentlich.« Nachdenklich blickte er auf das flache Holzstäbchen und steckte es dann doch wieder ein. »Na, lieber nicht. Sie strecken mir die Zunge bestimmt gerne auch ohne Hilfsmittel heraus.«

Peter musste sich ein Lachen verkneifen, als Nadja dem Rechtsmediziner mit dem Badelatsch gegen das Schienbein stieß.

»Sie sind ein Scharlatan!«

»Und Sie ein erschöpfter Mensch mit leichter Rauchvergiftung, wenn ich mir Ihr Gehuste so anhöre. Ist Ihnen auch schwindelig?«

»Unsinn. Mir geht's gut. Ich hab sogar schon geduscht«, krächzte sie. »Aber man riecht den Rauchgestank noch. Oder bilde ich mir das ein?«

»Der menschliche Geruchssinn reagiert auf Brandgeruch besonders sensibel. Das ist ein Überlebensinstinkt. Feuer bedeutet Gefahr«, sagte Lars Nauke fröhlich. »Wenn ich es mir recht überlege, könnte es aber auch eine akute Störung der Riechschleimhaut durch die Kohlenmonoxidvergiftung sein.«

»Ist es nicht. Ich rieche es auch«, wandte Peter schnell ein. »Und du hast da noch was…« Unsicher deutete er auf Nadjas Schläfe, an der ein mondförmiger Rußfleck prangte.

»Ich leg mich heute Abend in die Wanne, schütte tonnenweise Tannenblut-Badezusatz dazu und bleibe so lange unter Wasser, bis ich wie ein wandelnder Wald rieche.« Sie hustete. »Wie ein frischer lebendiger Wald, nicht wie ein gerodeter.«

»Der Wald muss erst mal vom Förster durch… äh …forstet werden.« Lars Nauke wedelte mit seiner Taschenlampe. »Ob die Baumwipfel auch nicht im Feuer verdorrt sind. Vielleicht gehen wir besser in Ihr Büro? Ich muss auf jeden Fall Ihre Lunge abhören, und es könnte sein, dass ich ein klein wenig außer Übung bin, da wäre etwas Ruhe nicht verkehrt.«

»Pah«, sagte Nadja wieder. Doch als Lars Nauke beschwingt aus der Küche spazierte, schlurfte sie trübsinnig in ihren Badeschlappen hintendrein. Im Weggehen hörte Peter sie sagen: »Aber ich ziehe mich nicht aus!«

»Sie müssen keine Angst haben, dass mich Ihre Cellulite verschrecken könnte. Ich habe doch häufiger Damen Ihres

Alters auf dem Tisch. Ich finde sogar …« Der Rechtsmediziner redete unentwegt weiter.

Peter musste grinsen. Das war definitiv eine gute Tat, die Nadja ihm jahrelang nachtragen würde. Heideckert blickte ihnen kopfschüttelnd hinterher. Er stand neben Elif an der Spüle und trocknete das benutzte Geschirr ab. In dem Moment kam Neumann herein, um ihnen zu sagen, dass Markwarts Anwältin eingetroffen war und noch kurz mit ihrem Mandanten sprach. Es konnte aber jederzeit losgehen. Da Nadja das Verhör heute nicht führen konnte und Elif diejenige war, die Markwart verhaftet hatte, hatte Bully entschieden, dass Neumann das Verhör führen sollte, weil er noch in keinerlei Interaktion mit dem BWLer getreten war.

Irgendwo hatte Neumann noch ein Jackett hergezaubert und sah jetzt überraschend seriös aus, als er in Richtung des Videoverhörraums davonging. Das kleine Zimmer war ein Prunkstück der Räumlichkeiten des K1. Auf dem Stand der neuesten Technik entsprach er sämtlichen rechtlichen Vorgaben und erleichterte die Arbeit vor allem dann, wenn ein Gewaltverbrechen vor Gericht verhandelt wurde. Früher hatte der Staatsanwalt den Kommissar im Zeugenstand häufig gefragt, wie der Angeklagte bei der Befragung denn gewirkt habe, ob er nervös gewesen sei, Anzeichen von Anspannung zeigte oder es Hinweise gegeben habe, dass er log, beispielsweise in seiner Körpersprache.

Seit es die Videoverhöre gab, musste der ermittelnde Beamte nicht mehr umständlich seine Einschätzung zum Besten geben, sondern konnte dem Gericht eine Aufnahme der Befragung präsentieren. Er konnte zeigen, dass der Angeklagte auf die Frage nach seinem Aufenthaltsort in der Mordnacht zwar zügig geantwortet hatte, dabei aber den Blickkontakt abgebrochen und sich wiederholt die Lippen geleckt hatte oder dass er jedes Mal die Arme vor der Brust verschränkte, wenn er gebeten wurde, seine Beziehung zum Mordopfer in Worte zu fassen.

Zudem konnte, wenn nötig, die gesamte Ermittlungsgruppe

an dem Verhör teilhaben. Die Kameraaufnahmen wurden dann in den Saal für die Morgenmeetings übertragen und auf einem großen Bildschirm gezeigt. Wenn aus der Runde Rückfragen kamen, konnten die Ermittler dem Kommissar, der drüben die Befragung leitete, direkt mit einem Chatprogramm schreiben. Dieser las die Nachrichten, wenn sie auf dem Bildschirm des unauffällig positionierten Laptops aufpoppten, und konnte bei der Befragung flexibel darauf reagieren.

»Die Behauptung kann nicht stimmen. Die Nachbarin sagte, er sei erst um achtzehn Uhr heimgekommen.«

Oder: »Frag, wo er den Rucksack abgestellt hat.«

Peter, Heideckert und Elif nahmen im Besprechungsraum Platz und warteten, dass der Techniker drüben die Aufnahme freischaltete. Mancini kam hereingeschlichen und setzte sich mit einem trockenen Gruß neben Peter. Auch Gretchen eilte herbei und setzte sich vor die Tastatur, um die Korrespondenz mit Neumann zu übernehmen, falls nötig.

In dem speziellen Verhörzimmer gab es zwei Kameras. Die erste filmte den ganzen Raum, sodass sichergestellt wurde, dass niemand in einer nicht einsehbaren Ecke stand und den Befragten einschüchterte oder sonst etwas geschah, das später nicht mehr nachvollziehbar war. Die erste Kamera musste auch eine digitale Uhr im Blickfeld haben. Diese Vorgabe hatte zum Ziel, dass die Polizei beweisen konnte, dass die Videoaufzeichnung lückenlos erfolgt war und nicht etwa etwas herausgeschnitten worden war.

Die zweite Kamera war direkt auf den Befragten gerichtet. Das Tischchen, das zwischen den Stühlen des Befragten und des befragenden Kommissars stand, war so niedrig, dass möglichst kein Körperteil verdeckt wurde.

Endlich erschien das Verhörzimmer auf dem Bildschirm. Markwart trat ein, hinter ihm seine Anwältin in einem dunkelgrünen Hosenanzug. Peter hatte sie noch nie gesehen. Das goldene Gestell ihrer Brille funkelte im Sonnenlicht, das durch die Fenster hereindrang. Bestimmt war es heiß in dem kleinen Kämmerchen. Peter war froh, stattdessen in dem großen, verhältnismäßig kühlen Raum zu sitzen. Gespanntes Schweigen legte sich über das Grüppchen.

Neumann eröffnete die Befragung mit den nötigen rechtlichen Belehrungen. Dann fragte er direkt nach dem Grund für die Flucht über die Feuerleiter. Markwart blieb stumm.

Seine Anwältin lächelte. »Mein Mandant hielt die Polizistinnen für Einbrecher. Aufgrund des erst kürzlich überlebten Giftanschlags bekam er durch das forsche Vorgehen der Beamtinnen Angst und wollte fliehen.«

»Frau Gontscharowa und Frau Yilmaz haben sich aber mehrfach durch Zuruf als Polizistinnen zu erkennen gegeben.«

»Mein Mandant hat dies nicht gehört. Zunächst war es aufgrund der laufenden Musik nicht verständlich, dann hat die Panik für eine selektive Aufmerksamkeit gesorgt, was bei großer psychischer und physischer Belastung ja nicht ungewöhnlich ist.«

»Dann bleibt aber dennoch der Fakt, dass Dr. Markwart offenbar in aller Eile Unterlagen verbrannt hat, die der Polizei nicht in die Hände fallen sollten.«

»Das ist Spekulation und Unterstellung. Dr. Markwart hat zum eigenen Vergnügen ein kleines Feuer entzündet, das übrigens völlig unter Kontrolle war, bis die Beamtinnen in ihrem Übereifer die Tür aufbrachen und dadurch einen Luftzug auslösten, der nun für einen immensen Schaden in der Eigentumswohnung gesorgt hat.«

»Ein kleines Feuerchen zum Vergnügen?«, fragte Neumann spöttisch. »Wollte er Marshmallows daran rösten, oder was?«

»Dr. Markwart war früher bei den Pfadfindern und denkt gerne an alte Zeiten zurück.«

»Mitten in seiner Wohnung, mit ominösen Papieren, die er in einen Kochtopf gestopft hat.«

»Korrekt.« Die Anwältin verzog keine Miene.

Neben Peter schüttelte Mancini den Kopf. »Den kriegen wir so nicht klein, die Anwältin blockt ja alles ab. Bleibt nur zu hoffen, dass die Spurensicherung auf diesen Papieren noch irgendwas Lesbares findet.«

»Widukind puzzelt schon«, sagte Peter leise. »Aber er hat uns nicht viel Hoffnung gemacht. Das Feuer ist das eine, da gibt es Tricks, wie man Schrift wieder lesbar machen kann, wenn das Blatt nicht komplett zerstört ist. Aber auch das Löschwasser hat Schaden angerichtet und die Papierschnipsel sind ja im ganzen Raum herumgeflogen, wie Nadja berichtet hat.«

»Er hat definitiv etwas zu verbergen«, meinte Elif und starrte auf den Bildschirm. Die Kamera zeigte Markwarts ineinander verschlungene Hände und seine zusammengepressten Beine. »Der wusste genau, dass wir Polizisten sind. Aber vermutlich wusste er nicht, warum wir kommen. Und da hat er Panik bekommen und angefangen, Beweise zu vernichten.«

»Aber Beweise wofür?« Peter sah sie fragend an. »Was hat er mit der ganzen Sache zu tun? Mit den Giftanschlägen? Er ist doch gleichzeitig selbst ein Opfer.«

»Vielleicht weiß er, was das Motiv für die Anschläge ist. Vielleicht gibt es einen guten Grund dafür, und es hängt mit etwas zusammen, das er verbrochen hat.«

»… und von dem er nicht will, dass es rauskommt«, vollendete Heideckert.

Peter ließ sich das durch den Kopf gehen. »Gretchen, kannst du Steffen schreiben, dass er nach der Geschichte mit Marigold Bremser fragt? Also nach dem Abend, an dem er sie im Restaurant hat sitzen lassen mit der unbezahlten Rechnung?«

Gretchen nickte und tippte. Peter sah auf dem Screen, dass Neumann einen Blick auf den Laptop warf, der so stand, dass er ihn gut sehen konnte, Markwart und die Anwältin jedoch keinen Einblick hatten.

»Frau Gontscharowa und Frau Yilmaz waren ursprünglich bei Ihnen, um Sie zur Aussage einer Zeugin zu befragen. Sie hat ausgesagt, dass Sie bei einem Date in einem Restaurant viel teures Essen bestellt und gegessen haben, dann jedoch verschwunden sind, ohne Ihren Anteil an der Rechnung zu begleichen.«

Markwart sah seine Anwältin an. Sie schüttelte in seine Richtung gewandt sacht den Kopf. »Dazu möchte mein Mandant keine Aussage machen. Er erinnert sich nicht mehr genau an den betreffenden Abend.«

»Das ist ja interessant. Das heißt, Sie haben tatsächlich vorab über das Thema gesprochen. Markwart wusste, dass es bei der Befragung hierum gehen würde«, murmelte Mancini.

»Erinnert sich nicht?« Neumann beugte sich vor, etwas dichter an Markwart heran, der ihm gegenübersaß. »Dabei hat die betreffende Dame Ihnen nach diesem misslungenen Date doch ganz unmissverständlich zu verstehen gegeben, was sie von Ihnen hält. Seltsam, dass Ihnen das nicht im Gedächtnis geblieben ist. Man wird ja nicht täglich so kreativ beleidigt, oder? Hören Sie mal …« Er las etwas von seinem Bildschirm ab. »*bella_donna* schreibt: ›So was Niederträchtiges wie dich hab ich in meinem ganzen Leben noch nicht getroffen. Ich hoffe, du verreckst, Dr. Markus!!!!!‹ Offenbar fanden Sie diese Nachrichten dann doch störend, denn Sie haben *bella_donna* gesperrt, damit sie Sie nicht mehr kontaktieren kann.«

»Hier hat sich jemand offenbar unbegründet in einen Hass hineingesteigert«, kam es von der Anwältin. »Möglicherweise, weil sie die Ablehnung meines Mandanten nicht verkraftet hat. Ich hoffe, Sie haben die Frau durchleuchtet? Sie scheint doch ein Motiv für den Anschlag auf Dr. Markwart zu haben.«

»Dazu kann ich Ihnen aus ermittlungstechnischen Gründen nichts sagen«, antwortete Neumann.

Die Anwältin zog spöttisch die Augenbraue hoch. »Also nicht. Sie wollen wohl unbedingt ein drittes Opfer?«

Mancini stieß ein schnaubendes Lachen aus. »Sie sollten Frau Bremser zum Verhör herholen, bevor die Frau Anwältin uns hier noch aufs Dach steigt.«

»Ist geplant, aber wir haben keinerlei Verbindung zwischen Marigold Bremser und Emilio Colombo gefunden. Und es ist unwahrscheinlich, dass es zwei Täter gibt, oder?«

Peter fing Gretchens Blick auf, die ihn aus irgendeinem Grund irritiert ansah. Doch bevor er fragen konnte, was sie hatte, ging die Tür auf. Nadja betrat den Raum so würdevoll wie möglich angesichts ihrer zusammengeliehenen Kleidung. Sie hielt das Formular in der Hand, das Bully ihr gegeben hatte. Peter erkannte energische Schriftzüge darauf, offenbar hatte Lars Nauke brav alle Ergebnisse eingetragen.

»Arbeitsfähig«, krächzte Nadja zufrieden. Sie wandte sich zum Bildschirm, auf dem gerade zu sehen war, wie Neumann ergebnislos versuchte, von Markwart irgendetwas über den Zechpreller-Abend zu erfahren. »Kommt nicht viel dabei raus, oder?«

»Gar nichts«, seufzte Elif.

Drüben blickte die Anwältin betont auffällig auf ihre Uhr.

»Von mir aus darf er gehen.« Mancini stand auf, zog seine Krawatte noch etwas enger und verließ mit kerzengeradem Rücken den Raum.

Gretchen machte sich daran, Neumann via Chat zu informieren, dass er das Verhör beenden konnte.

Nadja starrte auf den Screen. »Seltsam ist das. Ich kann weder Markwart noch den ganzen Fall so recht einordnen. Ich habe das Gefühl, wir haben gerade zu viele lose Fäden, die in völlig verschiedene Richtungen führen. Rizin, Geheimdienst, eine Gedächtniskünstlerin, die MainSchatz zum Üben nutzt, die Gefahren des Onlinedatings, eine rachsüchtige Frau, ein Überlebender, der etwas zu verbergen hat …«

»Ich will wissen, was dahintersteckt.« Elif ballte die Fäuste. »Markwart weiß was und zieht sich hier so billig aus der Sache raus, lässt nur seine Anwältin sprechen. Wir wären längst weiter, wenn die nicht alles stellvertretend für ihn beantworten würde.«

Peter und Heideckert gaben ihr recht.

Elif blickte Nadja bittend an. »Darf ich da noch etwas weiterstochern? Das kann es doch noch nicht gewesen sein!«

Peter fragte sich, wie Nadja entscheiden würde, jetzt, wo Mancini gegangen war. Seine Kollegin nickte Elif langsam zu. »Schön, durchleuchte ihn mal gründlich«, krächzte sie schließlich. »Aber keine Alleingänge, ja? Und wenn du ihn noch mal befragen willst, dann nur, wenn seine Anwältin Bescheid weiß.«

Nadja / Mittwoch, 05.07., Kriminalpolizeiinspektion in der Zellerau

Die Runde löste sich auf. Nadja blieb noch für einen Moment sitzen und schloss die Augen. Sie schluckte und spürte, dass die Spucke noch immer nach Rauch schmeckte. Sie musste dringend etwas essen und trinken. Aber es tat gut, kurz zur Ruhe zu kommen, und die modernen Stühle im Besprechungsraum waren bei Weitem die bequemsten. Doch plötzlich spürte sie eine Bewegung neben sich und öffnete die Augen.

Gretchen trat auf Nadja zu. »Ich hätte da eventuell noch was.« Gretchen zupfte nervös an dem fliederfarbenen Seidentuch, das sie mit Hilfe einer Perlenbrosche in dezenten Falten um ihre Schultern drapiert hatte. »Weil Herr Steiner gerade gesagt hat, dass es keine Verbindung zwischen Marigold Bremser und dem zweiten Opfer, Herrn Colombo, gibt ...«

»Ja?« Nadjas Wissen nach war es das erste Mal, dass Gretchen es wagte, Fragen zu einem Fall zu stellen. Sie schien immer regelrecht vor Ehrfurcht erstarrt, wenn die Kommissare untereinander diskutierten.

»Also ich weiß, dass in der Korrespondenz, die MainSchatz uns geschickt hat, keine Konversation zwischen Frau Bremser und Herrn Colombo aufgeführt war. Aber ich habe ja auch das kleine Datingbüchlein von Herrn Colombo durchgelesen und abgetippt. Und da steht sehr wohl eine Marigold drin. Der Vorname ist ja sehr ungewöhnlich, deshalb dachte ich ...«

Nadja starrte Gretchen an. »Das wäre ja ... wie kann das sein?«

»Vielleicht hat sie auf MainSchatz mehrere Profile benutzt? Sodass ihr Nickname *bella_donna* nur bei Markwart aufgetaucht ist, nicht aber bei Colombo? Dem könnte sie ja auch unter einem anderen Namen geschrieben haben. Wahrscheinlich benötigt man für das Anlegen eines Profils nur eine Mailadresse, oder? Und der angegebene Realname wird nicht überprüft.«

Nadja starrte Gretchen an. Sie wunderte sich, wie selbstverständlich Gretchen die Fachbegriffe über die Lippen kamen. Und wieso war niemand von ihnen auf diese Idee gekommen?

»Ich prüfe das nach! Danke, Gretchen, gute Arbeit, sehr gute Arbeit!«

Gretchen strahlte übers ganze Gesicht.

»Können Sie mir eine Kopie der Buchseite machen, auf der Marigold auftaucht?« Nadja war bereits beinahe zur Tür hinaus. »Ich hole die anderen noch mal her, wir müssen dem sofort nachgehen!«

Nadja / Mittwoch, 05.07., Steinbachtal

Eine Stunde später hatte sich Gretchens Verdacht bestätigt. Nadja und Peter waren unterwegs, um Marigold Bremser zu befragen. Widukind würde mit einem Durchsuchungsbeschluss folgen, sobald Mancini ihn unterschrieben hatte. Marigold Bremser war Biologin. Sicherlich kannte sie sich mit der Wirkweise von Rizin aus, und vermutlich hatte sie auch keinerlei Probleme, das Gift aus einem Samen zu extrahieren. Bestimmt würden sie bei der Durchsuchung einen Beweis finden, dass Marigold hinter den Anschlägen steckte. Dann war der Haftbefehl nur noch Formsache.

Nadja war wie elektrisiert, als Peter Richtung Steinbachtal abbog. Die Halsschmerzen traten völlig in den Hintergrund gegen die Euphorie, der Wahrheit so nahegekommen zu sein. Seltsam war nur, dass Peter in ihre Euphorie nicht einzustimmen schien. Er wirkte nachdenklich und hatte kaum etwas gesagt, seit sie ins Auto gestiegen waren.

»Was hast du?«, fragte Nadja. Sie wollte die Aufregung mit

ihm teilen, sich gegenseitig bestätigen, wie nahe sie dran waren, und besprechen, welche Strategie sie wählen sollten, um Marigold zu einem Geständnis zu bringen. Dafür brauchte sie ihren Kollegen jetzt – und nicht einen stummen, in sich gekehrten Partner.

»Ich bin mir nicht sicher.«

»Nicht sicher, was du hast? Oder nicht sicher, dass Marigold unsere Täterin ist?«

»Letzteres. Schau, ich kriege es nicht so recht zusammen: Einerseits agiert sie sehr emotionsgeleitet und lässt sich von ihrer Wut mitreißen. Sie schreibt Drohnachrichten, beschwert sich lautstark, schmiert Fäkalien an Türen und zerkratzt Autos. Und andererseits soll sie heimtückische Giftanschläge geplant und durchgeführt haben? Der Mord an Colombo war perfekt ausgeführt. Anastasia hat gesagt, der Mensch im Bocksbeutelkostüm habe richtiggehend entspannt gewirkt und ihr noch zugewinkt, kurz bevor er Colombo die Spritze verpasste. Eiskalt, locker, raffiniert – klingt das für dich nach Marigold?«

Nadja fühlte sich, als hätte ihr Kollege ihr eine kalte Dusche verpasst. Die Euphorie verpuffte nach und nach und machte wieder den Schmerzen Platz. »Und warum rückst du mit deinen Zweifeln jetzt erst raus? Warum hast du vorhin nichts gesagt?«

»Ihr wart euch alle so sicher. Und ich habe ja keinerlei Entlastungsbeweis.« Peter starrte auf die staubige Straße.

Nadja spürte Wut in sich aufsteigen. »Marigold ist die Täterin. Sie erfüllt sämtliche Voraussetzungen. Sie hat kein Alibi für die Anschläge, sie könnte als Biologin das Gift problemlos extrahiert haben, sie kannte beide Opfer, und sie hat ein Motiv.«

»Das Motiv … hm.« Peter verfiel wieder in Schweigen.

»Sie hat ein Motiv«, wiederholte Nadja krächzend, als könnte sie so auch ihren zweifelnden Kollegen überzeugen. »Sie hat sich gedemütigt gefühlt durch Markwarts miese Aktion im Restaurant. Und wer weiß, was Colombo in ihren Augen verbrochen hat. Allein dass er dieses Büchlein geführt und sie bewertet hat, dürfte ihr sauer aufstoßen. Vielleicht war irgendwann der Punkt erreicht, wo sie ihre Wut in konkrete Pläne kanalisiert hat und beschlossen hat, sich an den Männern zu rächen. Ich gebe dir recht, dass ihr Handeln gegenüber Kathrin Beckmann und MainSchatz nicht so ganz ins Schema passt. Aber es zeigt zumindest, dass Marigold unberechenbar ist.«

»Ich finde das nicht so unberechenbar. Hier sind doch jeweils ein konkreter Auslöser und eine prompte Reaktion zu sehen: Markwart lässt sie mit einer hohen Rechnung sitzen – Marigold beschimpft und bedroht ihn. Kathrin Beckmann verweigert ihr Hilfe – Marigold rächt sich mit gemeinen Streichen.«

»Aber damit hatte sie ja keinen Erfolg. Markwart hat sie einfach blockiert. Kathrin Beckmann hat sie ignoriert, geändert hat sich gar nichts, Wiedergutmachung oder Entschuldigung gab es auch keine. Da ist es doch naheliegend, dass Marigold irgendwann einen Gang hochgeschaltet hat.«

»Vielleicht.«

Nadja kannte Peter gut genug, um zu wissen, dass er ihr nur recht gab, weil er sich nicht mit ihr streiten wollte. Und das nahm ihr den Wind noch weiter aus den Segeln, als wenn er weiterhin konkrete Zweifel geäußert hätte.

»Warum bist du überhaupt mitgefahren, wenn du Marigold nicht für die Täterin hältst? Was soll das jetzt bitte? Ich brauche da drin gleich jemanden, der auf meiner Seite steht, der sich darum bemüht, Marigold zu einem Geständnis zu bringen! Ich hätte jemand von den anderen mitnehmen sollen, verdammt!«

»Es steht dir frei, das zu tun«, antwortete Peter kühl. »Sag es jetzt, dann kehr ich um und fahr dich wieder zurück.«

»Unsinn!«, fauchte Nadja. »Wie stehen wir denn dann bitte da?« Sie ballte die Fäuste über der schlabbrigen Trainingshose, die Neumann ihr geliehen hatte.

»Ich wollte dich nicht ärgern, absolut nicht. Und vor allem will ich dich nicht im Stich lassen.« Peter nahm die rechte Hand vom Schaltknauf und legte sie kurz auf Nadjas geballte Faust. »Natürlich werde ich so agieren, dass wir Marigold als Täterin überführen können, wenn sie es ist. Aber wenn nicht … wenn wir merken, dass da was nicht stimmen kann … dann bitte lass uns im Team noch mal alles durchsprechen. Wir haben noch mehr Spuren. Das Team von MainSchatz und vor allem Kathrin Beckmann und ihre Tochter finde ich auch dubios. Ojuna hat ebenfalls beide Herren gedatet, und Elif ist noch an Markwart dran. Wer weiß, was wir da noch herausfinden? Ich will nur nicht, dass wir …«

Peter bog in die schmale Gasse ein, an deren Ende Marigolds Hexenhäuschen lag, und verstummte. Er musste im Schritttempo fahren, da mehrere Autos und Kleinbusse am Straßenrand parkten. Die Insassen standen vor Marigolds Grundstück versammelt, bewaffnet mit Handy, Mikrofonen und Kameras.

Nadja starrte aus dem Fenster. »Das darf nicht wahr sein. Was will die Presse hier?«

Peter hielt ein Stück von der heulenden Meute entfernt an. »Was sie wollen, ist ziemlich klar, glaube ich. Aber wie werden wir sie los?«

Marigold Bremser stand mit Latzhose und grauem T-Shirt an ihrem Zaun, fuchtelte mit einem Rechen herum und brüllte die Journalisten an. »Haut ab! Weg von meinem Grundstück!«

Die Fotografen knipsten die Show begeistert.

»Frau Bremser, hatten Sie ein sexuelles Verhältnis mit beiden Opfern der Rizin-Anschläge?«

»Ihr habt hier nichts zu suchen.«

»Manche nennen Sie die Schwarze Witwe Würzburgs, was sagen Sie dazu?«

»Lasst mich in Ruhe!« Sie stieß den Rechen nach einem Mann mit blauem Polohemd, der sich besonders weit über den Zaun gelehnt hatte.

Er wich erschrocken zurück. »Hast du das gefilmt? Die ist echt aggressiv«, rief er seiner Kollegin zu.

Marigold hielt erschöpft inne. Sie ließ den Rechen sinken und starrte hilflos auf die Menschen vor ihrem Grundstück. »Ich bin doch kein Tier im Zoo.«

Da entdeckte eine blonde Journalistin Nadja und Peter, die neben dem Auto standen und sich darüber klar zu werden versuchten, was sie tun sollten.

»Kommissarin Gontscharowa!« Die Frau stürzte mit dem Handy im Anschlag auf Nadja zu. »Sind Sie gekommen, um die Verdächtige zu verhaften? Haben Sie endlich Beweise gefunden?«

Die anderen Journalisten wurden aufmerksam, und der ganze Pulk bewegte sich auf Peter und Nadja zu.

»Sollen wir wieder ins Auto einsteigen und sie überfahren?«, fragte Peter leise.

»Das wäre die gnädigste Lösung für alle Beteiligten«, antwortete Nadja ebenso leise. Sie spürte das ständige Kratzen im Hals und unterdrückte ein Husten.

»Ein kurzes Statement, Frau Kommissarin!«, schrie jemand von ganz hinten.

»Leider kann ich Ihnen aktuell keine Auskünfte geben.« Nadja versuchte, die Stimme zu erheben, scheiterte aber kläglich.

Sie spürte Peters besorgten Blick auf sich und biss die Zähne zusammen. Diesmal war sie gewappnet. Sie hatte heute schon einen Wohnungsbrand überlebt und würde angesichts der schwarzen Augen der Kameras, die auf ihr Gesicht gerichtet waren, nicht in Schockstarre verfallen. »Wir möchten Sie bitten, diesen Platz zu räumen und die Polizeiarbeit nicht zu behindern. In Kürze wird es eine Pressekonferenz geben, wo Sie Ihre Fragen loswerden können.« Sie musste dringend Scarlett Miller anrufen. Die würde das doch hoffentlich für Nadja tun, oder?

»Glauben Sie, die Dame hier ist die gesuchte Schwarze Witwe?«, rief die Blonde, die Nadja zuerst erkannt hatte. Bestimmt war sie am Vortag auch vor dem Präsidium dabei gewesen.

»Bisher wusste ich noch gar nicht, dass wir eine Schwarze Witwe suchen«, versetzte Nadja trocken. »Also mir geht es hier um einen Mörder und Attentäter. Ihre Version der Hintergründe scheint etwas anders auszusehen.«

»Aber dass Sie hier sind, beweist doch, dass Marigold Bremser die Gesuchte ist!« Der Journalist im blauen Poloshirt sprach halb an Nadja gewandt, halb zum Mikrofon, das seine Kollegin ihm hinhielt. Nadja sah über seine Schulter, dass Marigold Bremser die Pause nutzte, um sich in Richtung ihres Hauses wegzuschleichen. Gut so. Sie konnten auf keinen Fall hier draußen mit ihr sprechen.

»Die Ermittlungen dauern aktuell noch an. Ich weiß nicht, wer Sie hierhergelockt hat, aber von mir werden Sie nichts erfahren. Und jetzt entschuldigen Sie uns bitte.«

Nadja nickte Peter zu, und nebeneinander bahnten sie sich einen Weg auf Marigolds Häuschen zu. Es war ein unangenehmes Gefühl, die Journalistinnen und Journalisten hinter sich zu wissen. Zu ahnen, dass sie beim Weggehen fotografiert oder vielleicht sogar gefilmt wurden. Ermittler auf dem Weg zur Verhaftung.

»Woher wissen die das?«, fragte Nadja ratlos, als sie vor der Haustür standen und außer Hörweite waren. »Wie kann es sein, dass wir uns vom K1 aus auf den Weg machen und die Journalisten schon hier warten?«

»Ruf Bully an.« Peter sah besorgt aus. »Beim ersten Mal habe ich noch an ein Versehen geglaubt, aber das hier ist eine Spur zu heftig.«

Nadja lehnte sich zum Telefonieren an die Mauer. Sie betrachtete den einst dunkelgrünen Lack an der Tür. Zusammen mit den Efeusträngen, die vom Dach hinunterhingen und einen Vorhang vor der Türnische bildeten, ließ er das Gebäude wie ein altes Forsthaus wirken. Doch die Gemütlichkeit kam bei Nadja nicht an. Ihre Energie schien durch die Diskussion mit Peter und den Schreck über das erneute Presseaufgebot restlos verbraucht.

»Ja?«, bellte Bully ins Telefon.

Nadja berichtete vom Presseansturm und dass sie zur Besänftigung der Lage eine Pressekonferenz angekündigt hatte. Für einen Moment herrschte Schweigen. Nadja schloss die Augen in Erwartung des Donnerwetters, das nun auf sie zurauschen mochte.

»Danke für die Info. Ich bespreche unsere Möglichkeiten

zur Schadensbegrenzung mit Frau Miller. Und Sie holen ein Geständnis aus dieser Marigold Bremser raus, das wäre das Allerbeste, wenn wir die Täterin präsentieren könnten.«

»Wir sehen, was wir tun können. Auf jeden Fall wollen wir Frau Bremser nicht vor den Augen der Journalisten abführen. Ist das in Ihrem Sinne?«

»Ja, halten Sie sich bedeckt.«

»In Ordnung, danke.«

»Frau Gontscharowa, Ihnen ist klar, dass dieses erneute Leck Konsequenzen haben wird, oder? Ich habe so etwas befürchtet, es überrascht mich also nicht völlig. Aber es bedeutet für Sie, dass ich die Leitung der Ermittlungen übernehme, sobald Sie mir die Täterin gebracht haben. Es gibt ja vermutlich noch vieles aufzuarbeiten.«

»Natürlich. Bis später dann.« Nadja unterbrach die Verbindung, bevor sie noch etwas sagte, das sie später bereuen würde. Oder anfangen konnte, sich zu rechtfertigen.

»Alles okay?«, fragte Peter.

Nadja versuchte sich an einem Lächeln, das ihr kaum gelang. Jeder Muskel im Gesicht schmerzte. Sie würde es ihm später sagen. Peter zweifelte ja sowieso bereits an ihr, vielleicht war er im Team nicht einmal der Einzige. Nun hatte sie bei ihrem ersten großen eigenen Fall also die Ermittlungsleitung verloren. Es tat weh, vor allem, weil es nicht ihr Fehler war. Woher hatte die Presse bloß die Infos bekommen? Wer tat so was und warum?

Zum ersten Mal ließ sie den Gedanken zu, dass tatsächlich einer der Menschen, mit denen sie tagtäglich eng zusammenarbeitete, schuld daran sein könnte. Hatte jemand Geldsorgen, ohne dass sie etwas davon ahnte, und verkaufte sein Insiderwissen für den Profit? Oder war ihre Beförderung bei den Kolleginnen und Kollegen in Wahrheit nicht so freudig aufgenommen worden, wie es den Anschein gehabt hatte? Die Kopfschmerzen meldeten sich wieder. Sie brauchte ein Glas Wasser, ihr Hals war wie ausgetrocknet.

Peter griff nach ihren Händen und drückte sie. »Die letzten

Tage waren intensiv, aber das hat sich gelohnt. Lass uns diese Befragung noch hinter uns bringen, dann können wir vielleicht heute Abend mit den Kollegen feiern gehen.«

Nadja machte ihn nicht darauf aufmerksam, dass er seiner Meinung über Marigold als Täterin gerade selbst widersprach. Wahrscheinlich wollte er Nadja aufmuntern oder zumindest nicht mit seinen fortgesetzten Zweifeln belasten. Doch das half ihr jetzt auch nicht mehr. Sie wusste, was er dachte. Sie wusste, dass er zweifelte. Sie wusste aber auch, dass sie das jetzt nicht ausdiskutieren konnten.

Also nickte sie, obwohl sie überhaupt keine Lust hatte, mit den Leuten zu feiern, denen sie nicht mehr vertraute. Diesmal konnten die Informationen nicht von einem der externen Dienstleister, beispielsweise dem Labor, stammen. Das grenzte die Zahl der Verdächtigen schon sehr ein. Jemand von ihnen hatte geredet. Zum wiederholten Mal. Brühwarm, direkt nach der Besprechung.

Sie sah zu, wie Peter an dem kleinen goldenen Messingknopf klingelte, und lauschte gleichzeitig, ob von den Journalisten noch etwas zu hören war. Marigold Bremser öffnete nicht, natürlich nicht. Langsam kam es Nadja so vor, als würde sie ständig nur vor verschlossenen Türen stehen. Klingeln, warten, die steigende Nervosität aushalten, wissen, dass jemand da ist, der nicht öffnen will.

»Hier sind Kriminaloberkommissar Peter Steiner und Erste Kriminalhauptkommissarin Nadja Gontscharowa«, sagte sie laut genug, um von drinnen gehört zu werden, falls Frau Bremser in der Nähe war, aber leise genug, um die Journalisten vor dem Gartenzaun nicht zu alarmieren. »Sie kennen uns, wir haben schon zusammen in Ihrer schönen Laube unter dem Haselstrauch gesessen.« Nadja versuchte, ihre Stimme möglichst sanft und ruhig klingen zu lassen.

Nach einer Minute drehte sich endlich ein Schlüssel im Schloss. Marigold Bremser zog die Tür auf. Ihr Mascara lief unter dem Ansturm steter Tränen die Wangen hinab. »Haben Sie mir das Pack auf den Hals gehetzt?«

»Nein. Ganz bestimmt nicht«, sagte Nadja rasch.

Wortlos zog Marigold Bremser die Tür ein Stück weiter auf, ließ die Kommissare eintreten und sperrte rasch wieder hinter ihnen zu.

»Bevor wir beginnen: Können Sie bitte nachsehen, ob alle Fenster und Türen geschlossen sind? Man weiß nie, mit welcher Technik die Journalisten anrücken. Vielleicht hat einer ein leistungsstarkes Richtmikrofon dabei. Ich will kein Risiko eingehen, belauscht zu werden«, erklärte Nadja.

Marigold Bremser starrte Nadja an, mit einem Blick, der an einen Hasen erinnerte, der mit seinem Vorderlauf in der Falle festhängt und die Schritte des Jägers erahnt. Dann stürmte sie die Treppe hinauf, und sie hörten sie von Raum zu Raum wandern.

»Du machst ihr Angst«, flüsterte Peter.

»Die sollte sie auch haben. Und wir auch, im Übrigen.« Nadja legte beide Hände an den Kopf. Es pochte, irgendwo in den Schläfen.

»Willst du dich einen Moment hinsetzen?«

Sie spürte Peters Hand an ihrem Ellenbogen.

»Nein, es geht schon.«

Nadja rieb sich über die Augen. Sie brannten, als stünde sie noch immer mitten im Rauch. Lars Nauke hatte ihr gesagt, dass sie die Nachwirkungen wahrscheinlich noch einige Tage spüren würde. Wenn sich etwas verschlechterte, ihr schwindelig wurde oder sie schlecht Luft bekam, sollte sie zum Arzt gehen. Also zu einem richtigen. Sosehr sie auch gemeckert hatte, war Nadja Peter insgeheim doch dankbar, dass er den Rechtsmediziner gerufen hatte, um nach ihr zu sehen. Lars Nauke schaffte es immer, sie aufzuheitern – und wenn es nur an seiner zelebrierten Selbstüberschätzung und der mangelnden Bescheidenheit lag.

»Oben ist alles zu.«

Marigold Bremser stolperte die Treppe hinunter, und Peter trat hinzu, um sie notfalls aufzufangen. Aber sie schaffte es, das Gleichgewicht zu halten.

»Also, dann kommen Sie.«

Marigold Bremser führte Nadja und Peter ins Arbeitszimmer. Nadja fand das interessant. Es gab zwei Arten von Menschen: diejenigen, die Gespräche mit Polizisten am formalsten oder ungemütlichsten Ort hinter sich bringen wollten, also direkt hinter der Haustür im Flur oder in der guten Stube, so als wollten sie ihre Lieblingsräume nicht durch die ungebetenen Gäste entweihen. Und die Sorte Mensch, die Polizisten instinktiv an den Ort führten, wo sie sich am wohlsten fühlten. Vielleicht in der unbewussten Hoffnung, dass sie Kraft aus ihrem abgeschabten Lieblingssessel oder den Küchenplakaten mit der Übersicht über sämtliche Nudelarten ziehen konnten.

Marigolds Arbeitszimmer war wohl so ein Lieblingsraum. Nadja sah ein Terrarium mit einer Vogelspinne darin, den Schädel eines kleinen Tieres im Bücherregal, einen prachtvollen aufgespießten Schmetterling unter einer Glasglocke und einen alten Apothekerschrank, jede der unzähligen Schubladen sauber beschriftet. An den Wänden hingen detaillierte Zeichnungen von Pilzen, Farnen und Insekten aus alten Naturkundebüchern. In der Ecke brummte ein Inkubator zum Anzüchten von Bakterienkulturen vor sich hin.

»Fehlt noch das Krokodil«, sagte Peter.

»Krokodil?«

»Als Effi Briest zum ersten Mal das Haus ihres neuen Gatten betritt, sieht sie so einige wunderliche Dinge, unter anderem ein ausgestopftes Krokodil.«

Marigold Bremser sank erschöpft auf ihren Schreibtischstuhl. »Das fand Effi abschreckend, oder? War das nicht so eine Zarte, Zerbrechliche? So eine Frau bin ich nicht, wie Sie bestimmt schon vermutet haben. Da habe ich wohl mehr mit Effis Ehemann gemein. Vielleicht sollte ich mir ein paar Schrumpfköpfe zulegen und sie aus dem oberen Stockwerk auf die Journalisten werfen, wenn sie noch mal herkommen.«

»Siedendes Pech hat sich früher auch ganz gut bewährt«, schlug Peter vor.

Gut, dass Peter sich offenbar an sein Versprechen hielt und trotz seiner Zweifel eine positive Bindung zu Marigold aufbaute. Nadja ließ sich erleichtert auf den Schaukelstuhl fallen. Wenn er mit Marigold gut zurechtkam, wäre er normalerweise auch der Favorit, um dann im K1 die Vernehmung zu führen, bis sie ihr Geständnis hatten. Erfahrungsgemäß konnte es dauern, bis ein Täter so weit war, alles zuzugeben. Und ein gutes Vertrauensverhältnis zum befragenden Kommissar half dabei sehr. Aber wenn Peter nicht wirklich hinter der Verhaftung stand, wäre er dafür kein guter Kandidat. Außer Widukind fand genügend Beweise, die auch Peter überzeugten. Erst dann fiel Nadja ein, dass das nun sowieso alles Bully entscheiden würde.

Peter lehnte sich Marigold entgegen. »Frau Bremser, wir haben mittlerweile mit der Chefin von MainSchatz, Kathrin Beckmann, gesprochen. Sie hat uns berichtet, dass sie Sie in Verdacht hat, ihr einige böse Streiche gespielt zu haben. Außerdem haben Sie selbst gesagt, dass Sie für beide Tatzeiten kein Alibi haben. Sie haben eines der Opfer bedroht und beschimpft. Und jetzt haben wir auch noch herausgefunden, dass Sie sich auch mit dem Toten von der Mainbrücke getroffen haben. Das sieht nicht gut aus. Wollen Sie uns vielleicht etwas dazu erzählen?«

»Besser nicht, oder?« Marigold verschränkte die Arme vor der Brust. »Klingt so, als wollten Sie mich drankriegen.« Der zerlaufene Mascara unter ihren Augen trocknete langsam und gab ihr das Aussehen eines Kriegers mit martialischer Kampfschminke.

»Ihr Fehler war, dass Sie Colombo beim Treffen Ihren realen Vornamen verraten haben und er ihn aufgeschrieben hat. Von der Existenz seines geheimen Büchleins konnten Sie natürlich nichts wissen. Aber das hat uns auf Ihre Spur gebracht.« Nadja zog die Kopie, die Gretchen ihr gegeben hatte, aus der Tasche und legte sie auf den Tisch. »Er hat Sie nicht übermäßig positiv bewertet. In puncto Attraktivität haben Sie eine 7 bekommen. Interessant findet er Sie aber weniger und hat Ihnen hier nur zwei Punkte eingetragen. Ein erneutes Date hat er nicht an-

gestrebt. Und daneben hat er das Wort ›Emanze‹ gekritzelt.«
Nadja wies auf den entsprechenden Eintrag.

Marigold Bremser hob nur verächtlich die Augenbrauen.
»Ich sage nichts, gar nichts.«

Vogelspinne, Apothekerschrank und Farne schienen ihr tatsächlich nach und nach ihre Sicherheit zurückzugeben. Oder zumindest die Kraft, die sie brauchte, um Widerstand zu leisten. Vielleicht hätten sie sie doch besser gleich einkassieren sollen.

»Frau Bremser. Wir wollen Ihnen nichts Schlechtes. Wir sind hier, um herauszufinden, was geschehen ist. Wie es überhaupt so weit kommen konnte, dass alles so eskaliert ist.«

Peter schlug einen versöhnlichen Ton an. Nadja wusste, dass seine warmen braunen Augen nun beschwörend auf die Verdächtige gerichtet waren. Aber die blickte wütend zurück. Nadja seufzte leise. Das würde ein langer Nachmittag werden. Sie setzte sich so gemütlich wie möglich im Schaukelstuhl zurecht. Und wartete.

Teil II

9

Marius verließ seine WG mit der Gitarrentasche auf dem Rücken und einem kränkelnden Kaktus in der Hand. Gemeinsam mit seiner Mitbewohnerin hatte er ein Hospital für pflegebedürftige Pflanzen eingerichtet. Jeder Würzburger konnte ihnen eine Pflanze bringen, wenn es dieser nicht gut ging. Manche Leute ließen eine Spende da, dann kauften sie Blumentöpfe, Erde und Dünger davon. Sie päppelten die Pflanzen auf und stellten sie anschließend auf Instagram online, damit der alte Besitzer oder ein neuer Liebhaber sie finden und abholen konnte. Aktuell pflegten sie mehrere dürre Fici, eine Strahlenaralie, die von Spinnmilben befallen war und sich in Quarantäne befand, Alpenveilchen mit Trauermückenbefall und einen Gummibaum mit braunen Stellen auf den fleischigen Blättern.

Marius' Lieblinge waren ein kleiner Bonsai-Ginkgo, der nur noch zwei Blätter besaß, diese aber tapfer ins Licht reckte, und der Kaktus Karl in seiner Hand, dem sie bisher nicht hatten helfen können. Er wuchs im rechten Winkel aus seinem Topf heraus und musste amputiert und die Schnittstelle verödet werden. Dafür brauchte es aber eine Kaktusexpertin.

Marius lächelte. Sanft strich er über die weichen Stacheln. »Keine Angst, Karl, Sabina kennt sich aus.«

Das war schon ihr zweites Date. Beim ersten Mal hatten sie sich am Mainkai verabredet, und Sabina hatte auf der Wiese gesessen, die Sonnenstrahlen schienen sich auf ihrem schwarzen Haar zu versammeln. In dem Moment, als Marius gesehen hatte, wie sie ein geknicktes Gänseblümchen wieder aufzurichten versuchte, hatte er gewusst, dass sie die Richtige war. Die Richtige für Karl und vielleicht auch für ihn selbst. Marius fuhr sich durch das frisch gewaschene Haar, das noch leicht feucht war und sich an den Spitzen kringelte. Hoffentlich mochte sie ihn auch. Hoffentlich fand sie ihn nicht albern oder seine

Witze peinlich. Wenn Marius nervös war, nahm die Qualität seiner Scherze erfahrungsgemäß ab. Aber am Mainkai hatte sie trotzdem gelacht. Mit der Sonne im Haar und der sanften Hand am Gänseblümchen.

Marius stellte sich an die Bushaltestelle Annastraße. Es war ein schöner Abend. In Würzburg schien es den ganzen Sommer über warm und klar zu sein. Seine Mitbewohnerin hatte ihm schon gesagt, dass das legendäre Musikfestival »Wein am Stein« bevorstand und sie bei diesem Traumwetter unbedingt noch versuchen mussten, Karten zu bekommen. Viele andere Leute klagten über die Hitze, aber Marius mochte das. Manchmal legte er seine Matratze auf den Balkon, wenn sich sein Zimmer tagsüber zu sehr aufheizte. Er liebte diese Nächte, wenn die Stadt zur Ruhe kam und er noch draußen saß. Wenn er auf der Gitarre klimperte und seine Mitbewohnerin einige Pflanzen nach draußen stellte, damit sie der Musik lauschen konnten. »Sie hören es vielleicht nicht richtig, aber ganz bestimmt fühlen sie die Vibrationen in der Luft. Das tut ihnen gut!«

Irgendwann legte er sich dann auf die Matratze, sah die Sterne oder die Wolken über sich und den matten orangefarbenen Schein, der immer über der Stadt lag. Dann träumte er die schönsten Träume, besuchte Papageien im Dschungel, erklomm Vulkane und tauchte an bunten Korallenriffs entlang. Heute konnte eine dieser Nächte werden. Ob er diesmal vielleicht nicht alleine auf der Matratze liegen würde?

Der Bus kam prustend vor ihm zum Stehen. Marius stieg ein, ging bis zu den Stehplätzen in der Mitte des Gelenkbusses und hielt sich mit einer Hand an einer der gelben Haltestangen fest. Bis zum Rottendorfer Tor waren es nur wenige Stationen, er hätte den Berg auch hochradeln können, aber er hatte nicht riskieren wollen, verschwitzt bei Sabina anzukommen.

MainSchatz hatte ihnen die Aufgabe gestellt, auf dem Gelände der Landesgartenschau am Hubland einen Drachen zum Fliegen zu bringen. Sabina hatte einen gebastelt und ihm vorab schon ein Foto des orangefarbenen Ungetüms mit Schleifchen und langen Wimpern an den grünen Augen geschickt.

»Sie ist kreativ«, sagte Marius zu Karl. »Und handwerklich geschickt. Eine tolle Frau. Sie kann dir helfen, ganz bestimmt.« Der Bus kam zügig durch den Verkehr und die Ampeln. Heute waren nur wenige Autos unterwegs. Viele Studenten bevorzugten ihre Fahrräder oder schlenderten in Grüppchen dahin. Außer ihm waren kaum Menschen im Bus, nur an einem erhöhten Sitzplatz beugten sich ein Mann und eine Frau gemeinsam über eine Zeitschrift. Marius sah ihre Köpfe, einen mit dunkelbraunem Wuschelhaar, einen mit schulterlangen glatten Haaren. Da hatten sich schon zwei gefunden, vielleicht war das ja ein gutes Zeichen. Marius blickte aus dem Fenster und hielt Karl so, dass er auch hätte hinausschauen können. Es dämmerte. Marius hatte ein paar winzige LEDs in die Hosentasche gesteckt, die sich mit einem Tupfen Klebstoff leicht auf jedem Untergrund befestigen ließen. Der Drachen würde fliegen – und leuchten!

Am Rottendorfer Tor stieg er aus, um noch ein Stück laufen zu können. Marius ging langsam. Vor Nervosität hatte er das Haus früher verlassen als eigentlich nötig. Am Hubland brannte die Sonne tagsüber zwar noch heftiger als unten in der Stadt, dafür sorgte eine stete Brise für Abkühlung. Gut für sie und gut für den Drachen. Er lenkte seine Schritte am Seniorenstift vorbei und kam bald an den Alten Park. Hier leuchteten die blühenden Büsche und Blumen durch die Dämmerung. Auf den verlassenen Wegen herrschte wohltuende Stille. Die Menschen sammelten sich alle vorne am alten Tower, bei der Eisdiele oder an den zentraler gelegenen Spazierwegen. Marius und Karl waren alleine und konnten sich auf die Begegnung mit Sabina und dem Drachen vorbereiten.

Er kam gerne zu dieser Gartenanlage. Sie stand allen offen, wurde aber besonders oft von den alten Damen und Herren aus dem Seniorenstift nebenan genutzt. Marius mochte es, wenn sie mit ihren Gehwägelchen die Wege entlangwackelten. Man musste nur kurz ihren Spuren folgen, um ihre Gemütsverfassung einschätzen zu können. Wie ungeduldig manche ihre Gehhilfe voranwuchteten und absichtlich den Löwenzahn umfuhren, der am Wegrand wuchs. Andere drehten stoisch Runde um Runde, immer im Kreis herum. Es schien ihnen gar nicht bewusst, wo sie sich befanden, es hätte genauso gut der Piccadilly Circus sein können. Und dann gab es welche, die zuerst zitternd Fuß vor Fuß setzten, ängstlich nach der nächsten Sitzgelegenheit Ausschau hielten – und dann nach und nach sicherer wurden und stolz Meter um Meter zurücklegten. Das waren diejenigen, die sich über jede Amsel freuten, die auf der gepflegten Rasenfläche nach Würmern pickte, und über jedes Gräschen, das stolz sein Chlorophyll in den Halm pumpte.

Jetzt herrschte aber wahrscheinlich schon Bettruhe, denn außer ihm war niemand unterwegs. Manchmal, wenn er seine Gitarre dabeihatte, spielte er für die alten Leute. Dann fiel ihm auf, dass sie auf ganz andere Weise zuhörten als sein sonstiges Publikum in der Innenstadt oder weiter oben am Hubland. So, als hätten sie alle Zeit der Welt. Und das bewunderte Marius sehr.

In diesem Moment sauste etwas knapp an Marius' Nase vorbei. Er blickte sich irritiert um. Da lag etwas auf dem Boden, kaum sichtbar im Gras. Marius ging auf die Knie und entdeckte einen Carbonpfeil mit einem schwarzen Schaft. Verwirrt hielt er ihn in der Hand. Wieso flog hier ein Pfeil durch die Gegend?

Die Schritte hörte Marius erst, als es zu spät war. Er spürte einen heftigen Schmerz am Kopf, der alles dunkel werden ließ. Er fiel zur Seite, Gras unter seinem Ohr, Staub in seinem Mund. Dann, im Wegdriften, setzte etwas seinen Bauch in Flammen.

Neben ihm lag Karl zwischen Blumentopfscherben, die Erde um sich herum verstreut, den grünen Körper verdreht. Hilflos reckte er dem Feind seine kleinen Stacheln entgegen.

10

Peter / Mittwoch, 05.07., Universitätsklinikum

Peter atmete tief durch, als er der Drehtür einen Schubs gab. Vom Kurzzeitparkplatz, der in die blauen Lichtreflexe eines Rettungswagens gehüllt war, tauchte er in die effiziente Helligkeit des modernen Glasbaus ein. Gut ausgeschildert, harmonisch gestaltet, doch alles hier schrie nach Krankenhaus.

Peter warf einen besorgten Blick auf Nadja, die in dem künstlichen Licht sehr blass aussah. Sie trug Jeans zum T-Shirt und hatte sich eine schwarze Strickjacke übergeworfen, durch deren Maschen sie ihre Fingernägel bohrte.

Sie sprachen kurz mit einer Frau in der Notaufnahme. Ein Automat für warme Getränke stand in der Ecke. Peter hatte sofort den Geschmack von Kaffee im Mund und das Gefühl eines dünnen Plastikbechers an den Lippen. Ein Plastikbecher, aus dem man den letzten lauwarmen Rest trank, den man zerknüllte, bis er knackte, und dann in den nächsten Mülleimer warf.

»M61.« Die Frau wies ihnen den Weg.

Das neue Opfer war zunächst zur Notaufnahme des Zentrums für innere Medizin des Universitätsklinikums Würzburg gebracht worden und hatte mittlerweile ein Überwachungsbett in der Aufnahmestation zugewiesen bekommen. Nadja und Peter gingen nebeneinanderher. Nadja hatte wenig gesprochen, seit sie ihn gegen einundzwanzig Uhr vor seiner Haustür eingesammelt hatte. Während Peter sich anschnallte, hatte sie durch die Windschutzscheibe gestarrt, dem Lichtkegel der Scheinwerfer nach, die sich in einem Rhododendronbusch verfingen.

»Ein weiteres Opfer, Marius Kranich, Student. War auf dem Weg zu einem Date, als er attackiert wurde. Die Frau, mit der er verabredet war, hat ihn bewusstlos auf dem Weg gefunden und den Rettungsdienst alarmiert. Zum Glück ist einer der

Sanitäter aufmerksam geworden, als die Rede auf MainSchatz kam, und hat uns angerufen.«

Mehr wussten sie noch nicht. Sie erreichten M61. Peter wollte die Tür aufziehen, doch Nadja tippte auf einen Schalter links, und sie schwang von selbst auf. Weiße Wände, beigefarbene Türen, hellblauer Boden. Und die leise, unaufdringliche Geräuschkulisse eines Krankenhauses bei Nacht. Schritte in einem der Zimmer, ein Summen in der Luft, das leise Piepsen eines Messgeräts. Jemand hustete, irgendwo rauschte ein Wasserhahn. Peter fragte sich, ob es Menschen gab, für die sich all das nach Heimat anfühlte. Menschen, die täglich in diese Geräusche eintauchten, vom sonnigen Parkplatz kommend mitten hinein zwischen Leben und Tod. Menschen, die aufatmeten, wenn sie das Desinfektionsmittel rochen, einen Wagen mit abgedeckten Essenstabletts im Flur stehen sahen und den schweren Atem der Kranken hörten. Weil das ihr zweites Zuhause war, weil sie hier arbeiteten, hier schliefen, hier aßen und nach zweiundfünfzig Stunden Arbeitszeit in der Woche die andere Welt, die da draußen, immer kleiner und ferner wurde.

Aber Peter wusste auch, dass seine Kollegin all das nicht sehen konnte. Dass die Umgebung ihr als Feind erschien. Die Löcher in der Strickjacke wurden größer. Peter umfasste ihre Hand und drückte sie kurz. Nadja nickte mit zusammengepressten Lippen.

»Lass uns zu ihm gehen. Ich brauche etwas zu tun.«

Der Pfleger, dem sie begegneten, ließ sich ihre Ausweise zeigen, dann führte er sie zum Zimmer von Marius Kranich und ging, um der Ärztin Bescheid zu sagen. Nadja pochte mit den Fingerknöcheln gegen die halb offene Tür.

Ein junger Mann saß auf dem Bett, mit angewinkelten Beinen, den Rücken gegen die Lehne des Krankenhausbettes und die weiße Wand gepresst. Er sah sehr schmächtig und jung aus, mit wenig Bartansatz und einer knubbeligen Nase, auf der eine eckige Brille saß. Sein dunkelblondes Haar trug er aus der Stirn gekämmt, den Rest des Kopfes verdeckte ein Verband.

Um sein Bett stand ein ganzer Wall an Monitoren, die geschäftig Kurven malten, Werte maßen, Zahlen blinkten. Marius Kranich sah ihnen entgegen. Das einzig Lebendige in diesem Zimmer, verkabelt und von Maschinen bewacht. Oder fast das einzig Lebendige. Peter bemerkte einen kleinen Kaktus in einem zu großen gelben Übertopf auf dem Nachttisch neben ihm. Der Kaktus wuchs völlig schief seitlich weg, und der Topf wäre durch das Übergewicht auf einer Seite wohl umgefallen, wenn nicht jemand ein Wasserglas als Stütze hingeschoben hätte.

Nadja stellte Peter und sich vor. Peter sah, dass eine Ader an ihrem Hals wild pochte. Ihre Stimme war jedoch ruhig.

Marius begrüßte sie leise. Auf seinem T-Shirt sprühte eine Gitarre bunte Noten in die Luft, aber das Gesicht darüber zeigte den Schock des Erlebten. Tränen standen ihm in den Augen, und er zitterte. Peter trat zum Bett und schob die Decke näher an Marius heran. Er ergriff sie und legte sie sich über die Füße.

»Herr Kranich, wir ermitteln im Fall der Rizin-Anschläge. Können Sie uns bitte alles erzählen, woran Sie sich erinnern?«

Nadja ließ sich auf der Kante eines zweiten Betts nieder, das mit einer Plastikplane abgedeckt war. Die Arme legte sie locker auf das Fußende. Peter sah, wie viel Kraft sie diese offenkundige Lockerheit kosten musste, und verstand. Sie wollte Marius signalisieren, dass sie Zeit hatten. Die Atmosphäre entspannen, so gut es eben möglich war. Peter sah sich suchend nach einer Sitzgelegenheit um und ging dann in die Nasszelle, wo er einen Plastikstuhl aus der Dusche holte.

»Ich fürchte, ich kann Ihnen nicht viel weiterhelfen.« Marius Kranich berichtete vom Verlauf des Abends, seiner Verabredung und einem selbst gebauten Drachen. Zwischendurch nahm er den Kaktus vom Nachtkästchen, hielt ihn mit einer Hand und strich mit den Fingern der anderen vorsichtig über die Stacheln. Die Pfleger hatten ihm bereits einen Zugang in den Handrücken gelegt. Durchsichtige Flüssigkeit aus einem Infusionsbeutel tropfte hinein. Der Schlauch folgte jeder seiner Bewegungen. Ebenso wie die dünnen EKG-Kabel, die sich aus dem Ausschnitt seines T-Shirts schlängelten. Weitere

Elektroden saßen mit Klammern befestigt an Armen und Beinen. »Ich bin durch den Alten Park gegangen, da mache ich öfter Musik für die Bewohner des Seniorenheims. Wenn ich die Zeit habe, gehe ich immer dort vorbei. Sonst war niemand unterwegs. Dann ist plötzlich irgendwas an meinem Gesicht vorbeigesurrt, was Großes, Längliches, wie ein Pfeil. Das hat mich erschreckt, ich bin zurückgezuckt und hab mich dann gebückt, um zu sehen, was das war. Und dann – nichts mehr.«

Peter sah Nadja an, dass sie verzweifelt nach einem Fitzelchen Information suchte, das ihnen weiterhelfen konnte. Doch sie blieb ruhig, als sie immer weiter fragte: »Sie sagen, möglicherweise ein Pfeil. Was könnte das ansonsten noch gewesen sein? Welche Farbe hatte der Gegenstand?«

»Haben Sie etwas vom Täter oder von der Täterin gesehen?«

»Haben Sie eine Idee, wer dahinterstecken könnte?«

»Kennen Sie jemanden, der ein Motiv hat, Ihnen etwas anzutun?«

Bei der letzten Frage lachte Marius gequält. »Niemand kennt doch jemanden, der so was machen würde, oder?«

Nadja warf Peter einen Blick zu, und er sprang sofort ein. »Spielen Sie?« Er wies auf das Instrument auf dem T-Shirt.

Marius nickte. »Ja, jeden Tag. Ich hatte sie auch dabei, vorhin, am Hubland oben. Aber ich weiß nicht, wo sie hingekommen ist. Hoffentlich hat sie jemand für mich mitgenommen.«

»Bestimmt, die findet sich wieder«, tröstete ihn Peter.

»Vielleicht bin ich draufgefallen, als ich umgekippt bin. Aber wenn nur die Saiten gerissen sind oder der Steg angeknackst ist, kann man sie reparieren.« Er verstummte. »Vielleicht brauche ich sie ja eh nicht mehr.« Wieder schwieg er für einen Moment. »Was passiert mit mir?«, fragte er dann leise.

Nadja übernahm wieder. »Um ganz ehrlich zu sein … Wir wissen es nicht. Wir müssen erst rausfinden, was überhaupt geschehen ist und ob Ihnen Rizin injiziert worden ist beziehungsweise, wie viel … Wir sprechen gleich noch mit dem zuständigen Arzt. Sie sind hier auf jeden Fall in den besten Händen.«

Marius versuchte sich an einem Lächeln. »Ich komm hier doch wieder raus, oder? Ich muss nicht hier drinnen ... sterben?«

Sie schwiegen. Peter fühlte ein Engegefühl im Hals, das ihm das Atmen schwer machte. Er schluckte mehrfach, bemüht, es Marius nicht merken zu lassen. Marius blickte von einem zum anderen. Seine Hände klammerten sich an dem Blumentopf fest. Sonnengelb, der wärmste Punkt im Raum.

»Ich weiß nicht«, sagte Nadja schließlich. Und in diesen Worten schwang ihre ganze Hilflosigkeit mit.

Marius wandte sich ab und blickte aus dem Fenster, das nur Dunkelheit zeigte. »Danke.«

***

Der Krankenpfleger stand auf dem Flur bereit und führte Nadja und Peter direkt zu einem Büro. Von drinnen vernahmen sie Stimmengemurmel. Nadja klopfte, und kurz darauf öffnete eine rundliche Frau mit grauem Pferdeschwanz die Tür. Sie trug eine blau gemusterte Bluse unter ihrem Ärztinnenkittel und sah ihnen nicht übermäßig erfreut entgegen. Warum, wurde Nadja klar, als eine männliche Stimme durch den Raum schallte.

»Ah, die Kavallerie ist auch endlich eingetroffen. Dr. Rother und ich haben hier schon geheime Pläne geschmiedet, aber wir nehmen Sie gerne noch als Mitverschwörer auf!«

Professor Nauke saß auf einem Hockerchen in einem fensterlosen Raum, der sonst nur einen Schreibtisch mit Computer und einen Drehstuhl beherbergte. Mit Nadja und Peter wurde es schon ziemlich eng. Sie lehnten sich beide an die Wand, und Dr. Rother sank wieder auf ihren Stuhl.

Lars Nauke wirkte zufrieden. »Jetzt haben wir's schön kuschelig. Ich unterstütze Frau Dr. Rother bei der Untersuchung des Opfers. Wir haben gerade das Vorgehen besprochen.«

Die Ärztin sah Nadja und Peter an. »Herr Kranich klagt über Schmerzen am Bauch. Wir haben eine mögliche Einstichstelle gefunden. Professor Nauke wird sich das gleich noch mal ansehen, um sicherzugehen. Der Patient wird auf jeden Fall engmaschig überwacht. Aktuell geht es ihm noch gut. In der Notaufnahme wurde schon ein EKG gemacht sowie Blutdruck, Sauerstoffsättigung und Puls gemessen. Blut haben wir ihm auch abgenommen, und dann habe ich als Erstes beim Giftnotruf angerufen. Wir haben hier noch nie eine Rizinvergiftung behandelt, weil das so selten ist, und brauchten erst mal Infos, womit wir rechnen müssen.«

»Und was wäre das?«, fragte Nadja.

»Bei der parenteralen Intoxikation wird das Rizin systematisch im Körper verteilt. Wir müssen deshalb mit einem schweren Krankheitsverlauf bis hin zum Multiorganversagen rechnen. Wir behandeln symptomatisch und machen unser Vorgehen davon abhängig, welches Organ zuerst schlappmacht. Zu erwarten wären zum Beispiel Funktionsstörungen von Leber und Niere, Herzrhythmusstörungen und eventuell ein Kreislaufkollaps. Er bekommt dann auf jeden Fall kreislaufunterstützende Medikamente und Infusionen gegen den Blutdruckabfall. Falls nötig, kommt er auch an die Dialyse, dafür legen wir dann auf der Intensivstation einen großen Zugang am Hals. Falls er schlecht atmet und noch bei Bewusstsein ist, müssen wir ihn eventuell ins künstliche Koma legen, um ihn intubieren und beatmen zu können. Wenn er Schmerzen hat, arbeiten wir wahrscheinlich anfangs mit Novalgin und dann mit Fentanyl, das ist ein Opioid mit sehr starker Wirkung.«

Peter sah Nadja an, dass ihr das Gespräch naheging. Auch für ihn war es schwer vorstellbar, dass der blasse Junge im Zimmer nebenan gemeinsam mit den Ärzten um sein Leben kämpfen würde.

Dr. Rother fuhr fort: »Aber da werde ich jetzt dann erst mal noch mit ihm reden, ob er im schlimmsten Fall überhaupt beatmet oder wiederbelebt werden will. Solange keine gegenteilige Patientenverfügung vorliegt, machen wir das auf jeden Fall.«

»Es weiß ja niemand, wie viel er abbekommen hat, oder?«

»Nein, leider nicht.« Die Ärztin fuhr sich über die Augen. Peter fragte sich, ob sie eine von denen war, die mehr hier drinnen lebten als draußen. Die Müdigkeit hatte sich schon tief in ihr Gesicht gegraben. »Wir warten noch auf den Laborbefund. Aber wir wollen auf alles vorbereitet sein, deshalb habe ich jetzt dann auch noch eine Konferenz mit mehreren Kolleginnen und Kollegen.«

Peters Magen krampfte sich zusammen. Er erinnerte sich, wie Marius Kranich seinen Kaktus gestreichelt hatte. Es konnte nicht sein, oder? Dass ihm all diese furchtbaren Dinge bevorstanden, die die Ärztin gerade aufgezählt hatte?

Lars Nauke blickte Peter nachdenklich an. Dann sagte er leichthin: »Da hab ich es mit meinen Klienten normalerweise nicht so schwer.«

Dr. Rother funkelte ihn an. »Können Sie das lassen? Diese Witze? Ich weiß, Sie sind als Rechtsmediziner Schlimmes gewohnt. Aber der Patient hier lebt noch, und wir wollen alles dafür tun, dass es auch so bleibt.«

Lars Nauke verstummte. »Das will ich auch. Dafür bin ich hier. Es tut mir leid, dass Sie meine Aussagen als unpassend empfinden. Ich glaube nur, dass Menschen eigentlich gerne aufgemuntert oder abgelenkt werden, gerade wenn sie gestresst sind. Und egal in welchem Arbeitsumfeld.«

»Und dafür hat er wirklich ein Talent.« Nadja lächelte Lars Nauke an. »Man muss ihn aber einige Zeit kennen, bevor man ihn nicht mehr furchtbar findet.«

»Kommen Sie, Frau Gontscharowa. Sie waren meinem Charme doch von Anfang an verfallen!«

»Spielen Sie auf unseren ersten gemeinsamen Fall in Würzburg an? Als Sie im Ringpark neben einer Leiche zu mir gesagt haben, dass Sie froh sind, dass ich endlich meinen verborgenen Gefühlen nachgegeben habe und in Ihr Herrschaftsgebiet gewechselt bin?«

Lars Nauke strahlte. »Das war der Beginn einer wunderbaren Freundschaft.«

Dr. Rother seufzte. »In Ordnung. Entschuldigen Sie, ich

wollte nicht persönlich werden. Wir sind froh, dass Sie uns unterstützen. Der Fall ist wirklich außergewöhnlich.«

Lars Nauke nickte gnädig.

Nadja wandte sich zum Gehen. »Bitte informieren Sie uns über alle Entwicklungen. Wir stellen zwei Beamte ab, die im Wechsel das Krankenzimmer bewachen sollen.«

Peter fiel noch etwas ein. »Es kann sein, dass hier Journalisten auftauchen. Entweder vor dem Krankenhaus oder sogar auf der Station. Bitte informieren Sie das Personal über die Umstände. Niemand darf ein Wort über Herrn Kranich und seinen Gesundheitszustand verlieren, in Ordnung?«

Dr. Rother nickte mit zusammengepressten Lippen. »Wir wollten Sie schon fragen, wer wie viel erfahren darf, aber anscheinend hat er kaum noch Familie. Seine Großeltern, die ihn aufgezogen haben, sind in einem Seniorenheim in Berlin und vom eigenen Gesundheitszustand her nicht in der Lage, herzukommen. Er darf aber mit ihnen telefonieren, oder?«

Nadja musste sich wiederholt räuspern, bevor sie antworten konnte. »Natürlich. Er wird jeden Beistand brauchen, den er bekommen kann.«

Nadja / Mittwoch, 05.07., Hubland

Nadja starrte auf die Fahrbahn. Ihre Augen brannten, und jedes entgegenkommende Fahrzeug mit seinen Scheinwerfern jagte Schmerz durch ihre Nervenbahnen, der sich beim Näherkommen steigerte und dann wie eine Erlösung abrupt abflachte, sobald sie das Auto passiert hatte. Peter neben ihr schwieg. Es gab auch nicht viel zu sagen. Nadja hatte den letzten Rest ihrer Kraft für heute aufgebracht, um die Stunde in der Klinik zu überstehen. Sie musste sich stark konzentrieren, wenn sie nicht zulassen wollte, dass sich längst vergangene Bilder vor die Gegenwart schoben. Die Schritte neben ihr waren nicht die leisen von Peter, sondern die nervös trippelnden ihrer Mutter.

Im Krankenhausbett lag nicht Marius, sondern ihr Vater. Auf dem rollbaren Nachttisch stand kein Kaktus, dort lagen ihre Mathehausaufgaben.

Nadja hatte ein halbes Jahr lang jeden Nachmittag in einem Krankenhaus verbracht. Jeden Tag hatte sie das Mittagessen in der Schule ausfallen lassen, war in den Bus gesprungen und zum Krankenhaus gefahren. Dort war sie die Gänge entlanggerannt, immer von der Furcht getrieben, dass sie diesmal zu spät kam. Erst wenn sie sah, dass die Geräte noch arbeiteten, dass die Infusion mit den starken Schmerzmitteln noch tropfte, dass ihr Vater noch lebte, erst dann konnte sie wieder atmen. Dann weinte sie ein wenig in seiner Umarmung, die sich noch immer nach der ihres starken Vaters anfühlte, obwohl er jetzt dreißig Kilo weniger wog und ein kariertes Nachthemd trug. Er roch nach Birkenwäldern, und er brummte beruhigend vor sich hin. Später aß sie sein Mittagessen auf, von dem er selbst immer nur einige Löffel nahm. Sie aß viel Brei in dieser Zeit. Kartoffelfleischbrei, Haferbrei, Karotten-Erbsen-Brei, Pastinaken-Zucchini-Brei ... Das Beste war der Milchreis, weil da kleine Papiertütchen mit Zucker und Zimt dabeilagen und es eingelegte Kirschen gab. Sie konnte heute noch den Geschmack auf der Zunge spüren und sah dann den blauen Einband ihres Schulheftes vor sich, wie sie rechnete und radierte und ihr Vater daneben einschlief und mit offenem Mund gurgelnd atmete.

Nadja umklammerte das Lenkrad. Wie konnten sich Erinnerungen so hartnäckig halten? Hatten sie nach über zwei Jahrzehnten nicht ihre Halbwertszeit überschritten, sollten sie nicht langsam verblassen, verschwimmen, langsam, Stück für Stück in entfernte Hirnregionen abwandern? Sie sehnte dieses Wegdriften herbei, freute sich auf den Tag, wenn sie ein Krankenhaus von ferne sah und nicht sofort den Geruch in der Nase hatte. Wenn sie Kartoffelbrei aß und keinen Würgereiz dabei verspürte. Wann würde es so weit sein?

Im Licht der Scheinwerfer tauchten die ersten Unigebäude auf. Nadja war lange nicht am Hubland oben gewesen. Es tat sich so viel hier oben, in kürzester Zeit war ein neuer Stadtteil entstanden.

Nach dem Ende des Zweiten Weltkriegs bis 2008 hatten die US-Streitkräfte das riesige Areal der Leighton Barracks als Flugplatz und Kaserne genutzt. Die Würzburger hatten neugierige Blicke auf das Gelände geworfen, wo immer es möglich war. Denn zu sehen gab es so einiges. Die Amerikaner hatten einen Supermarkt dort, eine Tankstelle mit lächerlich niedrigen Benzinpreisen, ein Theater, einen Exerzierplatz, Baseballfelder und einen Flugzeugtower, dessen Landebahn das komplette Gelände durchschnitt.

In der deutsch-amerikanischen Freundschaftswoche im Mai standen die geheimnisumwitterten Tore allen offen. Dann drängten die Würzburger Familien auf das Gelände der Leighton Barracks, um die amerikanischen Wunder zu bestaunen. Sie wurden mit Hotdogs, Popcorn, Karussells und Schießbuden belohnt. Kinder schleppten aufblasbare Gummihämmer in den Farben der US-Flagge mit nach Hause und träumten von riesigen Kaugummiblasen.

Doch nach den Anschlägen auf das World Trade Center wehte der kalte Wind des Argwohns auch in Würzburg. Die Amerikaner bauten eine höhere Mauer, versahen sie mit Stacheldraht und ließen nun auch während der Freundschaftswoche die Tore geschlossen. Nur noch Kinder, die mit US-amerikanischen Familien befreundet waren, durften zu Besuchen in die Kaserne. Aber beim verstohlenen Schleichen über die fremden Straßen fehlte nun das Bunte, das Lustige, und man fühlte sich wie ein Eindringling zwischen marschierenden Soldaten. Das konnten auch die faszinierenden Autos nicht mehr ausgleichen. Daher sahen die meisten Würzburger den Abzug der Truppen mit Bedauern, aber auch einer Spur von Erleichterung.

Nach dem Abzug der US-Truppen hatten die Stadtplaner dann plötzlich hundertfünfunddreißig Hektar neue Fläche zur Verfügung, direkt angrenzend an das Universitätsgelände im Osten der Stadt. Perfekte Voraussetzungen, um den Campus auszuweiten und mit einem neuen Wohngebiet zu verbinden.

Die Umbauten der teils maroden Army-Gebäude begannen, und als 2018 die Landesgartenschau auf dem Gelände stattfand, war von der ursprünglichen Kaserne wenig übrig geblieben. Nur einige Infotafeln und die Namen der Gebäude erinnerten an die historische Dimension.

Nadja hielt neben vielen Einsatzfahrzeugen und dem Bus der Spurensicherung am Parkplatz der Biobäckerei Köhlers an. Sie stieg auf und spürte den Wind im Haar. Wenn er doch nur all die Gedanken wegblasen würde, die stets ungebeten zu Besuch kamen. Sie schlug die Tür fester als nötig zu und spürte Peters Blick auf sich, doch er sagte nichts.

Die Spurensicherung hatte eine Flutlichtanlage am Park aufgebaut, um trotz der Dunkelheit arbeiten zu können. Die Scheinwerfer führten sie zum Tatort. Zwischen all den Menschen in weißen Schutzanzügen, die den Weg entlang auf dem Boden knieten oder die Büsche durchkämmten, ragte Widukinds schlaksige Gestalt heraus. Nadja blieb am Rand der Absperrung stehen und machte ihm ein Zeichen. Er kam sofort her und brachte gleich zwei Anzüge, Handschuhe und Schuhüberzüge mit.

»Wollt ihr rein?«

»Nein.« Nadja schüttelte den Kopf. Sie wären nur im Weg, und auch von hier aus konnten sie alles sehen, was nötig war. Der Park war nicht groß. Runde Blumenbeete sorgten an verschiedenen Stellen für bunte Tupfen im Gras, weiter hinten gab es offenbar einen Trainingspfad mit unterschiedlichen Trimmgeräten, die silbern glänzten.

»Es war dort drüben.«

Widukind zeigte auf ein Stückchen Wiese, das sich unmittelbar an den Kiesweg anschloss. Eine Gitarrentasche lag auf dem Boden, daneben befanden sich anscheinend einige Blutschlieren im Gras und auf dem Weg, die gerade ein Beamter fotografierte. Platzwunden am Kopf bluteten oft stark, selbst wenn sie nur oberflächlich waren. Peter wandte bei dem Anblick die Augen ab. Nadja fixierte die Stelle. Sie wollte nicht wegschauen, das hier war wichtig.

»Der Platz gehört dem Gartenamt, die werden morgen informiert. Leider war hier einiges los. Die Studentin, mit der das Opfer verabredet war, hat ihn gefunden und den Krankenwagen gerufen. Der ist hier sehr dicht rangefahren, daher die Reifenspuren auf dem Weg. Dann sind zwei Sanitäter rumgetrampelt, und erst als der Verdacht aufkam, dass es was mit den Rizin-Morden zu tun haben könnte, sind sie vorsichtiger geworden.«

Nadja nickte. »Habt ihr schon was?«

»Wir wühlen noch. Aber das hier dürfte euch interessieren.« Widukind hielt ihr einen in einer durchsichtigen Plastiktüte verpackten Pfeil hin. »Pass auf, die Spitze ist scharf!«

Nadja nahm ihn vorsichtig entgegen. »Was habt ihr da gefunden?«

»Das ist ein Carbonpfeil, passend zu einem professionellen Blasrohr.«

»Blasrohr? Wie bei den Amazonaskriegern?«

»Das war Curare, soweit ich weiß – das Gift der Pfeilgiftfrösche.«

»Und der Pfeil ist vergiftet? Oder wie?«

»Das lassen wir schnellstmöglich feststellen.« Widukind ruckte seine Brille hin und her, als juckte es ihn in den Fingern, sofort weiterzuarbeiten.

Nadja berichtete, was Marius ihnen erzählt hatte: »Der Pfeil ist an seinem Gesicht vorbeigeflogen. Er blieb im Gras liegen, und er wollte sich danach bücken, aber dann hat er einen Schlag auf den Kopf bekommen. Vermutlich hat der Täter also damit auf Marius geschossen. Als dies misslang, ist er oder sie direkt auf Konfrontation gegangen, hat Marius niedergeschlagen und den Schuss per Hand gesetzt.«

Peter sah so verwirrt aus, wie Nadja sich fühlte. »Was soll das? Probiert der einfach immer wieder neue Methoden aus?«, fragte er. »Bei Markwart eine Spritze in den Oberschenkel, die dann abbrach, bei Colombo die Spritze in den Bauch, jetzt bei Marius zuerst ein Blasrohr, und als das nicht funktionierte, doch wieder die Spritze? Was ergibt das für einen Sinn?«

»Der Vorteil von einem Blasrohr ist natürlich, dass man auf die Entfernung schießen kann.« Widukind trat einen Schritt zur Seite, sodass das Licht der Scheinwerfer auf die Plastiktüte fiel. »Andererseits würde ich mal behaupten, dieses Vorgehen ist ziemlich fehleranfällig. Vermutlich ist die Flugbahn des Pfeils abhängig vom Wind. Das kann man doch kaum so genau planen, oder? Habt ihr einen professionellen Blasrohrschützen unter euren Verdächtigen?«

»Setzen wir auf die Fragenliste«, murmelte Peter.

Nadja starrte auf den schwarzen Pfeil mit der silbern glitzernden Spitze. »Der Mörder konnte doch auch nicht beeinflussen, was Marius anhaben würde. Ich meine, stellt euch vor, er trägt eine Jacke und eine Jeans. Dringt die Spitze da überhaupt durch? Oder hat er auf so was wie den Nacken gezielt? Den Hals? Die Hand?«

»… die Hand, die man schnell mal bewegt. Kein Wunder, dass er danebengeschossen hat. Bestimmt trainieren Blasrohrschützen auch eher auf stationäre Ziele.«

»Wir müssen mit einem Sachverständigen reden. Fragen, wie das Training ausschaut. Wie schnell man die Handhabung lernt. Wie zielgenau so eine Waffe ist.« Nadja setzte es gedanklich auf eine Liste. Erste Schritte nach dem Auffinden einer Leiche. Nur dass es diesmal keine Leiche gab, noch nicht. Sie blickte zu der Gitarrentasche im Gras. Dann kam ihr eine Idee. »Stellt euch mal vor, hier würde jemand in einem Bocksbeutelkostüm rumhüpfen. Das wäre erstens extrem auffällig bei Dunkelheit an einem abgelegenen Ort, und zweitens ist der Öffentlichkeit die Verkleidung ja mittlerweile bekannt. Der Täter musste sich also zwangsläufig etwas anderes ausdenken. Vielleicht ist das der Grund, warum er auf die Entfernung handeln wollte.«

»Dann war das vielleicht improvisiert. Der Täter wusste, dass es möglicherweise nicht klappt, weil er selbst eben kein Blasrohrprofi ist, und hat deshalb die Spritze als Plan B eingepackt.« Peter seufzte.

Widukind stimmte mit ein. Nadja reichte Widukind die Plastiktüte zurück, und er nahm sie vorsichtig entgegen. »Dass das Opfer verabredet war, wisst ihr ja. Das Mädel wartet dort drüben.« Widukind wies auf eine Bank mit einer in eine Decke gehüllten Gestalt.

Nadja betrachtete die junge Frau aus der Entfernung. Sie hatte kurzes, sehr buschiges schwarzes Haar, ähnlich wie Elif. Neben der Bank lag ein rosa Rucksack im Gras. Auf ihren Knien hielt sie einen Drachen, der selbst gebastelt aussah. Sein grelles Orange stach von der grauen Decke ab und schien durch die Flutlichter zu leuchten. Bei jedem Windstoß hob sich sein Schweif unwillig empor. Dann flatterte die Schnur mit den orangefarbenen Schleifchen, bevor der Wind abflaute und er sich wieder auf den Schoß der Frau niedersinken ließ.

»Sie passt zu ihm«, sagte Peter neben ihr leise.

Nadja wusste, was er meinte. Drachenmädchen und Kaktusjunge. Es hätte wunderbar gepasst. Widukind seufzte wieder, dann kletterte er unter dem Absperrband hindurch und marschierte zu seinen Mitarbeitern zurück.

Langsam gingen Nadja und Peter zu der Bank hinüber, von wo aus die Frau ihnen entgegensah. Nadja ließ sich ganz am äußersten Rand der Bank nieder. Sie wollte eigentlich nicht sitzen, aber es hätte keinen guten Eindruck gemacht, wenn sie stehen blieb und die Zeugin zu ihr aufschauen musste. Die Vorstellung brachten sie schnell hinter sich. Dann fragte Peter direkt: »Wissen Sie, warum er diesen Weg gewählt hat?«

»Nein.« Sabina schüttelte den Kopf.

Nadja sah Peter nachdenklich an. Sie wusste, worauf er hinauswollte. Marius war ganz offenbar nicht den direkten Weg von der Bushaltestelle Richtung Treffpunkt gelaufen. Der Park war ein Umweg. Woher hatte der Mörder gewusst, dass er hier vorbeikommen würde?

»Und warum sind Sie überhaupt hierhergekommen, wenn Sie und Marius doch weiter vorne verabredet waren?«, spann sie den Gedanken weiter.

»Ich hatte so ein Gefühl …« Sabina verstummte. »Es klingt komisch, ich weiß. Aber ich war so unruhig, irgendwie nervös, so als würde was Schlimmes passieren. Deshalb konnte ich nicht stillsitzen. Und ich habe diesen Weg eingeschlagen. Ich kann es nicht erklären.« Hilflos zuckte sie die Schultern.

Nadja und Peter tauschten einen Blick.

Nadja sagte leise: »Ich weiß, dass das ein furchtbarer Schock für Sie gewesen sein muss. Aber für uns ist das schwer nachvollziehbar. Logisch wäre doch, ihn anzurufen oder erst mal dort am Tower nach ihm Ausschau zu halten. Stattdessen laufen Sie schnurstracks in eine ganz andere Richtung und finden ihn dann zufällig bewusstlos auf dem Boden liegend?«

»Er hat mal erwähnt, dass er den Park mag, wegen der alten Leute. Er hat sich gerne mit ihnen unterhalten. Vielleicht bin ich deshalb zuerst hierher gegangen, und es war ja auch richtig. Ich habe mich neben ihn gekniet, ihn gerüttelt und, als er nicht aufwachte, seine Atmung kontrolliert und dann den Krankenwagen gerufen.«

Es klang verteidigend, und Nadja merkte, dass die Studentin mit den Tränen kämpfte. Sie schwiegen einen Moment.

»Darf ich bald gehen? Ich fühl mich so unwohl hier«, sagte Sabina leise. »Das ist ein seltsamer Ort. Ich habe mal für eine Hausarbeit darüber recherchiert. Die Amerikaner nannten ihn Victory Park, weil sie hier ihre militärischen Denkmäler aufstellten. Man kann die Sockel noch sehen.« Sie wies auf einen rechteckig behauenen Stein mit zwei Stufen als Basis, der tatsächlich keinerlei Funktion zu haben schien. »Es gab hier ein Memorial für gefallene Soldaten. Die dritte US-Infanteriedivision, die lange in Würzburg stationiert war, hat im Ersten Weltkrieg an einer Offensive zum Schutz von Paris teilgenommen. Die Soldaten hielten sich tapfer am Marne-Ufer und bluteten lieber den ganzen Fluss voll, als aufzugeben. Dessen wollte man hier im Park passend gedenken.« Die Studentin strich über den Drachenschwanz und zupfte eine Schleife zurecht.

Nadja konnte nicht erkennen, ob sie es ernst oder ironisch meinte. Warum sprach sie von diesen längst vergangenen Ereignissen statt davon, was sie wirklich beschäftigen musste? War es eine Form von Ablenkung für sie?

Peter war jedenfalls sehr interessiert. »Und dann?«, fragte er.

»Später in den Neunzigern kam die 1. Division nach Würzburg: Die Big Red One, auch ihr Name bekleckert mit der roten Flüssigkeit, die man wohl braucht für den unsterblichen Ruhm. Manche nannten sie wegen der hohen Verluste im Zweiten Weltkrieg auch Big Dead One. Ihre Soldaten waren am D-Day durch brusthohes Meerwasser und Kugelhagel an den Strand gewatet, hatten dringend benötigte Ausrüstung an Land geschafft und deutsche Stützpunkte erobert. Reihenweise wurden sie niedergemetzelt, aber der Ruhm, der blieb ihnen erhalten.«

Peter räusperte sich. »Man kann das doch auch anders sehen: Immerhin wären der Erste und Zweite Weltkrieg nicht beendet worden ohne solche militärischen Operationen.«

Sabina musterte ihn traurig. »Das Einzige, was ich gerade daran sehe, sind tote junge Männer.«

Nadja begriff den Link zu Marius sehr wohl. Sie fragte sich aber, weshalb Sabina gleich vom Schlimmsten ausging. »Marius lebt!«, sagte sie leise. »Sie sollten nicht so schnell aufgeben.«

Sabinas Unterlippe begann zu zittern. »Ich habe von der Schwarzen Witwe Würzburgs gehört. Sie brauchen mir nichts vorzumachen. Ich weiß, dass Marius nicht einfach nur eine Kopfwunde hat.«

Nun liefen die Tränen. Peter hielt ihr stumm ein zerknittertes Papiertaschentuch hin.

»Was ist mit den Statuen passiert?«, fragte Nadja in der Hoffnung, Sabina und sich selbst abzulenken. Sie dachte an Russland und die Ukraine und daran, wie froh sie war, dass in Deutschland Frieden herrschte. Wie dankbar sie sein mussten, dass es Soldaten gegeben hatte, die diesen Frieden einst erkauft hatten. So teuer erkauft, dass sie ihn mit ihrem Leben bezahlten.

Sabina betrachtete die nutzlosen Sockel. »Als die Amerikaner 2006 nach Kansas zurückkehrten, nahmen sie die Statuen mit.«

In diesem Moment gab es Tumult drüben in den Büschen. Jemand rief etwas, gleich mehrere Mitarbeiter der Spurensicherung kamen dazu und schlugen sich durch die dichten grün belaubten Zweige. Einer brachte eine starke Taschenlampe dazu. Sie beobachteten alle drei das Treiben.

Eine große, schlaksige Gestalt winkte ihnen mit ausladender Armbewegung zu.

»Sie haben was gefunden«, sagte Peter gespannt, sah aber gleichzeitig bedauernd zu Sabina hin. Vermutlich hätte er sich gerne noch länger mit der Studentin unterhalten.

»Ja.« Nadja stand auf. »Bitte entschuldigen Sie uns einen Moment.«

Sabina klammerte sich an ihrem Drachen fest und nickte stumm. Peter und Nadja gingen zu der Gruppe von Menschen in weißen Anzügen hinüber. Nun zogen sie doch noch die Handschuhe, Hauben und Überschuhe an. Lore Braun hielt Zweige aus dem Weg, sodass sie durchkamen, ohne sich Kratzer zu holen.

»Hier hat er gesessen und gewartet.« Widukind kauerte unter einer Eibe und wies auf die spärlichen umgeknickten Grashalme neben seinen Füßen. »Auf den ersten Blick keine Spuren, aber wir werden natürlich alles gründlich absuchen. Interessant ist aber das hier.« Er wies mit dem behandschuhten Finger auf einen braunen Faden, der an einem hervorstehenden Ast festhing. »Wahrscheinlich hat er sich hier durchgezwängt, als der Schuss mit dem Blasrohr danebenging. Da musste es ja plötzlich ganz schnell gehen.«

Nadja musterte das Gras und den Faden. »Hoffen wir, dass wir hier nicht das geheime Lager von Kindern absuchen und der Faden von einem Lieblingsteddy stammt.«

Peter neben ihr schüttelte den Kopf. »Nein, das glaube ich nicht. Man hat hier ja wirklich einen guten Blick auf den Weg und wird selbst nicht gesehen. Außer jemand sucht danach. Könnte schon passen.«

»Du glaubst also, Sabina sagt die Wahrheit? Und es war tatsächlich ein Attentäter hinter einem Busch versteckt?«

»Du etwa nicht?«, fragte er zurück.

Nadja betrachtete die dunklen Nadeln der Eibe über sich. »Ich dachte nur gerade, dass so eine Mordserie, über die die

Medien ausführlich berichten, einen großen Vorteil bietet: Man kann das Vorgehen des Mörders kopieren, wenn man selbst jemanden aus dem Weg räumen will. Dann wird der Mord nur im Zusammenhang mit den anderen Taten untersucht.«

»Ein Nachahmungstäter des Nachahmungstäters?« Widukind lachte. »Nicht euer Ernst, oder?«

Nadja zuckte mit den Schultern. »Es ist möglich, dass Sabina wusste, welchen Weg Marius einschlagen würde. Dass sie ihm aufgelauert und ihn niedergeschlagen hat und dann ihre schwer nachvollziehbare Angst und die Auffindesituation erfunden hat. Den Notarzt könnte sie gerufen haben, um sich selbst zu entlasten.«

»Möglich. Aber ich habe das Gefühl, du glaubst das selbst nicht so recht, oder?« Peter stupste sie an, und Nadja nickte nach einem Moment des Zögerns. Peter und sie duckten sich unter den Zweigen hindurch und stolperten zum Weg zurück. »Ich glaube, wir müssen den Fall noch mal ganz anders angehen«, sagte Nadja nachdenklich.

»Wie meinst du das?«

»Von vorne anfangen und diesmal nach Querverbindungen suchen, die vielleicht nicht so augenscheinlich sind wie die MainSchatz-Dates. Da sind wir bisher immer nur in Sackgassen gelaufen. Und mich irritiert das sehr, woher der Mörder gewusst haben soll, dass er hier langkommt. Ich finde, das klingt eher danach, dass er Marius sehr gut kannte.«

»Oder er hat auf jemand anderen gewartet.«

»Warum hätte er Marius dann angreifen sollen?«

»Das ergibt keinen Sinn, du hast recht.« Peter fuhr sich über die Augen. »Ich bin gerade einfach schon zu müde.«

Nadja sah ihn an. Sie spürte die Erschöpfung im ganzen Körper, gleichzeitig aber auch die Anspannung, die sie nicht zur Ruhe kommen ließ. »Wir sollten verschiedene Themen definieren und aufteilen. Einer vergleicht die Arbeitssituation der Opfer. Der Nächste schaut sich die Hobbys und die Freizeitgestaltung der drei an. Einer kümmert sich um Freunde und Familie. Einer muss die Tagesabläufe nachzeichnen. Und dann schauen wir, ob es irgendwo eine Überschneidung gibt, die wir bisher nicht auf dem Schirm hatten. Vielleicht kaufen alle drei immer im selben Supermarkt ein, vielleicht hat eine Kollegin von Colombo früher für Markwart gearbeitet und ist nebenbei an der Uni in einem der Kurse mit Marius eingeschrieben. Vielleicht haben alle drei mal Schafkopf im Verein gespielt. Irgend so was könnte es geben, und wir müssen …«

»Wir müssen diese Querverbindung finden, und mit *wir* meinen Sie die neue Soko Rizin, richtig?«

Nadja drehte sich langsam um. Bully stand hinter ihr. Einen Kopf kleiner, aber unübersehbar in ihrem fuchsiafarbenen Blazer. Im Flutlicht warf ihr Körper einen bizarr langen Schatten auf das Gras. Wie hatte sie sich an sie heranschleichen können? Normalerweise kündigten ihre schweren Schritte ihren Auftritt lange vorher an. Die Kriminaldirektorin sah Nadja spöttisch an, als wüsste sie, was in ihrem Kopf vor sich ging.

»Eine gute Idee jedenfalls. Ich werde das morgen bei der Besprechung sicherlich aufgreifen.«

Nadja nickte steif. »Selbstverständlich.«

»Es wäre schön, wenn Sie mich jetzt auf den neuesten Stand bringen würden.«

Automatisch rasselte Nadja herunter, was sie bei der Befragung von Marius und Sabina und von Widukind erfahren hatten. Dabei hielt sie den Blick auf Bullys Blazerkragen geheftet. Das Fuchsia stach in ihren Augen, die Kopfschmerzen nahmen zu, aber sie wollte diesen verkniffenen Mund nicht sehen, während sie der neuen Leiterin der Ermittlungen Bericht erstattete.

11

Peter / Donnerstag, 06.07., Gerbrunn

Der Orangensaft schmeckte abgestanden, und das ganze Fruchtfleisch hatte sich am Boden der Flasche gesammelt. Peter schüttelte sie halbherzig. Warum bekam er eigentlich immer die Reste ab? Warum war er der Einzige in dieser Familie, der angebrochenen Frischkäse, halb geschälte Mandarinen und die Nudeln vom Vortag auch tatsächlich aufaß? Wie viele Lebensmittel würden sie ohne ihn wegwerfen? Peter fühlte sich wie der einzige Erwachsene in diesem Haushalt. Er zog eine offene Packung Kürbiskernknäckebrot zu sich heran und untersuchte die Scheiben auf Verfärbungen, pelzigen Bewuchs oder sonstige Lebewesen.

»Ich will das Brot nicht, Papa!«

Mariechen saß auf seinem Schoß und patschte in ihrem Bananenhaferbrei herum. Seit einigen Wochen aß sie sehr selbstständig, aber die Kollateralschäden hätten jedem General den Schweiß auf die Stirn getrieben. Der Boden um sie herum war von frischen Flecken übersät wie ein besonders tödliches Minenfeld. Der Gang zur Spüle zum Händewaschen würde einem Spießrutenlauf gleichen. Peter zog ihr Lätzchen zurecht.

»Ich weiß. Das Brot ist für Papa. Er wird dieses leckere, äußerst schmackhafte Brot essen, während du nur deinen langweiligen Brei hast. Mhmmmm.«

Rebekka kam mit Bademantel und Turban auf dem Kopf in die Küche. »Es ist auch noch Butterbreze von vorgestern da, falls es euch nicht schmeckt.« Ihr Gesicht war ganz rot vom heißen Wasser der Dusche.

»Klingt ja verlockend.«

Missmutig kaute Peter an seinem Knäckebrot. Es hatte eine erstaunlich gummiartige Konsistenz, das Knackige war wohl irgendwann in den Monaten seit Herbst verloren gegangen.

Welche Daseinsberechtigung hatte es dann überhaupt noch? Wer wollte letscherte Kürbiskerne im Juli?

Er selbst war auch so ein überkommenes Knäckebrot. Ein Kommissar, der keine Fälle löste, sondern bloß in der Gegend herumstolperte und Opfer eines Rizin-Mörders aufsammelte. Heute fühlte er sich unfassbar alt und müde. Vielleicht sollte er Bully nahelegen, statt seiner eine künstliche Intelligenz einzusetzen. Dann konnte sie ihn in irgendein Archiv verbannen, wo er mit den Silberfischchen um die Wette lief und nach und nach Spinnweben über seine Augenbrauen wuchsen.

»Peter?« Rebekka sah ihn fragend an.

Er kaute und schafft es nicht, den Bissen klein zu kriegen. Zäh dehnte sich die Getreidescheibe in seinem Mund aus. Also schob er sie kurzerhand in die linke Backe.

»Was ist? Ich esse.«

»Du hast deinen philosophischen Blick drauf. Ich hol dir vielleicht besser mal die Zeitung und einen Kaffee, bevor du das ganze Universum in Frage stellst.«

Rebekka verschwand wieder, und Mariechen quietschte enttäuscht. Peter strich ihr über die Löckchen. So hatte seine Haarpracht auch einst ausgesehen. Doch mittlerweile brauchte er immer länger, um die zunehmende dünn bewachsene Stelle an seinem Hinterkopf zu verdecken. Welchen Sinn hatte das überhaupt noch? Es sah ihm doch längst jeder an, dass er zum alten Eisen gehörte. Zum alten, verrosteten, verbogenen und verbeulten Eisen mit Kürbiskernstückchen zwischen den Zähnen.

Rebekka kam zurück. Sie goss sich einen Kaffee in ihre Olchi-Tasse und las die Zeitung, die sie eigentlich Peter geben wollte. Peter hüstelte auffordernd.

»Bist du erkältet, Schatz?« Rebekka blickte nicht auf.

Ganz offenbar war er ein Nichts. Seine Frau ignorierte seine Bedürfnisse, seine Tochter nutzte ihn als Hochstuhl und um ihre Bananenfinger abzuwischen. Er konnte sich auch gleich in einem tiefen Loch vergraben.

»Papa!« Mariechen deutete freudig auf die Zeitung.

»Nein, das ist leider nicht Papa«, brummte Peter. »Mit wem

hat sie mich verwechselt? Mit dem Vorstand der Seniorenkreuzworträtselmannschaft? Mit einem mottenzerfressenen Tierheimskater? Mit der neuen Vogelscheuche des Gartenbauvereins?«

»Leider bist du es doch, Peter.«

Rebekka warf ihm einen besorgten Blick zu. Dann reichte sie ihm die Zeitung. Peter sah das Foto und spürte, wie sich das Knäckebrot in seinem Mundraum endgültig in etwas Ungenießbares verwandelte. Er hustete und spuckte es aus. Eine Großaufnahme von Nadja und ihm vor dem Haus von Marigold Bremser. Er hatte einen dümmlichen Gesichtsausdruck drauf, der wohl daherkam, dass sein Mund halb offen stand, weil er gerade etwas gesagt hatte. Aber Nadja hatte es viel schlimmer erwischt. Sie sah alles andere als professionell aus mit den offenen, ungekämmten Haaren, dem zu kurzen T-Shirt, das an der Hüfte ein Stück Haut enthüllte, und der geliehenen Jogginghose. Es wusste ja niemand, dass sie kurz zuvor in einer brennenden Wohnung gewesen war. »Kann diese Kommissarin die Schwarze Witwe schnappen?«

Der Artikel brauchte die aufgeworfene Frage gar nicht zu beantworten, jeder Leser würde beim ersten Blick auf das Foto mit »Nein« antworten. Peter atmete tief durch und suchte nach Möglichkeiten, wie er Nadja schonend darauf vorbereiten konnte, bevor sie es im K1 erfuhr.

Auch Marius und sein unklarer Gesundheitszustand wurden erwähnt. Gut, dass sie die Ärztin vorgewarnt hatten, was ein mögliches Presseaufgebot anbelangte. Sie konnte sich auf eine Belagerung einstellen. Die Journalistin hatte leider auch in Erfahrung gebracht, dass alle Opfer über MainSchatz verabredet gewesen waren, als sie attackiert wurden. Das würde Kathrin Beckmann gar nicht gefallen.

»Mein Papa.«

Mariechen streichelte den Zeitungspapa zärtlich und verschmierte Bananenbrei über seinem Gesicht. Peter schloss für einen Moment die Augen und legte die Wange an ihr seidenweiches Köpfchen. Sie roch so gut nach der Wärme ihres

Schlafsacks, nach Milch und Frühstück und nach Rebekka. Sie freute sich über Papa in der Zeitung. In ihrem Universum gab es Bananenbrei statt Mörder. Wenn es für die Erwachsenen doch bloß auch so einfach wäre.

Nadja / Donnerstag, 06.07., Kriminalpolizeiinspektion in der Zellerau

Als Nadja das K1 betrat, fühlte sie sich zum ersten Mal seit ihrem Wechsel nach Würzburg fremd. Schon im Gang kamen ihr Beamte entgegen, die sie nicht kannte. Jemand rollte ein Whiteboard heran, in der Küche telefonierte ein Mann mit leichtem griechischen Akzent, und Gretchens Schreibtisch war unbesetzt. Selbst der Boden, auf dem sie lief, fühlte sich anders an als sonst, da Nadja die unbequemen, aber formalen schwarzen Pumps trug. Nachdem Peter sie angerufen hatte, hatte Nadja sich noch zweimal umgezogen und trug jetzt eine schwarze Stoffhose, ein hochgeschlossenes Spitzentop und einen grauen Blazer. Ihre Haare waren wie immer an den Schläfen beginnend nach hinten geflochten und dann hochgesteckt. Es sollte einen möglichst großen optischen Unterschied zwischen der desaströsen Nadja in der Zeitung und der echten geben. Erst als sie auf die Tür des Besprechungsraums zustöckelte, ging ihr auf, dass das ein Fehler gewesen sein mochte. In der ungewohnten Kleidung fühlte sie sich noch unwohler. Da sie die Ermittlungsleitung nicht mehr innehatte, sah sie vielleicht sogar overdressed aus. Und jeder ihrer Kollegen würde durchschauen, was hinter dem Stilwechsel steckte.

Sie atmete tief durch, bevor sie die Tür öffnete. »Nicht mehr mein Fall, nicht mehr mein Fall«, hämmerte es in ihrem Kopf.

Bully hatte für acht Uhr eine Versammlung der neu gegründeten Soko Maintod einberufen. Die Ausweitung der Ermittlungsgruppe war nach dem neuen Anschlag natürlich unumgänglich. Mitleidige Blicke streiften sie, als sie das Zimmer betrat. Die ihrer vertrauten Kollegen und die der neuen. Sicherlich hatte jede und jeder von ihnen die heutige Zeitung zu Gesicht bekommen und wusste, dass die ehemalige Ermittlungsleiterin am Tiefpunkt angekommen war.

Elif winkte ihr zu und zeigte auf einen leeren Platz neben sich. Dankbar ließ Nadja sich darauf nieder. Sie saß nun da, umringt von ihrem Team. Neumann und Heideckert zu ihrer Linken, Elif und Peter rechts von ihr. Peters Blick streifte sie immer wieder, aber Nadja war zu müde, um ihn zu erwidern.

Bully stampfte nach vorne. »Wir fangen wieder bei null an, Herrschaften. Marigold Bremser kann es nicht gewesen sein, da sie zum Zeitpunkt des Anschlags noch bei uns im Verhörraum saß. Sie ist heute früh direkt aus der U-Haft entlassen worden.« Die Kriminaldirektorin stellte die einzelnen Mitglieder der neuen Soko vor und bat Nadja dann direkt, die bisherigen Ermittlungsansätze für alle noch einmal zusammenzufassen. Sie schaffte es irgendwie, über die Ereignisse zu sprechen und zu skizzieren, was sie über das Rizin, das Kostüm und die Aktivitäten der Opfer auf MainSchatz herausgefunden hatten.

So in Kurzform klang alles plausibel und nach solider Polizeiarbeit. Sie waren allen Spuren nachgegangen und hatten sie in unterschiedlichste Richtungen verfolgt, bis Marigold Bremser als Verdächtige auf dem Radar erschien. Und bis die Presse von den Infos erfuhr, die eigentlich geheim hätten sein sollen. Im Nachhinein schien es Nadja wie der erste Vorbote kommenden Unglücks, als sie von Journalisten umlagert auf dem Parkplatz gestanden hatte. Vielleicht hatte gar nicht die Überforderung sie gelähmt, sondern das Gefühl des Unausweichlichen.

Bully nickte in Nadjas Richtung, ohne sie wirklich anzusehen. Dann übernahm sie selbst wieder. Ihre Rede brandete über Nadja hinweg. Diese nahm nur Bruchstücke davon auf, die sich in ihrem Kopf jedoch nicht zu einem hübschen Mosaik zusammenfügen wollten. Es ging um die Handydatenabfrage für den Mainbrückenmord und die Beantragung der Daten für die anderen Attentate, um die Befragung von möglichen Zeugen, um die Datingaktivitäten von Marius und um die Herkunft des Blasrohrpfeils. Heideckert hatte sich gestern Nacht anscheinend noch schlaugemacht und las nun aus seinem Notizbuch etwas vor, das sich wie ein Wikipedia-Artikel anhörte. Blowpipe, Abschussgerät, Projektil im Rohr platzieren, stoßartige Ausatmung führt zum Abschuss, Abhängigkeit der Antriebskraft von Stärke der Atemmuskulatur und Lungenkapazität des Schießenden. Kurz ploppte in Nadjas schmerzgeplagtem Kopf die Frage auf, ob am rizingetränkten Pfeil dann nicht Spucke und damit DNA des Schützen haften müsste, aber das würde die Spurensicherung so oder so herausfinden.

Dann brachte Bully auf den Tisch, dass sie weitere Infos über die drei Opfer und mögliche Gemeinsamkeiten unabhängig von MainSchatz sammeln sollten. Eigentlich fasste sie genau das zusammen, was sie gestern bei Nadja belauscht hatte. Bei ihr klang es allerdings wie ein ganz neuer und frischer Ermittlungsansatz. Sie wollte fünf Teams bilden, die je für ein Thema zuständig waren und alle drei Opfer dahingehend durchleuchteten: Dating und Beziehungen, Ausbildung und Arbeit, Freunde und Familie, Alltag und Hobbys, Gesundheit und Persönliches. Jeder aus dem alten Team übernahm eines dieser Ressorts und bekam einen der neuen Kollegen an die Seite gestellt. Sie sollten so viel wie möglich zusammentragen, nach Querverbindungen suchen und die Ergebnisse vor der gesamten Soko präsentieren.

Gretchen war dafür zuständig, die Ergebnisse zu visualisieren. Jede Gruppe sollte ihr die Ergebnisse zukommen lassen, und Gretchen würde ein riesiges Schaubild dazu gestalten, sodass auch Zusammenhänge, die zwischen den unterschiedlichen Themengebieten existierten, gefunden werden konnten. Sie schien stolz über ihre wichtige Rolle und strahlte in die Runde.

Beifälliges Murmeln erhob sich. Peter warf Nadja einen bedeutungsvollen Blick zu und zog die Augenbraue hoch. Sie rang sich ein schwaches Lächeln ab. Es war ihr egal, dass Bully ihre Strategie übernahm, ohne sie auch nur als Ideengeberin zu nennen. Eigentlich war ihr so ziemlich alles egal, solange sie nicht noch einmal ins Krankenhaus musste oder von ihr erwartet wurde, dass sie Marius beim Sterben zusah.

Bully verteilte die Aufgaben, kritzelte auf dem Whiteboard herum und verbreitete das Gefühl, dass der Mörder gleich aufgeben konnte, da es nichts und niemand schaffte, sich ihr langfristig in den Weg zu stellen. So sollten Ermittlungsleiterinnen wohl dastehen. Mit beiden Beinen so fest auf dem Erdboden, dass jeder Orkan machtlos darüber hinwegbrauste. Ein Wackeln in den Knien, wenn es schwierig wurde, konnte hier niemand gebrauchen.

Nadja dachte an die Studentin Sabina, die Peter und sie gestern Nacht noch weiter verhört und dann nach Hause gefahren hatten. Sie lebte bei ihrer Mutter und hatte mexikanische Wurzeln. Wie sie Frage um Frage gestellt hatte, die Nadja und Peter unbeantwortet ließen. Wie sie den Drachen umklammerte, wie sie trotz der grauen Decke fror. Wie sie zuletzt gefragt hatte, ob sie Marius besuchen durfte, und auch darauf nur ein Kopfschütteln bekommen hatte.

Nadja spürte eine Last auf den Schultern, die nichts mit dem gepolsterten Blazer zu tun hatte. Etwas Schweres drückte auf ihren Körper, machte ihre Schritte unbeholfen und ihre Gedanken träge. So, als hätte sie zu viel Alkohol getrunken, dabei hatten eine Flasche Wasser und ein paar Kopfschmerztabletten sie durch die Nacht begleitet. Sie war erstaunlicherweise sofort eingeschlafen, doch im Traum streifte sie durch Birkenwälder und Krankenhausflure, ein Kaktus fiel von einem Nachttisch mit Rollen und stach in ihren Kopf. Sie schreckte hoch, spürte den Schmerz, nickte wieder ein und kämpfte sich beim Klingeln des Handyweckers mit Mühe aus ihren Träumen heraus. Auch jetzt erschienen ihr die blauen Stühle des Besprechungsraums seltsam unwirklich. Die Sonne draußen verblasste gegen das Flutlicht am Tatort, und die Stimmen um sie herum summten eintönig wie die Maschinen an einem Krankenbett.

»Frau Gontscharowa, Sie halten sich bedeckt. Sie übernehmen das Ressort Gesundheit und Privates und schauen als Allererstes in der Rechtsmedizin vorbei. Die helfen Ihnen sicher, körperliche Merkmale der drei Opfer zu vergleichen. Wichtig wäre dann auch noch eine Aufstellung der privaten Daten. Da können Sie viel vom Büro aus arbeiten, die Ämter anrufen et cetera. So tauchen Sie erst mal nicht in der Öffentlichkeit auf nach der Pressewatsche heute Morgen. Nehmen Sie einen der Polizeianwärter zu Hilfe für die Recherchen.«

Nadja forschte in den Gesichtern. Niemand meldete sich, kein Wunder, es war offenbar eine Bestrafung, wenn eine Kriminalhauptkommissarin abkommandiert wurde, um Ämter und Ärzte abzutelefonieren. Bully seufzte und deutete wahllos auf einen schlaksigen Beamten mit Rasierpickeln an den Wangen. Nadja und er nickten sich steif zu.

Bully fuhr an sie gewandt fort: »Vermeiden Sie alles, was auffallen könnte. Wahrscheinlich wird sich die Presse bei der nächsten sich bietenden Gelegenheit wieder auf Sie stürzen. Frau Miller wird zu dem Thema zeitnah ein Gespräch mit Ihnen führen.«

Nadja blickte Scarlett an, die ihr verzeihungheischend zulächelte. Jetzt musste sie also auch noch nachsitzen.

Scarlett winkte in die Runde. »Insgesamt gilt: Alle Anfragen gerne an mich verweisen. Dr. Bullmann und ich besprechen täglich die Pressestrategie und welche Informationen wir zu welchem Zeitpunkt teilen. Gleichzeitig läuft eine intensive Suche nach dem Schuldigen, der hier ganz offenbar Ermittlungsergebnisse an Journalisten verkauft hat.«

Der letzte Satz war beiläufig dahingesagt, wog jedoch schwer. Über Nadjas Team senkte sich drückende Stille, denn alle wussten, dass sie es waren, die verdächtigt wurden. Die Neuankömmlinge konnten es ja nicht gewesen sein. Schweigen lag über dem Raum, bis Peter lauthals nieste.

»Sorry, Leute! Das muss die Klimaanlage gestern im Krankenhaus gewesen sein.«

»Weiß jemand, wie es Marius geht?«, fragte Nadja leise.

Alle Köpfe drehten sich zu ihr.

Peter schnäuzte sich und schien dabei sorgfältig zu überlegen, was er sagen wollte. »Ich habe heute früh angerufen«, antwortete er schließlich. »Leider sieht es nicht gut aus. Das Labor hat bestätigt, dass es sich wieder um Rizin handelt. Marius' Leberwerte haben sich wohl schon sehr verschlechtert. Die Blutgerinnung funktioniert dadurch nicht mehr richtig, das kann unterschiedlichste Probleme nach sich ziehen. Er ist wohl noch normal ansprechbar, aber er bekommt durch ein Pumpgerät an der Infusion bereits eine Menge an Flüssigkeit und kreislaufunterstützenden Medikamenten. Die Ärztin sagte, dass sie die Dosis noch eine Weile erhöhen können, aber irgendwann kriegt man das nicht mehr eingefangen, und dann wird es schwierig.«

Peter verstummte.

Nadja nickte und dachte an Frau Rother, die vermutlich die ganze Nacht auf der Station geblieben war. Würde sie gehen, wenn ihre Schicht zu Ende war, und die weitere Behandlung einem Kollegen überlassen? Konnte sie nach solchen Erlebnissen daheim überhaupt entspannen?

»Wir hoffen natürlich das Beste. Herr Kranich ist auf jeden Fall in guten Händen!«, schnarrte Bully. »Also dann an die Arbeit. Heute Abend um siebzehn Uhr will ich von allen hören, wie der Stand ist. Vergessen Sie nicht, Frau Morungen die Ergebnisse zukommen zu lassen.«

Bully nickte Gretchen zu. Dann klopfte sie auf den Tisch und beendete die Versammlung damit. Nadja stand langsam auf.

Als sie beobachtete, wie die einander zugeteilten Paare den Raum verließen, fiel ihr noch einmal auf, dass Bully immer einen ihrer engen Kollegen mit einem externen kombiniert hatte. Es ergab durchaus Sinn, wenn Erfahrung und ein neuer Blick sich ergänzten. Doch diesmal hatte Nadja das Gefühl, dass es aus einem ganz anderen Kalkül heraus geschah: Bully nutzte die Neuen als Kontrolle der Kerngruppe. Vielleicht ging sie davon aus, dass jemand es melden würde, wenn der Kollege oder die Kollegin verdächtige Telefongespräche führten oder

der Eindruck entstand, dass jemand die Presse auf dem neuesten Stand hielt. Oder sie hatte die Neuen vor dem offiziellen Meeting sogar entsprechend gebrieft.

Die Hexenjagd war eröffnet.

Peter / Donnerstag, 06.07., Kriminalpolizeiinspektion in der Zellerau

Als Peter den Besprechungsraum verließ, sah er Nadja mit schnellen Schritten davonschlittern. Auf den hohen Schuhen ging sie etwas unbeholfen, aber das hinderte sie offenbar nicht daran, das K1 so schnell wie möglich verlassen zu wollen. Ihr neu zugeteilter Kollege dackelte hinter ihr her. Peter rief ihr eine Verabschiedung hinterher, und sie drehte sich kurz um, lächelte und winkte. Wenigstens das.

Hoffentlich schnappten sie den Täter bald, damit diese verrückte und zerstörerische Ermittlung endlich ein Ende fand. Die nächsten Tage würden anstrengend werden. Mit all den neuen Kollegen fühlte sich das K1 nicht mehr nach K1 an. Er verspürte keinerlei Motivation dazu, sich einen Kaffee zu machen und die Neuen etwas besser kennenzulernen – zumindest den, mit dem er zusammenarbeiten sollte. Udo? Ulf? Irgendwas mit drei Buchstaben. Wo war der überhaupt abgeblieben?

Bully hatte Peter die Dating- und Beziehungsthematik zugeteilt. Zunächst einmal hatten sie den Auftrag, die Daten zu Marius von MainSchatz einzuholen und Kathrin Beckmann zu befragen. Und täglich grüßte das Murmeltier. Bald konnte er Frau Beckmann das Du anbieten, wenn sie sich nahezu täglich sahen.

Missmutig stieß Peter die Hände in die Hosentaschen und stampfte in Richtung Büro. Doch seine Finger trafen überraschenderweise auf glatte, verzweigte Fasern. Irritiert zog er die Hand aus der Tasche: Die Grünlilienableger von Kathrin Beckmann. Die länglichen Blätter mit dem hellen Streifen in der Mitte sahen etwas zerknickt aus, doch sie waren weder verdorrt noch zerbröselt. Der Tag im Dunkel der Tasche schien ihnen nicht geschadet zu haben.

Peter dachte an das dämmrige Licht in Helens Zimmer und seine Überraschung darüber, dass sie auf Serienkiller abfuhr. Mittlerweile hatte er sich eingelesen und wusste nun zumindest in groben Zügen über Belle Gunness und ihre Strategie, Männer mit Kontaktanzeigen anzulocken und zu töten, um an ihr Geld zu kommen, Bescheid. Am interessantesten hatte er gefunden, unter welch dubiosen Umständen Belle verschwunden war. Eines Nachts im Jahr 1908 brannte nämlich ihr Farmhaus nieder, und man fand die Leichen ihrer drei Kinder darin und eine tote Frau ohne Kopf. Die Polizei ging davon aus, dass es sich bei der Toten um Belle handeln müsse, doch die Nachbarn tuschelten, dass der Körper viel zu zierlich für die ungewöhnlich große Belle gewesen sei. Als bei der chaotischen Sichtung der Brandruine einige Tage später dann noch das Massengrab im Schweinestall entdeckt wurde, mit Knochen von mindestens zehn Männern, zwei unbekannten Kindern, einer unbekannten Frau und Belles Stieftochter aus zweiter Ehe, wurde die Vermutung laut, Belle hätte ihren Tod vorgetäuscht und den Brand inszeniert, um untertauchen zu können. Die Gerüchte hielten sich ein ganzes Jahrhundert lang, bis 2008 eine Forensikerin versuchte, Beweise zu finden, ob die als Belle bestattete Leiche tatsächlich Belle gewesen war. Doch das Unternehmen scheiterte, da nach der langen Zeit nicht mehr genug DNA für einen Abgleich vorhanden war.

Peter betrachtete die Grünlilie in seiner Hand. Die grausige Geschichte spukte in seinem Kopf herum, und er fragte sich, ob es einen Zusammenhang mit ihrem Fall geben könnte. Und wenn ja, welchen.

Das emsige Klappern einer Tastatur unterbrach seine düsteren Überlegungen. Peters Miene hellte sich auf.

»Hier. Ich hab ein Geschenk für dich!« Er legte die Grünlilienableger auf Gretchens Schreibtisch und wiederholte Kathrin Beckmanns Anweisungen: »Einfach ins Wasser stellen, bis sie wurzeln. Dann kann man sie einpflanzen. Vielleicht helfen die gegen dicke Luft im Besprechungsraum.«

»Das ist eine schöne Woche. Jetzt kriege ich schon zum dritten Mal Blumen geschenkt!« Gretchen strahlte. Ihre rosigen Apfelbäckchen leuchteten.

»Bestichst du unsere Sekretärin, damit sie deine Berichte tippt?« Jemand ließ eine Hand auf Peters Schulter fallen. »Was ist das für ein Kraut?«

Peter war irritiert, als er Elif neben sich erblickte. Sie hatte ganz schön Kraft. Überhaupt schien sie heute mit Zaubertrank gedopt, die Haare glänzten, die Augenringe hellten sich langsam wieder auf, und ihr weiß-blau gestreiftes T-Shirt vermittelte einen Anflug von maritimem Urlaubsflair. Irgendetwas schien ihr ausnehmend gute Laune zu bereiten, während der Rest des Teams stimmungsmäßig durch ein Jammertal marschierte. Er fasste noch einmal die positiven Eigenschaften der Grünlilie für sie zusammen.

»Du bist mit der Familie schon richtig verbunden, oder? Klasse, ist auf jeden Fall ein Vorteil. Einem vertrauten Gesicht erzählt man ja ganz andere Sachen als dem nächsten Fremden.«

Nachdenklich blickte Peter auf die Ableger. Vielleicht hatte Elif recht, er sollte es nutzen, der persönliche Ansprechpartner zu sein. Und vor allem sollte er dringend noch einmal mit Helen sprechen. Vielleicht konnte er mit offenen Karten spielen. Sie hatte ihn schließlich auf die Parallele mit den Kontaktanzeigenmorden hingewiesen. Er würde sie direkt nach ihrer Meinung fragen und ihre Reaktion dabei genau beobachten. Irgendetwas irritierte ihn an der jungen Frau.

»Ist es okay für dich, wenn ich mitkomme?«, fragte Elif.

»Ich sollte eigentlich mit …« Peter blickte sich nach dem verschwundenen Ulf um.

»Ich hab getauscht. Ich hatte keine Lust auf Small Talk.« Elif zwinkerte ihm zu. »Die beiden neuen Kollegen sind sich wohl recht sympathisch und wollten gerne gemeinsam mein Thema Ausbildung und Beruf übernehmen. Bully hat es zähneknirschend erlaubt, es ist ihr wohl kein gutes Gegenargument eingefallen.«

»Alles klar.« Peter grinste.

»Ich hab sogar schon die Unterlagen von Mancini.« Elif wedelte mit einem Briefumschlag.

»Bestens.«

Sie verabschiedeten sich von Gretchen, die die Grünlilien vorsichtig in ein Glas Wasser stellte, und nahmen die Straßenbahn Richtung Hauptbahnhof. So hektisch, wie der Morgen verlaufen war, so gemächlich ging es nun voran. Ein gleichförmiges Gleiten auf den Schienen, ein sanftes Bremsen an den Haltestellen, ein langsames Anfahren. Peter lehnte den Kopf an die Scheibe und starrte hinaus. Elif neben ihm tippte auf ihrem Handy herum. Sie fluchte ein paarmal leise.

»Was ist los?«

»Ach, du weißt doch, dass Nadja mir erlaubt hat, Markwart noch etwas genauer zu durchleuchten.«

»Hast du was Interessantes gefunden?«

»Vielleicht.« Plötzlich lächelte Elif. »Ich muss noch ein paar Leute zum Reden bringen, die sich bisher noch zieren. Aber es könnte sein, dass ich da auf was Überraschendes gestoßen bin. Widukind konnte tatsächlich ein paar Stellen auf den verbrannten Papieren von Markwart wieder lesbar machen, und das war … na, sagen wir – aufschlussreich.«

Da sie nichts weiter dazu sagte, beließ Peter es dabei. Doch er sah das Jagdfieber in Elifs Augen glitzern, als sie sich wieder ihrem Handy zuwandte. Gut, dass Elif weitermachte, obwohl Nadja abgesägt worden war. Er verstand, dass sie sich lieber bedeckt hielt, denn Bully wäre bestimmt nicht begeistert von Recherchen auf eigene Faust.

Die Straßenbahn fuhr auf den Vorplatz des Hauptbahnhofs ein, drehte noch eine Schleife und kam dann zum Stehen. Elif und Peter stiegen aus, überquerten den Röntgenring an der Fußgängerampel und gingen nebeneinander bis zu dem Gebäude, in dem auch MainSchatz sein Büro hatte. Die Kaiserstraße lag ruhig da heute Morgen. Als sie die Treppen hinaufstiegen und sich der Wohnungstür näherten, sog Peter vorsichtig die Luft ein. Doch diesmal roch es nur nach einem Zitrusreinigungsmittel. Kein Fäkalgeruch weit und breit. Trotzdem konnte er sich nicht überwinden, die Klinke zu berühren, sondern klopfte lieber. Drinnen näherten sich Schritte, verharrten jedoch im Flur, bis Peter laut seinen Namen nannte. Da zog Kathrin Beckmann die Tür auf. Ihre riesigen Augen hinter der vergrößernden Brille sahen gerötet aus.

»Ach, Sie sind's.«

»Haben Sie wen anders erwartet?«

»Allerdings«, fauchte sie. »Seit Mitternacht klingelt mein Handy ununterbrochen, mittlerweile habe ich es ausgeschaltet. Mit den Telefonen hier im Büro das Gleiche. Terror am laufenden Band. Entweder Journalisten mit impertinenten Fragen oder Kunden, die sich beschweren, weil sie keine Lust haben, beim Date ermordet zu werden. Viele löschen die App auch einfach.«

»Das tut mir leid.«

»Sie hätten mich ruhig vorwarnen können! Heute früh standen Journalisten hier vor der Tür und wollten ein Interview. Meine Mitarbeiterinnen werden belästigt und bedrängt. Ich habe allen freigegeben für heute. Nur Helen und ich halten die Stellung.«

»Wir haben MainSchatz in unseren Pressemitteilungen nicht erwähnt. Von unserer Seite ging so eine Info niemals raus.« Peter spürte Elifs Blick auf sich, während er das sagte. Doch seine Kollegin schwieg. Sie konnten nicht zugeben, dass es eine undichte Stelle im K1 gab, das war unmöglich. Peter stellte Elif vor, und Kathrin Beckmann ging ihnen voraus, bis sie mitten im Büro standen.

»Können Sie sich eigentlich vorstellen, wie geschäftsschädigend das ist? Wir sind ein kleines Unternehmen, so eine Krise müssen wir erst mal schultern. Fangen Sie den Kerl doch endlich!«, zischte sie.

»Das versuchen sie doch, Mama.« Helens hohe Stimme drang hinter ihrem Bildschirm hervor. Sie gab ihrem Schreibtischstuhl einen Schub und drehte sich zu ihnen herum.

Peter bemerkte, dass sie noch sehr blass war. Ihr Gesicht sah schmaler aus als noch vor einigen Tagen. Der Migräneanfall hatte sie offenbar sehr mitgenommen.

Ihre Mutter schüttelte den Kopf. »Versuchen ist nicht genug! Solange der Mörder auf freiem Fuß ist, wird sich doch niemand mehr trauen, die App zu benutzen!«

Elif schaltete sich ein. »Wir tun alles, was wir können, um den Fall aufzuklären. Die Ermittlungsgruppe ist noch mal aufgestockt worden, und es gibt verschiedene Ansätze, denen wir nachgehen.«

»Und einer führt hierher, oder was?« Argwöhnisch blinzelte Kathrin Beckmann zu ihnen herüber.

»Wir brauchen die Infos und privaten Nachrichten des neuen Opfers von Ihnen. Meine Kollegin wird kurz mit Ihnen über die Formalitäten sprechen, und Helen und ich können schon mal anfangen zu suchen.«

Elif warf ihm einen überraschten Blick zu, doch als Peter sie fixierte, zog sie die Anordnung von Mancini aus der Tasche und sagte: »Wenn Sie sich kurz mit mir hierhin setzen würden …«

Unwillig grummelnd trat Kathrin Beckmann zu ihr an den Tisch, und Peter nutzte die Gelegenheit, um einen Stuhl heranzuziehen und sich neben Helen an den Computertisch zu begeben.

»Wie geht es Ihnen?«

»Nicht so gut.« Helen starrte auf den Bildschirm. »Ich habe starke Schmerzmittel intus, aber meine Mutter wollte mich nicht allein daheim lassen. Und es ist okay, heute ist es ja sehr ruhig hier, und zumindest ist mir nicht mehr übel.«

Peter sah, dass mehrere Tabs geöffnet waren, und erkannte zu seiner Überraschung die Nicknames der Opfer. Helen schloss sie hastig.

»Ich habe auch etwas recherchiert«, sagte sie verlegen. »Nur so, spaßeshalber.«

»Sie interessieren sich für Kriminalfälle«, stellte Peter fest.

Helen nickte. Sie warf einen vorsichtigen Blick zu ihrer Mutter hinüber, dann wisperte sie: »Ich wäre auch gerne zur

Polizei gegangen. Aber na ja, ich bin eben zu klein. Sie wissen ja, wie die Aufnahmekriterien aussehen.«

Peter nickte. »Das ist wirklich schade. Gute Leute können wir immer brauchen. Vor allem welche, die sich mit Computern auskennen.«

Helen lächelte ihn an. »Na ja, zumindest kann ich jetzt so ein bisschen mithelfen.«

»Sie können sogar viel mithelfen. Mir geht Ihre Äußerung von unserem ersten Zusammentreffen nämlich nicht mehr aus dem Kopf: Was Sie da von Belle Gunness berichtet haben.«

Helen nickte. »Es gibt noch mehr ähnlich gelagerte Fälle. Die kann ich mir gut merken, weil Frauen als Serienmörderinnen ja statistisch gesehen äußerst selten sind. Was auch daran liegen könnte, dass sie oft als Todesengel oder als Schwarze Witwen auftreten und ihre Taten deshalb vielleicht häufiger unentdeckt bleiben.«

»Glauben Sie?«

»Es gibt bestimmt eine Dunkelziffer. Wie groß die ist, das wage ich nicht zu schätzen. Aber bestimmt reicht sie trotzdem bei Weitem nicht an die Zahl der von Männern verübten Morde heran. Sie kennen den Spruch von Margaret Atwood, oder? ›Männer haben Angst, dass Frauen über sie lachen könnten. Frauen haben Angst, dass Männer sie töten könnten.‹«

»Auf Würzburg trifft das zumindest aktuell eher umgekehrt zu«, murmelte Peter. »Können Sie mir die vergleichbaren Fälle nennen, auf die Sie sich gerade bezogen?«

»Da wäre zunächst mal Mary Ann Cotton, angeblich Englands erste weibliche Serienmörderin. Mary Ann war eine Frau, die sich – so irritierend das klingt – durch ihre Morde emanzipiert hat. Sie zog im 19. Jahrhundert von Ort zu Ort, suchte Junggesellen oder Witwer zum Heiraten und gründete so immer neue Familien, bevor sie alle vergiftete, auch die eigenen Kinder und Stiefkinder. Dann nahm sie das Geld und zog weiter. Das war sehr ungewöhnlich zu der Zeit, als Frauen so ziemlich alles hinnehmen mussten, was eben so passierte. Sie hatte die Kontrolle und entschied selbst darüber, wie sie ihr

Leben lebte. Nur ihr Tod verlief dann nicht mehr wie geplant. Überführt wurde sie nach dem Mord an einem ihrer Stiefsöhne, in dessen Leichnam anschließend Arsen nachgewiesen werden konnte. Sie wurde von einem Henker hingerichtet, der den Ruf hatte, der schlechteste in ganz England zu sein. Tatsächlich bemaß er das Seil zu knapp, was dazu führte, dass er gewaltsam nachhelfen musste, als das Erhängen nicht klappte. Möglicherweise kam durch ihre Taten der Begriff ›Schwarze Witwe‹ auf.«

Helen war jetzt erkennbar in ihrem Element. Sie sprach immer schneller und holte kaum Atem zwischendurch, während sie von historischen Mordfällen berichtete. »Es gibt natürlich auch deutsche Fälle. Da wäre zum Beispiel Gesche Gottfried, die 1785 in Bremen geboren wurde und jahrelang mordete, ohne dass jemand Verdacht schöpfte. Bei ihrer Hinrichtung sahen angeblich fünfunddreißigtausend Menschen zu. Dort, wo ihr Galgen stand, wurde ein Spuckstein angebracht, auf den die Bremer noch heute spucken können, um ihre Abscheu vor den Taten deutlich zu machen. Es gibt eine tolle Graphic Novel über sie, die sollten Sie mal lesen.«

Peter nickte. Sollte er vielleicht tatsächlich. »Mich interessiert natürlich, ob es eine Verbindung zu unserem aktuellen Fall geben könnte«, sagte er vorsichtig.

Helen überlegte kurz. »Gesche und Mary Ann mordeten mit Arsen, Belle nutzte Strychnin, das Rizin passt da nicht so recht hinein. Auch nicht die auffälligen Anschläge, die ja gerade nicht in der häuslichen Abgeschiedenheit geschehen. Von dem her würde ich sagen: Nein, da sehe ich keinen Zusammenhang. Mit dem Regenschirm-Attentat natürlich schon, aber wie man der Presse entnehmen kann, sind Sie da schon alleine draufgekommen.«

Peter seufzte und nickte. »Gut, danke.«

Helen wandte sich ihrem Laptop zu. »Vielleicht kann ich Ihnen mit dem neuen Opfer ja noch helfen. Wen hat es denn diesmal erwischt?«

»Marius Kranich.«

Sie öffnete eine Kundendatei, gab den Namen ins Suchfeld ein und hielt bei *grüne_Socke* inne.

»Hier ist er.«

Sie öffnete ein Profil. Marius sah ihnen fröhlich entgegen. Er saß auf einer Matratze auf einem Balkon, hielt seine Gitarre im Arm, und seine Pflanzenfreunde umringten ihn wie eine Gruppe anhänglicher Gänse.

Helen saß regungslos da.

»Erkennen Sie ihn?«, fragte Peter neugierig.

»Für einen Moment dachte ich … aber nein, nein. Das stimmt nicht.« Sie verzog den Mund zu einem Lächeln, das ihre Augen nicht erreichte. Sie sagte nichts mehr, während sie die privaten Nachrichten öffnete, kopierte und eine Datei anlegte, die sie ans Präsidium schicken konnte.

Peter sah ihr nachdenklich dabei zu. Helen Beckmann hegte ein auffälliges Interesse für Morde und Serienmörder, konnte jederzeit auf die Kundendaten zugreifen und hatte Einblick in die privaten Chats. Sie konnte von einem anonymen Profil den realen Namen und die Adresse zurückverfolgen. Sie hielt alle Macht in ihren kleinen Händen.

12

Nadja / Donnerstag, 06.07., Grombühl

Nadja holte sich einen Kaffee. Sie hatte bei einem Bäcker gehalten und ihren neuen Kollegen kurzerhand eingeladen. Auf gute Zusammenarbeit und so. Wie man das eigentlich machte, wenn man neue Leute ins Team bekam, dass man nicht blindlings aus dem Zimmer stürmte und dann beim Autofahren merkte, dass man sich vielleicht besser vorher einen Plan zurechtgelegt hätte.

Jetzt planten sie eben beim Bäcker.

Sebastian Kuhnert aß ein süßes Teilchen mit weißem Zuckerguss und Streuseln. »Willst du was?«

Er machte Anstalten, ein Stück für Nadja abzubrechen. Die Johannisbeeren, die im Zuckerguss erstickten, hatten fatale Ähnlichkeit mit den Pickeln um seinen Mund herum.

»Nein, danke.« Der Schmerz pochte noch immer hinter Nadjas Schläfen. Wahrscheinlich würde ihr übel werden, wenn sie jetzt etwas aß, diese Show musste sie ihrem neuen Kollegen nicht auch noch bieten. »Lass uns anfangen.«

Sie zog eine Serviette von der Tischmitte heran, wühlte in ihrer Tasche nach einem Kuli und riss gleich beim ersten Schreibversuch ein Loch in das dünne Papier. Sebastian beobachtete sie über sein Plunderteilchen hinweg.

Kauend zog er sein Handy aus der Tasche und legte es auf den Tisch. »Diktierfunktion.«

»Wenn das zuverlässig funktioniert …« Nadja nippte an ihrem Kaffee. Sie hätte Zucker reintun sollen, wenigstens irgendetwas, das ihr Kraft gab, diesen Tag durchzustehen.

Sebastian öffnete eine App und legte das Handy dann entsperrt zwischen sie. Ein grüner Balken blinkte auf. »Themenliste Gesundheit und Persönliches«, diktierte Nadja. »Vorbereitung des Besuchs in der Rechtsmedizin.«

Sie beugte sich über das Handy und beäugte, was es mitgeschrieben hatte. Sie entschied, dass es gut genug war, und rasselte herunter, was ihr an zu erfragenden körperlichen Besonderheiten einfiel. Sebastian kaute und leckte sich zwischendurch die Lippen. Nadja spürte ihren Magen unwillig grummeln. Die Säure des Kaffees brannte in ihrer Speiseröhre.

»Schon 'ne Ahnung, wer von euch die Presse informiert hat?«

»Nein. Sonst hätten wir das heute sicher zu hören bekommen.«

»Aber du musst doch irgendeine Idee haben, oder?«

Nadja musterte ihn. Das Thema schien ihn im Gegensatz zu ihrem eigentlichen Auftrag brennend zu interessieren.

»Wie viel Geld kann man mit so was wohl verdienen?«

»Nicht genug«, sagte Nadja knapp. »Ganz sicher nicht genug, um das zu rechtfertigen.«

Sebastian nickte, aber seine grünen Augen blickten nachdenklich. Nadja entschied, dass sie lange genug herumgesessen waren, und brachte ihre Tasse zur Geschirrrückgabe. Sebastian zog sie seinen Teller unter dem Plunderrest weg. Er schob ihn in den Mund und kaute noch im Auto vor sich hin. Der Geruch von Zuckerguss erfüllte den Innenraum, und Nadja fuhr ihr Fenster herunter. Kurz darauf standen sie vor der unscheinbaren Tür in Grombühl, hinter der sich das rechtsmedizinische Institut verbarg.

Eine hübsche junge Frau mit roten Locken unter der OP-Haube öffnete ihnen. Nadja kannte sie nicht und erinnerte sich auch nicht daran, dass Mukki von einer neuen Kollegin erzählt hatte. Oder hatte sie ihm nur nicht zugehört? Nadja fragte nach Lars Nauke.

»Professor Nauke ist in der Klinik. Aber Dr. Kamil-Chechem ist hier.«

Nadja schloss für einen Moment die Augen. Auch das noch. Aber sie hatte keine Wahl.

»Ich führe Sie hin«, bot die Frau freundlich an.

Nadja ging ihr hinterher. Ihre hohen Schuhe klackerten aufdringlich auf den Fliesen. Zum zweiten Mal heute bereute sie ihre Kleidungsentscheidung. Sebastian neben ihr schlich geradezu und blickte sich dabei neugierig um. Unter anderen Umständen hätte Nadja ihm die Örtlichkeiten erklärt, soweit sie sie kannte. Unter anderen Umständen wäre sie auch interessiert gewesen, was ihr heutiger Partner für ein Mensch war, und hätte sich über seine Idee mit der Diktierfunktion gefreut. Aber heute reichten die Kapazitäten nur fürs Durchhalten.

Die Rothaarige führte sie in den Sektionssaal, in der Nadja Mukki zum ersten Mal gesehen hatte. In Nadjas Ohren setzte prompt die Stimme von Carla Bruni ein, obwohl heute Stille herrschte.

Mukki stand in seinem grünen Kittel an einem der Seziertische. Er führte gerade eine Obduktion durch und sprach in sein Diktiergerät. Nadja warf nur einen kurzen Blick auf die Leiche. Ein alter Mann mit einer Amputationsnarbe unterhalb des Knies. Sie musste wieder an die Axolotl denken. Schnell wandte sie den Blick ab. Mukki legte das Diktiergerät aus den behandschuhten Händen. Als er Nadja sah, hellte seine Miene sich auf.

»Hallo! Was machst du denn hier, warum hast du nicht …?«

Bevor er weiterreden konnte, unterbrach sie ihn. »Guten Tag. Dr. Kamil-Chechem. Ich habe gar nicht angerufen, weil wir eigentlich zu Professor Nauke wollten. Ich habe heute einen neuen Kollegen zugeteilt bekommen. Ich glaube, Sie kennen Sebastian Kuhnert noch nicht.«

Flehend sah sie ihn an in der Hoffnung, er werde verstehen. Unmöglich konnte sie sich vor dem neuen Kollegen und Mukkis Mitarbeiterin als seine Freundin outen. Durch den Zeitungsartikel hatte sie nun sowieso den Ruf, nicht professionell zu sein. Was, wenn der Neue Bully hinterher erzählte, wie der Termin in der Rechtsmedizin verlaufen war? Wie konnte sie sich jetzt locker geben?

Mukki starrte sie an. »Gut zu wissen«, sagte er langsam. Mit bedächtigen Bewegungen breitete er eine Plane über die Leiche. Nadja wusste, dass er währenddessen nachdachte. Doch sein Mienenspiel zeigte keinerlei Anhaltspunkte, zu welchem

Schluss er gekommen war. »Wir machen ihn später fertig, Emily.«

Er nickte der Rothaarigen zu.

»Darf ich dann weiter zusehen?« Die junge Ärztin stellte sich dichter neben Mukki, als angebracht gewesen wäre. »Man kann so viel von ihm lernen«, zwitscherte sie an Nadja und Sebastian gewandt und behielt Nadja dabei besonders im Blick.

»Ganz bestimmt.« Nadja konnte sich den Kommentar nicht verkneifen. Sie fühlte sich steif und unbeweglich in ihrem Blazer und den unbequemen Schuhen. Am liebsten wäre sie wieder gegangen.

Emily ließ sie nicht aus den Augen. »Rechtsmediziner haben so spannende Fähigkeiten. Überlegen Sie mal: Man braucht Kraft und Sorgfalt bei den Toten, aber auch Fingerspitzengefühl und Einfühlungsvermögen den Lebenden gegenüber, beispielsweise wenn man Opfer von Kindesmissbrauch oder Vergewaltigungen untersucht. Gleichzeitig haben sie ein immenses Wissen. Ein toller Beruf!«

Nadja starrte die Frau an, die ihre Kulleraugen nun wieder auf Mukki gerichtet hatte. Das waren ja interessante Zustände hier. Warum interessierte Lars Nauke sich nicht für diese Kollegin, die doch so begeistert von seiner Profession schien? Kühl sagte sie: »Dann wünschen wir Ihnen für Ihre berufliche Zukunft das Allerbeste und dass Ihre Finger auch so feinfühlig agieren mögen wie die von Dr. Kamil-Chechem.«

Ein leichtes Lächeln legte sich auf Mukkis Lippen, das er schnell hinter einer Hand verbarg, als er so tat, als würde er gähnen.

»Danke.« Die Frau taxierte Nadja abschätzend. »Ich bin hier ja in den besten Händen, um alles zu lernen, was ich brauche.«

»Zweifellos. Die Betreuung von begabten Nachwuchskräften liegt den Rechtsmedizinern hier sehr am Herzen, soweit ich weiß.«

»Genau das Gefühl habe ich auch. Die Zusammenarbeit ist so partnerschaftlich. Geradezu intim, wenn man zu zweit arbeitet.«

»Was Besseres kann Ihnen kaum passieren.« Nadja erwiderte den herausfordernden Blick Emilys mit all der Kälte, zu der sie fähig war. Sebastian folgte dem Schlagabtausch mit Interesse.

Mukki räusperte sich. »Wollen wir dann?«

»Natürlich.« Nadja wandte sich ab und folgte Mukki in sein Büro, wo sie sich hinsetzten. Nadja erläuterte kurz, weshalb sie hier waren, und dann las Sebastian eine Frage nach der anderen von seinem Handy ab. Größe, Gewicht, Augenfarbe, Haarfarbe, Figur, Hinweise auf Allergien, Erkrankungen, erfolgte Operationen …

Mukki suchte die Antworten heraus, nannte sie ihnen, und Nadja schrieb alles in eine Tabelle auf einen Block, den Mukki ihr gegeben hatte. So kamen sie überraschend schnell voran. Für Nadjas Geschmack allerdings nicht schnell genug. Sie spürte Mukkis Blick auf sich, während sie sich über die Tabelle beugte, und hatte das Gefühl, dass es im Büro immer heißer und stickiger wurde. Sie hätte den Kaffee nicht trinken sollen, besser ein Wasser. Und zumindest einen Keks dazu essen oder ein Stück trockene Breze.

»Emilio Colombo hatte eine gut verheilte Narbe von einer Blinddarm-OP und keine Weisheitszähne mehr. Marius Kranich sind im Jugendalter die Mandeln entnommen worden. Markus Markwart hat Narben von einem komplizierten Bruch am Oberarm und hat außerdem vor drei Jahren eine Ohrenkorrektur vornehmen lassen.«

Nadjas Stift kratzte auf dem Papier, die Gedanken überholten ihn mühelos. Gab es irgendwo in dieser Masse an Daten, die sie und ihre Kollegen nun erhoben, das eine Fitzelchen, das ihnen weiterhelfen würde? Wie tief sollte sie graben? Die Krankenhäuser ausfindig machen, in denen operiert worden war? Die Namen der Ärzte? Auch wenn es schon Jahre und Jahrzehnte her war?

Vermutlich ja. Es war erleichternd, dass sie diese Strategie nicht in Frage stellen musste, auch wenn es ihre Idee gewesen war. Bully trug nun die Verantwortung. Und sie hatten jetzt durch die Soko auch das Personal dafür. Wenn Nadja und Sebastian die nächsten zwei Tage lang mit dieser Liste beschäftigt sein würden, dann war das so.

»Zu Marius Kranich fehlen mir leider noch viele Daten.« Mukki klang entschuldigend. »Das war chaotisch gestern. Die Ärzte im Uniklinikum haben ja die Anamnese gemacht, und Lars Nauke hat noch nichts weiter geschickt. Es ist vielleicht das Beste, wenn ihr, ich meine, Sie in die Klinik hochfahren und ihn selbst danach fragen.«

Nadja zuckte zusammen. Die Säure des Kaffees brodelte in ihrem Magen, während sie den Geruch von Kartoffelbrei in ihren Nasenflügeln zu spüren glaubte. Nicht ins Krankenhaus, nicht heute. Nicht durch die Gänge laufen und das Hallen von Schritten hören, die Jahrzehnte zurücklagen. Nicht mit Marius sprechen, der in seinem Bett liegen würde, mit all den Monitoren außen herum und dem Piepsen, das sich nicht abstellen ließ.

»Alles klar, danke, das machen wir!« Sebastian sprang auf.

Nadja versuchte, irgendwo die Energie zusammenzukratzen, um es ihm gleichzutun.

»Alles in Ordnung?«

Sie hörte die Besorgnis in Mukkis Stimme, und das gab den Ausschlag. Sie stand auf, bedankte sich förmlich und blickte irgendwo an seiner Wange vorbei über seine Schulter hinweg. Mit Sebastian im Schlepptau zog sie davon und ließ den Menschen zurück, den sie gebraucht hätte. Privat noch viel dringender als beruflich.

Nadja / Donnerstag, 06.07., Universitätsklinikum

Gitarrenklänge. Etwas, das man in einer Klinik nicht erwartete. Sie drangen aus einem gekippten Fenster nach draußen, schwebten ziellos durch die Luft und brachten ein Gefühl der Wehmut mit sich, das sich wie eine Decke über Nadja legte. Nadja schüttelte es mit Mühe ab. Sie zeigte ihren Ausweis an der Pforte und bat um Auskunft zu Marius. Er war in ein anderes Zimmer verlegt worden, das verhieß vermutlich nichts Gutes. Sie fragte jedoch nicht nach.

Sebastian und sie hatten erst stundenlang bei den unterschiedlichsten Ämtern, Ärzten und Krankenkassen recherchiert, um ihre Tabelle zu vervollständigen. Sie hatten immer wieder erklärt, weshalb sie nachfragten. Waren immer wieder auf die Schweigepflicht hingewiesen worden, hatten immer wieder Anordnungen vom Staatsanwalt geschickt und nach und nach die Informationen zusammengetragen. Sebastian hatte zuverlässig mitgearbeitet, war aber im Laufe des Nachmittags wortkarger geworden und hatte jedes Mal hoffnungsvoll zur Tür geblickt, wenn jemand klopfte. Schließlich hatte sie aber etwas ganz anderes vertrieben. Scarlett hatte auf Bullys Betreiben hin eine Charmeoffensive gegenüber den Journalisten gestartet und einige von ihnen zum persönlichen Kennenlernen eingeladen, Führung durchs K1 inklusive. Sie erhoffte sich wohl, dass die Berichterstattung in Zukunft positiver ausfallen würde, wenn sich beide Seiten annäherten. Wenn es nach Nadja ging, konnte diese Annäherung ohne sie stattfinden, und so blieb ihr nichts anderes übrig, als das Büro zu verlassen, als der erste Termin näher rückte.

Wäre sie alleine gewesen, so hätte sie früher Schluss gemacht und die Ärztin aus dem Auto noch angerufen. Aber mit Sebastian am Hals konnte sie schlecht rechtfertigen, warum sie den kurzen Weg zur Klinik als Tagesabschluss nicht auf sich nehmen wollte.

»Musik, oder?« Sebastian blieb mitten auf der Treppe stehen.

Nadja brauchte einen Moment, um zu bemerken, dass er recht hatte. Da waren tatsächlich wieder diese Töne, die das Treppenhaus hinabsickerten. Leise, melodische, irgendwie bekannte Töne. Etwas daran verunsicherte sie. Sie setzte einen Fuß vor den anderen und forschte in ihrem Kopf nach dem Titel des Songs. Vielleicht, wenn sie sich darauf konzentrierte, konnte sie das andere ausblenden. Dann konnte sie die Erinnerung zurückdrängen.

Nach der nächsten Tür, die sich lautlos vor ihnen öffnete, umfing sie der Krankenhausgeruch. Nadja versuchte, flach durch den Mund zu atmen, doch sie spürte, wie ihr Herzschlag sich beschleunigte. Die zunehmende Atemlosigkeit schickte ein Schwindelgefühl durch ihren Körper. Aus den Augenwinkeln glaubte sie, ein Mädchen mit langen Zöpfen an sich vorbeirennen zu sehen, auf der Jagd nach einem Herzschlag. Der Bücherranzen klapperte auf schmalen Schultern. An der letzten Ecke war die Angst immer am größten gewesen. Gerufen hatte sie nie nach ihrem Vater, weil man in einem Krankenhaus nicht herumschrie und weil sie außerdem Angst davor hatte, dass er nicht antworten würde. Die letzte Ecke.

Nadja bog ab. Sebastian neben sich nahm sie kaum wahr. Sie spürte die alte Panik im ganzen Körper: die kalten Hände, die Übelkeit, das harte Pochen in der Brust, die Leere im Kopf. Nadja blieb in der offenen Tür zu Marius' neuem Zimmer stehen. Dort hatten sich auch Dr. Rother und einige Krankenschwestern und Pfleger versammelt. Alle standen stumm und lauschten dem Spiel von Marius. Er saß auf seinem Bett. In seinen Nasenlöchern steckten durchsichtige Röhrchen, die ihm wohl zusätzlichen Sauerstoff lieferten, trotzdem hatten seine Lippen einen bläulichen Schimmer. Infusionslösung tropfte in seine Vene, reguliert von einer Pumpe. Peter lehnte am Fensterbrett. Er hielt einen Gitarrenrucksack in der Hand und betrachtete Marius, dessen Instrument sich in seine Hand schmiegte. Nadja sah einige Schrammen am Gitarrenhals, aber das schien Marius nicht zu stören. Seine Stimme klang atemlos, aber er artikulierte den Songtext so deutlich, dass Nadja jedes Wort verstand.

So kiss me and smile for me
Tell me that you'll wait for me
Hold me like you'll never let me go
'Cause I'm leavin' on a jet plane
Don't know when I'll be back again
Oh baby, I hate to go

Peter sah auf und fand Nadjas Blick. Wieder schob sich ein anderes Bild davor. Eine geschäftige Schwester im Krankenzimmer. Ein ausgezehrter, regloser Körper auf dem Rollbett. Der Geruch nach Birken, überdeckt von dem des Urins. Er war alleine gestorben, irgendwann zwischen den Schichten, irgendwann, als Nadja in der Schule war und auf die Uhr starrte. Sie war nicht schnell genug gewesen.

Marius spielte. Nadja biss sich auf die Lippen und schmeckte Blut. Sie bekam kaum noch Luft, etwas schien ihren Brustkorb zusammenzuschnüren. Als sie eine der Schwestern neben sich leise seufzen hörte, wandte sie sich ab und stürmte den Gang entlang. Sie riss die Stationstür auf und rannte weiter. Mit dem Zufallen der Tür verklangen die letzten Takte hinter ihr.

'Cause I'm leavin' on a jet plane
Don't know when I'll be back again
Oh baby, I hate to go

Peter / Donnerstag, 06.07., Universitätsklinikum

Peter blieb. Er blieb den ganzen Abend. Er blieb, als die Geräte piepsten. Er blieb, als Marius die Gitarre aus der Hand fiel. Er blieb, als die Ärzte und Pfleger durch das Zimmer huschten, und folgte Marius dann auf die Intensivstation. Den Kaktus trug er mit sich.

Dort blieb er, als Marius gurgelnd Luft holte, als die Krämpfe einsetzten und das Opioid hochgedreht wurde, als er intubiert wurde und die Maschine für ihn atmete. Peter verschwand auf seinem Stuhl im Hintergrund, aber er blieb.

Er blieb, als es draußen dunkel wurde. Er rückte den Kaktus zurecht, aber er blieb.

Er blieb, als Dr. Rother immer öfter ins Zimmer kam und reglos am Bett stand. Er blieb, bis die Linie des EKG in einer

Geraden auslief, von keinem Zacken mehr unterbrochen. Er blieb noch einen Moment und lauschte dem Nichts hinterher. Dann nahm er den Kaktus und ging.

13

Nadja / Donnerstag, 06.07., Grombühl

Nadja saß auf ihrer kleinen Essbank und bröselte Schaumstoff aus einem Loch im Sitzbezug. Die kleinen Blümchen, die auf den Stoff gedruckt waren, tanzten vor ihren Augen. Gänseblümchen, Vergissmeinnicht, Kornblumen. Dann schob sich ein stachliger Rizinussamenball dazwischen. Und ein windschiefer Kaktus. Nadja schüttelte abrupt den Kopf.

»Was ist?« Mukki sah sie aufmerksam an. Seine dunklen Augen schienen nach ihren Gedanken zu forschen, weshalb Nadja den Blick anwandte.

»Nichts.«

Ihre Stimme klang zu hoch, zu angestrengt. Sie hätte die Tür nicht öffnen sollen. Aber den Mann, mit dem man so was Ähnliches wie eine Beziehung führte, ließ man nicht im Treppenhaus stehen. Oder?

»Ich hab dir was zu essen mitgebracht.« Mukki zog den Reißverschluss seines Rucksacks auf und stellte eine Alubox auf den Tisch. Er öffnete den Deckel und enthüllte verschiedene liebevoll befüllte Fächer mit Gurken- und Karottensticks, Hummus und Brot mit Kresse darauf. Dazu Kartoffelbrei mit Muskat. Nadja wurde übel.

»Danke«, sagte sie mit gepresster Stimme. »Esse ich später.« Schnell stülpte sie den Deckel wieder auf die Dose.

»Ich wollte mir dir über die Situation in der Rechtsmedizin reden. Das war ganz schön seltsam für mich. Ziemlich unangenehm, um ehrlich zu sein.« Nun war es Mukki, der wegschaute.

Nadja schwieg. Sie wollte nicht darüber reden. Eigentlich wollte sie überhaupt nicht reden, aber darüber schon gleich gar nicht. Sie dachte an Emilys Flirtoffensive, während Mukki nach ihrer Hand griff.

»Wir müssen eine Möglichkeit finden, wie wir den beruflichen Umgang normalisieren. Und dafür müssen wir gemeinsam eine Lösung suchen.«

Nadja nickte. Ihre Knie waren mittlerweile von gelben Schaumstoffbröseln bedeckt. Mukki wartete.

»Lass uns das zu einem anderen Zeitpunkt besprechen«, sagte sie schließlich.

»Und wann genau?«

»Bald.«

Sie merkte, dass er wütend wurde. »Bald heißt was? Nächstes Jahr an Weihnachten? Du behandelst mich wie einen Fremden, wenn wir beruflich zufällig aufeinandertreffen. Du kapselst dich komplett ab, wenn du an einem Fall arbeitest. Du lehnst alles ab, was in Richtung Verbindlichkeit geht. Am liebsten wäre dir, dass ich keine Fragen stelle. Du willst auch nicht darüber sprechen, wie es dir geht oder was dich beschäftigt. Was soll das, Nadja?«

»So bin ich eben. Ich bin nicht der händchenhaltende Beziehungstyp. Wenn es mir schlecht geht, mach ich das mit mir selbst aus.«

»Aber ich sehe doch, dass du leidest. Soll ich das einfach ignorieren? Soll ich dir gegenübersitzen und über meinen Alltag reden, während du an die Wand starrst und deine Augenringe jeden Tag etwas dunkler werden?«

»Du musst es ja nicht mit anschauen. Du hast doch genug erfreulichere Ablenkung im Institut! Da kannst du mich doch mal eine Weile in Ruhe lassen!«

»Was willst du damit sagen? Dass ich eine Affäre anfangen soll? So funktioniert eine Beziehung aber nicht, zumindest für mich nicht. Siehst du das etwa anders?«

Nadja starrte auf die Tischplatte. Beim Gedanken an die schöne Rechtsmedizin-Emily wurde ihr flau im Magen. Sie passte viel besser zu Mukkis dunkler Attraktivität als Nadja. Ihre roten neben seinen schwarzen Locken, eine Frau, die fröhlich und selbstbewusst war, aber sich bestimmt gerne beschützen ließ oder zumindest so tat, als ob. Auf Nadja passte keine dieser Beschreibungen – zumindest zum jetzigen Zeitpunkt.

Wenn sie sich damit verglich oder an Pärchenabende oder Ausflüge dachte, fühlte sie nur eine tiefe Erschöpfung. Sie wollte ja nicht mal ihre Wohnung verlassen.

»Also wie stellst du dir das vor? Soll ich nicht mehr anrufen, nicht mehr vorbeikommen, während du dich in deiner Höhle vergräbst?«

Mukki sah zu der Spüle hinüber, in der sich schmutziges Geschirr türmte. Er sagte nichts, aber Nadja wusste, dass es ihn in den Fingern juckte, aufzuspringen und es für sie abzuspülen. Wenn sie ihn ließe, würde er sie auch liebend gerne zum Sofa tragen, mit einer warmen Decke zudecken und ihr Tee und Suppe kochen. Oder ein Eis für sie kaufen und einen Ventilator aufstellen, was in Anbetracht der klimatischen Verhältnisse vermutlich passender wäre. Wenn sie reden wollte, würde er ihr zuhören, wenn sie Ablenkung wünschte, würde er den Laptop holen und mit ihr eine Serie schauen, die sie aussuchen durfte. Oder er würde einfach still neben ihr sitzen und ihre Hand halten. Das hätten sicher neunundneunzig Prozent aller Menschen begeistert angenommen. Bestimmt war Nadja die Einzige auf dem ganzen Planeten, die trotzdem einfach nur alleine sein wollte.

»Genau das«, platzte es aus Nadja heraus. »So leid es mir tut, ich kann mich nicht um so was wie eine Beziehung kümmern, wenn ich gerade ganz andere Probleme habe.«

Mukki starrte sie an. »Um so was wie eine Beziehung«, wiederholte er leise. Seine Stimme brach, und mit einer fahrigen Bewegung zog er die Hand vom Tisch, die er die ganze Zeit in Nadjas Nähe gelegt hatte. Noch leiser fuhr er fort: »Und ich kann das nicht. Nicht so.«

»Wenn du es nicht kannst, dann musst du auch nicht. Niemand zwingt dich dazu. Du bist ein freier Mensch und kannst jederzeit gehen.«

»Du versuchst nicht einmal, mich umzustimmen. Es ist dir tatsächlich egal.«

Mukki sah so geschockt aus, dass Nadja ihn getröstet hätte, wenn sie dafür noch ein Quäntchen Energie übrig gehabt hätte.

So aber sehnte sie sich nur danach, dass er ging und sie zu ihrem Bett wanken und die Decke über ihren Kopf ziehen konnte, um in Dunkelheit auszuharren. Sie drehte den Kopf zur Wand, damit er die Tränen nicht kommen sah.

Sie hörte Schritte auf dem Teppich. Dann eine Tür, die geöffnet und zugezogen wurde. Der Klang des Endgültigen. Selbst seine Tupperbox hatte er mitgenommen. Nadja barg das Gesicht in den Händen. Aber sie konnte nicht einmal weinen.

Peter / Freitag, 07.07., Kriminalpolizeiinspektion in der Zellerau

Peter saß in der Küche des K1 und kaute auf einem Käsebrot herum, das er sich beim Bäcker besorgt hatte. Ein welkes Blatt Salat hing zur Hälfte heraus, und ein einzelnes Stückchen Paprika vegetierte auf der gelben Emmentalerscheibe vor sich hin. Großartig. Alles ging den Bach runter.

Er kaute wütend. Bully führte ein scharfes Regiment, was an sich nicht verkehrt war, nur hatte das auch noch keine neuen Ergebnisse zutage gefördert. Journalisten schwirrten durchs Kommissariat und wurden von einer scharwenzelnden Scarlett begleitet. In der nächsten halben Stunde wollte Scarlett wieder einen Journalisten herumführen und hatte die Ermittler vorher gebeten, seine Fragen zu beantworten. Und Nadja hatte sich nach ihrer Flucht aus dem Krankenhaus nun krankgemeldet. Peter hatte Sebastian ein Märchen von einem fiesen Magen-Darm-Virus erzählt, um Nadjas Verschwinden irgendwie zu kaschieren. Ob der Kollege ihm geglaubt hatte, war die andere Frage, schließlich hatte sie ihn einfach ohne ein Wort in der Klinik sitzen lassen. Und jetzt die ganz offizielle Krankschreibung, Peter hatte es eben in der Besprechung von Bully erfahren.

Natürlich war Nadja nicht verpflichtet, ihn persönlich zu informieren. Wozu auch? Sie waren ja bloß langjährige Freunde. Da konnte man sich schon mal abseilen. Offenbar war ihr völlig egal, dass Peter jetzt alleine klarkommen musste. Er hatte Redebedarf nach dem Tod von Marius. Es war der erste Mensch, den er auf diese Weise in den Tod begleitet hatte, und das war verdammt schwer zu verarbeiten. Nachts hatte er lange wach gelegen, die Klänge des letzten Liedes im Ohr, das Marius gespielt hatte. Irgendwann hatte er sich hinunter ins Wohnzimmer geschlichen und selbst etwas auf seiner alten Gitarre herumgezupft. Es half, ein klein bisschen. Dann war Rebekka zu ihm gekommen, hatte sich gähnend aufs Sofa gekuschelt und ihm mit halb geschlossenen Augenlidern zugehört. Das half ein bisschen mehr. Aber trotzdem fehlten Nadja und der Austausch mit ihr, denn sie machte immerhin das Gleiche durch. Wahrscheinlich meinte sie mal wieder, alles mit sich selbst ausmachen zu müssen. Dann hatte sie sich vermutlich in ihrer Wohnung vergraben und wollte nichts und niemanden sehen.

Zornig hieb Peter seine Schneidezähne in die Semmel. Er traf auf etwas Kleines, Festes, Gebogenes. Ein scharfer Geschmack breitete sich in seinem Mund aus. Misstrauisch klappte Peter die Brotscheiben auseinander. Welcher Sadist streute denn bitte Kümmel auf ein Käsebrot? Mit einer Gabel schabte er das missliebige Gewürz zur Seite und auf den Tellerrand.

»Hallo, Peter.« Gretchen stand in der Tür, leicht atemlos in einem hübschen dunkelblauen Kleid mit einem weißen Gürtel. »Ich hab einen Teil meiner Einkäufe von gestern hier im Kühlschrank vergessen. Und die brauche ich, weil ich heute Abend jemand zum Essen dahabe.«

Peter wunderte sich, dass sie ihm das so auf die Nase band, aber er nickte freundlich. »Was kochst du denn? Was Aufwendiges, wenn du jetzt schon anfangen willst?«

»Rollbraten. Er isst gerne Rollbraten, aber am besten hat ihn seine Mutter gemacht, und jetzt will ich es mal ausprobieren und …« Ein Wortschwall über die Schwierigkeiten der Rollbratenzubereitung spülte über ihn hinweg. Peter interessierte viel mehr, dass Gretchen von einem Mann gesprochen hatte. War sie etwa seit Neuestem vergeben?

Gretchen setzte sich zu ihm an den Tisch. Nun sah Peter, dass sie auch beim Friseur gewesen war. Die Haare lockten sich in einer frischen Dauerwelle über den Ohren. Dazu trug sie Lippenstift in einem leichten Fliederton. Er erinnerte sich daran, was Gretchen gesagt hatte, als er ihr die Grünlilien geschenkt hatte. Dass es diese Woche schon das dritte Mal war, dass sie Blumen bekam. Und ihm war bereits vor einigen Tagen aufgefallen, dass sie nicht mehr rot wurde, wenn sie mit ihm sprach, sondern selbstbewusster wirkte. Offenbar gab es einen guten Grund dafür, einen Grund, der Rollbraten mochte.

»Wir haben uns auch über Onlinedating kennengelernt. Also er und ich«, raunte sie ihm zu. »Ich wollte eigentlich nur mal schauen, wie das so ist. Sind ja viele Verrückte unterwegs, wir wissen das natürlich am besten.« Sie beugte sich noch dichter an Peter heran, sodass er ihr Parfüm riechen konnte. Ebenfalls Flieder. »Und er war aus dem gleichen Grund da, wollte auch mal nur schauen, stell dir das vor! Na jedenfalls, dann hat es *klick* gemacht, also wortwörtlich.«

Peter kratzte sich unbehaglich am Nacken. Wenn Gretchen jetzt auch noch damit anfing, Wortwitze zu machen, lag sein Weltbild endgültig in Trümmern.

Zufrieden lächelnd ging Gretchen zum Kühlschrank und begann, die vergessenen Kochzutaten aus den Fächern in ihren Einkaufskorb zu räumen. Es war ein geflochtener Weidenkorb mit rot kariertem Stoffbezug innen, wahrscheinlich hatte Rotkäppchen in so was seinen Kuchen und den Wein für die Großmutter transportiert. Wenigstens der Korb passte zu Gretchen, wie er sie kannte. Das versöhnte Peter wieder etwas mit der Welt.

Während sie beschäftigt war, kam Scarlett mit einem Mann herein, der Peter vage bekannt vorkam. Der Journalist winkte ihm grüßend zu, und da bemerkte Peter sein Polohemd, diesmal in Dunkelblau. Ein ähnliches hatte er vor Marigolds Haus getragen, als die Biologin mit ihrem Rechen nach ihm gestoßen hatte, um ihn vom Zaun zurückzutreiben.

»Herr Steiner, heute ganz alleine hier? Wo ist denn Ihre Kollegin?«

»Warum wollen Sie das wissen? Finden Sie mich alleine etwa nicht fotogen genug, um mich auf die Titelseite zu bringen?«

Der Journalist lachte. »Das Foto war einfach zu gut, um es nicht zu verwenden, das verstehen Sie doch, oder?«

Peter hörte auf zu kauen und starrte den Polohemdenträger böse an. Hinter sich hörte er die Kühlschranktür zuschlagen.

Scarlett sah besorgt von Peter zum Polohemd und berührte den Journalisten sacht am Arm. »Lassen Sie uns weitergehen, die Küche ist ja vermutlich gar nicht so von Interesse für Sie.«

In diesem Moment fiel Peter auf, dass Gretchen noch kein Wort gesagt hatte. Er drehte sich zu ihr um und sah, wie sie langsam vom Kühlschrank wegging. Bisher war sie von der geöffneten Tür verborgen gewesen, doch nun konnten auch Scarlett und der Journalist sie sehen. Scarlett grüßte freundlich, doch Gretchen antwortete noch immer nicht. Sie hatte die Augen unverwandt auf den Polohemdenträger gerichtet, dem das sichtlich unangenehm war.

Alle vier zuckten zusammen, als Scarletts Handy klingelte. Sie entschuldigte sich und trat in den Gang hinaus. In der Küche herrschte Schweigen. Der Polohemdenträger hüstelte. Er streckte die Hand nach Gretchen aus.

»Ich wusste ja gar nicht, dass du hier sein würdest. So ein Zufall, der Anruf kam auch ganz spontan. Ich bin nur schnell für eine Kollegin eingesprungen, heute Abend komme ich dann natürlich trotzdem ganz pünktlich.«

Gretchen wich vor ihm zurück. »Welche Kollegin denn? Du bist doch Pizzabote! ›Pizza Naboli – echt fränkisch mit dem Geschmack Italiens‹, für die arbeitest du, hast du gesagt.«

Peter lachte schnaubend auf. Pizza Naboli, unglaublich. Der Rollbratenmann und der Polohemdenträger waren ein und dieselbe Person. Nur hatte Gretchen offenbar nicht gewusst, welchen Beruf er wirklich ausübte. Sie war kalkweiß im Gesicht. Man sah ihr an, wie sich ein Puzzleteil nach dem anderen für sie zusammensetzte, doch das Ergebnis war niederschmetternd. Ihre Lippen begannen zu zittern.

»Du hast mich belogen, in Wahrheit bist du Journalist. Du warst es«, stammelte sie. »Ich meine: Ich war es … ich bin schuld daran, was in der Zeitung stand. Ich habe dir alles über die Ermittlungen erzählt, weil du so nervös warst, ob du vielleicht dem Mörder beim Pizza-Ausfahren in die Arme läufst. Und du, du hast das einfach …«

Das genügte ihm als Bestätigung. Hier hatten sie also den Verursacher des ganzen Presseaufgebots. Peter erhob sich. Ganz langsam schlich er auf den Journalisten zu und ließ ihn dabei nicht aus den Augen. Dieser blickte ihn nervös an.

»Das ist jetzt natürlich etwas peinlich. Aber Sie sollten nicht überreagieren, wir sind doch Erwachsene …«

Peter presste die Zähne zusammen, sodass die Kiefer- und Halsmuskeln schön sichtbar hervortraten. Er ballte die Fäuste. Der Mann wich an die Küchentür zurück.

»Wenn Sie noch einmal, ein einziges Mal so ein Ding drehen, dann sorge ich persönlich dafür, dass Sie keine ruhige Minute mehr haben!«

Gretchen schluchzte leise.

»Haben Sie mich verstanden?«

Der Polohemdenträger nickte stumm. Als Scarlett zurückkam, steckte Gretchen kurzerhand den Kopf wieder in den Kühlschrank und tat so, als würde sie dringend etwas suchen. Scarlett blickte irritiert von einem zum anderen.

»Gut, äh, dann wollen wir mal weiter.« Sie nahm den Journalisten mit, der sehr erleichtert schien.

Aus dem Kühlschrank drang ein hicksendes Schluchzen.

»Ach, Gretchen, das tut mir so leid.« Peter blieb vor der Kühlschranktür stehen. Der kalte Luftzug an seinen Füßen war eigentlich ganz angenehm.

»Ich schäme mich so«, murmelte der Kühlschrank. »Wie dumm ich war. Zu denken, dass er mich mag. Zu denken, dass ich ihn beeindrucken kann mit meiner Arbeit.«

»Beim Jagen und beim Lieben weiß man, wo man anfängt,

aber nicht, wohin man kommt.« Peter freute sich, dass er das Sprichwort seiner Großmutter tröstend anbringen konnte. Er hatte es eigentlich immer auf seine Arbeit als Mordermittler bezogen, aber hier passte es auch ganz gut.

»Ich muss es Nadja sagen. Und Bully. Und allen. Ich muss es sagen, weil sonst weiter alle verdächtigt werden.« Gretchen schluckte hörbar. »Oh, es ist so peinlich!«

»Nimm dir die Zeit, die du brauchst«, beruhigte Peter sie. »Jetzt, wo wir wissen, wie die Informationen in die Presse gelangt sind, wird es ja nicht wieder vorkommen. Und es ist fast Wochenende. Du hast ein feines Stück Rollbraten daheim und …«

Die Erwähnung des Rollbratens löste eine neue Tränenkaskade aus. »Wer mag denn schon Rollbraten! Der wird doch verschnürt mit Bindfaden, das gute Fleisch, so was Barbarisches. Ich hätte es wissen müssen.«

Und die Tränen der Enttäuschung, der Scham und des Zorns flossen erneut. Peter nahm sich vor, nichts mehr von den Lebensmitteln zu essen, die offen im Kühlschrank standen. Die waren mittlerweile sicherlich von einer Salzwasserschicht bedeckt. Er brummte beruhigend vor sich hin, und der Kühlschrank fiel nach einigen Minuten in höherer Tonlage ein. So summten sie eine ganze Weile, bis das Beben in Gretchens Stimme sich beruhigt hatte.

»Ich bringe das Fleisch beim Tierheim vorbei, jawohl, als Spende, da ist es tausendmal besser aufgehoben als im Magen eines so bösen Menschen. Sollen die Tierchen auch mal was Leckeres kriegen!«

Sie donnerte die Kühlschranktür zu. Es schepperte, als wäre die Milchflasche drinnen umgefallen, aber Peter beließ es dabei. Mit vielen ermutigenden Worten begleitete er Gretchen hinaus. Dann kehrte er kopfschüttelnd zu seinem Käsebrot zurück, das der Heulorgie zum Glück entronnen war. Das Salatblatt sah aber noch deutlich schlapper aus als vor einer halben Stunde. Es spiegelte Peters Gemütszustand ganz gut wider.

Plötzlich riss wieder jemand die Tür auf. Peter zuckte zusammen und ließ sein Käsebrot fallen, sodass es erneut in den Kümmel eintauchte. Heute war einfach nicht sein Tag. Elif stürzte auf ihn zu.

»Da bist du ja!« Ihr gelbes T-Shirt leuchtete, und die Haare bauschten sich energiegeladenen über ihren Schultern. »Ich hab ihn! Ich hab Markwart an den Eiern!«

Nadja / Samstag, 08.07., Grombühl

Es klingelte. Wiederholt und hartnäckig. Diesmal war sie die auf der anderen Seite der Tür. Die, die nicht öffnen wollte. Nadja stand mit Jogginghosen und Wollsocken im Flur und lauschte. Es war lächerlich warm in ihrer Wohnung, aber sie brauchte trotzdem das Gefühl, etwas gegen die Kälte in ihrem Inneren zu tun.

Das Klingeln veränderte sich. Kurz-kurz-kurz. Lang-lang-lang. Kurz-kurz-kurz. Das Morsesignal für SOS. Nadja schnaubte und betätigte den Türöffner. Dann zog sie die Tür auf und schlurfte zurück in ihr Schlafzimmer. Sie setzte sich auf die Bettkante und zog die Decke um die Schultern.

Schritte wurden laut. Mehr Schritte als erwartet.

»Nadja?« Peters Stimme.

»Hier.«

Zwei Männer erschienen im Türrahmen.

»Hi.« Mehr sagte sie nicht.

»Meine kleine musikalische Einlage hat Ihnen hoffentlich gefallen?« Lars Nauke spazierte ins Zimmer. »Ich hätte auch die Nationalhymne improvisieren können, oder den ›Imperial March‹ von ›Star Wars‹.«

»Hmpf.«

»Sprechen Sie auch noch Worte, die nicht mit H anfangen und mehr als vier Buchstaben enthalten?«

Nadja durchbohrte ihn mit Blicken, und Lars Nauke zog

sich vorsichtig zurück. »Nett haben Sie's hier.« Er beäugte eine verwelkte Topfpflanze.

»Warum hast du ihn mitgebracht?«, fragte sie an Peter gewandt. »Willst du mich in den Wahnsinn treiben?«

»Sie haben sich krankgemeldet. Natürlich braucht es einen Arzt, um mal nach Ihnen zu sehen. Reichen Sie mir doch mal Ihr Pfötchen, damit ich den Puls fühlen kann.«

Nadja warf einen Hausschuh nach ihm. »Ich will bloß meine Ruhe. Ist das zu viel verlangt?«

»Wir machen uns Sorgen.« Peter klang unglücklich. »Du hast dich so plötzlich zurückgezogen. Und du siehst nicht gut aus.«

»Mit solchen Äußerungen ist in Gegenwart einer Dame Vorsicht geboten«, flüsterte Lars Nauke ihm zu. »Vielleicht sollten Sie lieber Begrifflichkeiten wie ›derangiert‹ oder ›unpässlich‹ verwenden.«

»Ich bin krankgeschrieben. Und: Ich will meine Ruhe. Mehr gibt es nicht zu sagen.«

»Es gibt neue Entwicklungen, die dich interessieren könnten.«

»Ich habe schon gehört, dass Marius gestorben ist. Das ist furchtbar.« Nadja zog die Decke fester um ihre Schultern. »Und nein, der Rest interessiert mich nicht. Es ist nicht mehr mein Fall. Ich habe ihn gründlich in den Sand gesetzt und muss erst mal eine Schaufel finden, um mich selbst freizugraben. Oder vielleicht besser, um mich noch tiefer zu verbuddeln.«

»Es gibt inzwischen einen Hinweis, wie die Infos an die Presse gelangt sein könnten, das wird sich wahrscheinlich am Montag dann endgültig klären, und dann weiß auch Bully, dass du es nicht hättest verhindern können …«

Peter machte eine dramatische Pause, doch Nadja reagierte nicht darauf. Die Presse war ihr mittlerweile egal.

Er seufzte und startete einen neuen Versuch. »Jetzt geht es um Dr. Markwart. Das geheime Leben des Dr. Markwart. Oder soll ich sagen: Bald-sitzt-er-im-Knast-Markwart.« Peter blickte scheinbar ungerührt auf seine Armbanduhr. »Aber wenn du dir nicht anhören willst, was Elif herausgefunden hat …«

Nadja schnaubte nur. »Ihr könnt mir nicht erzählen, dass er es gewesen sein soll. Das glaube ich nie im Leben.«

»Die Morde? Vermutlich nicht, nein.«

»Was denn sonst?«

»Das erzählen wir dir dann, wenn du nächste Woche wiederkommst.«

»Ich darf nicht mal ins K1, das ist aus versicherungstechnischen Gründen garantiert verboten, wenn ich krankgeschrieben bin.«

»Ist es nicht.« Lars Nauke schaltete sich ein. »Wenn ein offiziell noch krankgeschriebener Arbeitnehmer vorzeitig wieder auf die Arbeit kommt, genügt seine eigene Erklärung, dass er oder sie sich arbeitsfähig fühlt. Wenn der Arbeitgeber ebenfalls diesen Eindruck hat, ist keine ärztliche Bestätigung notwendig.«

Nadja schnaubte. »Sehe ich aus, als hätte ich Lust auf eine Begegnung mit Bully?«

»Wir schmuggeln dich an Bully vorbei. Sie bleibt dem K1 heute Nachmittag fern, weil sie einen Termin mit dem Innenminister hat.«

»Es laufen doch überall ihre kleinen Überwachungszwerge rum.«

»Dann fahren wir eben gar nicht hin, sondern treffen uns mit Elif in einem Café. Hauptsache, du kommst mal aus deiner Höhle raus.«

In Nadja keimte ein Verdacht auf. Diese Wortwahl, das hatte sie doch kürzlich erst gehört. »Mukki hat mit euch gesprochen.«

Peter nickte. »Er macht sich Sorgen.«

»Völlig unbegründet natürlich. Denn offenbar ist Ihre Konstitution stark wie die eines Ackergauls«, sagte Lars Nauke fröhlich. »Andere Leute könnten nicht mehr geradeaus gucken, wenn sie seit Tagen nichts gegessen und nur Wasser, Kaffee und Schmerztabletten konsumiert hätten.«

»Das hat er gesagt? So was von übertrieben, ich fasse es nicht. Ist ja nett, dass er mir nicht gleich einen Krankenwagen vorbeigeschickt hat.«

»Seien wir mal ehrlich. Wir zwei sind doch bei Weitem besser als ein Krankenwagen!« Lars Nauke zwinkerte ihr zu.

»Aber wir gehen jetzt besser wieder. Haben ja noch viel zu tun. Wegen dieser neuen Entwicklung da …« Peter tat, als würde er das Zimmer verlassen wollen.

»Ihr seid erbärmliche Schauspieler, alle beide.« Nadja seufzte. »Aber es ist trotzdem nett, dass ihr vorbeigekommen seid. Und wahrscheinlich lasst ihr mir eh keine Ruhe.«

Peter nickte bestätigend, während Lars Nauke den Kopf schüttelte.

»Also gut.« Nadja warf die Decke von sich und stand auf.

Lars Nauke räusperte sich. »Wir haben es zwar eilig, aber ich würde trotzdem einen Umweg über die Dusche vorschlagen. Wenn Sie wollen, suche ich Ihnen auch was Hübsches zum Anziehen …«

»Auf keinen Fall!« Nadja griff sich Unterwäsche, ein schwarzes Top und eine kurze Jeans aus dem Schrank und marschierte damit ins Bad.

»Wir warten dann in der Küche, bis Sie mit dem Duschen fertig sind«, rief Lars Nauke ihr hinterher. »Und Sie brauchen gar nicht zu versuchen, sich da drin zu ertränken. Wir kriegen das mit.«

14

Nadja / Samstag, 08.07., Altstadt

Sie saßen im Café Mozart, ganz in der Nähe des Mainfranken Theaters. Elif und Peter warfen sich über den Tisch hinweg bedeutungsvolle Blicke zu, Lars Nauke konsultierte wiederholt seine goldene Uhr, und Nadja rührte in ihrem Kräutertee, den Lars Nauke für sie ausgesucht hatte. Kaffee hatte er ihr verboten und stattdessen begleitend zum Tee ein riesiges Clubsandwich bestellt. Es stand nun in seiner ganzen dreilagigen tomaten-, speck- und spiegeleibestückten Pracht vor ihr und verringerte den Platz auf dem sowieso recht schmalen Tischchen noch weiter.

»Also, was ist jetzt diese große Neuigkeit?«, fragte Nadja, nicht zum ersten Mal. Sie beäugte ihr Sandwich. Es war lange her, dass sie Fleisch gegessen hatte, aber der Speck roch tatsächlich verlockend.

Alle ignorierten sie. Lars Nauke schaufelte sich Kandiszucker in seinen Ostfriesentee und schob die Dose dann zu Nadja herüber.

»Gibt Energie, sollten Sie probieren.«

»Wird das Zeug dadurch genießbarer?« Misstrauisch starrte Nadja auf die geschnetzelten Kräuterteilchen in ihrem Teebeutel.

»Mitnichten. Aber es schadet auch nicht.«

Schließlich erbarmte Elif sich. Sie überprüfte, ob jemand in Hörweite saß, senkte ihre Stimme und blickte Nadja in die Augen.

»Du erinnerst dich doch an die Papiere, die Markwart verbrannt hat, angeblich zum eigenen Vergnügen. Widukind hat einige Textschnipsel davon lesbar machen können, und wir haben festgestellt, dass es ausgedruckte Speisekarten waren, von ganz unterschiedlichen Restaurants. Offenbar eine ganze Sammlung davon. Teilweise hatte er Gerichte eingekreist oder die Karte mit handschriftlichen Anmerkungen versehen. Manchmal standen Namen darauf, Frauennamen.« Sie legte eine Kunstpause ein. Nadja stieß sie mit dem Ellenbogen an, bis Elif grinste und weitersprach: »Also Markwart hat ein ganz spezielles Hobby. Er verabredet sich gerne mit Frauen. So weit alles normal. Er isst gerne in guten teuren Restaurants. So weit ebenfalls nachvollziehbar. Aber …« Elif hielt erneut inne.

»Nun spuck es schon aus!« Peter klang amüsiert.

»Aber … er bezahlt offenbar nicht gerne für sein Essen.« Sie legte ihr Handy auf den Tisch, rief eine App mit Aufnahmefunktion auf und spielte eine Aufnahme nach der anderen ab. Nadja fühlte sich an Sebastian mit seiner Diktierfunktion erinnert und fragte sich, wie er nach ihrer Flucht eigentlich vom Krankenhaus wieder weggekommen war. Doch sie verdrängte den Gedanken schnell wieder und lauschte stattdessen den unterschiedlichen Stimmen, die hier zu Wort kamen:

Er klang so bodenständig in allem, was er online geschrieben hatte. Gute Ausbildung, sicherer Job. Und er sieht ja auch so aus, grundsolide und nicht wie jemand, der einen über den Tisch zieht. Als ich ihn getroffen habe, dachte ich: Etwas steif vielleicht, aber ein zuverlässiger Mensch. Wir waren im Gasthaus Stachel, da sitzt man ja wunderschön in diesem uralten Innenhof. Markus bestellte zur Vorspeise das Tatar vom Fjordlachs, als Hauptgang ein argentinisches Rinderfilet mit Pastinakenpüree und Kräuterbutter und schließlich als Dessert Crème brûlée von der Tonkabohne. Wir kamen teilweise kaum zum Reden, weil er die ganze Zeit am Essen war. Dann bestellte er noch mal Wein nach, wir tranken ein Glas, und er ging auf die Toilette. Dann muss er sich irgendwie hinter meinem Rücken durch das Tor geschlichen haben. Denn er kam nicht wieder …

Ich hab mich mein ganzes Leben noch nicht so geschämt. Es war furchtbar, dort an dem mit Rosenblättern und

Kerzen dekorierten Tisch auf der Steinburg zu sitzen und zu warten, wann er zurückkehren würde. Irgendwann ist mir klar geworden, dass er abgehauen ist. Dann hab ich im Kopf immer wieder überschlagen, was das blöde Love-Dinner wohl kostet. Mir kam fast das Champagnersorbet mit Matchaespuma und weißen Schokoladencrispies wieder hoch. Zum Glück konnte ich mit Karte zahlen. Das war ein verdammt teurer Abend. Ich habe seitdem mit dem Onlinedating aufgehört, fühle mich einfach nicht mehr sicher, und wenn mir jemand mit Rosenblättern kommt, dann wird mir direkt schlecht …

Markus hatte einen Tisch im Nikolaushof reserviert. Schön war es da schon, der Blick über die Lichter der Stadt einfach toll. Ich hatte ja im Laufe des Abends auch viel Zeit, sie anzuschauen. Wir tranken einen fränkischen Secco als Aperitif, anschließend gönnte er sich die Würzburger Silvanersuppe und aß die ofenfrische Hofente im Pfännchen serviert mit glasierten Maronen, Apfelblaukraut und geschmelzten Kartoffelklößen. Dann bestellte er zum Dessert noch die Käseplatte und aß alles auf, sogar die Petersiliengarnitur. Ich weiß noch, dass ich das seltsam fand. Er machte so einen getriebenen Eindruck. Die Komplimente, die er abspulte, waren auch wie vom Automaten. Er konzentrierte sich total aufs Essen. Zwischendurch fragte ich mich, warum er mich überhaupt mitgenommen hatte. Erst am Ende kapiere ich, warum.

Von dem ganzen Gerede von Essen hatte Nadja überraschenderweise tatsächlich Appetit bekommen. Sie griff nach ihrem Sandwich und biss hinein. Die Hälfte des Belags fiel auf den Teller, und das Spiegelei zerfloss. Lars Nauke beobachtete es amüsiert, doch wie alle anderen lauschte er den Aufnahmen. Gerade erzählte eine Frau, die etwas atemlos klang. Die Nervosität war ihrer Stimme deutlich anzuhören:

*Wir waren zusammen im Kuno1408. Dort gibt es ein Menü
mit sieben Gängen für hundertsiebzig Euro. Ich war etwas
nervös, weil ich noch nie in einem Gourmetrestaurant war,
das sogar einen Stern im Guide Michelin hat, und wusste
gar nicht recht, wie ich mich verhalten sollte. Deshalb hatte
ich nicht so besonders viel Appetit. Markus aber schon,
die Jakobsmuschel hatte es ihm besonders angetan. Er be-
hauptete, dass er mir etwas bieten wolle, weil ich eine ganz
besondere Frau sei, und er erzählte mir, dass das Anwesen
einst vor über sechshundert Jahren dem Ritter Kuno vom
Rebstock gehört habe und nach ihm benannt sei. Vielleicht
war das ja ein Raubritter, und das hat Markus inspiriert.
Denn nach dem sechsten Gang blickte Markus auf sein
Handy und sagte, er müsste kurz einen dringenden Anruf erledigen. Ich wunderte mich noch, dass er seine Jacke
mitnahm, aber er sagte, er hätte draußen mehr Ruhe zum
Telefonieren. Als er nicht mehr zurückkam, hab ich ihn
angerufen, ihm geschrieben, bin sogar raus, um nach ihm
zu suchen. Letzten Endes habe ich dann alles bezahlt.
Das war das teuerste Essen meines Lebens. Ich habe dafür einen Urlaub bei Freunden abgesagt, weil ich mir das
Bahnticket in dem Monat nicht mehr leisten konnte.*

»Ich habe bisher acht Frauen gefunden, die mir so eine Geschichte erzählt haben.« Elif klang triumphierend. »Bestimmt
gibt es noch mehr. Aber wahrscheinlich möchten manche am
liebsten so tun, als wäre das nie passiert. Dafür sind zumindest
die, die ihr hier gehört habt, auch bereit, auszusagen. Für viele
war die teure Rechnung ein echter Schock, zwei davon sind
alleinerziehend und wären von sich aus nie in so ein teures
Restaurant gegangen oder haben das günstigste Gericht auf
der Karte bestellt, um das selbst zahlen zu können. Ich werde
mit Mancini reden, ob eine Sammelklage möglich wäre. Falls
ja, wird sich Marigold Bremser wahrscheinlich anschließen.
Sie hat mir anfangs mehrmals die Tür vor der Nase zugehauen,
aber mittlerweile sieht sie ein, dass eine Zusammenarbeit mit

uns ihr in diesem Fall zumindest die Genugtuung verschaffen könnte, Markwart vor Gericht zu sehen.«

»Das ist so verrückt.« Nadja starrte Elif an. »Warum macht er das?«

»Hat er Geldprobleme?«, fragte Peter.

»Nein.« Elif schüttelte den Kopf. »Haben wir gecheckt, als wir ihn durchleuchtet haben, weil er ja als Opfer des Rizin-Mörders galt. Damit hat es nichts zu tun.«

»Warum dann?«

»Ich vermute, dass da ein ziemlich übles Motiv dahintersteckt. Er will die Frauen demütigen. Er legt sie rein, zeigt seine Macht, kann sie verletzen.«

»Ein Frauenhasser?«

Elif zuckte die Schultern. »Ich hoffe, dass er uns was darüber erzählt, wenn wir ihn mit den Aussagen konfrontieren. Wir können Gegenüberstellungen machen. Wenn alle Frauen ihn wiedererkennen, dann kann er sich da auch nicht rausreden. Außerdem habe ich die Aussagen von Angestellten der Restaurants. Einige der Fälle haben ziemlich für Aufsehen gesorgt. Natürlich hat jeder Mitleid mit der sitzen gelassenen Frau, vor allem, wenn es um so hohe Rechnungen geht. Markwart war das sicherlich klar, deshalb hat er das auch nicht zweimal hintereinander im selben Restaurant durchgezogen. Hier in der Umgebung gibt's relativ viele Lokale, in denen gehobene und teils eben auch teure Küche geboten wird. Ich habe mir die Speisekarten angeschaut. Die Frauen wussten meist noch ganz genau, was er gegessen hatte, und ich hab mir alles notiert und mit den Karten abgeglichen oder nachgefragt, wenn es sich um ein Gericht aus der Tages- oder Wochenkarte handelte. Er hat sich oft das teuerste Gericht ausgesucht, ganz egal, was es war, und sich richtig durchgeschlemmt.«

»Krasser Typ.«

Nadja konnte nicht klar erkennen, ob Peters Ausspruch abfällig oder bewundernd gemeint war.

Nachdenklich fuhr er fort: »Vielleicht ist es auch der Nervenkitzel. Ein normales Date ist ihm zu langweilig, aber wenn er von Anfang an plant, da was Illegales durchzuziehen, dann turnt ihn das vielleicht an. Dann steigt die Aufregung mit jedem Gang, den er in sich reinschaufelt. Wird es klappen? Wird er davonkommen? Wann wird die Frau Verdacht schöpfen? Vielleicht regt das seinen Appetit erst so richtig an.«

»Ich persönlich finde ein ganz normales Date ja schon furchtbar anstrengend. Ich muss mich danach immer mit Schubert und Brahms beschallen, um wieder runterzukommen«, murmelte Lars Nauke.

Peter ignorierte ihn. »Die Gedächtniskünstlerin hat Markwart ja auch gedatet. Sie kam anscheinend davon, weil sie nicht auf seinen Wunsch eingegangen ist, mit ihr essen zu gehen, sondern ihn stattdessen in den Omnibus bestellt hat.«

»Es könnte auch einen anderen Grund dafür geben.« Elif schnappte sich ein Blatt Salat, das Nadja heruntergefallen war, und mümmelte daran herum. »Markwart hat sehr darauf geachtet, dass er seine Opfer nicht immer über dieselbe Datingseite kontaktiert. Wahrscheinlich eine Vorsichtsmaßnahme. Er dachte sich, dass die Betreiber bei einer einzigen Beschwerde wahrscheinlich noch nicht groß was gegen ihn unternehmen werden, falls die betreffende Frau sich überhaupt traut, die Firma zu kontaktieren. Hat man ja bei MainSchatz gesehen. Marigold lief ins Leere mit ihrer Anklage. Aber Kathrin Beckmann wäre wahrscheinlich schon aktiv geworden, wenn sich mehrere Frauen über Markwart beschwert hätten.«

»Heißt konkret?«, fragte Peter.

Elif riss ihr halb gegessenes Salatblatt mitten durch. Es sah brutal aus. »Markwart war auf den unterschiedlichsten Seiten aktiv und hat sich pro App nur ein Opfer gesucht. Die Frauen, die ihr gerade gehört habt, haben ihn über Tinder, Bumble, Lovoo, single.inFranken.de, Once und Candidate kennengelernt. Diese Anwendungen haben verschiedene Ausrichtungen.«

Lars Nauke schaltete sich wieder ein. »… bei Candidate spielst du zuerst ein Frage-Antwort-Spiel mit mehreren Usern und entscheidest dich für die interessanteste Antwort, statt aufgrund eines Fotos zu urteilen. Bei Bumble muss die Frau den ersten Schritt machen, Männer können nicht von sich aus jemanden kontaktieren, und bei Once gibt es nur einen einzigen Partnervorschlag pro Tag, pünktlich um zwölf Uhr, und dann müssen beide entscheiden, ob sie Interesse haben. Und …« Er leierte die Infos in einem so gequälten Tonfall herunter, dass Nadja lachen musste. Lars Nauke blickte auf und strahlte sie an. »Sie haben lange nicht mehr gelacht. Dafür habe ich die Datingqualen gerne auf mich genommen.«

Nadja streichelte ihm über den Oberarm. »Lieb von Ihnen.«

Hier in diesem Café, mit der leisen Hintergrundmusik und dem Geschmack von Tomate auf der Zunge, mit den Menschen um sie herum, die sie zum Lachen brachten, schienen die Alpträume der letzten Tage plötzlich sehr weit weg. Die Trauer um Marius und die Erinnerung an ihren Vater waren noch immer präsent, aber sie füllten nicht mehr ihr ganzes Denken aus. Mukkis Idee, ihre Freunde zu ihr zu schicken, war gut gewesen, und sie spürte Dankbarkeit dafür. Gleichzeitig fragte sie sich, ob es ihr überhaupt nur deshalb möglich war, jetzt umzuschalten, weil sie zuvor die Zeit alleine für sich gehabt hatte.

»Jetzt wisst ihr jedenfalls Bescheid. Und natürlich habe ich auch überlegt, ob es einen Zusammenhang mit unserem Fall gibt.« Elif schnaubte. »Kann es Zufall sein, dass ausgerechnet der Zechpreller Markwart vom Rizin-Mörder attackiert wird? Oder wusste der Mörder Bescheid und hat ihn deshalb als Opfer ausgewählt?«

»So eine Art verquerer Robin Hood dann? Beschützer der Damenwelt, räumt das betrügerische Subjekt aus dem Weg, bevor es noch mehr Schaden anrichten kann?« Nadja versuchte, den Gedanken nachzuvollziehen.

»Zum Beispiel.«

»Ich frage mich gerade, ob es dem Killer egal war, wer stirbt. Und dann hat er eben die genommen, um die es am wenigsten schade ist.« Peter knallte diese Worte auf den Tisch, wo sie in der netten Umgebung wie Fremdkörper wirkten.

»Das klingt jetzt aber echt zynisch«, meinte Elif.

Peter zuckte die Achseln. »Ja, stimmt, das ist eine böse Überlegung. Und meinem Gefühl nach passt Marius da auch nicht rein. Der konnte doch keiner Fliege was zuleide tun.«

Nadja dachte an den Kaktus neben seinem Bett. An das Gitarrenspiel und das T-Shirt und musste Peter recht geben. Und auch Colombo war vielleicht nicht der sympathischste Würzburger mit seiner Attraktivitätsbewertungsliste, aber bisher hatten sie auch nichts ausgegraben, was einen Hinweis darauf geliefert hätte, dass er sich ansonsten etwas zuschulden hätte kommen lassen.

Sie überlegten noch eine Weile, kamen jedoch nicht weiter. Dann ging Peter zu den Toiletten, und Elif stand auf, um die Rechnung zu begleichen. Die Einwände der anderen wischte sie mit einer Handbewegung beiseite.

»Ihr glaubt gar nicht, was für eine Genugtuung das für mich ist! Dass wir ihm endlich was vorzuwerfen haben, nach dieser üblen Aktion mit dem Brand in seiner Wohnung. Damals hab ich ihm die Handschellen umsonst angelegt, aber jetzt darf ich es hoffentlich bald noch mal tun.«

Fröhlich summend stellte sie sich an den Tresen und wartete auf die Kellnerin, die gerade in der Küche verschwunden war.

Lars Nauke blickte zum wiederholten Mal auf seine Armbanduhr und stand auf. »Ich habe noch eine Verabredung.«

Nadja sah zu ihm auf. War da eine Spur von Nervosität in seinem Mienenspiel, als er die Serviette zusammenrollte und neben seinen Ostfriesentee legte? Er war die ganze Zeit hier im Café schon so still gewesen, bis auf die Einwürfe zum Thema Dating, anscheinend weilten seine Gedanken längst ganz woanders. Sie schluckte den neckenden Kommentar, der ihr auf der Zunge lag, mit einem Stück Kandiszucker hinunter.

»Viel Spaß. Genieß es!«, sagte sie und meinte es aus ganzem Herzen. Ihr Privatleben ging vielleicht den Bach runter, für die anderen musste das nicht gelten.

»Danke.« In Lars Naukes wasserblauen Augen lag ein Lächeln. Er rieb sich über die sorgfältig gestutzten Koteletten. »Die Frau ist was Besonderes, das hab ich im Gefühl. Viel Erfolg auch euch heute noch!«

Nadja blickte ihm nach, als er das Café verließ. Eventuell war da ein ganz kleines bisschen Neid irgendwo in ihrem Herzen. Knirschend biss sie auf das letzte Kandisstückchen und spürte der Süße nach, bis sie den Neid überdeckte.

Peter / Samstag, 08.07., Altstadt

Als Peter von der Toilette zurückkam, saß Nadja alleine am Tisch und strich mit den Fingern über das glatte Holz. Peter betrachtete sie einen Moment lang, solange sie ihn nicht bemerkte. Ihre Arme sahen dünner aus als sonst, die Haut war von der Sonne gebräunt, doch darunter schien eine kühle Blässe hervorzuschimmern. Sie konnte gut auf sich selbst aufpassen, aber manchmal vergaß sie das.

Nadja sah auf und entdeckte ihn. »Elif informiert Mancini und Bully über den Zechpreller-Fall. Und Lars Nauke hat ein Date. Sieht so aus, als wären nur wir zwei noch übrig.«

Peter sah auf die Uhr. »Ich muss noch mal zu MainSchatz. Ich bin ja mit Elif für die ganze Dating- und Beziehungsthematik zuständig und will sie fragen, ob sie einen Überblick über ihre Konkurrenz haben. Kommst du mit?« Er verriet nicht, dass es ihn noch aus anderen Gründen zum Büro von Kathrin Beckmann zog. Irgendetwas war dort, etwas lauerte da, etwas war noch nicht aufgedeckt, das spürte er mit jedem Besuch deutlicher.

Nebeneinander schlenderten sie durch die Innenstadt Richtung Bahnhof. Der Teer unter ihren Füßen schien zu glühen, und Peter dachte daran zurück, dass er erst vor wenigen Tagen auf ganz ähnliche Art neben Nadja gelaufen war. Mit Lars Nauke im Schlepptau, kurz bevor sie in die Pizzeria gerufen worden waren, wo Emilio Colombo seinen grausamen Tod starb. Seitdem war viel geschehen, und im Freibad waren Rebekka, Mariechen und er noch immer nicht gewesen.

Sie kamen an der Bushaltestelle Barbarossaplatz vorbei, die

2021 deutschlandweit für Schlagzeilen gesorgt hatte, als ein offenbar psychisch kranker Täter mit einem Messer zuerst in einem Kaufhaus und dann hier auf der Straße auf Passanten losgegangen war und drei von ihnen getötet hatte. Jetzt, mit den Sonnenstrahlen im Rücken und Menschen vor Augen, die an Eiswaffeln leckten und gemütlich in Shorts und Flipflops vorbeischlenderten, schien so etwas unvorstellbar. Peter schaute zu der Geschäftsfassade hinüber, wo in den Nächten nach dem Angriff Hunderte von Grablichtern zwischen Blumensträußen und Briefen gebrannt hatten.

Er sah, dass auch Nadjas Blick dorthin wanderte, doch sie sagte nichts. Anscheinend gingen ihre Gedanken in eine ganz ähnliche Richtung. Schweigend beschleunigten sie ihre Schritte, bis sie in den Schatten der Kaiserstraße eintauchten und wenig später das Gebäude erreichten, in dem das Büro von Main-Schatz residierte.

Peter kam sich vor wie beim Besuch von alten Bekannten, als er klingelte und nach dem Summen die Tür aufschob, die Sonnenbrille abnahm und die Treppe hinauflief. Nadja folgte ihm. Im Gegensatz zu ihm schnaufte sie kein bisschen, nachdem sie oben angekommen waren.

Helen öffnete ihnen. Ihre geringe Größe fiel nun, da sie direkt vor ihnen stand, noch viel stärker auf. Sie reichte Nadja und Peter gerade so bis zu den Rippen. Nadja sah überrascht zu ihr hinunter, und da erinnerte Peter sich, dass sie noch nie hier gewesen war und die Beckmanns nur aus seinen Erzählungen kannte. Helen trug ein hellblaues Top und Leggings mit Spitze unten an den Fußknöcheln. Dazu Ballerinas, die Mariechen in ein paar Jahren auch schon passen konnten.

»Kommen Sie rein. Mama geht es nicht gut heute, wir machen MainSchatz dicht.«

Sie ging ihnen voraus, vorbei an den Fotos von der Residenz, des Falkenhauses und der schneebedeckten Mainbrücke, die nach einer weiteren Woche Hochsommer immer verlockender aussah.

Ein Klirren ließ Peter zusammenschrecken. Helen eilte zur

Küchenzeile, wo Kathrin Beckmann mit fahrigen Bewegungen Geschirr im Waschbecken stapelte.

»Lass mich doch machen, Mama.«

»Geht es Ihnen nicht gut?«

Kathrin Beckmann fuhr zu ihnen herum. Die Augen hinter ihrer Eulenbrille waren verquollen vom Weinen, und sie hielt sich gar nicht erst damit auf, Nadja zu begrüßen. »Jetzt ist es so weit. Wir müssen die Seite vom Netz nehmen, der Druck ist einfach zu groß. Und wessen Schuld ist das? Warum schaffen Sie es nicht, diesen Mörder zu finden? Warum darf der meine Existenz vernichten? Mein Unternehmen, das ich aufgebaut habe!«

Helen stellte sich zu ihr und streichelte ihr tröstend die Schulter. Sie musste sich dafür etwas strecken. Peter spürte, wie Nadja neben ihm sich anspannte. Wahrscheinlich wäre sie nun doch lieber wieder zurück in ihre ruhige Wohnung gefahren.

»Das alles tut uns furchtbar leid. Das muss schlimm für Sie sein«, sagte er.

»Ich verstehe Ihren Zorn.« Nadja ging zur Küchenzeile, nahm eines der Gläser, das Kathrin Beckmanns zittrigen Fingern entkommen war, und füllte es mit kühlem Wasser aus dem Hahn. Sie hielt es der Chefin von MainSchatz hin. »Trinken Sie einen Schluck, setzen Sie sich und erzählen Sie.«

Peter fing einen Blick von Helen auf. Sie zog die Augenbrauen leicht empor, ließ sie wieder sinken und zog sie nochmals empor. Er starrte sie an. Sie ruckte ganz leicht mit dem Kopf in Richtung Ausgang, und er verstand.

»Ich wollte ganz kurz noch mit Ihnen sprechen, Helen, wegen Computerfragen. Könnte ich Ihnen etwas auf dem Laptop zeigen? Ich hab ihn dummerweise im Auto vergessen.«

Nadja, die wusste, dass sie zu Fuß gekommen waren, unterdrückte ein Grinsen, sagte jedoch nichts.

»Dann begleite ich Sie.« Helen klang leicht atemlos. »Bin gleich wieder da, Mama.«

Sie drückte die Hand ihrer Mutter und ging dann mit schnellen Schritten voraus, den Gang entlang und zur Tür hinaus. Peter folgte ihr.

Sobald sie im Treppenhaus standen, ließ Helen sich auf eine der Stufen fallen. Peter tat es ihr nach. Die Kühle des Steins drang angenehm durch den Hosenstoff.

»Hören Sie, was ich jetzt erzähle, habe ich nie gesagt, in Ordnung?« Helen sprach hastig und schaute ihn dabei nicht an. »Ich weiß, dass Sie das dritte Opfer, Marius Kranich, in keinen Zusammenhang mit den anderen bringen können. Laut der Daten, die Sie von uns bekommen haben, hatte er zu niemandem von den anderen MainSchatz-Usern Kontakt, die bisher auf Ihrem Radar aufgetaucht sind.«

Peter nickte. Er fragte nicht, woher sie das wusste. Der Verdacht, dass sie die Daten selbst überprüft hatte, lag nahe.

Helen holte tief Luft. »Aber was, wenn ich Ihnen sage, dass es doch eine Frau gab, die alle drei Opfer gekannt hat?«

Du, dachte Peter. Du bist es. Du hast die Informationen gefälscht, die du an uns übermittelt hast. Du bist diese Verbindung, du hast alle gekannt. Und sein Gehirn spuckte Bilder aus, von Helen mit Handschellen, die sie sehr eng schnallen mussten.

Doch sie sagte etwas ganz anderes: »Ich habe ihm ein paarmal zugehört, oben am Hubland, er hat da Gitarre gespielt nach der Uni. Oft alleine, manchmal mit anderen zusammen. Dann hatten sie eine richtige kleine Straßenband mit einem Saxophonspieler und einem mit Cajón.«

Für einen Moment war Peter verwirrt. »Wie sind Sie denn auf die Idee gekommen?«

»Er hat das in seinem Chatverlauf mal geschrieben. Ich lese manchmal rein, was die Leute so schreiben. Ich schaue mir an, wer sich neu anmeldet, und die Sympathischen behalte ich dann im Blick. Das ist ein bisschen wie bei einer Serie, wissen Sie? Ich bin jeden Morgen gespannt, was sich so ergeben hat. Ich lese die Nachrichten mit. Wer sich mit wem verabredet, wer welche Challenge bekommt. Wen man sich zum Partner wählt, das kann das ganze restliche Leben beeinflussen, verstehen Sie?«

Helen lächelte, aber Peter konnte das Lächeln nicht erwidern.

»Also die Sympathischen liegen mir besonders am Herzen. Und ab und zu gehe ich dann auch mal hin, wenn sie sich treffen, und schaue ihnen zu. Mehr nicht. Ich halte mich im Hintergrund, spreche niemanden an, schaue nur, wie aus Nullern und Einsern, die ich programmiert habe, eine echte Begegnung wird.« Helens Gesicht war rot geworden. Peter sah es selbst im Halbdunkel des Treppenhauses. »Es klingt vielleicht verrückt, aber es ist so befriedigend, zu sehen, was aus der eigenen Arbeit wird. Dass da etwas Echtes entstehen kann, ganz abseits von meinem Monitor.«

Wie bei den Sims, dachte Peter. Ob es das Computerspiel überhaupt noch gab? Man lenkte kleine Persönlichkeiten, baute ihnen Häusern mit Pool, schraubte an ihrer Persönlichkeit herum und ließ sie dann aufeinander los. Wenn man die Interaktion zwischen zwei Sims vertiefte und immer wieder dafür sorgte, dass sie aufeinandertrafen, verliebten sie sich vielleicht und gingen irgendwann eine Sims-Ehe ein oder gründeten eine Sims-Familie. Helen war die Herrin, die diese Menschen miteinander verkuppelte. Wie viel Macht sie in ihren Händen hielt. Das hatte er schon einmal gedacht, und diese Irritation hatte ihn nie ganz losgelassen.

Sie fuhr fort: »Und eines Abends, als Marius und seine Freunde zusammen spielten, da blieben eine Frau und ein Mann bei ihnen stehen. Die Frau setzte sich spontan dazu und sang. Sie unterhielt sich mit Marius, sie lachten zusammen. Dem Mann schien das nicht zu gefallen, aber er ging auch nicht weg. Er beobachtete sie, so wie ich auch. Die letzten Tage habe ich die Profile der Leute oft durchgeschaut. Immer wieder habe ich die Fotos angesehen, habe die Nachrichten gelesen. Und ich bin mir ziemlich sicher, dass die Frau oben am Hubland Ojuna Ganbat war.«

Peter starrte sie an. Ojuna? Wieso Ojuna?

15

Nadja / Samstag, 08.07., Kaiserstraße

Welche Rolle spielte die junge Gedächtniskünstlerin hier? Auf
jeden Fall war sie die Verbindung zwischen den Opfern, nach
der sie so lange gesucht hatten. Sie hatte alle drei gekannt. Noch
wussten sie nicht, wie und warum sie Marius getroffen hatte,
aber das würden sie herausfinden. Nadja hörte, wie Peter Bully
telefonisch Bericht erstattete. Dann schob er das Handy in die
Hosentasche.

»Ich soll zu Ojuna fahren und sie befragen. Bully wollte mir
Neumann und Sebastian zur Verstärkung schicken …«

Natürlich. Kein Polizist durfte alleine zu einer potenziell
verdächtigen Person fahren.

»… aber ich habe beiläufig erwähnt, dass du in der Nähe
seist, doch schon arbeitsfähig bist und ich dich gerne zur Unterstützung dabeihätte. Bully hat zugestimmt.«

In Nadja keimte plötzlich ein Gefühl der Zuneigung für
Bully. War das ihre Art, sich für das Vorgefallene zu entschuldigen?

Mit einem Mal fühlte Nadja sich wesentlich besser als noch
vor wenigen Stunden. Vielleicht hatten der Tee und das Sandwich geholfen, vielleicht die Gesellschaft ihrer Kollegen und
Freunde, vielleicht aber auch die Tatsache, dass sie wieder im
Spiel war. Sie beschleunigte ihren Schritt. Sie mussten so schnell
wie möglich zu Ojuna.

***

Ojuna öffnete ihnen in einem schwarz-weiß karierten Minikleid, das ihr sehr gut stand. Ihr sorgfältig gezogener Lidstrich
passte dazu und gab ihr das Aussehen eines verschmitzten Har-
lekins. An den Füßen trug sie beigefarbene Turnschuhe.

»Hallihallo, entschuldigen Sie, dass ich Sie nicht reinbitten kann. Was gibt's Neues? Ich bin spät dran.«

»Kennen Sie einen Marius Kranich?« Peter hielt ihr ein Foto vor die Nase.

Ojuna zuckte überrascht zurück. Sie nahm das Foto in die Hand und betrachtete es.

»Marius, ja, so heißt er. Aber mit ihm hatte ich kein Date. Wir haben uns zufällig mal getroffen, oben am Hubland. Ich war mit Eldor dort wegen einer Vorbesprechung von einer Veranstaltung für Studenten. Ich habe Eldor überredet, anschließend noch etwas über das Gelände zu laufen, und da war eine Gruppe Jungs mit Instrumenten. Marius hat richtig gut Gitarre gespielt. Ich fand das megacool und hab mich dazugesetzt. Eldor ist dann irgendwann ohne mich nach Hause zurückgekehrt, er ist nicht so der Musikfreund.«

»Und wie ging es weiter?«

»Gar nicht. Wir sind darauf gekommen, dass wir beide auf MainSchatz sind, und haben lose vereinbart, uns mal zu connecten. Aber tatsächlich habe ich Marius nie geschrieben und er mir auch nicht. Wahrscheinlich hatten wir beide das Gefühl, dass der Abend einfach perfekt war durch diese Spontaneität und dass man das nicht durch ein geplantes Treffen wiederholen kann.« Ojuna starrte auf das Bild in ihrer Hand. »Was ist mit ihm? Er ist wirklich nett gewesen, ich mochte ihn vom ersten Moment an. Neulich hab ich erst wieder zu Eldor gesagt, dass das eigentlich eine Begegnung war, aus der mehr hätte werden können. Vielleicht hätte ich ihm doch irgendwann noch geschrieben.«

In Nadjas Kopf klickten einige Zahnräder ineinander. »Wie hat Eldor darauf reagiert?«

»Wie immer.« Ojuna seufzte. »Er hat herumgebrummt und sonst nichts gesagt. Neunzig Prozent des Tages rede ich, und Eldor bellt nur ein paar Sätze heraus, wenn er nicht einverstanden ist.«

Hunde, die bellen, beißen nicht, dachte Nadja. Aber ob das auch für Menschen galt?

Peter übernahm. »Wir können Ihnen leider gerade noch nicht sagen, weshalb wir nach Marius fragen, aber …«

»Ihm ist doch nichts passiert, oder? Nicht ihm auch noch, das nimmt ja gar kein Ende mehr, das kann doch kein Zufall …« Ojuna verstummte und versuchte sich an einem Lächeln. »Natürlich geht es mich nichts an, entschuldigen Sie bitte. Es ist nur irgendwie gruselig, wenn Sie alle paar Tage hier auftauchen und mir einen Namen nennen, den ich kenne.« Die anfängliche Fröhlichkeit in ihren Augen war erloschen.

Niemand sagte etwas dazu. »Ist Eldor jetzt auch da?«, fragte Peter dann.

»Oben ist er nicht, habe gerade schon kurz geklopft. Er ist bestimmt in der schicken Wohnung seiner Freundin Stephanie.« Ojuna nannte eine Adresse in der Innenstadt nahe der Tiepolostraße. »Bäuchleinstreicheln und Abendessen mit Festungsblick.« Sie verzog das Gesicht zu einer witzigen Grimasse, doch Nadja merkte, dass sie sich dafür anstrengen musste. Ojuna bemühte sich merklich, den Ton weiterhin locker zu halten. »Neben ihm komme ich mir immer so rebellisch vor.«

Nadja sah zu, wie Ojuna sich einen rosa Rucksack auf die Schultern zog. »Ich muss dann, habe die letzten Tage Nachtschichten beim Training eingelegt, damit ich mir diesen Abend freischaufeln kann. Eldor war natürlich wieder angepisst.« Sie grinste. »Verraten Sie ihm bloß nicht, dass ich zu einem Date gehe, falls Sie noch mit ihm sprechen. Er hält das für komplett überflüssige Ablenkung jetzt in der Hochphase der WM-Vorbereitung. Er hat auch schon ein paarmal mein Handy konfisziert, wenn er der Meinung war, dass ich mich mehr konzentrieren sollte.«

Peter nickte, und Nadja fragte sich, ob er das Gleiche dachte wie sie. Dass Eldor nämlich möglicherweise noch ganz andere Probleme hatte als die mangelnde Disziplin seines Schützlings. Und was er wohl mit ihrem Handy angefangen hatte, wenn Ojuna es abgeben musste. Ojuna hüpfte ihnen voraus die knarzende Treppe hinunter.

»Vielleicht können wir demnächst ja noch mal länger reden, wenn Sie noch Fragen haben.«

Nadja blickte ihr nach. Der Harlekin entschwand in die mühsam errungene Freiheit.

***

Die Frau trug erneut das geblümte Kleid, das Nadja von dem Abend kannte, als Ojuna die Tür nicht geöffnet hatte und sie mit Eldor zusammen in ihre Wohnung gestürmt war. Mit ihrem dicken Bauch sah sie unbeholfen aus. Sie stützte die Arme in die Hüften, wie um sich Stabilität zu geben. Stephanie Kronstedt war achtunddreißig Jahre alt, in Würzburg geboren und gelernte Zahnarzthelferin. Sie arbeitete aber schon seit zwei Jahren nicht mehr, und wie es aussah, hatte sie das auch nicht nötig. Die Wohnung musste einiges wert sein, und zwei Mietshäuser am Heuchelhof waren durch eine Erbschaft in ihren Besitz gelangt, so viel hatte Heideckert in der Kürze der Zeit ausgegraben und ihnen telefonisch durchgegeben. Sebastian war auf dem Weg, um vor Eldors Wohnung zu warten, falls der zwischendurch nach Hause kommen würde.

Nadja stellte Peter und sich vor und fragte direkt nach Eldor.

»Geht es wieder um die Attentate? Ich habe in der Zeitung davon gelesen. Ojuna hat wirklich Glück, dass ihr noch nichts passiert ist bei diesen Dates.«

Sie sah aus wie eine Frau, die sich um viele Dinge Sorgen machte. Wahrscheinlich hatte die Vorstellung, sich mit einem Fremden zu verabreden, tatsächlich etwas Angsteinflößendes für sie. Und die Ereignisse der letzten Woche schienen dies ja auch zu bestätigen.

»Eldor ist leider nicht da. Er arbeitet heute länger, aber er wollte auf jeden Fall noch kommen. Er sieht jeden Tag nach mir, jetzt, wo ich im dritten Trimester angekommen bin.« Zärtlich strich sie über ihren Babybauch. »Er hat viel zu tun, die Weltmeisterschaft steht an. Ojuna braucht ihn für die

Vorbereitungen. Aber danach hört er als Trainer und Manager auf.«

Nadja, die wusste, dass er gerade ganz sicher nicht mit Ojuna trainierte, spürte Mitleid mit der Frau. Sie bat Stephanie Kronstedt, Eldor anzurufen, doch er ging nicht ans Telefon.

»Er ist oft nicht erreichbar, die beiden können sich ja nicht konzentrieren, wenn sein Handy ständig klingelt«, sagte Stephanie. »Oder weil er gerade Verträge prüft oder die nächsten Auftritte organisiert, Werbematerial verschickt, Veranstalter kontaktiert … Er hat viel zu tun.« Es klang wie etwas, das sie so oft aus Eldors Mund gehört hatte, dass sie die Worte einfach übernahm.

Nadja fragte, ob sie dann stattdessen mit ihr sprechen dürften, und Stephanie bat sie in die Wohnung. Das bodentiefe Wohnzimmerfenster bot einen grandiosen Blick auf die Festung, wie Ojuna gesagt hatte. Nadja blickte hinüber zu den Mauern, die stoisch der Hitze trotzten. Stephanie trat neben sie. Nadja sah Schweißtropfen auf ihrer Stirn.

»Setzen Sie sich doch lieber.« Nadja wartete, bis die Frau sich auf das Sofa fallen ließ. Umständlich wirkte das. Der Stoff des ausgewaschenen Kleides spannte um die Körpermitte, dunkle Schatten lagen unter ihren Augen.

»Ich schlafe schlecht, schon seit Wochen. Bekomme im Liegen nicht so gut Luft«, erklärte sie. »Aber das ist nicht schlimm. Wir freuen uns so auf das Baby! Ich hätte nicht gedacht, dass ich wirklich noch Mama werde.« Sie klang aufgeregt.

»Wie sehen Ihre Zukunftspläne dann aus? Von Eldor und Ihnen?«, fragte Peter.

»Oh, er soll erst mal zur Ruhe kommen. Die Arbeit mit Ojuna war und ist wohl sehr anstrengend. Er sagt nicht viel dazu, aber ich merke es ihm oft an, wenn er sich Sorgen macht. Er organisiert schließlich ihr ganzes Leben.«

Nadja sah sie nachdenklich an. Sie erinnerte sich genau an den Moment, als Eldor und sie in der Tür gestanden hatten und zu dem Bett mit der nackten Ojuna hinsahen. Sie erinnerte sich an den Ausdruck in Eldors Augen. Wie konnte man überhaupt mit einem Menschen zusammenarbeiten, den man liebte? Oder hasste? Sie glaubte, beides wahrgenommen zu haben.

»Er muss erst mal nicht arbeiten. Mein Geld reicht für uns beide. Ich habe die Wohnung und bin gut versorgt. Mir ist es wichtiger, dass er als Papa für die Kleine da ist, dass wir endlich eine richtige Familie werden.« Sie drehte sich etwas, um ihre Beine aufs Sofa zu legen. Dabei rutschte der Saum ihres Kleides hoch und enthüllte geschwollene Füße, die Fußknöchel waren kaum mehr sichtbar. Peter reichte ihr zwei Kissen, die sie sich unter die Knie legen konnte. »Die Hitze«, seufzte sie.

»Frau Kronstedt, wie ist die Beziehung zwischen Ojuna und Eldor denn so? Sie bekommen doch sicherlich viel mit.« Täuschte Nadja sich, oder huschte ein Ausdruck von Unwillen über Stephanies Gesicht?

»Sie sind zusammen aufgewachsen, und Eldor hat früh begonnen, Ojuna zu trainieren. Das war noch in der Mongolei damals. Sie waren sehr jung, beide. Eldor hat einen ausgeprägten Beschützerinstinkt gegenüber seiner Cousine. Er will manchmal nicht wahrhaben, dass sie mittlerweile erwachsen ist.«

Du redest es dir schön, dachte Nadja. Du willst auch so einiges nicht wahrhaben. Zum Beispiel, dass du in einer Dreiecksbeziehung lebst.

»Er hat viel für sie aufgegeben und sein ganzes Leben auf Ojunas Talent ausgerichtet. Er hatte überhaupt nichts Eigenes mehr, keine Freunde, keine Hobbys. Als Kind war er wohl sehr gut im Schießsport und hat da auch unterschiedliche Sachen genutzt. Pfeil und Bogen, Blasrohr und so Zeug, aber selbst dafür war dann keine Zeit mehr. Alles drehte sich nur noch um sie. Er musste früh erwachsen werden, verstehen Sie? Er hat schon als gerade Achtzehnjähriger mit Journalisten und Fernsehsendern Verträge für Ojuna ausgehandelt.«

»Blasrohr?« Nadja bemühte sich, die Aufregung zu verbergen, die sie tief in ihrem Inneren spürte. Sie zwang sich, ihre Hände ganz ruhig zu halten, Stephanie anzulächeln und die Fragen im Zaum zu halten, die ihr aus dem Mund drängten.

Stephanie nickte. »Ja. Er hat eigentlich viele Talente. Aber die konnte er nie ausleben. Bis jetzt. Nach dieser Weltmeisterschaft wird alles besser, wenn auch unser Baby da ist und wir Zeit als Familie haben.«

Sie hatte das mittlerweile so oft bekräftigt, dass Nadja den Eindruck bekam, Stephanie sagte das auch, um sich selbst davon zu überzeugen. Oder wiederholte sie die Worte, die Eldor ihr ins Ohr flüsterte, wenn er sie vertröstete?

»Es gab einen unschönen Zwischenfall im Theater, nach Ojunas Auftritt in Würzburg«, sagte Peter vorsichtig. »Eldor wirkte sehr aufgebracht, er hat herumgeschrien. Hat er öfter solche Wutanfälle?«

»Er steht unter großem Stress«, verteidigte Stephanie ihren Freund. »Ojuna ist nicht so diszipliniert, wie sie sein sollte, wenn sie an der Spitze bleiben will. Er hasst es, immer den Bösen spielen zu müssen.«

»Hat sie ihn deshalb als Trainer entlassen?«

»Das hat sie doch nicht!« Stephanie klang schockiert. »Er hat diese Entscheidung getroffen. Weil er mit mir und der Kleinen zusammen sein will. Er hat sich für die Familie entschieden.«

»Wäre es möglich, dass er Ihnen das so erzählt hat? Vielleicht ... um Sie nicht zu verletzen?«

»Sie denken, er lügt mich an? Das würde er nie tun. Eldor ist ein guter Mann!«

»Natürlich kennen Sie ihn am besten.« Peter wechselte rasch das Thema. Er plauderte in einem lockeren Tonfall los, der die Zeugen oft in Sicherheit wiegte, bevor er nach und nach wieder die tieferen Gewässer der Konversation ansteuerte. Die, in der sich Haie tummelten und Schlingpflanzen dicht unter der Oberfläche warteten.

Nadja stand wieder auf und trat an die Tür zum Wintergarten. Zwei Kanarienvögel zwitscherten in einem großen Vogelbauer vor sich hin. Einer hatte sich an einer Hirsestange festgekrallt und pickte daran, nur um die Körner dann auf den Käfigboden zu werfen. Nadja wollte die Tür gerade zuschieben, als ein roter Schimmer ihre Aufmerksamkeit weckte. Sie warf einen Blick zurück, doch Stephanie plauderte nach wie vor mit

Peter. Nadja ging einige Schritte in den Wintergarten hinein. Die Vögel verstummten.

Direkt neben einer ganzen Reihe von Orchideen in sämtlichen Rosa- und Pinktönen stand in einem großen Kübel eine Pflanze, die Nadja unangenehm vertraut war. Sie erkannte die riesigen Blätter, die komischen stacheligen Samenbälle, die rötliche Farbe. Hier wuchs ein Rizinus.

Peter / Samstag, 08.07., Grombühl

Peter sah sich um und dachte, dass er noch nie eine Wohnung gesehen hatte, die so sehr an eine Mönchszelle erinnerte. Kein Kreuz zwar, aber auch sonst nicht viel. Ein schmales Bett mit dünner Matratze, die schon beim Hinsehen Kreuzschmerzen bereitete. Eine Nachttischlampe auf dem Boden. Einer dieser Kleiderschränke, die größtenteils aus Stoff bestanden und furchtbar schnell zusammenklappten, wenn man sich ihnen näherte. Zwei Bücher auf dem Fensterbrett: mongolische Volksmärchen und ein Bildband von Ulaanbaatar – Eldor vermisste seine Heimat wohl, ganz anders als Ojuna augenscheinlich. In dem Buch, das ganz oben lag, steckte ein Flyer als Lesezeichen vom Musikfestival Wein am Stein mit Kaffkiez, Anaïs und Umme Block unter vielen anderen Künstlern, deren Namen Peter allesamt nicht kannte, die aber vielversprechend klangen. Auch heute fand eines der Konzerte statt. Wahrscheinlich waren die Karten längst ausverkauft. Er legte den Flyer sorgfältig zurück und sah sich weiter um.

An einer Wand lehnte ein ungewöhnliches Musikinstrument. Es hatte entfernte Ähnlichkeit mit einer Geige, doch der Resonanzkörper war rechteckig, und ganz oben am Hals saß ein hölzerner Pferdekopf. Peter betrachtete es und strich einmal über die Saiten, die unter seinen Fingern sachte vibrierten.

»Morin khuur. Eine mongolische Pferdekopfgeige«, erläuterte Nadja.

»Woher weißt du das?«

Nadja hielt ihr Handy hoch. »Ich hab's gerade nachgelesen. Ich wollte wissen, ob wir das Ding auseinanderbauen können, um reinzuschauen. Aber ich würde sagen, wir überlassen es einem Fachmann, ich will es nicht kaputt machen.«

Peter nickte. Sonst gab es nur noch eine Mehrfachsteckdose mit Ladekabeln von Handy, Laptop und Tablet. Das war auch schon alles im Schlafzimmer, und in den anderen Räumen sah es nicht anders aus. Zu durchsuchen gab es hier nicht viel.

Eldors Wohnung lag direkt über Ojunas und hatte den gleichen Grundriss und das gleiche knarrende Parkett. Damit endeten die Gemeinsamkeiten aber auch schon. Jetzt hing Stille über der Wohnung und verstärkte den Eindruck der Verlassenheit. Peter fühlte sich bedrückt zwischen diesen weißen, leeren Wänden.

Nadja blickte sich ebenfalls ratlos um. »Das ist alles so leblos. Wie eine Wüste«, flüsterte sie.

»Steppe«, korrigierte Peter. »In der Mongolei gibt es Steppen.«

»Und was ist dann mit der Wüste Gobi?«

»Wüstensteppe.«

Nadja verdrehte die Augen. »Fang lieber mal an zu suchen, Schlaumeier.«

Mancini hatte ihnen sofort einen Durchsuchungsbeschluss ausgestellt, nachdem sie erst Bully, dann ihm von den neuen Erkenntnissen berichtet hatten. Sie hatten einen Schlüsseldienst zur Wohnung bestellt und bei der Stadt Bescheid gesagt, dass sie einen neutralen Durchsuchungszeugen benötigten. Das war wichtig, damit dieser irgendwann vor Gericht bezeugen konnte, dass bei der Durchsuchung alles ordnungsgemäß abgelaufen war und die Polizei keine Schäden verursacht hatte. Die betreffende Dame stand nun neben Sebastian im Wohnungsflur und sah ihnen zu. Sebastian fummelte an seinem Handy herum, denn die Ermittler mussten ihr Vorgehen durch Fotos dokumentieren und später einen Durchsuchungsbericht schreiben.

Jetzt versuchten sie, die Beklemmung abzuschütteln, die sie

mit dem Betreten der Wohnung überkommen hatte. Eigentlich hatten sie sich zuerst nur einen Überblick verschaffen wollen, um zu entscheiden, ob sie weitere Hilfe von Kolleginnen und Kollegen benötigten, aber diese Entscheidung hatte ihnen Eldors asketischer Lebensstil direkt abgenommen.

»Also das Bocksbeutelkostüm ist schon mal nicht da. Das hätten wir bemerkt.« Peter blickte sich um. »Und ansonsten eigentlich auch nichts.«

»Irgendwas ist immer da«, widersprach Nadja. »Irgendein Beweis, irgendeine Spur, irgendwas, das uns weiterbringt!«

Sie nahm sich den Schrank vor und holte mit Handschuhen T-Shirts und Hemden, die an Kleiderbügeln baumelten, heraus. Sebastian schoss Fotos davon. Peter ging währenddessen ins Bad. Ein grünes Handtuch hing neben dem Waschbecken. Eine Zahnbürste, Rasierzeug, eine Flasche Shampoo in der Dusche, ein Stück Seife, Ohrenstäbchen. Nicht einmal ein Teppich lag auf den Fliesen. Hatte nicht jeder gerne warme Füße, wenn er Zähne putzte oder nachts aufs Klo marschierte? Es wirkte beinahe wie ein Hotelzimmer oder wie eine Ferienwohnung. Interessant, dass keinerlei Utensilien von Eldors Freundin hier waren. Trafen sie sich immer nur bei ihr? Wollte sie das so? Oder er? Peter glaubte, die Antwort zu kennen.

Er bückte sich, um ins Schränkchen unter dem Waschbecken zu sehen, aber dort gab es nur weitere Handtücher, Toilettenpapier, Taschentücher und leichte Schmerztabletten. Eldor, der grimmige Eldor, der Rizin-Mörder. Der Mann, der erst seit Kurzem ein Privatleben hatte. Ein Mann, der nur durch Ojuna und ihren Erfolg zu leben schien, der nichts war ohne sie, der wusste, dass seine Tage als Manager und engster Vertrauter gezählt waren. Und der rotsah, wenn sie in ihrer unbekümmerten Art flirtete und von einem Date zum nächsten hüpfte wie ein Schmetterling von Blüte zu Blüte. Wie oft hatte er hier oben in seiner sterilen Wohnung auf der harten Matratze gelegen und nach unten gelauscht, wenn Ojuna Männerbesuch hatte oder Partys feierte? Was hatte den Schalter umgelegt? War es die Kündigung gewesen? Der zunehmende Druck von seiner Freundin, die mit dem wachsenden Babybauch nun heile Familie spielen wollte?

Peter machte auch mit seinem Handy einige Fotos. Die unabhängige Zeugin schaute kurz zu ihm hinein, sagte aber nichts. Peter nahm die Abdeckung der Toilettenspülung ab, alles sauber. Er klopfte die Fliesen ab, ob es hohl klang. Er zog den Duschvorhang zurück und schaute nach, ob irgendwo etwas eingenäht war. Er faltete die Handtücher auseinander und begutachtete die Klorollen und Taschentuchpackungen. Nichts. Peter blickte sich um und ließ den Raum noch einmal auf sich wirken. Im Schlafzimmer hörte er Nadja vor sich hin schimpfen. Wahrscheinlich fand auch sie nichts.

Wo würde einer wie Eldor etwas verstecken, wenn es etwas zu verstecken gab? Nirgends, wo man per Zufall darüber stolpern konnte, und vermutlich war er auch nicht der Typ Mensch, der Verdächtiges möglichst auffällig platzierte, damit es von Anfang an übersehen wurde. Nein …

Peter holte eine Gabel aus der Küche, kletterte auf die Toilette und hebelte den Deckel des Lüfters ab. Ein viereckiges Stück Stoff von schwammartiger Konsistenz. Der graue Gitterabdruck darauf zeigte, dass es sich wohl um den Filter handelte. Peter nahm ihn vorsichtig heraus. Dahinter führte eine Röhre tiefer in die Wand hinein. Peter tastete die Rundung ab und zuckte zurück, als sein Mittelfinger gegen etwas Scharfes stieß. Vorsichtiger griff er noch einmal in das Rohr, bekam den Gegenstand zu fassen und zog ihn heraus, während Staub auf die weißen Fliesen rieselte.

Eine Spritze. Peter drehte sie in den behandschuhten Händen hin und her. Dieses kleine Ding hatte sich in menschliche Haut gebohrt, hatte Gift gespritzt, hatte getötet. Ganz langsam zog er mit der freien Hand einen Spurensicherungsbeutel aus seiner Hosentasche und ließ die Spritze hineinfallen.

Erst dann rief er nach Nadja.

*** ***

Wenige Minuten später waren weitere Kollegen in der Wohnung, um alles noch genauer durchzusehen. Widukind hatte sich eingeklinkt. Seine riesige Gestalt eilte von Raum zu Raum, erklärte, prüfte, beugte sich über Gegenstände. Peter versuchte, dennoch den Überblick zu behalten. Der Trubel passte nicht in diese kühlen Räume, und er hatte das Gefühl, dass sie hier noch nicht fertig waren.

»Ist das vielleicht interessant?«

Sebastian saß vor Eldors Laptop. Nadja stand hinter ihm und blickte ihm über die Schulter. In diesem Raum war es ruhig, denn außer einem Schreibtisch mit diversen Elektrogeräten darauf und einem Mülleimer darunter gab es nur eine mongolische Flagge an der Wand. Peter musterte sie interessiert. Sie bestand aus drei gleich breiten Streifen – die beiden äußeren waren rot, der mittlere blau. Im linken Streifen waren Symbole abgebildet, die unter anderem aus Kreisen, Dreiecken und Rechtecken bestanden. Peter erkannte auch Yin und Yang. Er hätte gerne gewusst, was das zu bedeuten hatte, und nahm sich vor, zu Hause zu recherchieren. Ansonsten gab es keinerlei Einrichtung.

Peter stellte sich zu Nadja und Sebastian. Er kannte das Logo auf dem Bildschirm, sie sahen die Startseite von »MainSchatz«.

Sebastian zeigte darauf. »Die Seite hat der Verdächtige kürzlich besucht. Hier, er ist noch eingeloggt.«

Peter warf einen Blick auf den Usernamen. *Smartie.* »Das ist nicht Eldor. Er hat sich in Ojunas Profil eingeloggt«, stellt er fest.

»Kannst du bitte die privaten Nachrichten öffnen?«, fragte Nadja.

Sebastian tat ihr den Gefallen. Eine lange Liste ploppte auf. Peter überflog die Namen der Konversationsteilnehmer. Zuletzt hatte sie mit *Friesenjunge* geschrieben, irgendetwas sagte ihm das, aber er kam nicht darauf. Welches ihrer Opfer hatte diesen Namen getragen? Nadja neben ihm gab ein ersticktes Geräusch von sich. Mit zitternder Hand deutete sie auf die Nachricht, und Sebastian öffnete sie. Peter las mit gerunzelter

Stirn, und jedes Wort, das in sein Bewusstsein sickerte, verstärkte das ungute Gefühl.

»Holde Maid, die Stunde des feuchtfröhlichen Vergnügens naht. Ich sattle fix die Seepferdchen, damit wir uns alsbald ein feines Weinchen zu Gemüte führen können. Mit vorfreudigen Grüßen. L.N.«

Er musste Nadja nicht fragen. Aufgrund der Wortwahl wusste er auch so, mit wem Ojuna sich verabredet hatte.

»Dann ist sie jetzt wahrscheinlich gerade bei einem Date.« Sebastian drehte sich zu ihnen um. »Und dieser Eldor weiß davon. Müssen wir uns Sorgen machen?«

»Du ahnst gar nicht, wie große Sorgen«, sagte Nadja leise.

Nadja / Samstag, 08.07., Grombühl

»Hat Lars Nauke irgendwas erwähnt, mit wem er sich treffen will? Oder ist Ojunas Name gefallen, während wir im Café zusammensaßen? War er mal bei einem Meeting dabei, in dem es um Ojuna ging?«

Nadja schoss Fragen ab, die Peter alle unbeantwortet ließ.

Sein Schweigen war ihr egal, sie musste die Nervosität in ihrem Inneren irgendwie kanalisieren. Also dachte sie laut, fragte sich, wie es so weit kommen konnte, wieso dem sonst so oberschlauen Rechtsmediziner nicht aufgefallen war, mit wem er da schrieb. Konnte es sein, dass Lars Nauke die Namen der Personen, die in die Ermittlung verwickelt gewesen waren, gar nicht kannte?

Nadja erinnerte sich an den Vormittag im Botanischen Garten. Lars Nauke hatte angedeutet, dass er jemanden kennengelernt hatte, eine Frau, die besonders war. Das traf auf Ojuna zweifellos zu. Und schon zu dem Zeitpunkt hatte er erwähnt, dass am Wochenende ein Treffen anstand, und Nadja hatte ihm noch den Tipp gegeben, dass er keine Leichen thematisieren sollte. Sie barg das Gesicht in den Händen. Wenn sie doch bloß nachgefragt hätte, entweder damals oder heute Nachmittag, als Lars Nauke sich aus dem Café verabschiedet hatte. Sie waren zu dem Zeitpunkt alleine gewesen, sie hätte nicht einmal riskiert, dass ihm die Erwähnung seines Dates vor den anderen unangenehm war. Jetzt war es vielleicht schon zu spät. Denn Eldor wusste von dem Date, Eldor hatte die Nachrichten gelesen und in Lars Naukes blumige Sprache womöglich noch viel mehr hineininterpretiert, als gemeint war. Eldor hatte seine Freundin belogen, dass er arbeiten musste. Eldor war nicht auffindbar, Eldor war irgendwo unterwegs, zum selben Zeitpunkt wie Ojuna und Lars Nauke.

Und sooft Nadja sich selbst sagte, dass es unwahrscheinlich war, dass er Lars Nauke auflauern würde, so oft sah sie im selben Moment den *Friesenjungen* am Straßenrand liegen. Mit einem Pfeil, der aus seiner Halsschlagader ragte, oder einer Spritze im Bauch. Mit einer Kopfwunde und Blut, das sein blondes Haar verklebte. Mit Staub auf den Anzugschuhen, die er heute garantiert trug, und dem weißen Hemd, das so unvorteilhaft zu seiner hellen Haut aussah.

»Wo können sie sein? Wo, verdammt?«, brach es aus ihr heraus. »Wein trinken. Ist das unser einziger Anhaltspunkt? Das kann man überall, vor allem hier in Würzburg.«

Peter sah sie an, doch sein Blick schien durch sie hindurchzugehen.

»Wein.« Er runzelte die Stirn. Dann plötzlich drehte er sich um und rannte aus dem Raum. Gleich darauf kam er mit einem Buch in der Hand wieder zurück. Ein weißer Zettel hing zwischen den Seiten heraus. »Ich glaube, ich weiß, wo sie sind.«

＊＊＊

Nadja starrte noch auf den Flyer, als sie längst im Auto saßen. Wein am Stein, das bekannteste Weinfest Würzburgs. Ein Großereignis mit vielen Menschen. Wie sollten sie Lars Nauke dort finden? Chaos war vorprogrammiert.

Sie sah auf, als Peter den Blinker setzte. »Nein, fahr zur

Posthalle. Es kann sein, dass wir ohne Blaulicht auf direktem Weg nicht durchkommen mit den ganzen Leuten, die jetzt zum Weingut fahren.«

»Du willst nicht ernsthaft durch die Harnröhre, oder?« Peter seufzte leise.

Unmittelbar an der Posthalle begann ein langer, schmaler Fußgängertunnel, der unter den Gleisen hindurch Richtung Weingut am Stein führte. Es war einer der verrufensten Orte Würzburgs. Der wenig anziehende Spitzname kam von dem je nach Wetterlage schwachen oder übelkeiterregenden Geruch nach Urin, der hindurchzog. Denn die lange dunkle Röhre war der perfekte Ort, um nachts ungestört zu pinkeln. Mit Schaudern dachte Nadja an die hohen Temperaturen der letzten Wochen. Die Harnröhre würde sie heute ihre Macht spüren lassen.

»Wir können nicht riskieren, direkt am Gut mit Sirene und Blaulicht vorzufahren«, sagte sie dennoch. »Besser, wir kommen anders hin. Die Kollegen sollen sich auch zurückhalten.«

Peter nickte. In solchen Situationen verstanden sie einander ohne große Worte. Falls Eldor wirklich dort war und durch die Sirenen alarmiert wurde, wusste niemand, wie er reagieren würde. Sie mussten ihn finden, ohne eine tödliche Kurzschlussreaktion oder eine Massenpanik auszulösen. Peter gab den Befehl über Funk durch.

Nadja starrte abwechselnd auf den Flyer und das Handy in ihrer Hand. Sie versuchte, Lars Nauke oder Ojuna zu erreichen, aber beide schienen ihre Handys lautlos geschaltet zu haben. Keine Reaktion und auch die Nachrichten, die Nadja an Lars Nauke sandte, blieben ungelesen. Hoffentlich kamen sie nicht zu spät.

Peter stellte das Auto einfach vor dem Tunneleingang ab. Nadja sprang heraus und warf die Tür hinter sich zu. Nebeneinander liefen sie die paar Meter, bis die dunkle, stinkende Röhre vor ihnen auftauchte.

16

Peter / Samstag, 08.07., Bismarckstraße

Peter holte tief Luft. »Auf geht's!«

Sie tauchten in das schummrige Licht des Tunnels ein, das vom Sonnenschein draußen seltsam unbehelligt schien. Von dem grauen Beton der Wände war kaum etwas zu sehen, dicht an dicht prangten Graffiti und vermittelten eine Ahnung davon, wie viel Zeit manche Menschen hier unten verbrachten. Penisse gab es in allen Größen, Formen und Farben – vielleicht auch ein Grund für den wenig charmanten Spitznamen.

Peter dachte an Lars Nauke. Ob Ojuna und er auch hier entlanggelaufen waren? Vermutlich nicht. Sicherlich hatte er Ojuna in seinem Oldtimer-Porsche abgeholt und irgendwo geparkt, wo man sich nicht fragen musste, durch welche Flüssigkeit man da gerade watete und ob der übel riechende Fleck an der Wand Kotze war. So gerne Peter den Professor aufzog, so gerne mochte er ihn auch. Mittlerweile zumindest. Das kühle Nordlicht war alles andere als kühl, und hatte man sich erst einmal an seine umständliche Flirterei und die Besserwisserei gewöhnt, dann war das eigentlich alles ganz liebenswert.

Ihre Schritte hallten durch die Röhre, er zog das Tempo an, Nadja hielt mühelos mit. Das Echo potenzierte sich, bis es schien, als laufe eine ganze Kompanie hinter ihnen. Peter konnte nicht anders, als sich im Rennen umzudrehen, doch da war niemand. Sie tauchten in den Lichtkegel der nächsten Lampe ein, schwarze Buchstaben sprangen ihn an. »OBEY!« Gehorche!

Dann ging es einige Stufen nach oben, hier veränderte sich der Tunnel, er war nun aus einzelnen Steinen gemauert und sah älter aus als an der Posthalle. Peters Blick fiel auf eine verrostete Metallklappe an der Wand. »Watch out. Hannibal Lecter Lives in Here!« Jetzt also auch noch die Kannibalen. Ein fernes Donnern über ihren Köpfen kündigte einen herannahenden

Zug an. Sie mussten sich mittlerweile unter den Gleisen des Würzburger Hauptbahnhofs befinden, dann war es nicht mehr weit.

Peter versuchte, gleichmäßig zu atmen. Er musste mit seinen Kräften haushalten, nach dem Tunnel war es noch ein Stück. Er spürte den Herzschlag in seinen Ohren, während sie rannten. Nadja neben ihm trug Turnschuhe und trampelte deutlich weniger als er. Peter sah an ihren sparsamen Bewegungen, dass sie in ihren Laufrhythmus zu kommen versuchte, schwierig, mit einem Mitläufer an der Seite und der Gefahr im Nacken. Auch sie keuchte mittlerweile. Endlich tauchten sie in das sommerliche Abendlicht ein. Ein Vogel krächzte, ein Presslufthammer bohrte, der nächste Zug rauschte heran, doch im Hintergrund erklang Musik. Die tiefen Töne hörte man am deutlichsten, der Wind wehte sie zu ihnen. Sie hielten kurz inne, um Atem zu holen, und Peter blickte zum Himmel. Wolkengebirge schoben sich heran. Gerade noch war ihm von der Anstrengung warm gewesen, nun fröstelte er in seinem T-Shirt.

»Weiter!«

Nadja packte ihn an der Hand, und sie rannten erneut los. Es ging einige Stufen hoch – rechts und links Anlagen der Deutschen Bahn mit Warnschildern, dass das Betreten verboten sei. Sie wählten den Weg nach oben Richtung Straße, dann eine Abkürzung über einen schmalen Grünstreifen, und sie sahen die Unterführung vor sich, mit deren Hilfe sie die mehrspurige Nordtangente umgehen konnten. Immer bergauf. Die Kurve zog sich, die Musik wurde lauter, die Menschen zahlreicher. Alle strömten zu dem Schild »Weingut am Stein«.

Bauzäune verhinderten, dass unberechtigte Besucher aufs Gelände kamen. An der Einlasskontrolle gab es eine lange Schlange, da jeder seine Eintrittskarte vorzeigen musste und dann einen Stempel bekam. Security-Leute in schwarzen Uniformen und festen Stiefeln kontrollierten die Taschen der Gäste. Peter hoffte gegen seine innere Überzeugung, dass sie Eldor kontrolliert und weggeschickt hatten. Aber wenn er wieder nur eine Spritze oder etwas Ähnliches bei sich hatte, konnte er sie überall versteckt haben oder bei einer Kontrolle sogar behaupten, sie sei wegen Diabetes medizinisch notwendig.

Nadja drängelte sich an der Warteschlange vorbei auf die Frau zu, die die Stempel am Eingang verteilte. Sie erntete einige wütende Kommentare, kam aber, wohin sie wollte, und Peter sah, dass sie ihren Ausweis zeigte und Fragen zu stellen begann. Er selbst stolperte zu einer Security-Frau, die etwas abseitsstand und in ihr Funkgerät sprach. Sie war nicht ganz so muskelbepackt wie ihre weiblichen und männlichen Kollegen, trug eine andere Weste und schien am ehesten die Übersicht zu haben. Er hielt ihr den Ausweis vor die Nase, und sie beendete das Gespräch mit einem Zischen. Peter stemmte die Hände auf die Oberschenkel, um wieder Luft zu bekommen, während er versuchte, eine Frage zu formulieren.

Er wollte wissen, ob ihnen jemand aufgefallen sei oder sie jemanden ertappt hatten, der eine Waffe auf das Gelände schmuggeln wollte, doch sie verneinte. Überrascht stellte Peter fest, dass sie lange künstliche Wimpern trug. Ihre Augen darunter musterten ihn jedoch scharf.

»Sie sind nicht zum Spaß hier, ja? Sie haben den Verdacht, dass was vorfallen könnte.«

Sie wartete seine Antwort gar nicht ab, hob das Funkgerät und bellte ein paar scharfe Worte in einer Sprache hinein, die Peter nicht verstand. Peter sah, dass die Männer am Tor sofort den Blickkontakt zu ihr suchten, und nach einem Nicken ihrerseits veränderte sich deren bisher entspannte Haltung merklich. Sie nahmen sich nun mehr Zeit, die Leute zu mustern, und die Kontrollen von Rucksäcken, Handtaschen und Jutebeuteln wurden intensiviert.

Peter registrierte es mit Erleichterung. Zumindest wusste er, dass sie hier auf Hilfe zählen konnten, falls etwas vorfallen sollte. Er beschrieb Eldor, Ojuna und Lars Nauke der Frau und zeigte ein Foto vom Eisessen mit Lars Nauke und ein Bild von Ojuna, das er problemlos auf Google fand. Sie nickte.

»An das Pärchen erinnere ich mich. Die sind definitiv reingegangen. Der Mann hat unentwegt geredet.«

Typisch Lars Nauke. Hoffentlich achtete er neben seinen sicherlich begeistert vorgetragenen Redeanteilen wenigstens ein bisschen auf seine Umgebung. Peter seufzte und dankte der Security-Chefin. Sie versprach, ihre Leute noch zu fragen, ob einer von ihnen sich an Eldor erinnerte. Peter sammelte Nadja ein, die unentwegt den Blick über die Menge schweifen ließ. Überall schlenderten Gäste mit Weingläsern in der Hand herum. Zwischen den Weinstöcken, die direkt an die Gebäude des Weinguts angrenzten, standen Tisch mit Beleuchtung, alle voll besetzt. Wunderschön, aber ein Alptraum, wenn man hier jemanden suchte. Einige Leute blickten besorgt auf die Wolken, die sich am Himmel zusammenballten.

»Sie erwarten um die dreitausend Leute den Abend über. Ein Großteil ist schon da, und das Gelände ist weitläufig. Es gibt verschiedene Weinausschänke, die wir auch nicht alle überwachen können«, rief Nadja Peter zu.

Wie zum Teufel sollten sie Lars Nauke finden?

✳✳✳

Peter stand auf dem Hof direkt vor dem modernen Anbau des Weinguts, der zu großen Teilen aus Glas bestand, außen mit dünnen Holzstäben versehen war und von innen leuchtete. Peter blickte immer wieder zum Weinberg hinauf und dann Richtung Stadt, die sich hinter den Bahngleisen ausbreitete. Man konnte nahezu alles Sehenswerte von hier oben erkennen: den Dom, Stift Haug, den roten Turm der Marienkapelle und auf der anderen Mainseite das Käppele und die Festung. Malerisch, wunderschön, aber an einem etwas ruhigeren Fleck doch viel besser zu genießen als zwischen all den feiernden Menschen, oder?

»Direkt hier am Gut hört man die Musik natürlich optimal, man sieht und wird gesehen, und der Weinnachschub ist in unmittelbarer Nähe. Aber ist das wirklich der richtige Ort für ein Date, hier im Gedränge, wo man sich den Tisch mit anderen Leuten teilt? Würde unser stilbewusster Professor das so planen?«

Nadja schüttelte den Kopf. »Nein, das würde er nicht, du hast recht.« Sie ging zu dem ebenfalls mit Bauzäunen abgesperrten Ausgang, der einen Weg durch die Weinberge eröffnete, und sprach dort mit den Securitys. Dann kam sie zu Peter zurück. »Man darf die Weingläser mit rausnehmen. Es ist Pfand drauf, und durch den Stempel kommt man danach auch wieder rein. Die Jungs erinnern sich nicht konkret an den Professor und Ojuna, aber sie können auch nicht ausschließen, dass er hier rausgegangen ist.«

»Dann lassen wir ein Team hier unten, und wir suchen die Wege oberhalb ab.«

Peter zog sein Handy aus der Tasche, um Neumann Bescheid zu geben. Nadja ließ den Blick über den Weinberg schweifen.

»Er ist irgendwo hier draußen. Ich weiß es.«

Nadja / Samstag, 08.07., Weingut am Stein

Das Meer von Rebstöcken um sie herum verwirrte sie. Überall diese langen Reihen, die sich den Berg hinaufzogen, grüne Blätter, Holzpfosten und Drähte als Rankhilfen. Die Dämmerung half auch nicht gerade, denn hier oben gab es weder Tische noch Beleuchtung an den Weinstöcken. Sie ging ein paar Schritte vor und versuchte, in die Lücken zwischen den Reihen zu spähen. Hier und da saßen Menschen, manche auf Picknickdecken, andere auf dem Boden, fast alle mit einem Glas Wein in der Hand. Es war noch immer sehr warm, doch der Wind nahm zu und ließ den Weinberg rauschen wie einen uralten Wald, der Geschichten erzählte.

Nadja scannte die Gesichter nach einem mit Koteletten und Brille. Sie war versucht, nach Lars Nauke zu rufen. Aber welchen Erfolg konnte das schon haben? Sie durften Eldor nicht aufmerksam machen und ihn vor allem nicht warnen, dass sie hier waren.

»Darf ich mal?«

Sie schnappte sich das Megafon des Security-Manns, der sie begleitete. Für einen kurzen Moment schloss sie die Augen und atmete tief durch. Wenn das schiefging … Dann sprach sie so deutlich wie möglich und hörte ihre Stimme elektronisch verstärkt von den Weinbergen widerhallen.

»Lang-lang-lang, kurz-kurz-kurz, lang-lang-lang.«

Köpfe drehten sich zu ihnen um, neugierige Blicke streiften sie, und Getuschel setzte ein, doch niemand reagierte.

»Da!« Peter zeigte auf einen Punkt am Hang, wo nicht weit von ihnen entfernt ein vertrautes Gesicht über den Weinreben sichtbar wurde. Lars Nauke winkte ihnen zu. Er hatte die Botschaft erkannt. Dann wandte er sich zu jemandem um und schien etwas zu sagen.

»Los!«, befahl Nadja scharf.

Das ganze Team, bestehend aus Elif, Heideckert, Peter, ihr und dem Security-Mann, setzte sich in Bewegung. Eilig, aber nicht so eilig, dass es besonders aufgefallen wäre. Lars Nauke blieb stehen. Sein Blick glitt irritiert über die Gruppe, als sie sich näherten. Er betrachtete die Mannschaft und ihre verschlossenen, hoch konzentrierten Gesichter, die Art, wie sie im Vorübergehen in jede Reihe spähten. Sein Gesicht, das leicht gerötet war, erblasste, und das Lächeln erstarb.

Endlich waren sie nahe genug, um mehr erkennen zu können. Lars Nauke trug tatsächlich ein weißes Hemd und hatte die Ärmel hochgekrempelt. Es hob sich hell vor der dunkleren Umgebung ab. Nadja machte eine Handbewegung, dass er sich wieder setzen sollte, und gleich darauf verschwand sein Kopf. Hoffentlich schaffte er es, sich halbwegs normal zu verhalten.

»Ausschwärmen. Jede zweite Reihe abdecken«, zischte Nadja.

Niemand stellte in Frage, dass sie wieder die Befehle gab. Peter duckte sich unter Ästen hindurch, Heideckert schnaufte leise beim Anstieg, Elif verschwand mit hoch konzentriertem Gesichtsausdruck zwischen den Weinreben. Als Nadja den Hang erklomm, hörte sie beim Näherkommen Lars Naukes Stimme. Zum Glück war er nie um Worte verlegen. Er erzählte irgendetwas über den Weingenuss im Nibelungenlied und das Motto der trinkfreudigen Nibelungen, dass das Blut der Feinde noch besser schmecke als Wein. Ojuna amüsierte sich bestimmt köstlich.

Nadja warf immer wieder Blicke in die Reihen links und rechts von ihr, während sie voranschlich. Sie sah einen Käfer auf einem Blatt sitzen, sie spürte die harte, trockene Erde unter ihren Schuhsohlen und bemerkte einzelne Grashalme, die versuchten, sich einen Weg hindurchzubahnen. Hier zwischen den Weinstöcken schien die Hitze des Tages noch drückender festzuhängen, doch irgendwo in der Ferne grollte der Himmel und kündigte ein Unwetter an. Von ihren Kolleginnen und Kollegen bekam sie nichts mit. Gut so, doch gleichzeitig verstärkte es das Gefühl der Einsamkeit. So als irre sie ganz alleine über den Berg, geleitet nur durch Lars Naukes Stimme, der mit seinen abgedrehten Themen zur Empfindung des Irrealen beitrug.

Es fühlte sich nicht echt an.

Plötzlich ein Rascheln zu ihrer Linken. Nadja sah nur Grün um sich herum, doch sie spürte die Anwesenheit eines Menschen. Es war, also würde ein Herzschlag elektrische Stöße durch die Luft schicken. Sie bekam Gänsehaut. Die Härchen in ihrem Nacken richteten sich auf, und sie spürte ihre Fingerspitzen kalt werden.

Nadja ging langsam in die Hocke und drehte den Kopf. Braun-beige gestreifter Stoff schimmerte durch das Grün. Sie sprang auf und hechtete aus dem Stand zwischen zwei Drähten durch die angrenzende Reihe an Weinstöcken hindurch. Blätter stießen ihr ins Gesicht, Rinde ritzte ihre Haut, der Fuß verhakte sich im Draht und bremste ihren Sprung brutal ab, doch ihre Fäuste umklammerten T-Shirt-Stoff. Sie fielen zusammen auf den Boden. Nadja bekam Erde in den Mund und hustete, ein Tritt erwischte sie an der Hüfte, und sie wurde weggeschleudert. Doch ihre Finger ließen nicht los. Das Geräusch von reißendem Stoff ließ sie zusammenzucken, halb blind vor Staub wälzte sie sich herum, suchte nach irgendetwas, um den Mann aufzuhalten.

Die Schmerzen löschten das Gefühl des Unwirklichen aus, bis nur der Wille blieb, nicht loszulassen. Sie öffnete den Mund, wollte Verstärkung rufen, doch wieder musste sie husten, und dann traf sie ein Schlag am rechten Ohr, der Schwindel und ein Pfeifen auslöste. Plötzlich hörte sie die Geräusche leiser, dumpfer, und sie fragte sich, ob ihre Kollegen überhaupt mitbekamen, was hier los war. Sie zog den Kopf ein, um sich vor weiteren Schlägen zu schützen, verstärkte aber gleichzeitig ihren Griff, klammerte sich mit Armen und Beinen fest.

Dann waren plötzlich die anderen da. Eine kurze Rangelei, Nadjas verzweifelter Griff wurde vorsichtig gelöst, und Eldor lag auf dem Boden neben ihr. Blut floss aus seiner Nase, in seinen Haaren hingen Zweige und Erdbrocken, doch er wälzte sich hin und her und versuchte, drei Polizisten auf einmal abzuschütteln. Wütend stieß er mit dem Kopf nach Peter, der jedoch schnell genug auswich und sich auf seine Schultern stützte, um ihn unten zu halten. Nadja spuckte Erde und Staub aus. Ihr Atem ging noch immer keuchend, das verletzte Ohr summte, und die Hüfte schmerzte von Eldors Tritt. Die Schürfwunden an den Händen und Armen und im Gesicht brannten, aber sie ignorierte es.

Sie hatten ihn. Endlich hatten sie ihn. Nadja ließ den Kopf zurück auf die Erde sinken und starrte in den dämmrigen Himmel. Der erste Regentropfen traf auf ihrer Stirn auf.

**

Sie schleppten ihn den Hügel hinunter und dann zwei Reihen weiter wieder hinauf, wo Lars Naukes und Ojunas rote Picknickdecke malerisch zwischen den Weinstöckchen lag. Sie wollten den Winzer nicht noch mehr verärgern, indem sie seine Weinstöcke bei dem Versuch beschädigten, querfeldein zu klettern. Einzelne Tropfen trafen auf ihre Haut, die dunklen Wolken schoben sich immer näher heran.

Lars Nauke sah ihnen stumm entgegen. Sein Nibelungengeplauder hatte sich offenbar erschöpft, an dessen Stelle war

Ratlosigkeit getreten. Sein blondes Haar flatterte im Wind, der an Stärke zunahm.

»Eldor!«, fassungslos sah Ojuna ihren Cousin an. »Aber was ...?« Ihr Blick wanderte von dem zerrissenen beige-braunen T-Shirt zu den Handschellen um seine Armgelenke. »Was hast du getan?«

Hatte er sich eben noch wie ein Berserker gewehrt, so schien er nun zu versteinern. Die beiden starrten sich an. Die Blicke aus dunklen Augen, denen man die Familienähnlichkeit ansah, schienen sich ineinander zu verhaken. Dann sackten seine Schultern nach unten.

Ganz leise sagte er: »*Bi modon amitdyg gal ruu khayakh yosgüi baisan.*«

Ojuna machte eine ganz leichte Bewegung, als wollte sie die Hand nach ihm ausstrecken. Tränen rannen über ihre Wangen.

Dann wandte Eldor sich abrupt ab.

»Gehen wir?«, fragte er, und das war das Letzte, was er den ganzen Abend über sagte.

Peter / Samstag, 08.07., Weingut am Stein

Neumann kam mit Verstärkung vom Weingut hochgelaufen und brachte Eldor weg. Einige Besucher des Festivals packten hastig ihre Sachen zusammen, als die Tropfen zahlreicher wurden. Andere zückten ihre Handys, um zu filmen, wie Eldor abgeführt wurde, sodass die Beamten einen Ring um ihn bildeten, der ihn gegen die Aufnahmen abschirmen sollte. Er schien es gar nicht zu registrieren. Er ging gebeugt wie ein alter Mann.

Peter blickte ihm hinterher, bis sein schwarzes Haar zwischen den breiten Schultern der Kollegen nicht mehr sichtbar war.

»Was hat er zu Ihnen gesagt, gerade noch?«, fragte er Ojuna, deren Augen dem sich entfernenden Zug ebenfalls folgten.

»Es war ein persönlicher Abschiedsgruß. Da wusste ich,

dass er es tatsächlich getan hatte, all das.« Sie presste die Lippen aufeinander. »Ich verstehe noch gar nicht, was überhaupt passiert ist und wie es so weit kommen konnte. Was wollte er hier?«

»Nichts Gutes vermutlich.« Nadja ließ sich ungefragt auf die Picknickdecke sinken und wischte sich Regentropfen aus dem Gesicht, während Elif und Heideckert ringsum noch den Boden absuchten.

Nadja sah erschöpft aus, hatte einen erdverschmierten Mund und rieb sich immer wieder die Hüfte.

Lars Nauke legte versuchsweise den Arm um sie, zog ihn aber gleich wieder zurück. »So gerne ich Ihnen nach dieser tapferen Tat nun die männlichste aller Schultern zum Anlehnen anbieten würde: Diese Körperlichkeit zwischen uns fühlt sich ganz und gar verkehrt an. So dankbar ich ihnen auch bin für die Lebensrettung, ich muss doch Worte sprechen lassen statt Taten.«

»Lassen Sie stecken, Sie Held.«

Nadja streckte die Hand aus und nahm sich eine Salzbrezel und einen Gurkenstick. Sie ignorierte den Regen. Peter schnupperte in die Luft und schloss kurz die Augen, als er den Petrichor von der feuchtwarmen Erde aufsteigen spürte.

»Was soll das mit der Lebensrettung? Eldor hat Ihnen nichts getan!«, zischte Ojuna.

Lars Nauke sah sie mit hochgezogenen Augenbrauen an. »Das stimmt zwar, aber wenn ein Mensch, der für drei Rizin-Anschläge verantwortlich ist, im Gebüsch lauert und uns belauscht, dann stellt sich doch unweigerlich so ein leichtes Gefühl von Unsicherheit ein.«

»Du kennst ihn doch gar nicht. Er hätte dir niemals etwas getan, solange ich dabei bin.« Ojuna drehte Lars Nauke mit verschränkten Armen den Rücken zu.

»Sehr beruhigend«, grummelte der vor sich hin. Trotzdem bot er ihr sein Jackett als Regenschutz an.

Peter hatte Mitleid mit Lars Nauke. Wie auch immer das Date vor dem Zwischenfall gelaufen war, jetzt ging es rapide bergab. Gleichzeitig musste er an Stephanie Kronstedt denken, die in ihrem geblümten Kleid und mit dem Baby im Bauch auf dem Sofa lag und auf den Mann wartete, der nicht mehr zu ihr zurückkommen würde. Was musste das für ein Gefühl sein, wenn sie es erfuhr? Auf sich allein gestellt und ein Kind von dem Mann, der Würzburg in Angst und Schrecken versetzt hatte, aus blinder, tödlicher Eifersucht wegen seiner Cousine?

Nadja verzog das Gesicht, als es beim Kauen in ihrem Mund laut knirschte. »Die Steinchen im Mund werde ich nie wieder los.«

»Brauchen Sie was zum Nachtrinken?« Lars Nauke hielt ihr sein Weinglas entgegen, aber Nadja schüttelte den Kopf. »Wenn ich jetzt Alkohol trinke, dann rolle ich singend den Weinberg hinunter.«

»Ja, was wollte er hier …« Peter griff die Frage noch einmal auf und sah Ojuna nachdenklich an. »Wir haben keine Waffe gefunden. Die Spritze hat er zu Hause gelassen, und auch das Blasrohr hatte er nicht dabei.«

»Vielleicht hat er wirklich nur …« Ojuna stockte. Sie schlug die Hände vors Gesicht. »… wie ich ihn automatisch immer verteidige, das muss sich lächerlich anhören. Aber ich weiß gar nicht, wie mein Leben in Zukunft aussehen soll, wenn Eldor kein Teil mehr davon ist.«

»Natürlich kann es sein, dass er Sie nur beobachten wollte. Aber es kann genauso sein, dass er einen weiteren Anschlag ausgeführt hätte.«

»Hier ist noch was.«

Elif kam dazu und hielt Peter ein kleines Glasfläschchen entgegen. Er betrachtete es genau. Irgendetwas war darin, eine durchsichtige Flüssigkeit, aber nur letzte Reste ganz am Boden des Glases. Ein Blitz flackerte über den Weinberg, gefolgt von einem Donnerschlag, der sie alle zusammenzucken ließ.

»Ein Jammer, liebe Nadja«, sagte Lars Nauke derweil, noch immer etwas blass um die Nase. »Ein Jammer um den schönen Wein. Aber wenn Sie diese überaus wohlschmeckende Medizin nicht wollen, verordne ich sie mir selbst, bevor der Wein durch den Regen ganz verwässert wird.« Er führte das Glas näher ans Gesicht, roch daran und hob es dann an den Mund, um mit gespitzten Lippen und einem schlürfenden Geräusch den Wein über die Zunge rollen zu lassen.

Peter sah von dem Röhrchen in seiner Hand zu Lars Nauke. Dann hechtete er auf den Rechtsmediziner zu und schlug ihm das Glas aus der Hand. Es landete auf Nadjas Schuh, wo es zerbrach. Wein spritzte durch die Gegend. »Ausspucken!«, schrie Peter. »Spucken Sie es aus, sofort!«

Da begriff Lars Nauke. Sein Gesicht lief rot an, die Pupillen verkleinerten sich rapide, doch seine Hand blieb ganz ruhig, als er eine der vom Picknick herumstehenden Aludosen nahm, die Weintrauben hinauskippte und den mit Gift vermischten Wein hineinspuckte.

17

Nadja / Montag, 10.07., im Nachtwächter

Auch zwei Tage später dachte Nadja immer wieder an diesen Moment zurück. Dreck und Regen im Gesicht, Sorge im Herzen, einen vergifteten Lars Nauke vor Augen, der seinen Humor verloren hatte. Der Abend und die ganzen Ermittlungen hatten ihr einiges abverlangt, und ein Rest der Anspannung war geblieben. Ein hartnäckiger Begleiter, der ihr folgte wie ein stummer Schatten.

Zum Glück hatten beim Wein am Stein sowieso Sanitäter bereitgestanden, sodass Lars Nauke und Ojuna sofort in die Uniklinik gebracht werden konnten. Beide erhielten eine Magenspülung und Aktivkohle. Gerade rechtzeitig, denn der Wein in beiden Gläsern war tatsächlich mit Rizin vergiftet. Vermutlich hatte Eldor den Moment genutzt, als Lars Nauke und Ojuna durch Nadjas SOS-Signal abgelenkt waren, und das in Wasser gelöste Gift hineingeschüttet.

Für Ojuna war es hart, zu erfahren, dass Eldor auch ihren Tod gewollt hatte. Sie hatte einiges von dem mit Rizin vermischten Wein getrunken und war noch zwei Tage mit milden Vergiftungssymptomen zur Beobachtung im Krankenhaus geblieben. Mittlerweile musste sie wieder daheim sein. Nadja hatte sich vorgenommen, sie irgendwann noch einmal zu besuchen, um zu fragen, wie es ihr ging. Aber Ojuna war ein Mensch, der sich bestimmt wieder aufrappeln würde. Sie würde ihre Zeit brauchen, vielleicht ihr Leben verändern, vielleicht die Weltmeisterschaft sausen lassen, vielleicht aber auch jetzt erst recht, angetrieben von Trauer und Zorn, den Titel erringen. Nadja wünschte es ihr. Die junge Frau hatte definitiv die Power, die Nadja momentan bei sich selbst etwas vermisste. Aber die Arbeit, gerade die langweiligen Kleinigkeiten, die offenen Fragen, die noch geklärt werden mussten, halfen ihr sehr, auf Spur zu bleiben. Und natürlich hatte sie die besten Leute an ihrer Seite. Lars Nauke ging es auch wieder blendend. Er hatte durch Peters beherztes Eingreifen und den Umstand, dass er als vorgeblicher oder echter Weinkenner – wer konnte das schon so genau sagen – den Wein zunächst im Mund behalten hatte, um ihn zu goutieren, kaum Gift aufgenommen.

Eldor hörte ruhig zu, als Nadja ihm erzählte, dass sein Plan nicht aufgegangen war und die beiden den Anschlag überlebt hatten. Doch er schwieg zu allen Fragen. Egal, wer sein Glück bei ihm versuchte, er sagte kein Wort und starrte auf die Tischplatte oder auf seine Hände. Stephanie Kronstedt schickte einen teuren Anwalt, doch auch mit diesem weigerte sich Eldor zu sprechen. Es schien, als hätte er mit der letzten Verabschiedung, die an Ojuna gerichtet gewesen war, sein Kontingent an Worten aufgebraucht.

Ein Wärter fand in der Zelle, in der Eldor einsaß, einen mit Bleistift gekritzelten mongolischen Satz. Peter schaute ihn sich an und meinte, es könnte das gewesen sein, was Eldor zum Abschied zu Ojuna gesagt hatte. Sie ließen die Worte übersetzen. »Ich hätte die Holztiere nicht ins Feuer werfen dürfen.« Das half ihnen aber auch nicht weiter. Eldor verweigerte jeden Kommentar.

So versuchten sie, die Umstände der Morde ohne seine Mithilfe nachzuvollziehen. Sein Laptop und das Tablet waren mittlerweile untersucht worden und zeigten, dass er sich regelmäßig in Ojunas Profil eingeloggt hatte. So hatte er offenbar die Kandidaten herausgefiltert, die ihn besonders interessierten, und diese dann weiter im Auge behalten. Ojuna erzählte ihm wohl öfter von ihren Dates, sodass er ausreichend Informationen über die Männer besaß. Wie genau er es geschafft hatte, festzulegen, wo und wann er seinen Opfern auflauern konnte, blieb allerdings ein Rätsel. Heideckert vermutete, dass er Ojunas Dates häufiger aus der Ferne beobachtet und die Männer anschließend verfolgt hatte, um herauszufinden, wo sie wohnten.

Nadja hatte anfangs nicht verstanden, warum er dann beispielsweise dem Mann, mit dem Ojuna tatsächlich vor Nadjas und Eldors Augen im Bett gewesen war, nichts getan hatte. Aber offenbar war das keine MainSchatz-Bekanntschaft gewesen, sodass Eldor nichts weiter über ihn herausfinden konnte. Und vor den Augen einer Kommissarin hatte er an dem betreffenden Abend natürlich nicht eingreifen können. Außerdem wartete Stephanie auf ihn, sodass er den Mann auch nicht nach Hause verfolgen konnte.

Einige offene Fragen gab es noch, beispielsweise ob Eldor das Rizin tatsächlich aus der Pflanze im Wintergarten seiner Lebensgefährtin extrahiert hatte und wo das Bocksbeutelkostüm abgeblieben war. Aber Nadja hatte das Gefühl, dass sie darauf nie eine Antwort erhalten würden.

Bully war dennoch äußerst zufrieden. Sie hatte Nadja höchstpersönlich wieder im Team willkommen geheißen und im persönlichen Gespräch auch angemerkt, dass sie Nadjas Einsatz im Weinberg sehr schätzte. Bully vereinbarte auch direkt einen Termin mit Scarlett, um zu besprechen, wie sie der Presse die Ergreifung des Täters verkünden konnten. Das kam natürlich passgenau. Kaum übernahm sie die Führung, schon war der Täter gefasst. Das war Nadja nur recht. Sie war glücklich, überhaupt wieder dabei zu sein und diesen Fall endlich abgeschlossen zu haben. Auch wenn da etwas an ihr nagte, das sie nicht in Worte fassen konnte. Eine konstante, leise Irritation, wie das Summen eines Kühlschrankes in einem dunklen Zimmer.

Nun standen Nadja und Peter nebeneinander an der Bar des Nachtwächter, Würzburgs ältester Studentenkneipe, und warteten auf die Getränke. Nadja hatte das ganze Team in die Kultkneipe eingeladen, um den erfolgreichen Abschluss des Falls zu feiern. Vielleicht hatte sie den Nachtwächter gerade deswegen ausgewählt, weil es hier zuverlässig so laut und turbulent war, dass sie keinerlei irritierendes Brummen mehr wahrnehmen konnte.

Sie blickte sich zu ihren Kollegen um. Heideckert, Neumann, Elif, Widukind und Lars Nauke hatten sich an einem der winzigen Tischchen zusammengequetscht. Sebastian war auch dabei, und sogar Gretchen hatte zugestimmt, mitzukommen. Sie blickte sich mit großen Augen in der Kneipe um und wurde rot, als sie auf einem Schild las, dass die Nachtwächter-Crew jeden Montag den weiblichen Gästen den ersten Orgasmus verpasste. Elif übernahm es, ihr zu erklären, dass ein Orgasmus ein Shot aus Sambuca und Baileys war. Nadja bestellte direkt einen für sie.

Nadja und Gretchen hatten sich gestern lange unterhalten. Nadja hatte erfahren, was mit Mr. Naboli vorgefallen war. Anschließend war Gretchen auch zu Bully gegangen, und diese hatte das Team anschließend informiert, dass das Leck gestopft war, und sich bei allen entschuldigt, die zu Unrecht verdächtigt worden waren. Für Nadja war das Wichtigste daran, dass die Weitergabe der Informationen ohne böse Absicht und nicht wissentlich geschehen war. Nun brauchte sie sich keine Gedanken mehr darüber zu machen, ob jemand im Team unzufrieden mit ihr war oder bewusst etwas vor ihr verheimlichte. Auch in dieser Hinsicht konnte sie also aufatmen. Und das tat sie.

Nadja sog die ganz spezielle Clubluft tief in ihre Lungen. Nadja liebte den Nachtwächter. Er bestand nur aus einem einzigen Raum, der sich an den vielen Metern Bartresen entlangschlängelte. Sie mochte es, dass man an vollen Abenden nichts anderes tun musste, als die Kneipe zu betreten und sich im Takt zu den Bässen durch die Menge hin und her schieben zu lassen, und danach das Gefühl hatte, ordentlich gefeiert zu haben. Um tiefschürfende Gespräche zu führen, kam sowieso niemand her. Manche wurden höchstens dadurch interessanter, dass keiner der Gesprächspartner verstand, was der andere sagte, und man sich dann improvisierte Antworten über die Köpfe der anderen Gäste hinweg zuschrie.

Die Frau an der Bar schaufelte Eiswürfel aus einem Eimer in Gläser. Ihr Kollege zapfte tanzend Biere. An den Wänden hingen alte Emailleschilder in unterschiedlichen Größen, jedoch alle in bunten Farben gehalten, die Werbung für die unterschiedlichsten Produkte machten. »Kunerol – feinstes Pflanzenfett. Wasche mit Dalli. Smoke Tobacco and Cigarettes. Trink Vernor's Ginger Ale«. Nadja legte eine Hand auf den Tresen und freute sich, dass das Holz klebte. Das musste so sein. Sie spürte die Musik in den Kniekehlen vibrieren. Sie bestellte ein Radler, und der Barkeeper goss mit einem Augenzwinkern so viel Limo hinein, bis der Schaum dekorativ überlief. Dazu sang Joachim Witt vom Goldenen Reiter, gleichberechtigt mit Von Wegen Lisbeth und Peter Fox.

Nadja wandte sich um und betrachtete die bunt zusammengewürfelte Gruppe am Tisch liebevoll. Widukind mit seiner ausgeblichenen Jeans und dem Kapuzenshirt passte großartig hier rein, und Neumann tauschte bereits intensive Blicke mit einer Gruppe Frauen unter dem Werbeplakat für »Kaiser's Brust Karamellen«. Elif hatte sich sehr viel schicker angezogen als normalerweise. Ihr enger weinroter Rock spannte über der Hüfte, als sie sich auf ihrem niedrigen Hocker nach vorne beugte. Sebastian, der ansonsten nur sein Smartphone anstarrte, sah immer wieder zu ihr hin. Elif tuschelte mit Neumann und lachte laut, sie sah ausgeruht aus und fröhlich, ganz anders als noch vor einer Woche. Das erneute Verhör von Dr. Markwart in Anwesenheit seiner Anwältin hatte sie regelrecht euphorisch gestimmt. Letzten Endes hatte er tatsächlich seine Serie an Zechprellerei gestanden. Allerdings nur die Taten, die Elif durch die Aussagen der betroffenen Frauen beweisen konnte. Sie war aber zuversichtlich, dass sich noch weitere Geschädigte melden würden, sobald die Sache publik wurde.

Der Rest der Anwesenden passte nicht ganz so gut ins Ambiente wie Elif und Neumann. Lars Nauke referierte angestoßen von Elifs Orgasmus-Erklärung über die hohe Kunst des Cocktail-Erfindens, wofür er sich selbst eine außerordentliche Begabung attestierte. Nadja hörte Wortfetzen seiner brüllend vorgetragenen Erklärung, wenn Peter Fox mal Luft holte.

Heideckert hatte seinen chinesischen Nackthund Babe mitgebracht, den er nach einem früheren Fall adoptiert hatte, und verschwand immer wieder unter dem Tisch, um ihm eine Streicheleinheit zukommen zu lassen. Und vermutlich, um ihm die Ohren zuzuhalten, wenn die Lautsprecher wieder eine Stufe lauter schalteten. Gretchen nestelte an ihrem rosa Häkelschal und warf verstohlene Blicke zu den Studenten mit den bunt gefärbten Haaren und den Metallketten, die vor ihrem Tisch standen.

»Fühlt sich fast an wie Familie, oder?« Peter stützte die Unterarme auf den Tresen und sah ebenfalls zum Tisch mit den Kollegen hin.

»Für mich schon.«

Nadja konnte das sagen, ohne Bitterkeit dabei zu empfinden. In der letzten Zeit war Mukki ansonsten der Einzige gewesen, der so etwas wie einer Familie nahegekommen war. Seit ihrem letzten Streit klaffte Leere an dieser Stelle.

»Hier gibt's nichts zu essen, Mann. Hier gibt's Musik und geistige Nahrung. Hochprozentige von mir aus auch noch. Wenn du was essen willst, dann musst du woandershin.« Die Barfrau diskutierte mit einem der jungen Männer, die gerade noch Gretchen verschreckt hatten. Dieser hatte seine Haare blau gefärbt und trug ein weites Sweatshirt mit abgeschnittenen Ärmeln.

»Dann bestell ich eben was. Lieferando macht's möglich.« Der Mann ließ sich auf einen Barhocker sinken und zog sein Handy aus der Tasche. Er öffnete eine App und scrollte sich durch verschiedene Angebote.

Nadja und Peter wippten im Takt zur Musik. Es gab nichts zu sagen, und das war gut so. Es war erstaunlich, wie beruhigend dieser Lärm wirkte. Sobald man keine einzelnen Stimmen mehr auseinanderhalten konnte und nur noch Wortfetzen und Akkorde über einen hinwegspülten, wurde es angenehm.

»Verdammtes Passwort.« Offenbar hatte der Blauhaarige sich entschieden und wollte sich nun einloggen, um zu bezahlen. Er starrte auf seinen Handybildschirm und tippte immer wieder unsicher ein paar Zeichen.

»Versuch es mit 123456«, schrie die Barfrau. »Das ist angeblich das am häufigsten vergebene Passwort in Deutschland. Oder mit deinem Geburtstag oder dem Namen deines Hundes.«

Peter verdrehte Nadja gegenüber die Augen. Sie wusste, weshalb. Die Polizei bat immer wieder darum, das Vergeben von Passwörtern ernst zu nehmen und gerade keine persönlichen Daten zu wählen, die besonders leicht zu knacken waren. Trotzdem neigte ein Großteil der Menschen dazu, die Namen ihrer Kinder oder ihres Partners zu verwenden. Nadja starrte vor sich hin. Die brummende Irritation in ihrem Kopf übertönte jetzt sogar den Clublärm.

Passwörter. Passwörter knacken. Persönliche Informationen von Menschen erfragen, um damit deren Passwörter zu knacken.

Der Blauhaarige fluchte noch immer vor sich hin. »Jetzt bin ich gesperrt!«, rief er empört.

Nadja achtete nicht darauf, die Gedanken überschlugen sich. Sie hatten nicht herausfinden können, wie Eldor es geschafft hatte, die geplanten Verabredungen seiner Opfer nachzuvollziehen, sodass er ihnen dort oder auf dem Weg auflauern konnte. Von Anfang an war die Überlegung im Raum gestanden, ob Emilio Colombo in irgendeiner Weise überwacht worden war. Am einfachsten wäre das gewesen, wenn sich jemand Zugang zu seinem MainSchatz-Konto verschafft hätte. Und zu dem der anderen Opfer. Aber Eldor konnte die Passwörter nicht erraten haben.

Eldor nicht, Ojuna schon. Sie hatte die Männer getroffen, über Stunden mit ihnen geredet, und sie war geübt darin, sich eine Vielzahl von Informationen zu merken, gerade das war ja der Trainingsaspekt bei den Dates. Da sie zwei bis drei Dates pro Woche absolvierte, konnten in einem halben Jahr schon hundert Männer zusammenkommen, die Ojuna ausgefragt hatte, von denen sie die Geburtstage, Namen von Lieblingsfußballvereinen, Haustieren oder Kindern kannte. Wie wahrscheinlich war es, dass mindestens drei davon ein leicht zu erratendes Passwort hatten?

Sehr wahrscheinlich, diese Frage konnte Nadja sich selbst beantworten. Sie starrte vor sich hin, ohne den gut gelaunten Barkeeper vor sich oder die Reihe an Gläsern, die langsam anwuchs, zu bemerken. Dann wären Colombo, Markwart und Marius zufällig Opfer geworden, einfach deshalb, weil ihre Passwörter leicht zu knacken waren. Kein Wunder, dass sie außer MainSchatz keinerlei Zusammenhang hatten herstellen können.

MainSchatz und Ojuna natürlich.

Aber Ojuna konnte nicht … warum sollte sie …

Nadja musste an den Moment denken, als sie durch den Weinberg schlich und das Gefühl hatte, dass das Ganze nicht real sei. Sie hatte sich wie auf einer Bühne gefühlt, wie bei der Inszenierung eines Polizeieinsatzes. Sie hatten keine Waffe bei Eldor gefunden. Dafür das Röhrchen mit dem Gift in unmittelbarer Nähe des Picknickplatzes. So, als hätte jemand in aller Eile das Rizin in die Gläser geschüttet und das Röhrchen dann weggeworfen. Jemand, der selbst auf der Decke saß. Jemand, der wusste, dass Eldor da sein würde und einen wunderbaren grimmigen Täter abgab. Nadja stand ganz still. Sie hörte die Musik nicht mehr, sie ging nur die Indizien durch, die sie darauf gebracht hatten, dass Eldor der Täter sein musste.

Sein seltsames Verhalten: Immer nur im Zusammenhang mit Ojuna und von dieser passend erklärt. Die Spritze in seinem Badezimmer: So gut versteckt, dass Eldor sie gewiss nicht einfach finden würde, wenn jemand anders sie dort deponiert hatte. Der Rizinus in Stephanies Wintergarten: Auch Ojuna war schon in Stephanies Wohnung gewesen und wusste, was dort wuchs. Vielleicht hatte sie das Gift sogar deshalb gewählt. Dass Eldor mit dem Blasrohr umgehen konnte: Auch das wusste Ojuna besser als jeder andere. Der Log-in auf Ojunas Profil in MainSchatz auf seinem Laptop: Sicherlich hatte Ojuna einen Schlüssel zu Eldors Wohnung, ebenso wie er zu ihrer. Hatte die toxische Beziehung der beiden zu toxischen Morden geführt, aber ganz anders, als sie bisher angenommen hatten?

Der Barkeeper hatte mittlerweile ihre umfassende Bestellung fertig gemacht, die Biere gezapft, Gretchens Orgasmus mit einem Zwinkern gemixt und Lars Naukes komplizierten Sonderwunsch einer Mischung aus Batida Kirsch und Tequila Sunrise fabriziert. Es sah ekelerregend aus.

Peter griff sich den Großteil der Gläser und machte eine auffordernde Geste zu Nadja, dass sie den Rest nehmen sollte.

»Ich kann nicht«, formte sie mit den Lippen. »Wir können nicht.«

Nadja / Montag, 10.07., Grombühl

Knarz, knarz, knarz. Das Knarzen der Treppen klang diesmal nicht gemütlich und vertrauenserweckend. Es klang aggressiv. Nadja und Peter stiegen schweigend die Stufen empor. Ojuna wartete in der geöffneten Wohnungstür. Sie trug Jogginghosen und ein weites weißes Sweatshirt. Ihre Haare kringelten sich frisch gewaschen um den Kopf. Sie sah sehr jung aus.

»Wie schön, dass Sie mich besuchen kommen.«

Kein Wort über die späte Uhrzeit und die fehlende telefonische Vorankündigung. Ojuna hielt ihr Lächeln aufrecht, auch als sie in Nadjas und Peters ernste Gesichter blickte. Doch ihre Schultern sackten nach unten, als sie sich umdrehte, um ihnen voraus in die Küche zu gehen. Sie hatte Kerzen angezündet, die Spielkarten lagen auf dem Tisch wie bei ihrem allerersten Besuch, und ein Duft nach Lavendeltee zog durch die Luft.

»Ich schlafe in letzter Zeit so schlecht.« Ojuna wies auf die Teekanne, und ihre Hand zitterte leicht. »Die Kräuter sollen beim Einschlafen helfen. Wollen Sie auch?«

Ungefragt holte sie zwei Tassen aus dem Schrank und goss

Tee hinein. Nadja lehnte ab, und auch Peter presste die Lippen zusammen. Ojuna sah es.

»Sie trauen mir nicht«, stellte sie fest. Sie blieb reglos stehen, die Tassen, aus denen Dampf aufstieg, in der Hand.

»Nein«, sagte Nadja schlicht. »Nicht mehr.«

Damit war alles gesagt. Ojuna stellte die Tassen auf der Küchentheke ab und starrte auf die Spiralen, die in der Luft zu tanzen schienen wie Gespenster, bevor sie immer durchsichtiger wurden und sich auflösten.

»Wir nehmen Sie fest wegen des dringenden Tatverdachts …« Peter sprach die notwendige Belehrung aus.

Seine Stimme klang anders als sonst, und Nadja sah ihm an, wie sehr ihm die Situation zu schaffen machte. Nachdem sie erst am Freitag davon ausgegangen waren, dass sie Ojuna vor Eldor gerettet hatten, sich Sorgen wegen des vergifteten Weins gemacht und über die Ermittlungen hinweg Sympathie für sie entwickelt hatten, war dies nun der Moment, der alles auf den Kopf stellte.

Peter fuhr fort: »Sie haben mir erzählt, dass Sie mal einen Fahrradunfall hatten und lange Zeit einen Gips trugen. Da haben Sie sich sicherlich Thrombosespritzen gesetzt. Sie wissen, wie das geht.«

Ojuna sah ihn nur stumm an.

»Das Ganze hat was mit dem zu tun, was Eldor zum Abschied zu Ihnen gesagt hat, oder?«, fragte Peter. »Mir ist wieder eingefallen, woher ich die Worte kannte. Er hat es schon einmal sehr ähnlich formuliert, das war bei Ihrer Show im Mainfranken Theater. Sie fragten das Publikum nach einer wichtigen Begebenheit im Leben jedes Einzelnen und dem konkreten Datum. Ich erinnere mich so genau, weil Sie mich auf die Bühne holten, um die Zettel vorzulesen. Auf einem stand, dass jemand Holztiere verbrannt hat.«

Nadja lauschte seinem Bericht. Das war die Chance, zu verstehen, warum all das geschehen war. Warum Ojuna die Anschläge geplant, durchgeführt und Eldor in die Schuhe geschoben hatte.

»Sie haben recht. Es war ein dummer Zufall, dass Sie ausgerechnet Eldors Zettel erwischt haben, und unverschämt von ihm, es überhaupt draufzuschreiben. Wir haben nach der Show gestritten deswegen. Sie kamen mit Ihrer Frau ja dazu.« Ojuna verstummte.

»Sie haben gelogen«, stellte Peter nüchtern fest. »Sie sagten, der Streit ging um Ihre berufliche Zusammenarbeit und dass Eldor nicht damit einverstanden wäre, dass sie alleine weitermachen wollten. Dabei war es vermutlich genau umgekehrt. Er hatte keine Lust mehr, und Sie wollten ihn nicht gehen lassen. Und der Zettel war der Auslöser. Warum?«

Ojuna blickte ihn kopfschüttelnd an. »Keine Lust mehr, wie Sie das sagen. Wie etwas, das man einfach aus einer Laune heraus entscheidet. Aber man kann nicht ungeschehen machen, was gewesen ist. Wenn man einen Menschen an sich gebunden hat, dann darf man ihn doch nicht einfach im Stich lassen, oder? Als Sie den Zettel vorgelesen haben, dachte ich, dass Eldor das erkannt hatte. Er wusste, was er getan hatte, er hatte diese schrecklichen Sekunden, die alles veränderten, genauso im Kopf wie ich. Ich hatte es schwarz auf weiß. Aber er wollte die Konsequenz davon nicht einsehen.«

»Was hat es mit den Holztieren auf sich?«, fragte Nadja.

»Das war der Moment, verstehen Sie, der Moment, in dem aus der ganzen Liebe und Bewunderung, die ich für meinen Cousin empfand, Angst und Hass wurde. Ich war noch ein Kind, er einige Jahre älter, er hat mich schon damals trainiert. Aber ich wollte oft nicht. Dass ein Kind lieber andere Dinge macht, als sich mehrere Stunden am Tag Spielkarten und Zahlen einzuprägen, das ist doch nachvollziehbar, oder? Eldor ging es bestimmt ähnlich. Was soll ein Jugendlicher den ganzen Tag lang mit seiner kleinen Cousine anfangen? Was sagen seine Freunde, wenn er nie Zeit zum Fußballspielen hat? Bestimmt hat er es auch gehasst. Und da ist es eines Nachmittags passiert. Ich hatte damals neben meinen ganzen anderen Spielsachen auch Tiere aus Holz, die mein Opa für mich geschnitzt hatte. Er war kurz zuvor verstorben, und ab da begleiteten mich die

Tiere den ganzen Tag. Ein Pferd mit drei Beinen, eine kleine Ente mit einem kugeligen Kopf und Mund statt eines Schnabels, ein Hund ... Sie mussten beim Essen neben meinem Teller liegen und nachts auf meinem Kopfkissen. Ich sprach mit ihnen, ich fütterte sie, sie waren meine Freunde und die Erinnerung an Opa. Und als Eldor zum Training kam, wollte ich nicht. Ich wollte mit meinen Tieren spielen. Es war ein kalter Tag, das Feuer brannte im Holzofen. Und Eldor riss mir die Tiere aus der Hand und warf sie in den Ofen. Ich stürzte hinterher und griff in die Flammen, um sie zu retten, bis Eldor mich zurückzerrte.« Ojuna öffnete ihre Hände und starrte darauf, als könnte sie noch immer die Brandblasen sehen. »Die Schmerzen waren schlimm, aber viel schlimmer war etwas ganz anderes. Eldor hatte sich von einer Sekunde auf die andere in etwas Böses verwandelt, in ein Monster, das mir das Liebste nehmen konnte, was ich zu diesem Zeitpunkt hatte, einfach nur, weil ich nicht gehorchen wollte.«

Sie ballte die Hände zu Fäusten. »Er hat sich nie dafür entschuldigt.«

Nadja dachte an Elif, die von dem verschwundenen Esel ihrer Tochter erzählt hatte, an das müde Gesicht ihrer Kollegin im Auto auf dem Weg zu Markwart. Peter starrte Ojuna an. Sah er gerade Mariechen vor sich?

»Wie konnte es danach überhaupt noch klappen mit Ihrer Zusammenarbeit?«

Ojuna zuckte mit den Schultern. »Kinder sind anpassungsfähig bis zur Selbstaufgabe, wenn sie keine andere Wahl haben. Ich verwandelte mich in ein Wunderkind, das immerzu trainieren wollte. Dass ich jede Nacht mein Kissen nass weinte und mich jeden Morgen übergab, bevor Eldor unser Haus betrat, wurde zur Normalität. Meine Eltern waren besorgt, haben aber auch nichts unternommen, weil man seine Begabungen doch nutzen muss, weil ich ihre große Hoffnung war. Dann zogen unsere Familien nach Deutschland um, und je älter ich wurde, desto mehr wurde mir bewusst, dass nicht nur Eldor Macht über mich hatte, sondern auch ich über ihn. Irgendwann trat das auf, was man vielleicht als eine Abwandlung des Stockholm-Syndroms bezeichnen würde. Das Opfer entwickelt Sympathie für seinen Peiniger. Ich verliebte mich in Eldor und ließ ihm keine andere Wahl, als mich zurückzulieben.«

»Aber das ging nicht gut …«

Nadja wünschte, sie hätte Ojunas Geschichte nicht gehört. Sie fand es furchtbar, diese unterschiedlichen Persönlichkeiten in Einklang bringen zu müssen. Das verzweifelte Kind, die wütende Frau, die witzige, kluge Gedächtniskünstlerin, die erbarmungslose Mörderin.

»Nein, das ging gar nicht gut.« Ojuna lächelte, aber es war ein verzweifeltes, böses Lächeln. »Wir liebten uns nicht genug und hassten uns zu sehr.« Sie holte tief Luft. »Dann lernte Eldor Stephanie kennen. Sie wurde schwanger. Und er wollte mich im Stich lassen. Er sagte: ›Wir beide tun uns nicht gut. Vielleicht ist das der richtige Zeitpunkt … Ich will für mein Kind da sein.‹ Ist das zu fassen? ›Wir beide tun uns nicht gut.‹ Obwohl ich mein ganzes Leben nach ihm ausgerichtet hatte, obwohl er mich doch geformt und abgerichtet hatte, obwohl er mir alles weggenommen hatte, was ich hätte sein können. Glücklich zum Beispiel. Und da wusste ich, dass ich ihm das ebenfalls wegnehmen musste, damit er verstand. Im Theater, mit dem Zettel, da dachte ich kurz, es wird alles gut, dass er akzeptiert hat, dass er nicht von mir wegkann. Zu dem Zeitpunkt hätte ich tatsächlich aufgehört. Aber als er sagte, nein, er bleibt bei seinem Entschluss, da wusste ich, dass ich es durchziehen musste. Ich habe mein Rateglück wieder bei einigen Profilen versucht. Und dann schaffte ich es, Marius' Passwort zu knacken. Es war zu einfach. Ich mochte ihn – eigentlich –, aber Sie brauchten ja noch mehr Hinweise, um auf Eldor zu kommen. Und da hatte ich keine Wahl.«

Nadja fand es furchtbar, wie Ojuna über Marius sprach. Wie über ein notwendiges Opfer. Ein Stück Fleisch, ausgelegt für die Polizisten auf Schnitzeljagd.

»Am Ende hat Eldor es tatsächlich verstanden«, sagte Peter leise. »Er hat kein Wort zu seiner Verteidigung gesagt. Kein

Wort, dass er es nicht gewesen ist, dass Sie dahinterstecken. Noch nicht einmal, dass er nur dort war, weil Sie ihn gebeten haben, zum Wein am Stein zu kommen und in Ihrer Nähe zu bleiben. Denn so war es doch, oder?«

Ojuna nickte. »Sehen Sie, er weiß, dass es gerecht ist, dass er diese Strafe verdient hat.« Ojuna blickte von einem zum anderen. »Und Sie verstehen es doch auch, Sie sind nicht nur Bullen, Sie können ... das hier einfach für sich behalten.«

Nadja schüttelte sacht den Kopf. »Nein, das können wir nicht.«

»Ich ruf Bully und Mancini an.« Peter blieb in der Küche, um zu telefonieren.

Nadja und Ojuna gingen in den Flur hinaus. Die solarbetriebene Queen als Deko von der Nerd-Party stand noch immer da und winkte, nur der Wackelpudding war verschwunden. Ojuna zog einen weiten gelben Regenmantel über und kniete sich hin, um ihre Schuhe zu binden. Es dauerte länger, aber Nadja drängte sie nicht. Sie hörte ein leises Schluchzen, sah, dass Ojuna ein Taschentuch aus der Manteltasche zog, und beschloss, ihr einen Moment Zeit zu geben. Dann schien sie sich wieder gefasst zu haben. Mit einem schwachen Lächeln sah sie zu Nadja hoch.

»Darf ich noch auf die Toilette?«

»Nur, wenn ich Sie begleite. Gehen Sie besser im Kommissariat, da können wir sicher sein, dass die Toiletten gefahrenfrei sind.«

Ojuna seufzte. Sie überlegte kurz und ließ ihren Mantel dann doch an der Garderobe zurück. Peter kam dazu, sie klopften sie noch auf Waffen oder gefährliche Gegenstände ab und legten ihr dann die Handschellen an. Zu dritt verließen sie mit einem allerletzten Knarzen die Wohnung.

Auf Ojuna wartete eine lange Haftstrafe. Aber Eldor würde frei sein und sein Kind aufwachsen sehen.

Nadja / Dienstag, 11.07., Universitätsklinikum

Der Anruf kam mitten in der Nacht. Nadja fuhr los, sie parkte auf dem leeren Besucherparkplatz, trat an den Empfang und zeigte ihren Ausweis. Wie in Trance lief sie durch die Gänge. Die Angst war verschwunden, an ihre Stelle war eine tiefe, fassungslose Trauer getreten.

Ein Beamter saß auf einem Klappstuhl vor der Tür. Sie hatten ihr ein Zimmer gegeben, in das suizidgefährdete Patienten kamen, nur das Bett und die notwendigsten Instrumente standen darin, ohne Spiegel, den man zerbrechen konnte, um an Splitter zu gelangen, oder etwas, an dem man ein improvisiertes Seil befestigen konnte. Ohne irgendetwas, das man als Waffe gegen sich selbst richten konnte. Ironie in diesem Fall. Ojuna hatte den Suizid ja längst begangen.

Nadja betrachtete die Schmierereien an den Wänden. Zeugnisse menschlichen Wahnsinns. An einer Stelle sah es so aus, als hätte jemand mit einer blutigen Hand über die Wand gewischt.

Das Bett stand darunter, frisch mit weißen Laken bezogen wie eine Insel der Reinheit. Ojuna hatte die Augen geschlossen. Schweiß bedeckte ihr Gesicht, und die Füße bewegten sich unruhig unter der dünnen Zudecke. Als Nadja näher trat, blinzelte Ojuna sie an.

»Wie haben Sie es gemacht?«, fragte Nadja nur.

Ojuna sah zu ihr hoch. Die Pupillen nahmen fast die ganze Iris ein, wahrscheinlich von den Schmerzmitteln, die sie bekam. Ihre Stimme klang rau.

»Die Spritze war schon seit einer Woche vorsichtshalber in der Tasche des Regenmantels, falls doch noch etwas schiefgehen würde.«

Nadja verstand. Es war passiert, kurz bevor sie Ojuna abgeführt hatten. Peter am Telefon, Ojuna beim Schuhebinden, weinend. Wie sie schniefend ein Taschentuch aus der Manteltasche zog und Nadja sich wegdrehte, um ihr einen Moment für sich zu geben. Die wenigen Sekunden hatten offenbar genügt.

Den Mantel hatte Ojuna dann doch zurückgelassen, sicherlich steckte die leere Spritze noch immer darin.

Nadja sah Ojuna lange an. Sie dachte an die Holztiere, die im Feuer gelandet waren, und an die Geschichte, die Elif ihr erzählt hatte. An den Esel ihrer Tochter, der der Einzige war, der die Nacht fernhielt. An Kinder, die nachts schreiend aufwachten. An Elifs Tochter, an Ojuna und nicht zuletzt an sich selbst.

Sie dachte daran, was aus diesen Kindern wurde. Dass oft alles gut ging, aber manchmal auch nicht. Vielleicht war es das Leben im Rampenlicht, ein Leben, das aus permanenten Wettkämpfen mit sich selbst und mit anderen bestand, das Ojuna zu Fall gebracht hatte. Nadja hatte etwas ganz anderes in Ojunas Zukunft vermutet. Die Jahre im Gefängnis hätten die Pause sein können, die Ojuna brauchte. Sie hätte sich neu erfinden können, eine handwerkliche Ausbildung machen, einfach um etwas anderes zu lernen. Sie hätte sich mit ihrem Witz und ihrer Schlauheit durchlaviert, vielleicht nebenbei ein Buch geschrieben oder ein Fernstudium absolviert. Es wäre hart gewesen, natürlich, aber Ojuna hatte schon viele harte Jahre überstanden.

»Sie hatten Angst, das verstehe ich. Aber sollte ein Mensch, der in seinem Kopf so frei ist, es nicht besser hinter Gittern aushalten als andere? Sie haben so viel Phantasie, so viele Möglichkeiten, sich zu beschäftigen, so ein enormes Gedächtnis – hilft das denn nicht?«

Ojuna schüttelte den Kopf. »Ich bin nicht frei, ich habe es nie gelernt. Wenn ich an die vielen Jahre vor mir denke, sehe ich nur Leere.«

Nadja dachte daran, wie sie Ojuna zum ersten Mal gesehen hatte. Bewegungslos auf dem Stuhl, die Spielkarten in der Hand vor der goldenen Wand ihrer Küche. Für einen kurzen Moment lang war sie überzeugt gewesen, sie sei tot. Und sie verstand.

Ojuna krümmte sich zusammen. Sie presste die Hände auf den Bauch, würgte und holte keuchend Luft. Nadja überkamen die altvertraute Angst und der Drang, wegzulaufen, aber das konnte sie nicht, nicht jetzt. Sie trat zum Bett und legte eine Hand auf Ojunas Schulter, ließ sie dort liegen, unverwandt und still, bis Ojuna wieder leichter atmete.

Nadja strich ihr eine verschwitzte Haarsträhne aus der Stirn. »Sie werden sterben«, sagte sie.

Ojuna nickte. »Es ist nicht Ihre Schuld.«

Epilog

Der weiße Axolotl hockte auf dem kiesigen Grund seines Aquariums und schien Nadja durch die Scheibe hindurch zu mustern. Nadja saß im Schneidersitz auf dem Boden und starrte zurück. So früh am Tag war sie die einzige Besucherin. Niemand da, um sich über sie zu wundern. Und selbst wenn, wäre es ihr egal.

Die Fliesen fühlten sich kalt an unter ihrem Po, doch die Luft wurde konstant warm gehalten, und über den Tag hinweg würde der Blumengang sich durch die Sonne sowieso aufheizen, bis hier drinnen wirklich tropische Temperaturen erreicht wurden.

»Ojuna ist tot«, sagte sie leise.

Der Axolotl neigte sacht den klobigen Kopf, als hätte er eine Frage.

»Gestorben wie so viele andere. Drei Tote bei diesem Fall. Drei weitere also, die mich von jetzt an begleiten. Und wer weiß, was morgen auf meinem Schreibtisch landet.«

Die milchig weißen Augen, die so weit voneinander entfernt standen, schienen sie zu fixieren. Nadja wusste mittlerweile, dass die Albino-Zuchtform noch schlechter sah als die natürlich vorkommenden Axolotlarten. Vermutlich nahm er nur Schatten und Schemen wahr. Aber trotzdem fühlte sie sich gesehen.

»Wenn du dein Geheimnis nur preisgeben würdest. Wenn es schon vor zwanzig Jahren herausgekommen wäre, wie du das machst, mit den Stammzellen, die neue Gliedmaßen bilden. Dann hätte mein Vater vielleicht nicht sterben müssen. Die Birkenwälder – weißt du –, sie fehlen mir so.«

Sie wusste, wie irrational das war, was sie da erzählte. Aber es gab Dinge, die man aussprechen musste, um sie verarbeiten zu können.

»Ich hätte so gerne mehr Zeit mit ihm gehabt. Und ich

wünschte, die letzten Monate hätten wir nicht im Krankenhaus verbracht. Ich wünschte, ich könnte wieder Kartoffelbrei
essen, ohne dass mir schlecht wird. Ich wünschte, ich könnte
durch eine Station laufen, ohne dass sich das Piepen der Geräte
danach in meine Träume schleicht. Ich wünschte, er würde
noch leben.«

Als sie zuletzt im Krankenhaus gewesen war, hatte sie es
geschafft, die Erinnerung an damals in sich zu vergraben. Sie
hoffte, dass es eines Tages Normalität werden würde.

Plötzlich hörte sie Schritte hinter sich. Sie spürte seine Präsenz, etwas Beruhigendes, das von ihm ausging, doch sie drehte
sich nicht um.

»Ich dachte mir, dass du hier bist.« Eine warme Hand legte
sich auf ihre Schulter. Sie schmiegte die Wange daran.

Den Blick auf das Aquarium gerichtet, sagte sie: »Axolotl,
darf ich vorstellen: Das ist Nepomuk, auch Mukki genannt.
Er ist …« Sie holte tief Luft. »Er ist mein Freund. Wir führen
eine Beziehung.«

Es war das erste Mal, dass sie es aussprach, einem weißen
Axolotl gegenüber, auf dem kalten Boden eines Gewächshau-
ses. Aber sie würde es noch öfter aussprechen. Und jedes Mal
würde es sich ein wenig normaler anfühlen.

»Brauchst du noch einen Moment? Ich könnte Peter Bescheid geben, dass wir später kommen.« Sein ruhiger Bass
brachte ihr Zwerchfell zum Vibrieren. Mukki hatte ihr eine
Thermosflasche eingepackt, als sie sich beim Aufwachen ganz
plötzlich entschlossen hatte, zum Botanischen Garten zu fahren. Er hatte sie bis zum Gewächshaus begleitet und dann den
Weg den Hügel hinauf eingeschlagen, um die Anlagen von oben
zu bewundern und die Namen der Berggewächse auswendig zu
lernen. Und um Nadja die Zeit zu geben, die sie brauchte. Sie
hatten beide etwas gelernt aus der Krise. Wenn er jetzt herkam,
hatte Nadja offenbar lange Zeit vor dem Aquarium gesessen.

»Nein, alles gut.«

Nadja sprang hoch und schüttelte die Füße. Ihre Beine
kribbelten nach der langen Zeit in derselben starren Haltung.

Vielleicht war es auch die Trauer, die nach und nach ihren Körper verließ. Dann kam die zu erwartende Ablenkung heute Vormittag genau richtig.

Sie waren um elf mit Peter, Rebekka, Mariechen und mit Lars Nauke verabredet. Peter hatte seine guten Beziehungen zu MainSchatz spielen lassen, um an die Liste mit den Challenges zu kommen. Heute würden sie alle gemeinsam eine absolvieren. Als Freunde, nicht als Kollegen. Die erste Unternehmung, bei der Nadja und Mukki als Paar auftraten.

Peter und Lars Nauke bereiteten angeblich die beste aller Aufgaben vor. Nadja vermutete, dass es etwas war, das eine gewisse Tendenz zur Peinlichkeit mit sich brachte. Aber ein kleiner Teil von ihr freute sich darauf. Es war Zeit, über ihren Schatten zu springen, der im Laufe dieses Falls immer länger und dunkler geworden war.

Nadja griff nach Mukkis Hand. »Ich bin so weit.«

Der Axolotl schwenkte seine Kiemenäste zum Abschied. Dann paddelte er mit Hilfe seiner winzigen Ärmchen und Beinchen davon. Nadja sah ihn im trüben Wasser verschwinden. Sie spürte die Wärme, die von Mukkis Fingern ausging.

Viele waren tot.

Aber es gab auch noch die, die lebten.

Hier ein Auszug aus Peters streng geheimer Liste der MainSchatz-Challenges exklusiv für euch!

01) Trinkt auf der Alten Mainbrücke Brückenschoppen und versucht, auf einem Foto eine Spiegelung der Festung im Weinglas festzuhalten.

02) Lauft den Weg zum Käppele hinauf und legt an jeder Station des Kreuzwegs eine selbst gepflückte Blume ab.

03) Besucht den Felsenbrunnen im Südgarten des Hofgartens und macht Beweisfotos mit einem der konischen Bäume als »Hut«.

04) Geht beim Geocaching auf Schatzsuche durch Würzburg und tragt eure Namenskürzel im Logbuch in den kleinen Kapseln ein.

05) Besucht das Lusamgärtchen mit je einem Gedicht von Walther von der Vogelweide in der Tasche und tragt dieses effektvoll vor.

06) Fahrt mit der »Alten Liebe« nach Veitshöchheim, verlauft euch im Rokokogarten und verzehrt mindestens drei Kugeln Eis bei »Eis Stephan«.

07) Sucht nach dem Krimi mit dem versteckten Zehn-Euro-Schein in der Stadtbücherei im Falkenhaus und stoßt anschließend mit einer heißen Schokolade vom Kaffeeautomaten auf euren Erfolg an. (Hinweis der Autorin: Solange der Vorrat reicht! ☺)

08) Trefft euch am Vierröhrenbrunnen und lest euch gegenseitig über die Bedeutung der vier dargestellten Figuren

vor (Stärke, Weisheit, Mäßigung, Gerechtigkeit). Anschließende Wasserschlacht ist Pflicht!

09) Setzt euch in die Kiliansgruft im Neumünster, um zehn Minuten zusammen zu schweigen und zu meditieren.

10) Macht in der Waldschänke Dornheim die Nacht zum Tag und frühstückt um sechs Uhr früh beim Bäcker Brandstetter.

11) Gebt bei der Karaokenacht im Till Eulenspiegel gemeinsam ein Lied zum Besten.

12) Versteckt euch kurz vor Schließung in der Universitätsbibliothek am Hubland, lasst euch darin einsperren und verbringt die Nacht mit dem Schlafsack zwischen unzähligen Büchern.

13) Nehmt an einer öffentlichen Führung durch das historische Kellergewölbe des staatlichen Hofkellers Würzburg teil, seilt euch heimlich von der Gruppe ab und überlegt, in welchem Weinfass man am besten eine Leiche verstecken könnte.

14) Unternehmt eine Weinbergwanderung und stibitzt Trauben von mindestens drei unterschiedlichen Rebsorten.

15) Erklimmt die Frankenwarte auf dem Nikolausberg, knipst Fotos vom Stadtpanorama und sucht das allerschönste aus, das ihr euch dann direkt zweimal in einem Drogeriemarkt ausdruckt.

16) Jagt unter dem Motto »Wo ist Paul?« mit Hilfe der gleichnamigen kostenlosen Schnitzeljagd-App durch Würzburg.

17) Bereitet im Fürstengarten auf der Festung Marienberg ein zünftig fränkisches Picknick vor.

Literatur und Quellen

Das einführende Gedicht »Für Einen« von Mascha Kaléko habe ich vor Jahren im Rahmen meiner Zulassungsarbeit kennen- und lieben gelernt und dachte beim Thema Partnersuche und Partnerschaft sofort daran. Es ist einer Gedichtsammlung entnommen:
– Kaléko, Mascha: Das lyrische Stenogrammheft. Rowohlt, 1993.

Auf die Idee, einen Zechpreller als Figur einzubauen, bin ich durch den realen Fall des Betrügers Paul Gonzales gekommen, nachzulesen in:
– MAYSH, Jeff: Das Date. Erschienen in: Stern Crime Nr. 29 (Februar/März 2020).

Für meinen Würzburger Zechpreller habe ich aus der Fülle der wunderbaren hiesigen Restaurants einige als »Tatorte« herausgegriffen, die mir für ein solches Date besonders geeignet schienen. Aber natürlich gibt es noch viel mehr, und ich kann nur jeden Leser ermuntern, in Würzburg auf Schlemmertour zu gehen! Hier gibt es großartiges Essen und großartige Weine. Die beschriebenen Gerichte sind (aktuell) tatsächlich so auf den Speisekarten zu finden, nur die Käseplatte im Restaurant Nikolaushof habe ich mir ausgedacht, weil mir die Petersiliengarnitur so verlockend erschien.

Um mich über die Mongolei und das Thema Gedächtnissport zu informieren, habe ich verschiedene Quellen genutzt:
– KAMP, Matthias: Mongolei – Goldrausch in der Wüste. Erschienen am 09.01.2012 in der WirtschaftsWoche.
– TOBIAS, Janet/WEHLISCH, Claus: Memory Games, 2018. (Dokumentation)

Die Texte zum Thema Geist und Gedächtnis, die in Ojunas Show vorgetragen werden, entstammen folgenden Büchern:
- DOYLE, Arthur Conan: Sherlock Holmes. Gesammelte Werke. Eine Skandalgeschichte im Fürstentum O. Anaconda, 2012.
- HESSE, Hermann: Unterm Rad. Süddeutsche Zeitung Bibliothek, 2004.

Über die faszinierenden Regenerationsfähigkeiten der Axolotl habe ich in einem Artikel der Technischen Universität Dresden gelesen:
- Auf die Plätze, fertig, los: Wie Axolotl-Stammzellen für sich für Rückenmarksreparaturen synchronisieren. Veröffentlicht am 15.06.2021.

Natürlich hat mich auch das Thema Rizin und Rizin-Morde sehr beschäftigt. Hilfreich waren hierfür vor allem folgende Quellen:
- Robert Koch-Institut: RKI-Ratgeber Rizin-Intoxikation. Stand: 11.07.2018.
- Handelsblatt: Immun gegen eines der tödlichsten Gifte. Veröffentlicht am 13.01.2018.
- GREGG, Stefanie: Duft nach Weiß. Pendragon, 2018. (Stefanie Gregg hat einen Roman geschrieben, der sich unter anderem mit Georgi Markows Leben befasst und den ich sehr empfehlen kann.)
- DEXEL, Klaus: Zum Schweigen gebracht. Georgi Markov und der Regenschirm-Mord. (Film auf arte.de)

Marigold hat ihre Kenntnisse über ausgefallenes tierisches Paarungsverhalten einem Instagram-Posting zu verdanken:
- Terra X: (S)extrem bis zum Umfallen! Veröffentlicht am 30.11.2022.

Und Helen weiß so viel über Schwarze Witwen in der Kriminalgeschichte, weil ich eines Nachts mit klappernden Zähnen

eine ZDF-Dokumentation gesehen und dann die nächsten Stunden mit weiterer Recherche verbracht habe:
– Murder Maps: Die schwarze Witwe. Geheimnisvolle Verbrechen. 30.07.2020. (Dokumentation)

Bei den im Buch zitierten Songtexten handelt es sich um:
– Mr. President (Coco Jamboo)
– A Walk in the Park (Nick Straker Band)
– I Follow Rivers (Lykke Li)
– Leaving on a Jet Plane (John Denver)

Danksagungen

Ich lese mich gerne in neue Themengebiete ein und habe Spaß an der Internetrecherche. Aber noch schöner ist es, wenn ich Menschen persönlich befragen kann! An manchen Stellen habe ich mir dennoch literarische Freiheiten genommen, so ist beispielsweise der Name Eldor in der Mongolei wohl eher unbekannt, und die Menge an Polizisten, die bei einer echten Soko mitarbeiten würden, übersteigt deutlich das Maß an Figuren, die ich dem Leser vorstellen wollte. Solche Abweichungen von der Realität sind also mir und meiner Phantasie zuzuschreiben. Die spannenden Hintergrundinfos in den vielfältigsten Themenbereichen verdanke ich meinen hilfreichen Interviewpartnern!

Kriminalhauptkommissar Jürgen Brenner von der Kripo Ansbach danke ich für das ausführliche Interview und die spannenden Einblicke in die reale Polizeiarbeit! Meine anfängliche Nervosität beim Betreten des Gebäudes hat sich schnell gelegt und ist purer Begeisterung gewichen!

Katharina Drüppel hat sich wunderbarerweise bereit erklärt, mir mit ihren biologischen Kenntnissen unter die Arme zu greifen, was Rizinus und Axolotl anbelangt. Das war mir eine große Hilfe!

Die Mitarbeiter des Botanischen Gartens Würzburg konnten mir erklären, wie so ein Rizinus bei ihnen aufwächst und was es mit dem Stern von Madagaskar auf sich hat. Das Telefonat und der Besuch im Botanischen Garten haben mir sehr dabei geholfen, die betreffende Szene zu schreiben. Und sämtliche Befürchtungen sind nun ausgeräumt: Der Mörder war natürlich nicht der Gärtner!

Dr. Elisabeth Stapor durfte ich über Vergiftungen, Multiorganversagen, Spritzen, Medikamente und intensivmedizinische Behandlungen befragen. Marius war eine meiner Lieblingsfiguren in diesem Buch, weshalb mir sein medizinisches Schicksal sehr am Herzen lag!

Meine Freundin Eva kennt sich sehr gut mit Dating-Apps, Dating-Agenturen und der Psychologie dahinter aus und hat mir wertvolle Tipps gegeben, die mir halfen, MainSchatz zu konstruieren. Danke!

Gantuya Altanbagana war meine Ansprechpartnerin, als es um den mongolischen Hintergrund von Ojuna und Eldor ging. Sie hat unter anderem von dem Musikinstrument Morin khuur und dem Ankommen in Deutschland berichtet. Ich danke dir sehr für diese Einblicke!

Eine Mitarbeiterin des Weinguts »Wein am Stein« hat mir bei einem spontanen Rechercheausflug meine Fragen beantwortet und sich gefreut, dass bei ihnen kein Mord geschieht!

Jürn Börstinghaus und Franz Mäderer haben dankenswerterweise kurz vor Abgabe des Manuskripts noch militärhistorische Fragen mit mir erörtert und mir viel Stoff zum Nachdenken gegeben!

Renee Gewinner kennt sich bestens in Würzburg aus und war garantiert schon mal dort, wenn ich bei meinen Recherchen auf einen mir noch völlig unbekannten Ort stoße. Deine Tipps und Hintergrundinfos sind super!

Neben den Interviewpartnern gibt es natürlich noch viel mehr Menschen, die mich auf meinem Schreib-Weg begleitet und unterstützt haben, und auch ihnen möchte ich danken:

Meinen wunderbaren Testleserinnen, die es mit meiner Zeitplanung diesmal wirklich nicht leicht hatten und sich dennoch innerhalb kürzester Zeit durch den Krimi geschmökert haben: Julia Wohlfart, Katharina Rix, Julia Wagner, Barbara Mäderer!

Melissa Hill und Paul Stapor, die als Allererste den Plot vorgelegt bekamen und mich beraten haben.

Julia Wohlfart, die mich in den Botanischen Garten begleitet und für unterhaltsame Stunden dort gesorgt hat!

Allen Würzburger Freunden, die mir geholfen haben, die

Challenges für MainSchatz zu finden: Nina Zerban, Renee Gewinner und Christian Schmiedecke, Julia Wohlfart, Paul Stapor!

Meiner Familie. Ihr seid die Besten ♥!

Und natürlich geht auch ein ganz großes Dankeschön an das ganze Team der Agentur Kolf und an das Team des Emons Verlags, hierbei vor allem an Dr. Christel Steinmetz, an Stefanie Rahnfeld und an meine Lektorin Dr. Marion Heister!

Anja Mäderer
MAINLEID
Broschur, 256 Seiten
ISBN 978-3-95451-656-8

Kommissarin Nadja Gontscharowa hat sich von Nürnberg nach Würzburg versetzen lassen. Zeit für eine Eingewöhnung hat sie nicht, denn im Ringpark wird eine Studentin mit einer Flasche Luxuswein erschlagen. Das Opfer war bildhübsch, beliebt und begabt – oder trügt der schöne Schein? Gerade als Nadja Zugang zu den neuen Kollegen und den Ermittlungen findet, gibt es einen weiteren Toten, der das Team vor ein noch größeres Rätsel stellt.

»Anja Mäderer schreibt spürbar mit Freude, frisch, flott und pointiert.« Main-Post

www.emons-verlag.de

Anja Mäderer
MAINSCHATTEN
Broschur, 288 Seiten
ISBN 978-3-95451-977-4

Der tödliche Unfall eines jungen Lehrers in einer traditionsreichen
Würzburger Tanzschule stellt sich als Mord heraus. Kommissarin
Nadja Gontscharowa nimmt undercover Tanzstunden, doch statt
der Lösung näherzukommen, gerät sie immer tiefer in ein Netz
aus Verrat und Eifersucht. Bis sie entdeckt, dass sich im Umfeld
der Schule schon einmal ein Todesfall ereignet hat ...

www.emons-verlag.de

Anja Mäderer
EINER FLOG ÜBER DIE VOGELSBURG
Broschur, 352 Seiten
ISBN 978-3-7408-0658-3

Eigentlich hatte Will Klien die Klinik auf der Vogelsburg aufge-
sucht, um in Ruhe seine Zwangsstörung behandeln zu lassen.
Doch kaum dort angekommen, überschlagen sich die Ereignisse:
Sein Therapeut schwimmt tot im Altmain, eine Mitpatientin wird
im Schwimmbad ermordet, ein anderer Patient erhält Todesdro-
hungen. Notgedrungen bildet Will mit seiner Therapiegruppe eine
Task-Force, und die skurrile Truppe von Hobbydetektiven macht
sich auf Verbrecherjagd.

www.emons-verlag.de